福建省文艺发展专项资金资助项目

邱美煊 —— 著

流水三分归明月

第一部 乱世浮生

海峡出版发行集团 | 福建教育出版社

图书在版编目（CIP）数据

流水三分归明月．乱世浮生/邱美煊著．—福州：福建教育出版社，2023.10
ISBN 978-7-5334-9659-3

Ⅰ.①流… Ⅱ.①邱… Ⅲ.①长篇小说－中国－当代 Ⅳ.①I247.5

中国国家版本馆CIP数据核字（2023）第071233号

Liushui San Fen Gui Mingyue

流水三分归明月

邱美煊 著

出版发行	福建教育出版社
	（福州市梦山路27号　邮编：350025　网址：www.fep.com.cn
	编辑部电话：0591-83779650
	发行部电话：0591-83721876　87115073　010-62024258）
出 版 人	江金辉
印　　刷	福州万达印刷有限公司
	（福州市闽侯县荆溪镇徐家村166-1号厂房第三层　邮编：350101）
开　　本	710毫米×1000毫米　1/16
印　　张	63.75
字　　数	875千字
插　　页	6
版　　次	2023年10月第1版　2023年10月第1次印刷
书　　号	ISBN 978-7-5334-9659-3
定　　价	150.00元（全三册）

如发现本书印装质量问题，请向本社出版科（电话：0591-83726019）调换。

目　　录

第一部…………………乱世浮生

第二部…………………银海生花

第三部…………………月华流照

乱 世 浮 生

第 一 章

靛青的天连接着海，空气吸饱了咸腥的水，乘着一缕夜遗留的凉风送入鼻腔——一种带着湿润而惬意的抚摸。

林家两兄弟跑上厦门的一条靠海的小道，只一侧头，深蓝凝滞的海尽收于眼。林承晖对着海一愣，发觉前面一个人影远了，便撩起脖子上的白毛巾把汗一擦，吸着气追："哥！你跑太快了！"

"快跟上！"

"哼！有本事比短跑！"林承晖两脚发力，眼看就要追上前面的哥哥了，谁料侧边小巷中却拐出个骑自行车的人。"嗳嗳——"一个踉跄，两人直直撞作一堆。

闷哼一声，那人头上一顶瓜皮小帽落在地上，露出前额，一双小眼睛骨碌碌盯着这年轻人，矮壮的身子一时间没站起来。

林承晖着急要抬着他的腋将其扶起，手刚擦到那人腰间，那人截住他的手一推，躲了。"对不起对不起，是我不小心，对不起……"身材矮胖的男人撑着从地上迅速站起，粗短的手弯腰捡起那顶帽子，手扶在腰侧道歉。林承晖正想表达歉意，然而还没来得及说，那人便蹬上车，自顾自地去了。

看着那人走远，林承晖脚下生风，朝哥哥追上来，"哥，我看起来很凶是不是？"

"你把谁吓傻了吗?"林承曔不答反问。

"那倒没有——刚刚过去一个骑车的,我把他连车带人撞地上,他连扶都不要我扶,生怕我吃了他似的。"林承晖又想起那双眼白偏多的小眼睛,自己明明手都挨到他腰上了,还躲开,活像耗子见了猫。"啊!我知道了,他是个偷儿!他腰带上别了个东西,造型还挺特别——大概……这个形状?"

林承曔见他比的,停下来脸色一凛。

"你确定是这样?"

林承晖垂着食指还比着个正"7",不明所以地点点头。

"你怕是比反了。"林承曔把他的手掰正,食指朝着前方。

"枪?!"

这天早上回到家,两兄弟没有把路上的事告诉家里的任何人,总感觉不踏实,有种劫后余生的幸运——心中庆幸那人没有较真,不然两个手无寸铁的年轻人,怎会是他的对手?

事情过去了一个礼拜,余悸之下,林承曔没有再拉着林承晖去那条路上跑步,只在附近的街区跑上几圈也就回家了。

眼下这时局,中日关系紧张得很,但是厦门仿佛并没有太多的事,大家该干吗干吗——这大抵是国人的习性,远火永远不能成为近忧,不到火烧眉毛,那也没啥好担心。

今天新生开学,各家接送小姐少爷的车辆塞住了马路,喇叭声一声比一声长,谁也不服谁似的,然而谁也动不得。林家的车被挤在中间进退两难,竟也不曾按下那喇叭。司机阿宋拿起挂在脔子上的毛巾揩了一把额头上冒出的油汗。

眼看就要到正午了,太阳像越逼越近的火球,光线灼人,公路被烈日烤得发烫,脚踏下去一步生起一串白烟。黑色车皮反射着太阳的光线,缓缓向前移动。像样的、能供一辆车过身的道一直没有,各家都只是见缝插针,可谁也没法再多往前走两步。温度越来越高，摊贩带出来的狗趴在地上直喘气，一会儿又站起来，左看看右瞧瞧，不得已站到主人影子下待着。就这情形，谁也不想再挨到正午。咸咸的海风吹来，脸上潮乎乎的，有股咸黏咸黏的味道挥之不去，令自己都不愉快。

车内，林承晖身上新的白衬衫已经被汗洇湿，他拉开整面车玻璃，往外看了一眼。外头嘈杂的车声惹得人心里也是一片烦躁，便回头对林承暻说："这样要等到哪个时候，不如走下去还更快些。"林承暻没有推脱，交代好司机便和弟弟开了车门。

"哥，等以后大学毕业了你想去干什么？"林承晖看着前面的路漫不经心地问。

"这还没开始上学呢，你怎么就想着毕业？先过好这几年吧。"林承暻没有正面回答他，他自己都不清楚毕业之后能干什么，或者，他并不敢有太多想法，就算他心里有再多的抱负，但作为父亲的长子，他又能做些什么呢？事实上，他早就想过这个问题了，父亲也和他讲过一些让他趁早回家继承家业的话，他也早就做好了听从家里安排的准备，只不过是趁着现在还有时间，还能——也尽可能地做些自己喜欢的事情罢了。

说白了，他这一生已经被安排好了，虽说不喜欢这样，但眼下自己的身份确实也没有太过妨碍到他的生活。他不能说对当下的生活不满意，除了每日随父亲学看两三个小时的账本让人烦到跳脚外，其他方面都过得去。可是，他才看账本不过几个月而已——他还没有做好跟账本打交道的准备。

父亲林继泽开着一家珠宝商行，近年来想扩充规模，无奈日本要对中国发动侵略战争的风声已经传到厦门，生意虽不至于维持不下，但人心惶惶，想要别人掏钱投资也不是件容易事。眼下两个儿子已经逐渐成长，挨过这段时期也不是不可能。他始终相信年轻人有年轻人的办法。

林承晖随着哥哥一路进了校门，身上的白衬衫被风一吹已经干透，人顿时清爽起来。他打算入学后参加校里的鼓号队。他的小号一直吹得比林承暻好，家里请来的老师也这样说。不过比起小号，还是话剧社更吸引他，电影也是不错的。前一阵子他去剧场看了《这不过是春天》，冯允平的角色演员没有选好，明明是个革命者，五官却长得皱在一处，和厅长太太的相貌太不相配。他想，即使是旧情人，也应当要有旧情人的魅力，要不总感觉厅长太太瞎了眼，才子佳人才是大家喜欢的话题。

两个人进了教室，发现教室里只坐着一个人。桌子上摊着几本线装书，报纸遮住了脸。仔细看竟还是个会德文的——程度应该不低，不然看不懂满是德文的报纸。报纸上的手指甲饱满剔透，莹莹有光。林承晖觉得这人应该是自己班上的女同学。她放下报纸，翻到另一页上，将报纸折叠了一下，铺在桌上看。头发恰好留到下颌，露出一截细白的颈，元宝领的云绸镶一圈苔绿细滚，手臂从喇叭袖里伸出，恰似一朵马蹄莲。

张书雅上半身的影子正好落在报纸上。她抬头望了望两兄弟，眉头舒展开来。林承晖发现她的鼻梁和眉毛之间的距离有些短，应该是画眉的时候没把握好。她的头发倒是单纯的黑，不似之前见过的一些女孩，黑头发在太阳底下就变成邋遢的黄，她只有一点幽幽的光。

林承晖突然想到一天他在房檐上发现的一只黑猫。

张书雅没有发现林承晖在朝她发怔，从椅子上站起来笑道："你们是兄弟俩吧，我叫张书雅，你们好。"

"你好，这是我哥哥，林承曔。我是弟弟，我叫林承晖……你的德语学得很好呢！"林承晖回。林承曔为她能看德语报纸感到惊讶。

"小时候学过一些，勉强能看吧。你们不去逛逛学校？"

兄弟俩这才觉得是应该要去学校各处看看。张书雅把书和报纸整理好放在桌上，同兄弟俩一道出了教室。一路逛一路话就多起来，她走在前面，向他们介绍学校各处的风景。直到一处钟楼前，张书雅说她喜欢钟楼的声音——不必在近处听，最好是远的树林里，悠悠地响着，有一种苍凉的沉寂。

林承曔心里咯噔一下，"苍凉"这个词，自己不止一次想过的。想到"人生如梦"的时候是它，想到"前不见古人，后不见来者"的时候是它，想到"落了片白茫茫大地真干净"的时候是它，想到"To be or not to be"的时候是它。他觉得这女孩的见识真是非同一般——但是他笑了，他说她不一般，倒有点自卖自夸的意思了。这种牵强附会，多了一丝少男怀春的味道。

林承晖不曾听过钟楼的钟声，只想起《巴黎圣母院》里卡西莫多敲钟时的狂热和悲惨。校园里的学生渐渐多起来，很多是直冲着宿舍区去的，摆脱了家庭来到新世界总是让人兴奋。尽管布置需要费些时间，但是他们并不着急这个时候去。然而三个人之间的对话还是中断了，林承晖朝张书雅搭讪道："今天天气真热，你是什么时候到的？"

她道："早上就来了，我应该是第一个到班上的。爸爸来这边工作，住得近，几步路就到了。"

"你原来家在哪里？"林承晖听出她不是本地人。

"成都。"

"哦，那倒是远得很了。"林承晖在心里丈量着路途。

眼看太阳已经西斜，三个人又逛了一会儿打算就此别过。两兄弟在分别时向她讨教学德语的方法，张书雅一笑，答应明日来学校的时候带上一些自己学习德语的课本来。

"明天晌午你们要是有空，那我就上一课试试。我们到钟楼下那排的廊道上。那里应该是比较安静的地方。"

傍晚，林家的司机开着车来到学校门口，车内还有些布置宿舍床铺的东西。兄弟俩抱着自己的东西，又回到宿舍布置了一番才离开。

第二天，教室开始流传班上有个女学生是教授的女儿，可谓才貌双全。林承晖倒是没有多想，他只是往四周看了一圈，发现张书雅正和后座的几个女生聊得开心。她还是穿着喇叭袖的元宝领绸衫，也许是说到了十分可笑的地方，微微弓着背捶腿轻笑，眉眼含俏，唇红似火，齿白如贝。不，鼓浪屿的贝壳都没有她的牙好看。

第三天，直到上课铃响，班上再无新的面孔进出。林承曛觉得，这个"教授的女儿"恐怕就是张书雅，毕竟优雅和家教含糊不来。有些同学虽然旗袍在身，却总是掩盖不住暴发户的味道。

一早的国文课结束后，两兄弟迅速吃完午饭就来到钟楼旁边的廊道上等她。林承曛看着廊道上爬满枝蔓的架，恍惚觉得那是一座桥，自己像是典故里的尾生，在这儿痴痴傻傻地，等待着不可期的约会。

昨夜下了一场雨，廊道又被树林掩住了太阳，所以此刻还是有些微微的湿气。廊道一侧的石台上有一层薄的青苔，正被一缕太阳晒着，露下一块毛毛的黄斑。一旁的校道上偶尔路过两个女学生，眼睛被太阳晒成透黄的茶色。脸对脸不知说着些什么，手里提着两个细竹编的装糕点的提篮。

林承晖心里充满了一种神秘的快乐，还略带一点刺激性。树林森森的绿让他打了个冷战。他想，这种快乐一定是来源于张书雅。

不多时，张书雅抱着一叠书小跑着从校道过来。原来她今天不是穿长衫，而是穿了一条百褶裙，犹如中学生那样，稚嫩而活泼。

"实在抱歉……找书耽搁了一会儿。我们开始吧！"张书雅把自己的书分给两个人，拿出一沓白纸，用钢笔在白纸上边写边讲。他们都报的是中文系，要上外国语的课得另外自己找时间去别的院系听。林承曛觉得，自己如果不是林家的长子，兴许他就有勇气让父亲送他去外国留学——陆家的小姐陆晓浓不就是这样？他对于外国的一切都感到好奇，但并不是认为外国一切都是好的。饶是译作上的东西看起来那般新奇，但终归是别人做出来的，颇有些美化的嫌疑。他要带着考究的眼光去看看外国，有点像鲁迅先生的"拿来主义"——不要别人塞给你，要自己去拿。

这是林承曛期待着的未来中的一种，四年的时间，说长也不长，却可以滋生出很多梦来。做梦是不用负责的。陆晓浓这个人，也算是他的未婚妻——明面上的，进不到他心里。电影里两个相爱的人凑到一起会幻想未来，他与陆晓浓之间，实在没有这种未来可想。不过这点事情，他也不至于忤逆父母，思想上与之斗一斗即可——自由恋爱的口号已被新青年喊遍了神州，他顺着大潮裹在中间，不新不旧，既没有做急先锋的想法，也到不了卫道士那种众矢之的的地步。

向张书雅学德语是林承暧内心潜伏着的一点"新"——不明目张胆地去外国语系听教授的课，到时如果父亲问起，也只需以"一点兴趣"搪塞之。可进可退，留有余地，是他的选择，也是他的无奈。当然，他的英语早先也是说得不错的，有许多洋货的名字用中国话音译过来时，他即使是在家也照说不误。年轻人的圈子就应当有点年轻人才晓得的词。

张书雅在纸上写出一个个德语字母，引导道："'W'得咬一下下嘴唇……也是和英语不一样的读法，习惯了就好。"她抬头望着兄弟俩示范，红润的下嘴唇被她咬出粉白的印子。林承晖光看着她的嘴唇，发觉两腮有些发烫。正午时分，阳光移到了头顶，透过稀疏的树叶直射下来，洒到三个人的身上。张书雅的黑睫毛在阳光里晒成了白色，半低垂着，她终归是需要阳光方能展现出另一种纯正，林承晖觉得教堂里圣母塑像的眼睛一定也是如她一样有一双白色的睫毛。

"你们今天就先回去记下前十五个字母的发音吧，我在书上做了笔记的。"她翻开课本的第一页，除了她的名字之外，其余空白全都写满了德文。印刷的纸质不大好，用黑水笔写的字有些晕开。

"我一直以为你名字里的'书'是舒适的'舒'……很多女孩子喜欢用这个字起名。"林承暧看着她的名字插了一句。

"父亲取的。你们也可写写自己的名字来。"林承暧心里莫名生起一股想要去见一见这新来的教授的心，他想教授一定会是个有趣的人。一旁的林承晖，却始终沉浸在张书雅的话音里。

一天的课终于结束。傍晚，林承晖先去了澡堂洗澡，只有林承暧自己走在校园的小路上。厦大路上的电灯亮得很早，此时终于有了它的作用。乳白色的玻璃罩里透出昏黄的光，散在路旁的树丛里，有一种夜的温和。一个打扮时髦的女生从灯下路过，一蓬烫过的、蓬松的卷发里别着一颗闪烁的发卡，自己哼着曲儿过去了，应该是要去舞场……林承曝不自觉地想起陆晓浓——他嫉妒陆晓浓有可以出国留学的机会，可是他一点都不喜欢陆晓浓那样的女人——他看得出来母亲有些中意这位小姐。她还没有去到外国，骨子里就浸透了洋气。嘴唇上永远搽着鲜红的唇膏，喜欢穿着肉色的丝袜跳舞，一双皮鞋在地板上跺得哒哒响，最习惯的动作是侧头望着你发出一声绵长而柔软的："嗯？——"明明是东方姑娘的面孔，却有着西方姑娘的俏皮和娇憨。

哪里都有像她这样的女人。

一个人兜兜转转地走了一圈，林承曝回宿舍时正好在楼下遇到洗完澡的弟弟。两兄弟虽是一同入校，但分配宿舍的时候却不是在一间。两人一直谈到林承晖的头发彻底干了才进宿舍。

林承曝一进宿舍，其他三个人正讨论得火热，他听了一阵才发现说的就是张书雅。睡在林承曝上铺的是个胖子，脖子和脸连在一起，营养过了头，双颊粉嘟嘟的肉随着他说话的嘴颤动："你们觉得，教授的女儿是哪个？"

"张书雅？——除了她我猜不到别个。"接话的是个戴掐丝圆边眼镜的人。林承曝第一天来宿舍的时候首先看到的就是他，和上铺的胖子相反，他是瘦得很，又喜欢穿长衫，整个人就是架着一件衣服走。瘦削的干脸上长着一双永远感动着的眼睛，下眼睑吊着两泡水。

"承曝，你觉得是她么？"胖子从上面伸出一个头，朝林承曝问。

"我不晓得……应该是她吧？"林承曝从书包里拿出那本德语课本，书脊上印着一排德文。他想这个课本应该是从外国买来的。

张书雅是教授女儿的猜测在班里私底下传来传去，不出一个星期就传遍了整个中文系。不过，一周之后也不算是猜测了，每个人都认为这就是事实。

书雅是不是教授女儿并不是多大的事儿，只是，留洋女性在此时真是个稀罕物。厦门街面上常常可见盛装的洋女人，笑起来光艳照人，跟身边笑不露齿的女性相比，她们活得更大胆，热烈——这是所有人渴望看到的新世界，人人都活得大胆热烈，像春天里的花朵一样猛烈地开放，小草一样欢快地抽芽。

林承曔又想起陆晓浓，她接受了西方教育，最大的改变就是有一张不曾受委屈的脸，一颗不愿受委屈的心。

不过有时陆晓浓实在大胆热烈过了头，有点张扬跋扈，在两人为数不多的相处中，处处占着先机。林承曔觉得，这跟他想的新生活不太一样。张书雅更符合他的期待，既有西方人的大胆热烈，又不失东方人的含蓄温柔。

人人都向往着新世界的生活没错，可为什么非要把旧秩序里一些值得珍惜的东西也打倒呢？这念头在林承曔心中盘旋不去。

一天中午，张书雅照例来给兄弟俩上德语课。两兄弟进步得很快，已经逐步脱去了一开始改变读法时候的生疏，目前已经可以背得一点日常的词汇。大概是同学间的猜测也传到了她的耳里，张书雅在班里不说，今天却打算先告诉自己的两个好友。原来，她的父亲就是厦大外国语系的一名教授。张书雅从八岁起就跟随父亲去了德国，她父亲留学期间，她自然也在家学习德语。母亲是个传统的中国女人，日常学习德语的空隙也给她教国语，只是国语一直学得没有德语好。这次她来厦大报了中文系，就是想回国后学习中文。

林承晖庆幸自己一次也没有用英语和张书雅谈过话——他的英文发音甚至还不如哥哥的好——不能给她留下坏印象。

他想着，还是等他学会了德语，她学会了中文，到那时再畅谈吧。目前她上中文课的时候也还是有一些困难——主要是白话文学的部分。她的母亲教她的都是文言，依书雅的话来说，文言也是个半吊子，国外学习中文的环境比国内差很多。

张书雅虽然文言文也不大会作，说中国话受父母的影响有四川风味，但她抱定宗旨，不要怕难为情，只管张嘴去说总能成。谈话一缺乏材料，她干脆把自己的家庭情形对两兄弟一道说了。她的母亲原是个童养媳，不过后来丈夫早死，这才嫁给了她的父亲去了德国。父亲在德国的生活也并不是全靠家里资助，德语掌握熟练以后也去找一份翻译的差事，如此加上家里寄的生活费，维持一家人的生活也不算是难事。

"你母亲的家里人同意她去德国吗？"林承晖问。

"不同意。所以叫她去了德国以后就别再回来。"自国外回来，她还没来得及见母亲这边的亲戚。

虽说三人早已成为朋友，但家庭的话题还是让林承晖感到一些尴尬，他无意探听别人的秘密，只好转移话题："很抱歉让你想起伤心的事情。我们不聊这些了，不如我们来聊聊自己的兴趣，也好增进彼此之间的认识。"

张书雅倒也是个爽快人，想告诉兄弟俩自己并不会伤心，话到嘴边又收了回去，说不提就不提了。

"我想，我最喜欢的，应该是戏剧吧。"之前在德国的时候她看得最多的是歌剧，女演员站在舞台上，穿着宽肥的蓬裙，领口拉到肩头下，扯长脖子喊出一串颤动而跳跃的音调。台下的每个人都沉浸在音乐里，为舞台上的演员感动。后来她也看了莎士比亚的一些戏剧，无论是有理想的高尚的哈姆雷特还是坦率公正的奥赛罗，他们都逃脱不了死亡的命运，但正义却赢得了道义的胜利，这也是她从戏剧中感到欣慰的地方。回国之后，中国的话剧也赶着去看了几场，虽说中国的话剧是从国外学来，拿腔捏调总是透露出一种洋人的味道，这点奇怪的美感，反而透出一丝笨拙的可爱。

林承暻也看过中国的话剧，中国的话剧从 20 世纪初传入之后，一直不停地改良，吸纳了根植于欧洲文化土壤上透视社会人生的角度、具体的舞台场景，也融入了中国戏曲写意的风格。林承暻发现，无论是外国的戏剧，还是中国现下兴起的话剧，只要它与时代、人民、现实生活紧密联系在一起就能够蓬勃发展。林承暻喜欢话剧，极大部分原因是它展现了一个社会的缩影，让他看到还有更广阔的世界，还有更多的像他一样的人，又或者和他不一样的过着精彩生活的人，那是他期待的、向往的生活。

分别后，林承晖回到宿舍躺在床上想了很久——关于下午的对话。他认为，尽管张书雅表面看起来没什么，甚至还开玩笑结束了话题，但她谈到家庭的时候，他还是感受到她语气里有一层淡淡的哀伤。或许，他要做点什么，他想。隔日，林承晖骑着自行车从剧院门口路过，恰好看到《日出》演出的广告画，他摸出口袋里的钱，脑海里又浮现出昨天下午张书雅的脸，最终还是决定买三张票。

星期天，三个人约好在剧院门口见面。张书雅穿了一条翻领绿格洋纱裙，腰前系着一条白色细皮带，这还是她回国后第一次穿时髦的改良洋装。三个人互相招手后一路进了剧院。

看《日出》的人很多，但剧院内没有一丝嘈杂。张书雅喜欢看那个演陈白露的女演员，穿着宝蓝的裙，上身套一件乳白色鸡心领的蕾丝短衫，跷腿坐在猩红绒面沙发上，旁边站着风尘仆仆的方达生。他穿蓝色的棉布长袍，被黄色的灯光一照，邋遢而顺从，显示出旧情人的一点卑微和陈腐。上海养育着陈白露已经奄奄一息的灵魂，要做回竹筠，唯有死路一条。

林承晖不自觉扭头看一眼张书雅，见她眼睛有些湿润，不知道请她看这场戏是不是一个正确的决定。一晚上，林承晖都没有认真看戏，连散场他都没有反应过来。张书雅还以为他沉浸在戏里无法自拔呢。

从剧院出来，天色已经暗了，月亮悬挂在天上，发出淡冷的光。离场的人们借着这点光嘴里说着话剧情节朝着四面八方散去了，耳边只有一阵阵小贩和黄包车师傅们的吆喝声。林承晖突然愣了神，月亮啊月亮，如果你要给人光明，又为何如此清冷呢？他又转头看了看和哥哥交谈正欢的张书雅，小声嘟囔着："不知道你又是不是真正地开心呢。"

张书雅似乎听到了他的话，转头问："啊？你说什么？"林承晖摇摇头，表示自己没说话。

兄弟俩决定送张书雅回家，一路上，三个人不停地在聊看《日出》的感受。鹅黄色的路灯懒洋洋地洒在他们身上，却又显得温暖，丝毫不寂寞。

第二天上课前，张书雅让兄弟俩下课之后在钟楼边上的走廊等她，她有事情要和他们商量，还一副神秘兮兮的样子。一瞬间，林承晖就被吸引了去，到底是什么事呢？好奇心的种子一旦种下，就很难拔起。平时一堂课不过也就是一晃而过的事情，今天也不知怎么了，越发感到漫长，他只好转头去看窗外盛开的凤凰花，火红的凤凰花，一团一团地热烈盛开着，在绿叶中红得晃眼。

终于熬到下课，林承晖迫不及待拉着林承暻就往钟楼跑，林承暻不懂他的心思，只责怪他男子汉大丈夫还像个没长大的孩子。林承晖也不恼，只顾笑嘻嘻地往前跑。张书雅还没有来，林承暻在亭子的石板凳上安静地坐着，林承晖倒是一刻也闲不下来，一会儿站一会儿坐的。

林承暻终于忍不住，说："我说你到底是要站还是要坐呢？"

林承晖想了想，最终还是坐了下来，脑袋却还是左顾右盼的。

"我上一次看你这样还是十岁时父亲去外地做生意，说要给我们带'好东西'时呢。那会儿，你就坐在家门口，谁劝都不管用，也不知道你这性子是随了谁。"

"大哥你就别取笑我了，那会儿你自己不也是吗？不对不对，你可是比我还夸张，妈让你吃饭，你直接捧个碗就在门口坐着吃了，就这事，可是被家里那些人笑了很长时间呢。"林承晖看着林承暻一阵坏笑。

两人就这样回忆起了小时候的事情，倒是转移了林承晖的注意力，就连张书雅过来他们也没察觉。

张书雅清了清嗓子，林承晖忙转头看她，站起来问："书雅，你来了？"

"我都来好一会儿了，你俩聊什么呢？这么开心？我刚刚好像听到什么'端了蚂蚁窝'的……是说谁啊？"张书雅笑问。

林承晖一听，脸上泛起一丝红晕，有些难为情地低下了头："是……是我。"

"我就说是你，我还想着承暻怎么会做这样的事情呢！"

"不是，我跟你讲，我哥他……"林承晖想要为自己辩驳些什么挽救一下自己丢失的形象,刚开口就被林承曔给抢了话:"书雅,你找我们是有什么事情要商量啊?"

"哎呀,被承晖一闹我都差点忘了正事了。是这样子的,昨天去看完《日出》后,我回家一晚没睡,脑海里全是陈白露,我又想起以前看过的戏剧带给我的那些感动,我想,与其由别人给我们感动,不如我们用自己的力量去感动别人!我们也要演话剧,不仅是《日出》,我们还要演其他的!"张书雅看着兄弟俩慷慨激昂地讲出了自己的计划。

"我同意!"林承晖想也不想便脱口而出,让人有种他和张书雅早就串通好了的感觉,"哥,你呢,你不是也很喜欢话剧吗?从前和你一同看《这不过是春天》的时候,我看你的表情就知道。"只要一起演话剧,他和张书雅的相处时间就能变得更多。

"我是愿意的!但演出话剧毕竟不是一件简单的事情,我们还得认真考虑制定好具体的计划才行。"

"哎呀,哥,你愿意就行。其他的,后面再说嘛。"林承晖一把搭上林承曔的肩膀,三个人放声笑了起来。

清朗的笑声让树上的几只鸟儿不停地挥舞翅膀,叽叽喳喳叫着。

正热闹,从那头走来个中年男人,一身深棕色西服,拱起的鼻梁上架着一副金丝边眼镜,太阳把他的脸晒得出油,颧骨处闪着两块亮斑。林承曔注意到他的臂下夹着几本书,仔细看是线装版的德文课本——和张书雅借给他俩的是一样的。

中年男人朝他们三人走去,假装随意地咳了两声,三人停止了嬉笑,都转过身去看他。张书雅面露悦色,林承曔和林承晖却不知道该做何反应,怔在原地。

"你们在这干什么?"中年男人发问。也就随意一问,林承曔和林承晖却听出了一种莫名的威严感。

"爸,我们在这商量着演话剧的事呢。"张书雅走上来挽住中年男子的手,又转向林承曔和林承晖说,"这是我爸爸,厦大外国语系教授,教德语的,我之前和你们说过了。"

林承曔和林承晖礼貌地向张书雅的父亲打招呼,中年男人皱着眉问:"这会儿不应该是上课时间吗?当学生的,你们不上课,那来学校做什么?"

"教授有所不知,今早上完国文课我们今天就没课了,只是趁着课余时间来商量些事情。"林承曔也不逃避,回答得非常得体。

"呵,商量事情?学生最大的事情无外乎学习,学习都搞不好还搞什么?"

"教授,我认为您这话说得不全对,学生的本分是学习没错,但现在学生不也是社会的主力吗?从五四运动以来,学生的力量是得到认可的。我们有热情,有理想,您应该支持我们才对。"林承晖听了这席话,忍不住反驳。

张教授被林承曔和林承晖两兄弟一堵,脸色更不好。张教授并非小器,只是有些话不能说。眼下的时局,光有理想和热情哪够?更需要的是冷静与克制。在德国的时候,知道德国人以严谨出名,可后来……他就是因为看到"太有理想"的德国,那可不是正常现象。苏格拉底说:"通往地狱的路是由天堂的梦想铺就的。"可是,在当下,他不知道该怎么跟这些年轻人说这个道理。

他转向张书雅问:"书雅,这就是你的朋友?"

张书雅意识到气氛不对,尴尬地点了点头,开口为他们辩解:"爸,他们俩挺好的,是非常靠谱的朋友,在这里,都是他们在照顾我呢!"

"哼,照顾你?这么大个人了,也不知道点分寸。什么事情不能在同学面前商量,非要单独跑到这里来。大家玩玩闹闹的,还是要以学习为上。"看着女儿,张教授有点不太高兴,他想的东西比谁都多,害怕自己的女儿陷入某种狂热,这可不是好事。

"哎呀,爸!您就放心吧,待会儿您不是还有课吗?赶紧去上课吧。"说完,张书雅拉着父亲往教学楼方向走,留下两兄弟在原地。

林承晖瘫坐下来,咂咂嘴:"她爸也太顽固了。"

林承曒笑了笑，没搭嘴。他顿然想起了自己的父亲，同样约莫五十岁的模样，同样是父亲，却是不一样的感觉。张教授对张书雅的疼爱，甚至于是对学生的关爱都是可以感受到的，否则也不会对他们说那样的话——让他们好好学习，不要去参与其他的活动。但父亲呢？仿佛不知道从什么时候开始，林承曒再也没有感受过关爱了，父亲对他只有要求，越来越严苛地要求，但自己仿佛从来没有令他真正满意过，也不知道自己于父亲，究竟是什么样的存在。是被疼爱的孩子吗？还是只是单纯的传宗接代的工具？林承曒不敢去想了。看着自己的弟弟，开心是真的，生气是真的，伤心也是真的，他的每一个情绪都是真的。自己呢？恐怕他自己也不知道，只有一股强烈的哀伤的感觉，他的灵魂到身体，一层一层地被包裹着，像茧一样，把自己最真实的一切，隐藏在茧的深处。

要是这时候茧破了，他也会失去生命吧？

说来也奇怪，自从上次之后，这三个人的小团体活动，经常就能和张教授遇上，也不知道这是偶然还是什么。张教授不和他们说话，只是紧紧地、戒备地盯着林承曒和林承晖，仿佛在看猛兽。

林承晖极不喜欢这种注视。

林承曒不让林承晖去找麻烦，次次拦下，但时间一长，林承晖就不打算再忍。这天又逢三个人聚在一起的时候，正说到尽兴处，林承晖忽地从石板凳上站起来，走到倚靠在柱子后面的教授身边，问："张教授，这么巧，您也在这呢？"

"嗯，我刚好路过。"张文推推眼镜，神色里有一丝尴尬，更多的是坦然。

"爸，您这也太假了，您都路过这半小时了还不走。而且，都好几次了，您这是干吗呢？"这次张书雅也帮林承晖搭腔，她并不是不知道自己的父亲在做什么，只是也忍受不了这样一次又一次地"保护"。

"你看你，说什么呢？我就是路过，真的是路过。"张文抓了抓自己的耳朵，讪讪地笑了起来。张书雅知道，这是父亲说谎时惯有的动作。

"教授，您就别装啦！这没外人，您这样，可没意思啊。"林承晖说。

"行。我就跟你们说了吧，我这段时间跟着你们，就是想知道书雅到底在做些什么。我知道她和你们在一起不放心，尤其是前段时间书雅回来后跟我说她要组建什么话剧社？你们要做什么我不管，也管不了。但书雅是我的女儿，是个女孩子，整天跟着你们在外面抛头露面，不安全，我不同意。"被人戳破，张文干脆摆出了自己的态度。

"爸，你就放心吧。我真没做什么，就是想和他们一起做话剧而已。再说了，我们也是在学校里，学校不还是您眼皮子底下吗？有什么不安全的？您看，您现在不还是跟着来了？"张书雅上前去挽着张教授的胳膊，顺势倚在他肩膀上，晃动着他的身体，不停地撒娇。

林承暻大概也明白张教授的担心："教授，您放心吧。我们不会让书雅有危险的。"

"哼！我看你们就是最危险的人！"张文不依不饶。

"请您相信我们，我向您保证，我们在一起，只是参与话剧的排演，绝对不会去参加社会上的其他活动。话剧，是我们的理想，我希望您可以给我们这个机会去做我们真正喜欢的事情。"林承暻诚恳地看着张文。

事实上，张文也并不是不讲道理的人，只是过分担心自己的女儿了。去德国时，张书雅才八岁，人生地不熟，加上德国当时的形势也并不是很好，张书雅从开始在自己怀里放声痛哭到后来的笑着反抗，张教授觉得自己欠女儿的太多了。他曾暗暗发誓要用自己的后半生给女儿一个平安的生活，所以不辞辛苦又从德国回来。然而，他发现中国现下这些年轻人，想法越来越多，他忧心地看了一眼自己的女儿，也不知道该不该放手。

"爸，我已经长大了，我也有选择的权利。"张书雅定了定神，郑重地和父亲说道。她能理解父亲的心思，但遇该做的事情，她觉得如果不去尝试，那么自己未来一定会后悔。

张文一怔，点点头，夹着书一个人走远了。

林承曝看着张文离去的背影，背已经有些驼了，脚步也不再年轻，人在中年的时候，愿意对自己的子女放手，那是多大的魄力。他想，如果父亲也愿意对他放手，让他去留学，那该有多好。如果，父亲愿意和自己聊一聊，听听他的心里话，是不是结果也能不一样呢？林承曝不敢往下想，他害怕那个结果不是他想要的。事实上，父亲也绝不可能会答应，这是从他出生那一刻就决定好了的事情，除非，他是个痴儿，但可惜，他并不是。

林承曝摇了摇头，把自己的思绪扔掉，走进林承晖和张书雅中间，继续和他们谈着，谈着自己那点缥缈的梦想，大概也只有这一刻，他是真的开心。

林承晖抬头看了一眼，远处的太阳已经躲起来，只剩下一片又一片火红的晚霞。大片的红色照映在钟楼上，显得好不落寞，这一刻，他突然明白了张书雅为什么说她喜欢钟楼，为什么会有苍凉的沉寂感。

第 二 章

民国二十五年（公元 1936 年），中日关系日益紧张，这一年，鼓浪屿鹿礁路的日本领事馆升格为日本总领事馆。话说，清末民初以来，日本为了在厦门有一席之地，费了不少心思，可总是没那么如意，他们也总没有放弃想法。只是，这些事情对这些朝气蓬勃的年轻人而言，并没有那么迫在眉睫需要关心。

林承晖越发觉得大学里的一切都新鲜得让人着迷。风和日丽的午后，他坐在厦大的凤凰花树下，带着少年气的双眼里盛着盈盈笑意。他手中的那支新式钢笔不时地在速写本上刷刷划动，一个又一个字母，像是舞台上演员们口中的台词，一下又一下地蹦出来，跳到了象牙白中泛着一点鸭毛黄的本子上。

他一会儿抬头看看远处的天空，一会儿又低头浅笑着看着自己的笔迹。

厦门的天空一向是晴朗的，他想到张书雅对此的形容——"就好像往同文轩里最白的那张画纸上倒了点蓼蓝叶调的染料，叫人看得恨不能裁下来做时装"。

到底是个姑娘，他想，能把这天空想成一匹上好的布料，在男人中怕是找不出这号人物。

那天从金江剧院看完话剧出来，恰好月上柳梢，饭点已过，但三个人都觉得有些饿了。林承晖想起大元路就在附近，那儿有家鸭肉粥做得不错，便问了张书雅的意见。

张书雅点点头，请林承晖在前头带路。

三人漫步在厦门的街头，随处可见的骑楼，成为这座五大通商口岸之一的城市一大特色。如今人们对西洋风的接受程度是越来越高了，骑楼下一溜儿的店铺都在卖着舶来品。

张书雅瞧着这景象，忍不住扑哧一笑："要不是满大街的黑发黑眼珠，不然从聚香居顶楼往下看，我还以为在伦敦呢。"

林承晖知道她在说什么，跟着笑了笑，一时想不到什么反驳之词。倒是一直沉默着的林承曒说："伦敦什么样我没去过，但是我敢肯定，那儿绝对没有这样一口井。"

张书雅听了他的话，看了看他，只见林承曒的目光向着前头，直愣愣的。她顺着目光寻去，只看到青石板路中间一口四四方方的古井，就立在那，像个被遗弃的小孩似的。

"这是……"张书雅先是看向林承曒，继而转头对着林承晖。

林承晖见状，觉得这是个展现自己学识的机会，立马对着张书雅就这古井的历史娓娓道来："这个呀，叫赖厝古井，这里以前是厦门人口最稠密的地方，本来还有一座宫殿的，叫万寿宫。接下来的故事可就是场传奇了。"

他的声音在夜风里显得那么清澈动人，少女的目光追随着他，他脸色微醮，胸腔内的那颗心，不由自主地怦怦跳动，像是一枚石子落入湖水中，荡起了一圈又一圈的涟漪。

"传说，在康熙年间，一个名叫吴英的孤儿长期游荡在万寿宫周围，靠吃供品为生。有一天，一位姓赖的大妈到万寿宫烧香，突然发现桌子下伸出一只手，拿走了自己的供果。她掀开桌子下的帘子，才发现里面藏了个人。她见到的人就是吴英，生得人高马大，品行似乎不坏，赖大妈就收他为义子，还教他读书。后来，赖大妈听闻军队在招兵，就让吴英去参军，还亲手缝了一双鞋鼓励他为国效力。"林承晖说到这，像是忽然被什么触动，看着林承曔道，"哥，都说男儿当自强，一个孤儿都能参军报效国家，咱们怎么还在这儿学这些之乎者也的孔夫子语录。"

林承曔先是瞪了他一眼，继而缓和了下脸色道："胡说什么，大丈夫读书，是为天地立心，为生民立命，为往圣继绝学，为万世开太平，你什么也没学就想着冲锋陷阵，最后只是个无名的兵痞子。你看那些将军，有几个是大字不识的？人家那也是孙子兵法，三十六计，手到擒来的。就算是个土老帽，那身边也是有挥斥方遒的参谋的。"

被哥哥当着张书雅的面好一通教训，林承晖一时觉得脸上有些挂不住，住了嘴，默默地低头往前走。

张书雅看到林承晖往前走，她跟上去，眉眼一抬，笑道："哎，继续往下说啊，这口井跟那个叫吴英的有什么关系啊？"

林承晖刚被教育了一番，还正如霜打的茄子，一听张书雅的声音传入他的耳朵，一下就精神了。

"嘿嘿，我跟你说啊，是这样的。"林承晖撇开哥哥，又变回了刚刚那个活泼开朗的少年，"那时候，在军队里头，吴英被选为旗手。有一次军队与敌方交战时开始败退，吴英突然发现鞋子不见了，他立刻举着旗子回去找。没承想，敌人以为是救兵来了，竟然赶紧宣布撤退，无意间让这场战役反败为胜。后来，吴英受赏当官，就给赖大妈买了座大房子，名为赖厝。厝前有座大院子，里面有口井，后来这一带也被叫作赖厝埕。不过，光绪末年，厦门发生了一场特大火灾，赖厝和万寿宫都被烧掉了。"说到后面，林承晖的语气渐渐弱了，似乎有点惋惜。

整个传奇说完，三人早已走得离那口古井老远，但回过头去，还是能看见路中间那突兀着高起的一层四方形石壁。经历过大火，万寿宫没了，赖厝也消失了，唯有这口古井还宠辱不惊地踞守着。

说起来，人这一生可短极了。万寿宫经不起一场大火，人更经不起一场大火。

张书雅最后一个转头，在三三两两的人群里看着那口井，她仿佛可以看到那个叫吴英的孤儿在这古井边打水孝敬那位对他有恩的赖大妈。

"老板，三碗鸭肉粥。"

那家鸭肉粥店倒也不远，路口尽头的转弯处，老旧的挂帆早被新式的广告牌取代了，牌子周围还亮着一圈霓虹灯泡，不中不西的装修风格，透着一丝海派的甜俗。通常粥铺都选在早上开张，而这家店偏偏反其道而行之，临近傍晚了才开门做生意，据说掌勺的手艺极好，做出的鸭肉粥味美诱人。店主在和客人谈笑间曾提起过，他们家这位大厨在北平和南京待过，那两个地方的人做起鸭子来可是说上十天半个月都说不完的。这两地的秘方，加上厦门本地的鸭肉粥古法，三合一生出了个四不像，凭着新鲜倒也吸引了城内的一批老饕夜间来这过过嘴瘾。

"鸭肉粥来嘞！"店里的小伙计端着盛粥的木托走到林承晖他们这桌，笑嘻嘻地给他们把粥放好，继而又问了一句，"几位客人，要不要来只鸭腿啊？我们刘师傅下午刚卤的，那用的可都是好料啊，酱油色，您三位来得及时，要是再晚一点，可就没了。"

"阿飞，给我包十只鸭腿带走！"说着鸭腿，店门口就进来一个膘肥体壮的中年男人。

"哟，这不是陆公馆的邱大哥吗？十个鸭腿是吧，您稍坐，我这就叫师傅给您备去。"小伙计见大主顾上门，便顾不得林氏兄弟和张书雅这三人了。

林承曒看了那大汉一眼，便已认出这是陆家老爷身边的邱三。这邱三本也练得一身好武艺，原想着开间镖局做镖头，后来变天了，大总统说建民国，加上南来北往的都开始用汽车轮船载货，走镖那行当早不兴了。邱三没法子，只好投到陆老爷那里，当个保镖。保镖保镖，估计对邱三来说，陆老爷也是他要保的货物罢了。

念及此，一向稳重的林承曒忍不住笑了一声，引得在喝粥的弟弟和张书雅都抬头看他。

林承晖越过一桌人看过去，看到一个浑身穿黑的人。

那人正低头喝粥，头上的一顶布毡帽几乎顶到碗边。林承晖看着他的侧脸，总觉得有几丝熟悉感。他思索一番，眼里闪过一丝清明，转过头看向林承曒，示意他看那边。

林承曒顺着弟弟的眼光看过去，一眼便认出这个人就是当初去跑步时撞到的那个带枪的。彼时，低头喝粥的男人似乎察觉有道眼光射在自己身上，偏头一望，方向正是林家两兄弟这边。

"嘿，哥，他好像认出我们了？"林承晖压低声音凑过来说道。坐在中间的张书雅不明所以。

"我们吃完也快些回去，别理他。"

那个男人只往这边看了一眼，又抬起碗喝几口粥，付了钱便往对街的小巷子里走去。

刚从小伙计手里接过油纸袋的邱三一转身，便见到这边桌上的三个年轻人。

"我当是谁呢，原来是林大公子啊。"邱三捏着纸袋子，原本叫人看一眼就心生畏惧的面庞，此时不知要怎样摆出一副合适的表情来，脸上的筋肉左晃右拐，看着竟更加狰狞。

张书雅自打邱三进门看了一眼后，就没再抬过眼，这般彪悍又带有杀气的男人，她喜欢不起来。张书雅默默放低了眼睛，一双手交叉在一起。

"邱三哥好，回去若有空，代我问陆伯父安。"林承暻倒也不慌乱，表情神态乃至语句，倒也是颇有富家气度。

"一定一定，大公子，您慢用。"邱三讪笑着退出了门。

"怎么样书雅，这家的鸭肉粥做得不错吧？"林承暻早早喝完了一碗粥，看着张书雅慢条斯理喝粥的模样，眼里看着欢喜，心中蠢蠢欲动，似乎是个在等夸奖的小孩子。

"这粥看着颗粒分明的，但是吃起来倒是觉得软糯绵密。这是什么做的啊？我想回去自己试试看，给我母亲做一碗。她近日吃多了辣，这儿可不比成都湿气重，有些上火。"张书雅吃了一半，拿出手帕擦了擦嘴，整了一下衣襟，问道。

"鸭肉粥嘛，当然是鸭肉做的。"林承晖笑了几声，继而摸摸后脑勺，"嘿嘿，我说笑的呢，这个，这个我还真不知道。"

"外头的鸭肉粥，是用水熬的，他们家的鸭肉粥，那是用鸭汤泡着大米和糯米，一起放火上熬的。"林承暻喝完最后一口粥，把筷子整齐地码在碗上，解释道。

"诶？大哥，你怎么知道的？"林承晖一脸惊讶。

"年前妈身体不大好，想吃这家店的鸭肉粥，我和刘师傅偷学过两招。"林承暻说得淡然，神色平静地看着弟弟的反应。

"妈年前身体不好？怎么个不好？这事儿我怎么不知道？"林承晖才听闻此事，追问。

"那会儿你在准备厦大的入学考试，妈叫我别告诉你，省得你分神。"

"你们兄弟俩，感情真好。"张书雅听着二人的对话，见林承晖没了声响，便出来打破僵局。

林承晖冲她笑笑，心里头却五味杂陈。

三人付了账，走出了那家鸭肉店。夜色愈浓，路上行人愈发稀少，林氏兄弟送张书雅回了家，便也一同回了厦大。

此时，金色的暖阳照在林承晖蓝灰色的长衫上，倒生出别样的美感，他在这棵凤凰花树下一坐就是一下午，什么时候睡着了也不知道，倒是一醒来就看见了张书雅那张娇俏动人的脸不知被谁揉搓成这样，小脸扭着，眉毛眼睛鼻子都挤在了一块，叫他看得忍不住扑哧笑出声来。

"你还笑，我和林大哥在筹备话剧社忙了两天，你倒好，跑这儿来躲懒，晚上就要去表演了，你可准备了没有？"张书雅生气的时候，五官就会不自觉地合拢在一起，像是被揉皱的一张纸。

"啊，准备了，准备了的。"林承晖赶紧从地上站起来，而他这一起身，原本放在腿上的速写本就落地上了。

他想起身去拿，但张书雅比他快一步。

风翻过了速写本，落在第一页，淡色的墨水描出了一个女子撑着手肘眺望远方的轮廓。虽然看不清脸，但是意境很美。看身段俨然就是自己，在镜中，她是瞧见过这种风姿的。张书雅瞧了一眼，竟忍不住脸红了起来，一向落落大方的她，一时有点无措，将本子一合，递给林承晖道："自己的东西，要好好收着，不要东丢西丢的。"

林承晖听着这似嗔似喜的轻责，心中微漾，一抬头，张书雅已经走出去老远了。

那日看完曹禺的《日出》，张书雅便和他们兄弟俩提议，在厦大办个话剧社，也演一回《日出》。

对于张书雅的要求，林承晖自然是无条件接受。而林承曒会答应，则是觉得得替他们把把关，成立一个社团，不是喊喊口号的事儿。这几天，他在学校里跑部门，找老师，甚至回家拿了些钱当启动经费。毕竟话剧是要演的，演员的那些行头，可都不便宜。

这些杂事都被林承暻包圆了，张书雅乐得清闲，便专心致志地研究曹禺的剧本。《日出》才刚刚出了首版，她立马叫父亲托人买了回来。手抚上书页，油墨的香味浸入鼻腔，那些文字仿佛是活的，会动的，叫人看着是身心愉悦的。

算起来，金江剧院倒是赶了一回时髦，在首版还未出之际，就先排出了话剧。不得不说这幕后老板，颇有市场眼光。

作为发起人兼曹禺的读者，张书雅当然是要演陈白露的，而和她对戏的男一号在千军万马的突围中，被林家二公子林承晖一举拿下。

不是林承晖技高一筹，而是在选拔时，那些冲着张书雅来的人，都被林承晖淘汰了。好在林承晖本来五官有几丝英气，演方达生也不算太违和。

晚上的话剧，安排在厦大的礼堂里，林承暻早就里里外外打点好，道具灯光什么的，也排了好几遍。虽然这出戏，他不上台，但他心里是万分期待的。

天色将暗，礼堂里陆陆续续坐了不少人。

灯暗了下来，缓慢的脚步声从台上传来，像是一个虚弱的人一声又一声的喘息。台下的观众此刻都伸长了脖子，盯着仍是一片黑暗的舞台。

脚步声停下后，紧接着是"吱呀"的开门声，"啪"的一下，舞台灯亮了。

张书雅扮演的陈白露披着晚礼服，化着浓妆，一脸倦怠地朝着台中走，她这个角度是看不见台下的观众的。排演前，她发现自己面对人群无法舒展，便和林承暻商量对策，林承暻表示这简单，到时候开演了把台下的灯关了，她就看不见观众了。

现在看来，这主意真不错，她现在就想象着自己就是陈白露，这里就是她的房间，而黑漆漆的台下，就充当那无边的夜好了。

她开始说着台词，一举一动，都叫人信了她就是那八面玲珑、风情妩媚的交际花陈白露，而那个曾经叫全校男生神魂颠倒的校花张书雅，则早被抛到了脑后。

林承晖上台的时候，台下有一小阵窃笑。

他演方达生，一个与时髦的大上海毫不对路的人物，一个代表着爱别离的人物。

随着剧情的推进，《日出》的各色人物一一粉墨登场，台下的观众也从一开始的躁动不安，到后面渐渐入戏，被台上的那些演员们带动着，进入曹禺先生描写的那个世界里。

等到整出剧的结尾，张书雅躺在沙发上，手里的书已经掉在地上，她闭着眼睛，仿佛生命渐渐地从她的身体离去了。

那一刻，台下竟有了啜泣声。

在舞台后传来的合唱声中，全场的灯光大亮。

而台下置身戏中的观众们，这才意识到这是戏，继而掌声雷动。

林承曌带着所有演员一起上台来谢幕。

张书雅深吸了几口气后，终于把情感调整了回来，她对着台下的人说："非常感谢各位来观看我们海棠话剧社的首演，我相信戏如人生，如果你们也喜欢表演，想体会不同的人生，请找我们的社长林承曌报名。谢谢大家。"

又是一阵爆发式的掌声。

话剧的成功，让张书雅和林氏兄弟都很高兴，觉得这些天来的努力没有白费。唯一美中不足的是整理完礼堂后，已是深夜，张书雅早早地被家里派人接走了。

"哥，要不要喝一杯去？"林承晖问道。

林承曌点了点头。

走出厦大的校门，再走几步路，拐个弯，巷口便是一间小酒坊，专供学校里的那些学生出来小酌一杯。酒坊的装饰倒是清雅，里头铺着日本运来的榻榻米，柜子里一溜儿贴着红纸的小酒壶，容易叫人一时看花了眼。

店主年过半百，却风韵犹存，见这两人进来，一如往常地招呼道："二位小哥，喝点什么？还是要我给你们推荐点？"

"您推荐吧，推荐叫人喝了高兴点的。"林承晖看着那一排排不同颜色不同质地的酒壶，还没喝醉就觉得有点头晕了。

"这位小哥说话有意思，只有高兴了来喝酒的，没有喝了酒能叫人高兴的。"店主捂着嘴笑道，却也尽职地给他们推荐了一壶日本甜口清酒，外送一碟花生米。

在日式的榻榻米上坐下，林承晖看着林承曔倒酒，见店主一个人坐在柜台前招呼着三三两两进来的客人，他忍不住凑到哥哥耳边说："哥，你说这老板在这儿开店快十年了，又是榻榻米又是清酒的，怕不是鬼子派来的间谍吧。"

林承曔拍了弟弟的肩膀一下："别胡说，鬼子讲的中文你又不是没听阿才叔提过。年前，父亲和才叔去了一趟上海进货，不就碰见过几个东洋鬼子吗？他们说话哪有这位老板这么顺溜啊。"

"哎，你说我要不要用闽南话去试试她？"林承晖还是不死心。

"噗……"林承曔刚喝进去一口酒，全喷了出来，引得那头的店主侧目。

店主刚招呼完新来的一个客人后，冲林氏兄弟探寻地问了一句："供虾米哦？（说什么呢）"

林氏兄弟顿时笑得前仰后合。

店主一脸莫名其妙。

"阿晖，你跟哥说句实话，你是不是喜欢书雅？"林承曔饮了一杯酒，单刀直入地盯着弟弟问。

林承晖没想到，自己那点小心思这么容易被看穿，来回揉搓着双手，浑身都不自然，目光从最上面一层酒柜移到最后一层，扭捏着点了个头。

"你这孩子，跟哥哥这儿，有什么好怕的？"林承曔伸手搭在弟弟的肩膀上一拍，一脸好笑地说，"我又不跟你抢。"

林承晖听闻，猛地抬头："哥，你……"

"我什么？"林承曔又喝了一杯。

"你……你难道……"林承晖又语塞，"你难道不也喜欢书雅吗？"

"你哪只眼睛看出来我喜欢她？"林承曔不以为然，夹起一粒花生米道。

"你不是一直找她学德语吗？"林承晖追问。

"我还一直找王老师学国文呢。"林承曔面对弟弟的追问，本着打死也不认的态度。

"那……那……"林承晖继续找着蛛丝马迹，"那你为什么还帮着她办话剧社。"

"我帮她，不也等于帮你吗？"林承曔吃完了花生米。

"啊？原来你早就……"林承晖一下子觉得自己像是被人剥光了衣服，从街头走到街尾了还不自知。

"书雅是个好女孩，她是留过洋的。只是爸妈未必会喜欢这个儿媳妇。她家不在厦门，也不是大家。"林承曔看着林承晖，虽然面前这个弟弟已经和他一样高了，但是在他眼里，还是那个跟在他身后喊着要炸炮仗的小孩子。

"留过洋的怎么了，晓浓姐姐不也留过洋吗？娘还不是一样喜欢她？"听到林承曔的后半段话，林承晖急了，他，长这么大第一次喜欢一个人，这点苗头还没出土，眼看就要被一铲子掀了。

"晓浓是妈看着长大的，这不一样。书雅是成都的，万一他们家哪天要回去了，你怎么办？抛弃爸妈还有我，跟着她走？还是要她抛弃自己的爸妈跟你留在这里？"林承曔说出了那个最大的问题。

林承晖如遭当头棒喝，嘴唇几次蠕动，不知该说什么，最后捏着拳头，像是不甘心，像是赌气，又像是带点委屈地说："为什么啊……为什么一定要做这种选择呢？"

"阿晖，至少……"林承曔叹了口气道，"至少，你还能有选择。"

"什么意思？"林承晖抬头看着哥哥，一脸不解。

"妈跟我说了，她决定让我和陆晓浓成亲，大概就是过了这个学期的事。"林承曔喝完了那壶樱花酒，这洋鬼子的东西，度数不大，只让人觉得有些微醺。

"哥……那，那你是怎么想的？"林承晖一时也问不出其他的东西，只提了这一句。

"身为长子，这是我的本分。"林承曔说的时候，顿了一顿，"我只能这样的。"仿佛有点不甘心，但又只能如此。他的心被撕扯着，一面是孝义，一面是自由；一面是责任，一面是本心，世间安得双全法啊。

"你若不愿意，我就去同爸说，爸那么开明，我就不信……"林承晖还带着天真的少年气，作为被各方宠着长大的幼子，不懂家族的重担倒也不奇怪。

"最近时局不稳，爸的生意也不好做，你就不要去烦他了。"林承曔按住他，"都是快成年的人了，怎么还这么毛毛躁躁的，你这样叫书雅怎么喜欢你？"

"哥……你？不反对了？"林承晖听到林承曔这最后一句，像是步入了桃花源，豁然开朗了起来。

还真是个孩子。林承曔苦笑着摇头，付了账。

海棠话剧社办得如火如荼，厦大的礼堂每个周末都会有一场他们的话剧，连学校里的一些老师都忍不住赶来观看。那一出技惊四座的《日出》，让这些向来严苛的老师都不得不夸几句话剧社的这些学生。其中，最得宠的便是女主角张书雅了。

因为话剧社的活动，张书雅给兄弟二人上的德语课算告一段落了。

这日照旧是排《日出》，结束后，林承晖和哥哥打了声招呼，就送张书雅出门。

礼堂里剩下的，都是话剧社的社员，几个人搬东西，打扫，等全部整好后，还要让林承暶再检查一遍。

看着方才还人声鼎沸，如今已空空如也的礼堂，林承暶走下去，从这一排椅子一直摸到那一排。

他喜欢张书雅吗？

作为同学来说，他自然是喜欢的，但是，如果是作为男人来讲呢？

他不知道。

这个问题，在他发现弟弟是喜欢张书雅的时候，就强迫自己不要去想了。

自古以来，兄弟爱上同一人的结局，不是造成家破人亡就是妻离子散。而他，是无法承受，更不能接受这样的结局的。况且……况且自己并没有能够去喜欢、去爱的能力，毕竟还有一个——

"一个人站在这黑漆漆的地方，想什么呢？"

一个清亮的女声传到他的耳朵里，空旷的礼堂忽然被这声问候填满了。

他转头看着光线尽头站立着的那个人。那个女人，穿着一身丁香色的旗袍，烫着最时髦的卷发，脖子上挂着的那串珍珠，不用看也知道是出自他们家的南海珍珠项链。

陆晓浓手搭在靠背上，正扭头观察这个地方。

"你……你怎么在这儿？"林承暶只有极少数时候会失态，比如面对陆晓浓。他不喜欢她，他对这一点是很明确的。而他的不喜欢，很大程度上大概是源于每次他在她面前，便无法掩藏什么，任何举动任何话语都会被看穿，被揭破，这叫他觉得难堪。林承暶不喜欢身边的人如此尖锐，这点上无论男女。

可是至少在他面前，陆晓浓就是不愿意展现光滑的那面，自打她去英国回来，连香水味都刺激着林承暶的神经。这个女人仗着家世与他相当，又留过洋，对他总是一副了如指掌的模样。

犹如一朵带刺的蔷薇。

他这个人，素日里虽然常常屈从于一些事，但骨子里到底还是有点傲气的。对于家里安排的桩桩件件，他都能接受，唯独除了陆晓浓。

"我回来好几天了，你都不来公馆看我。邱三跟我说，看见你和一个女学生在鸭肉粥铺吃饭？"陆晓浓的高跟鞋踩在礼堂的地板上，发出咯噔咯噔的声音，这个声音，在这个空旷的空间里，显得突兀。

"你是不是讨厌我……"陆晓浓走到他面前，外头微弱的光线照不到她明媚的脸，但那双眼睛却是明亮的，一闪一闪地盯着林承曒，仿佛已经将他看穿。

"没有。"林承曒别过头，往外走。

陆晓浓踩着高跟鞋跟上。

"如果没有，你为什么都不来看我，"她在后头一边加快步伐，一边质问道，"如果没有，你为什么都不愿意跟我说一句话，如果没有，你干吗见到我就跑？"

林承曒停了下来。

陆晓浓跑到他跟前，那双眼睛，像是会摄人，林承曒下意识不去看。

"你说呀。"陆晓浓不依不饶。

林承曒往左，她也往左；林承曒往右，她也跟着往右。

"好了，别闹了好不好，我送你回陆公馆。"林承曒软下态度，没有正面回答她的话，又一次选择了逃避。

陆晓浓却停下了，任凭林承曒怎么拉，都拉不动。

"你又想做什么？"任凭林承曒是怎样好脾气的人，此刻也有些恼了。

"我不想做什么，林承曒，你给我一句话吧，你既然不喜欢我，为什么要答应我们家要娶我？"陆晓浓一字一句地往外蹦，这个问题困扰了她好久。去国外前，她以为婚姻就是接受父母的安排，安然度日，但是留洋之后，她才知道，原来婚姻是两个契合的灵魂一起创造新的故事。她曾以为林承曒是她的良人，但是没想到林承曒对她这么冷漠。

在厦大的夜色里，晚风吹散陆晓浓额前的头发。

两个人就这样默默对峙着，谁都不再说话。

长久的沉默，像是时间停在了此刻。

最后还是林承曔先投降："古人言，父母之命，媒妁之言，我哪有什么选择。"

陆晓浓看着他，那双黑夜里能盈着水光的眼睛，不知怎的忽然流出晶莹的泪来，她流泪，但她又冷笑，无意之中反倒添了一丝悲凉的美。

"听听，听听，好一个厦大的高才生啊，你可知今朝是何年月啊？"陆晓浓的眼泪晕开了她脸上的妆容，眉眼之间显出浓浓的失望来。

"知道，又能怎样。以一人之力对抗整个社会，哪怕是孙文先生那般的人物，不也失败了吗？"林承曔深吸一口气，闭了眼，又再次睁开，"若是你不愿，我会回去让父亲母亲去陆家退婚，若是你愿意……那……那……"

"那就如何……"陆晓浓倒是想听听他的高见，却始终没能听到后半句。

"举案齐眉，相敬如宾。"林承曔说完，便不再管她，自顾自朝着宿舍的方向走了。

陆晓浓呆在原地，咀嚼着他方才的那八个字。

凄凉一笑，她转身往另一个方向走去。

翌日中午，林承曔从厦大的宿舍楼里出来，就见到林承晖和张书雅一人拿着本书吵吵嚷嚷地朝他走来。林承曔揉了揉额头，只怕自己要充当包公，断一桩公案了。

原来是今天早上的国文课，老师叫他们一人介绍一位当代作家，并进行即兴评述。张书雅选择了冰心，她觉得冰心的文章不媚俗，很纯真，读来叫人觉得可喜。而林承晖偏偏选择了张恨水，觉得冰心写的太低龄，大学生们不爱看。两人就这个问题在课堂上唇枪舌剑地辩论了好久，连下课后都在吵。

林承晖见争论不休得不出个结果，便提出去找他大哥来评评理。

张书雅知道林承曔一向公平，不会偏私，便答应了。

听完他们的叙述，林承曔只觉得更头疼了，个人爱好本就是很私人的事，就好像男人看姑娘一样，你觉得好看的，人家未必觉得也好看。各花入各眼，这事儿哪有什么对错正邪之分啊。

"林大哥，在如今这个新社会，冰心想要传达的母爱、自然、童真，我觉得是每个年龄段都应该读一读的。"张书雅一脸认真地看着他，想得到他的支持。

"哥，你可是我亲哥，你说，就你这个年龄的人，会去读《繁星·春水》这种小诗吗？"林承晖赶紧趁着哥哥还没发言前，为自己辩驳。

"这种事，哪里有什么是非啊，我一个人又不代表全部。"林承曔摆了摆手，想让自己脱离这争论的漩涡。

"您就当您现在代表全部。"

"瞎说什么呢，这是能随便代表的吗？"林承曔皱着眉头看着弟弟。

"行吧，林承晖，咱俩各退一步，你去找十个人，我去找十个人，看咱找的这十个人里，支持冰心的多，还是张恨水的多，谁多谁赢。"张书雅提了个折中的意见，取得了林承晖的点头认可，这才叫林承曔的头疼好了一点。

送走这俩活宝，他想去大食堂看看还有没有什么残羹剩菜，却在刚走出几步路的时候，被一个人叫住。

"大少爷！"

他转身，看见管家才叔站在汽车前，冲自己行礼，抬起头来，一脸的沉重。

那个瞬间，他觉得四肢百骸的血液全一齐往头顶涌，那种不祥的预感，越来越深。

"才叔，怎么了？"他控制不住面部肌肉，颤抖着发问。

"大少爷，快跟我回家吧，老爷，有急事要找你……"

第 三 章

兄弟俩匆匆赶回家时，天色已晚，淡淡的光从遥远的地方发散开来，难免让人感到一股寒意。比起这些，他们更在意的是自己的父亲。

一路上，听才叔说，父亲早就病倒了，但为了照顾家里的生意，也为了能让兄弟俩接受更好的教育，不至于沦落为像他一样的商贾之流，他一直硬撑着没有告诉他们。一时之间，林承曔不知道作何反应，在他心里，父亲原是那顶传统顶权威的人物，在这地头上，说风就是雨，谁也没办法反抗，比如自己就是那样，无论是继承家业，还是和陆晓浓的婚姻，都没得选择。但现在，心中那个强势的父亲病倒了，就躺在床上，他的喉咙嘶嘶地响着，眼睛也闭起来。

正当林承曔胡思乱想时，林承晖已经先一步走到床前，低头观察林继泽。

"妈，爸怎么样了？"林承曔扶起趴在床边的母亲。

"哎，人老了，休息几天就好了。"李佩瑶摇摇头，伸过手披了披被角。

"请过大夫了吗？怎么说？"林承晖问。

"大夫说这是积劳成疾，多歇歇就行啦，你们两个也别太担心了。"李佩瑶拍拍林承曔的肩膀。还好这两个儿子都大了，不然她都不知道该怎么办。

林承曔看母亲一脸疲惫，道："现在天色不早了，妈也当心身体，早些歇着，这边我们两个来照顾就好了。"

李佩瑶点点头，说了一些注意事项便离开了。偌大的房子里，剩下林承曔和林承晖，两人默默地坐在床边，仿佛还在消化着眼前这一幕。

煤油灯在不远处的小斗柜上烧着——许久不用的东西，现在拿来点着正好，对病人而言，电灯的亮度实在太刺眼。

林承曒望着焦黄的玻璃罩，里面有一簇火舌。

须臾，窗口吹进一阵风，火舌剧烈地抖了抖。

林继泽的脸大半都落在暗处，林承曒望着弟弟的侧脸，这些年来，他总是默默地羡慕弟弟，可以不顾一切放开胆子去玩，不用担心遭父亲责罚；可以无所畏惧地表达自己所有的情绪，不用被父亲说成是没有男儿风骨……

"阿晖，你也去休息吧，这里我守着。"

林承晖看了一眼父亲，点头道："也行。我下半夜换你。要是我睡着了你来叫我。"

"好。"

林承晖走后，林承曒又往床头靠近了一些。一个人静下来后，林继泽喉咙的嘶嘶声仿佛更明显起来。这种嘶嘶声是有规律的，像一个破了纸的窗，吸气时，外面的风涌进来，肌肉拉到极限，声音也变得更尖细；呼气时，虽里面的风争着出去，相比之下还是稍容易些，肌肉被一泡痰粘着浸着，放松又湿润，要是痰堵住了这个窟窿，睡觉的人就得一顿咳。

林承曒望望墙上的挂钟，又退到父亲的脚头，靠着床柱。

如果父亲真的有一天不在了，他还能回到学校去吗？——多半是不能的。林承曒突然发现，他之前根本就没有把眼下的这种状况算到自己四年的规划里。假如父亲离去，他连这四年的迷茫和逃避的时间都没有。

许许多多的往事在林承曒的脑海里来回翻转，他怎么也想不出除了父亲，还有什么能够让他在这四年里还能过上衣食无忧的大学生活。那些新口号新思想有何用？——不过是精神上的慰藉，他仍然无法摆脱家庭生活的烦恼，只要活着一日，生活上的花销就容不得他去想新口号。以前是如此，要是父亲不在了，更是如此。

林承曒抿抿干涩的嘴唇，父亲的咳嗽声让他睁开眼，起身去拿痰盂。李佩瑶来看了一眼便叫老妈子去烧茶水。不知不觉，窗外已经亮了。林承曒转头看向父亲，他的脸已经是一片灰黄，嘴唇翕动着，窗外的一丝阳光印在他身上，白而金的被子，竟有一丝虚空。

"阿暻……咳咳……你回来了？"林继泽强撑着身子坐起来，他一直咳嗽，把前额都汗湿了，一绺头发搭在脸上，虚弱得很。林承暻上前去扶了他一把，并将被子掖好，转过身去倒了一杯水递给林继泽。

"阿晖也回来了，他还睡着。"

林继泽突然扶着床边又使劲咳了一通，嗓子里的一泡血痰终于被他咳在地上。林承暻避开眼睛，不去看地上的血痰。

林继泽喝完水后，父子两人相顾无言，只有偶尔传来的咳嗽声。

半晌，林继泽才缓缓开口："哎，这个病怕是好不了。"

林承暻怔住了，一会儿，说："怎么会，爸你还年轻。"

林继泽叹了口气，说："我自己什么状况我自己清楚。阿暻，你还有四年才能毕业……爸爸也不想逼你，你已经很努力了，我知道的。小的时候，阿晖去玩，你在书房读书，先生教着有时一待就是一整天……先生跟我说，你经常望着窗外发呆，"林继泽喘了口气，"你是在看阿晖。"

"这么久的事，说它做什么？"林承暻试图避开父亲的话。

"是啊，都这么久了，那会儿你才长到我腰间，现在已经比我高出半个头了。"林继泽看着林承暻，眼睛里露出几分无奈："阿暻，爸爸知道你不容易，但我希望你不要恨我，时间不等人啊……阿晖性子急，遇事情容易冲动，没有办法承担家业。林家祖辈传下来的家业，总需要有个人来接着，家里看着人多，能撑起这个家的，可能只有你一个。你以为我真的不知道你在想什么吗？其实爸都看得很清楚，只是爸也没得选择，希望你能理解。"

林承暻惊讶于父亲的话，他从来不知道父亲一直也在注视着自己，父亲也和自己一样只是没得选择。事实已经是这样子了，他又有什么办法呢？自己又不是会七十二变的孙猴子，也不是有锦囊妙计的诸葛孔明，总能完美地解决所有的困局。既然如此，只能认命了吧？况且，继承家业，也没什么不好，闲暇时，还可以去剧院看剧。所有的一切终归都会习惯的。

林承曌越想越远，林继泽说了这一番话又开始有些喘，只得躺下背过身去顺气。

　　直到太阳晒到脚跟，睡在床上的林承晖突然一声低吼，猛地睁开眼睛。

　　周围还是一样的安静，林承晖一骨碌坐起来，趿着拖鞋去拉门。

　　"妈？"一开门，李佩瑶端着一杯水站在门外。还不等她开口，林承晖就抓着她问："爸还好么？"

　　"他跟昨天一样，你哥在守着——倒是你，这满头大汗的是怎么了？"李佩瑶掏出手帕，往儿子脑门上擦了擦。

　　"哎呀，哥也不来叫我！"他这才想起昨晚守夜的事，一抬脚就往林继泽的房间里跑。直到看见又睡过去的父亲，心里才松了口气。

　　说来也奇怪，他已经很多年没做噩梦了。昨晚上的梦着实把他吓着了——真实得让他觉得可怕。梦里应该是在年关，家家户户都贴上了对联，灯笼也一个接一个地挂着，他一个人走在路上，天上竟飘下雪来。按道理来说，厦门这样的城市，是不常下雪的，但此刻却是风雪交加，路上一个行人也没有。他不停地在路上走着，突然听到前面有人哭的声音。他一路找去，终在一处虚掩的府苑大门前停下。朱红的大门左右蹲着两个怒目的大石狮子，门上扎着办丧的大白花，大雪天里古怪又凄凉。他忍不住推开门朝里走去，好多人挤在灵堂前他却一个也不认识。只知道最外围的人在讨论生意的事情，相互之间有说有笑；中间的人在讨论人生哲学，感慨生命无常；只有最前面的几个人，在蒲团上哭作一团。林承晖想看清灵堂上金漆灵牌后面的遗像，却发现那是父亲早年的一张照片！

　　林承曌听了他的梦，只叫他不要胡思乱想。

　　"哥，你去睡觉吧，这里换我来。"

　　林承曌摆摆手："不必了，我已经打了电话给大夫，待会儿他们就会过来。我在这里等一会儿。"厦门开医馆的大夫很多，中医不行就去看西医。林继泽明显是肺有毛病，器官上的问题，马虎不得。

上午十点，两个穿白大褂的西医提着箱子来了。一人掏出听诊器，在林继泽胸膛上左右听了听，又问了几个问题便开了西药。

李佩瑶将大夫送出门，林承晖望着大夫的背影，问："哥，那个医生靠谱吗？我怎么觉得他讲的很简单呢？"

"我也是听人家说他看得可以才去请的。先让爸吃着药看看吧。"林承暻揉了揉太阳穴，又道，"我去睡会儿。"

在家的日子总是过得又静又慢。林继泽的房间里时时刻刻都有下人看着，林承暻又在睡觉，林承晖和李佩瑶说了一会儿话之后就彻底闲下来，待在自己的房间里东摸西看。倒腾抽屉里的那些旧东西，始终耗费不完他的精力。一个丫头给他端来茶水，看他盘腿坐在地上修八音盒，忍不住多看几眼。

"小少爷，您在干什么呢？"

"修这个呀，"林承晖朝她扬扬手，又低头继续自己手上的活计，"……奇怪了，这个拨片装上了也没反应——银杏，把桌上的那个木片给我。"八音盒还是小时候林继泽给他买的洋货，许久不用，现在拿出来竟发不了声了。

银杏将木片递到林承晖面前，林承晖一看那只指甲饱满的手，有一丝愣神。

"谢谢。"他这几天估计都去不了学校了。

挨到傍晚，母子三人围到桌前吃饭。林承晖无聊地嚼着嘴里的饭菜，一言不发。他们昨天回来得太急，都没和张书雅打招呼，今日她肯定很奇怪为什么他们俩都没来上学。而且他不知道她家里的电话，连话都没法跟她说。

"阿晖，要不你明天还是回学校去吧。家里有我们就行了，你好好读书去。"李佩瑶停下筷子道。看着小儿子无精打采的样子，她心中不免感叹：本来他就是个待不住的性子，以前好歹家附近有几个孩子可以一起玩一玩，现在大家都去上学了，他自是一个去处都没有。

"真的吗？那哥——"

"我和妈在家。两个人就够了。"林承曔道。

"那行。"林承晖一笑，划了一大口饭。

第二日一早，他如愿回到了学校。

课后，林承晖马上找到张书雅，把林继泽病倒的事告诉了她。

"大夫请了吗？说了什么没有？"张书雅认真地问。

"来了，说是最好抽空去医院照照爱克斯光。"林承晖望着走廊外的凤凰花树，树上的花早已经凋谢了，他想起林承曔眼里的落寞，顿时有些五味杂陈。如不是他有个哥哥顶着，现在在家里的就是他了。哥哥曾经说自己没得选择，大概就是如今这般境地吧。

"不如我们去散散步？"张书雅问。

"嗳。"他跟在张书雅后面，看着她娇小的身影和被风扬起的乌黑的发，心中的憋闷又散去了些。如果家里没有那些烦心事该多好。

张书雅在凤凰花树下停了下来，仰头看着树冠。林承晖也背着手静静地站在一边，欣赏她的侧脸。

一阵风吹来，从树上落下一朵凤凰花，急坠而下，啪地落到地上，花色还是那么鲜艳，火红的样子装满了热情，花瓣前端却是让人厌恶的黑。林承晖突然想到了"英雄末路，美人迟暮"一般令人伤感的词。

林承晖捡起枯萎了的花，放在手心，问张书雅："你知道凤凰花代表着什么吗？"

"嗯？"张书雅转头看向他。

"凤凰花树五月开花，花大美丽，颜色鲜红，就像一团一团的火凤凰的羽毛，就算花落也不褪色。来年再长出来时，鲜红更胜前年。是不是很像涅槃重生的凤凰？叫人怜爱，又使人着迷。"林承晖说完把花递给了张书雅。

张书雅接过凤凰花，认真看了一会儿，说："以前总觉得它好看，没想到还有这样子的寓意呢。"

林承晖笑了一下，说："所以说，有些东西不能只看外表，要真正地去了解它的内心。"

张书雅没接话，小心翼翼地将手上的花用白手帕包了装进包里。

林承晖提议再往前走走，但两人不一会儿也还是分开了。分别之后，张书雅回到家里将包里的凤凰花拿出来，压在自己的日记本里做书签。

这天晚上，她在笔记本上写下了自己的心事：

有些男孩永远也长不大，他会幼稚，但也愿意担当。
就像凤凰花，不只有鲜红的热情，也有离别的悲壮。
但这才是，我认真喜欢着的。

她躺在床上，心中莫名起了一番悸动。她在思考自己是什么时候喜欢上林承晖的，然而，想来想去，怎么也想不出来。或许是他用蹩脚的德语跟自己说笑话讨自己开心时，又或许是他想尽一切办法满足自己出演话剧的愿望时，又或许是发现他本子上的画像是自己时……

但是，这些都不重要，重要的是，自己现在珍视起他送的花了。凤凰花的火红，犹如那人心中生起的爱恋。想到这，张书雅眉眼满是笑意，一熄灯便安稳地睡去了。

回来一个礼拜，这天像是专门和林承曒作对似的，接连下了好几天的雨。林承曒每天除了去照顾父亲，几乎就待在房间里看书，这样的天气，实在不能叫人提起劲来。

"大少爷，老爷叫您去一趟。"门外传来吴妈的声音。

林承曒应了一声，收拾了一下就往父亲那走去。看到父亲时，他坐在八仙桌旁慢悠悠地喝茶，精神显然比前几天好了很多。来的那两名医生，李佩瑶也叫人多送了些看诊费去。

林继泽看见儿子过来，放下手中的茶杯，示意他坐下："阿曌，叫你来是有事情跟你说。眼下我的病也好得差不多了，你也想回学校找阿晖了吧？下午我让才叔送你去。"

林承曌愣了一会儿，才连连应父亲。

"去学校就好好学习，管着点你弟弟，他就喜欢瞎闹。"林继泽笑道，"还是那句话，你们兄弟两个要互相照顾，我们家才能越来越好。"

"我明白，爸爸。"

林承曌回到房间收拾行李，将穿的用的收了两包，就等着下午出发。

国文老师在台上滔滔不绝地讲课，林承晖没心思听，在本子上画人的侧脸。张书雅的侧脸线条是很流畅的，虽然他坐在她斜后面只能看到她的背影，但她在凤凰花树下的样子，他闭着眼睛也能想象出来。

"哟，画谁呢？"同桌的男生也不好好听课，趁人不注意伸头过来偷看。

林承晖尴尬地把本子一扑："你管得着么！"

"喊！"

被他一打岔，林承晖不愿意再画了。他前面的位置还空着——是林承曌的位置。

他不由得感到一阵落寞，林承曌已经一个礼拜没来上课了，家里他已经打过电话，父亲的病好了七七八八，看来当初的梦真的是反梦。大概这两日，林承曌总会回来学校了。

下课铃声响起，林承晖收拾书本，穿越人群去找张书雅，邀请她一起去看话剧。

张书雅笑着答应了，仔细看，脸上还有一丝丝红晕，也不知道是不是太阳晒的，但这季节的太阳哪里晒得进来？林承晖将这些都看在眼里，突然感到一阵悸动。

从剧院出来的时候，两人看到林承曌在门口等他们。

林承晖跑上前去抱了一下他，问："你怎么知道我俩在这？"

林承曘笑笑，说："我中午刚过就回来了，我去找你，你同学说你和书雅出门去了。我猜你俩就在这。"

三个人在门口絮叨了一会儿，兄弟二人将张书雅送了回去，月光将三人的影子拉得很长，仿佛他们的故事也才刚开始。

第二天一大早，张书雅就来找他们，打算继续把话剧演出进行下去，林承曘不在的这个礼拜，话剧社也冷清了些。听了张书雅的建议，林承曘马上召集话剧社的成员，讨论话剧剧目，最终敲定《赛金花》。对这部剧，林承曘也是喜欢的，都说赛金花是老百姓的活菩萨，但却始终逃不过被人玩弄的命运，让人心酸。

这一次，从台前到幕后，林承曘无一不亲自监督，最后效果比《日出》还要好，甚至就连张书雅的父亲也来观看了。结束时，张教授和林承曘聊了两句，但并不是什么重要的事，也就是问问他是什么专业的，对现在的局势有什么看法之类，林承曘一一做了回答，张教授很满意地点点头。

一转眼，寒假已经到来。

最后一周，学校举行了期末考试。林承晖和张书雅已经确定了恋爱关系，近日两人去得最多的地方就是图书馆。林承曘和往日一样，只是学习，看看话剧，家里也没有再来消息了，难得的轻松。

放假的前一日，林承晖在宿舍收拾东西，两本德语课本从书包里掉出来。林承晖马上捡起用手帕擦干净。上铺的人见他宝贝的样子，问："这什么书？外国的？我都没看过。"

"德语书，给你看你也看不懂。"

上铺的人咂咂嘴，闻言不再理林承晖。

不久，张书雅来找林承晖，林承晖和她一起去散步，两人有一搭没一搭地聊着。一阵风吹来，张书雅打了个寒颤，林承晖把外套脱下来给她披上，

41

问:"你放假,回成都吗?"

"嗯。"张书雅点头。

"那我怎么联系你?"林承晖又问。

"我一会儿把地址给你,你可以给我寄信。"张书雅裹紧了衣服。

两人又走了一会儿,看到从远处狂奔而来的林承暻。林承晖和张书雅走上前去,林承暻大口喘着粗气,说:"阿晖,快跟我回家,爸,爸又病倒了。"

听到消息的林承晖,恍惚之间又想起很久之前那个噩梦来。

兄弟两人回家时,林继泽躺在床上,呼吸声弱到几乎听不见了,本来就瘦的身子已经干瘪起来。

"妈,这是怎么了?"林承晖拉过李佩瑶的手。

"大夫说,没多少日子了。"李佩瑶颤抖着声音。

"咳咳……这是……阿晖……回来了吗?"林继泽艰难地发问。

"是的,爸,我在这呢!"林承晖走到床边,给林继泽拍胸缓气。

"阿暻,你随我来。"李佩瑶吸了口气对林承暻说。

李佩瑶带着林承暻到了书房,说:"阿暻,你听我说,你爸日子已经不多了。现下,林家的生意一定要有人打理。妈知道你不愿意,但这也是没办法的事。我希望你能顾全大局,这是第一件事。第二件事是林家的生意向来都有很多人惦记,你爸生病后,已经有很多人上门了。我怕你接手生意后,顾不过来,希望你可以早日和晓浓结婚。有了陆家的帮助,应该可以顺利渡过难关。"

林承暻越听越觉得头疼,但母亲的语气并不给自己拒绝的机会,虽说心里不情愿,也只能答应了。

夜里,林承晖来找林承暻聊天:"哥,妈找你说什么了?"

"她说让我接手林家生意,还说……"林承暻突然沉默了。

"还说什么?"林承晖问。

"还说……还说让我早点娶陆晓浓。"林承晖看向林承暻,发现他一点表情也没有，又问："那你是怎么想的？"

"我？能怎么办？答应了啊。"

"你怎么能答应呢！你不是不喜欢她吗？"林承晖震惊道。他和陆晓浓之间虽并无多少交集，但几次说话觉得她给他的感觉并不差，不说其他的，光之前那些时兴的、市面上难买到的杂志就送过他好几本，只是她的热情大哥似乎难以招架。以他看，这样活泼的新派小姐，要是换个人家，寻一个如意的人也并不难。

然而这许多年，即使是留洋回来，她的心思似乎还是在林承曌身上。

"你以为我愿意？"林承曌冷淡地问，"也罢。说再多也无济于事。"

林承晖听了心里不乐意，头也不回地走了。他回到房里，坐在窗边，心中郁郁难平。想到张书雅，之前就听闻不日将回乡谒祖，料想已经抵川。张书雅颦笑之间都是别样风情，有东方的古典美作底，西式的新潮给她增添了新的韵致。

书雅：

见信如晤。

因家父罹疾，行之匆匆，未及道别。望见谅。吾心之牵牵念念，亦不知从何说起。

家事叵测，心乱如麻。与兄曌挑灯夜谈，三更未止，聊及前程，兄面藏戚戚之色。家父令兄曌营商数月有余，料已是早有安排。竟世事难料，否运忽然而至，一时凄惨无着。

吾知兄曌之志，不在旧管新收。兄曌遵母训，将娶陆氏，亦非所愿。今如牛负重，几多踌躇，计则穷尽也。

临书凝噎，不知所云。敬候妆祉。

林承晖信笔写着，一不小心写成给书雅的信。装好想着明天寄出去，却

43

突然意识到自己根本就不知道张书雅家住在哪里。再说，张书雅自小接触新式的教育，本该给她用新式的语言写信才好，寄出去反而是唐突。林承晖心中烦乱不安，将信一把塞进抽屉里，躺床上睡去了。

第二天，林承晖早早起来出去了，父亲的病让林家死气沉沉的，他决定去街上置办一些东西。中午时分，林承晖才抱着大包小包回来，挨个房间送去，经他这么一弄，林家才有了些许喜气。

"妈，快过年了，我们今年怎么安排呢？"林承晖问。

"今年就随便过一过吧。你爸躺着，动静别太大。"李佩瑶答。

林承晖知道，母亲怕鞭炮喧嚣，欢腾喜庆的味道，让父亲触景伤情，无端难过。

"行。"林承晖一笑，让李佩瑶心里的郁结散去不少。林承晖的笑是故作轻松，他只是希望生活更好些。

除夕很快就到了，这几日来家里串门的客人都不少，听说林继泽身体有恙，来者也不介意只有林氏母子作陪，大大小小的补品后来都派家丁送来。兄弟俩安排才叔和吴妈带人挂上了红灯笼，贴春联，换了一些新家具，来送礼的人手上必带着多一倍的礼回去。照李佩瑶说的，除了太吵闹的活动，过年该有的新东西还是要摆上，多花钱是肯定的，一来排面要维持住，二来聚一聚喜气，让林继泽看着心里也舒服些。

这天晚上，家仆们喝酒的喝酒，回家的回家，无家可回的几个小姑娘听说今年没买烟火，便自己约着人穿着新夹袄到街上去，不近不远的亲戚朋友们也不再来打扰。往年除夕夜，林家客厅里四五张麻将桌和各类吃食一直放到天亮，家中宾客不绝，林继泽还嫌家里不够大，去年年初又修整过一番。如今客厅里的水晶吊灯仍然如去年一样全部打开，亮晃晃地一照，偌大的客厅更显空旷。

母子三人索性把一张八仙桌抬到林继泽床前，房间里只剩下他们一家人吃年夜饭。李佩瑶多加了一副碗筷，放在无人落座的一方，代表林家去世的先人。

林继泽的状况越来越不好了，连坐起来都很吃力。尽管如此，他还是在妻儿的帮助下坚持吃了几口年饭，垫高枕头半躺着，静默地守着母子三人，灰黄的脸上有一种死气沉沉的凄怆。

"说起来，我们家好多年都没这么吃过年夜饭了。"饭后，林承晖看了一眼空空荡荡的房间，心里还是有些提不起劲。母亲虽在饭桌上和他们说笑，但言语之间总有一股无法隐藏的哀愁。

"这样安静点也好，往年这时候你早就不知行踪了。"若不是父亲生病，现在林承晖早就在和别人去玩的路上。要说打麻将其实他也会的，只是玩几圈就坐不住，家里烟雾缭绕，他又不会抽烟，呛鼻子得很。也经常和院里的几个丫头出去放烟花，要么干脆跟着其他家的少爷小姐出去胡闹。

兄弟俩在床头陪着父亲，天南海北地聊着。不一会儿，李佩瑶端着茶水进来，又和他们说了会儿话。

"嘭，嘭，嘭"一条条银线升上夜空，在黑色的幕布上开出一朵朵花来。李佩瑶被窗外的烟花吸引，停下了嘴里聊着的话题。林承晖看了看哥哥，兄弟俩干脆拉着母亲来到窗台边，打开窗户看烟花。围墙外面大概是个歇工喝酒的家仆，喊"年年有今日，岁岁有今朝"，这时日，这句话让林氏母子一听，有些扎心。过年这一日对中国人来说，有一种难以抵抗的魔力，人的生死只在一瞬之间，年却是几百几千年都过下来的，凭它再怎样苦难，到了这一天大家就是能高兴——盲目又理所当然，谁也没精力去追究背后是什么缘由。

李佩瑶从兜里掏出两个红包，兄弟俩一人一个。林承晖没有再像以前那样马上打开封口，数里面有多少钞票。

围墙外还有些小丫头在玩闹，院内黑漆漆的，只闻其声不见其人。

李佩瑶站累了，想要回房休息。

林继泽躺在床上喘气，眼睛闭着，林承曚走上前靠近床头，他这才注意到林继泽身上有一股淡淡的血腥气,里面夹杂着一丝臭味——他咯的血太多了。也许是感觉到有人在看他,林继泽又半睁着眼,喉咙里依然呼噜呼噜。

林承晖立在母亲身旁,默不作声。

外面还有烟花断断续续地放,玻璃窗隔着,听起来像小孩子敲的小鼓。林承曋牵过父亲的一只手握在手里,发觉他的指尖是凉的,生命正在一丝丝从他的身体里抽离。

林承曋讨厌这种凉。

"你们陪陪他吧,我先回房……你们也别太晚。"李佩瑶看着这一幕,鼻子一酸,声音颤起来。

"嗯,妈您去休息吧,我再坐一会儿就回去了。"林承曋伸手把父亲额上的头发拨到后面,静静地坐在床边上看着他。林承晖走上前来靠着床柱,也望着父亲。

林继泽透过对面的玻璃窗看着一簇簇爆开的烟花,脑子里迷迷糊糊地想着他还年轻在家里带孩子放烟花的时候。那时是怎样的呢……是了,那时阿晖还小,不过胆子就很大的,老是和阿曋抢烟花棒。一次买到一支劣质的烟花棒,阿晖烧到指头也不晓得扔,阿曋夺过来摔在地上拿脚踩,阿晖怪哥哥拿了他的,便扑到父亲怀里来告状。还有佩瑶也是的,过年就跟在两个儿子后面了,她怕其他院里的拿"落地响"来炸两个孩子,尽管她自己也怕得很……

眼下他是不能放烟花了,可看看也很满足。今天他也吃了点年夜饭,佩瑶说他吃得比平常多,以后都吃饭下去,总有一天就会好起来,不能完全听医生说的。他觉得佩瑶说得对,明天他也能吃下许多饭菜,不出半年,他就能好起来,人是铁,饭是钢。

"爸,您是不是也想看烟花?"林承曋见他一直看着窗外,便问。

"烟、烟花……好看。太晚了,你去睡吧。"他也累了,忽然又像想起了什么,说,"承曋啊……明天一早,让管家多拿点爆竹,放,多放点,热闹。"

"哦。"

"人啊……总要让自己热闹。"林继泽咳了几声，有气无力的，停了半晌，又接上半句，"才像是活着。"

林承暻兄弟不知道如何应对，只能站着不做声。

林继泽等了一会儿，没有回应，手掌抬了抬，示意可以出去了。

林承晖假装轻松，低声应道："好，爸您睡吧，我们先走了。"

林承暻心里有些慌乱，有些无所适从，想快点走出房去，可又觉得自己特别无情——在处理生离死别的事情上，他实在没有半点经验。

林继泽看着儿子把门合上，只觉得眼边仿佛结了一层白霜，看什么都不再真切，便缓缓闭上了眼睛。

隔天，李佩瑶来房里看林继泽，身体已经凉了。

家里栖栖惶惶，新春佳节碰到头家过世，人人不知如何是好。

林承暻拉着弟弟跪在床头，不敢相信昨天还说想看烟花的父亲就这样走了。李佩瑶哭了一早，终于眼前一黑，晕倒在沙发上。

林承暻从悲痛中醒过来，叫来才叔和吴妈，吩咐他们让人把府上的红灯笼和春联摘下来。按照规矩，断不能这时候叫人来治丧，只能让管家去拉来上好的寿材，先把父亲收敛了，停在厅里。

掰着指头过了初五，报丧的出去。各路吊唁的人陆陆续续来了。春节正当时，被叫来参加葬礼是一件触霉头的事，很多人都没来，只是派人前来慰问或是送些花篮过来表示心意。李佩瑶派人把那些花篮花圈收了，全部拿到灵堂排成一排。到场的，最终也不过二十来人。除了亲戚，其余的都是一些生意场上的朋友。

林承暻和林承晖对视一眼，心照不宣。"树倒猢狲散，墙倒众人推"，家君去得仓促，许多事都来不及交代，料想那些合伙的在背后忙些别的事。

李佩瑶换了一身黑衣裳，将头发梳得高高的，她决定要让丈夫风风光光地去世。她扶着椅子，吩咐下人在客厅各处挂白花白布，丧店里买来的花圈、白烛、黄白菊花全部搬上梨花木贡桌，棺材也买了顶好的紫檀，里面铺上好的明黄绸料，去世的林继泽穿着寿衣安详地躺在里边。

正午刚过，两挂长长的炮仗被绑在竹竿上，挑到大门口噼里啪啦地一顿放，炸了地上一堆红纸，红纸被风一吹，四处飘散。林承晖恍惚又想起来那个梦。他垂手站在灵堂的一侧，就好像掉进泥沼里无法自拔。

祭奠是从傍晚开始的。念经超度的和尚也事先找来了十几个，通通先吃一顿饱饭，然后跪坐在蒲团上。领头的敲着木鱼，底下一众和尚都压着嗓子，尽管念经的声音很大，断气处也非常齐整，但林承晖从来没有听明白过他们念的是什么句子，哪一个篇章——林家没有人信佛。

这时候，偌大的院子里忽然塞满了人，黑压压一片，大家也顾不上和尚们念什么经，也顾不得林家亲房们的哀泣，乱哄哄地各自找对象聊天。

林承曛安排好人引宾客入座，便去给林继泽守灵了。会客厅一片黄白，林继泽的挂像旁高高悬起两条用白布扎起的挂饰，下面清一色龙爪黄菊，花圈朝两侧依次排开，念经的和尚已经来过一回，唢呐声和锣鼓声交织在一起，林承曛第一次真正听出了哀伤。

陆晓浓上前来试图安慰他，林承曛躲开了，还让她走。陆晓浓跑去角落里站着，就这样静静地看着他，也不说话。身边是她的父亲。

有一个大胡子凑过来，跟她父亲打招呼。一口一个"陆公"，满脸谄谀之色。寒暄过后，大胡子便跟她父亲聊起了生意，大概是想把跟林家合伙的事情转到陆家。陆晓浓觉得对逝者缺了尊重，她看了一眼父亲，父亲依旧喜怒不形于色，恰到好处地微笑，恰逢其时地点头。陆晓浓不喜欢做生意，也不太喜欢这样玲珑的父亲——陆林两家一直是好伙伴，又有秦晋之约，算是旗鼓相当。林家少了主心骨，自是不可同日而语。只是在准亲家翁的葬礼上谈这些，感觉怪异极了。

不过，陆晓浓看这林承曛也不是经商的料，家里迎来送往，大多靠管家打点，倒是林承晖处处提点，对付得更好。她觉得，林承曛这样木讷，做点小学问挺好，不必去蹚生意的水——做生意容易缺了天良。这个印象主要来自她父亲。还有就是她母亲，小时候教她读古诗，读到《琵琶行》，"门前冷落鞍马稀，老大嫁作商人妇。商人重利轻别离，前月浮梁买茶去"，不知道搭错哪根筋，对父亲挑针打眼。陆晓浓也不愿意嫁个商人，她就是喜欢林承暵那点不世故的天真。

陆晓浓看着满园宾客，三五成群，聊的尽是将来之事，心中暗暗替林家感到可惜。林承暵兄弟都一心顾着难过，也不知道这些宾客打着什么算盘——这些人都是厦门的人精儿，半个时辰就摸清了林家兄弟的底细。

林家尾大不掉，首尾难顾，那些生意场上的伙伴，正好趁这个机会结了新的同盟，断了旧的关系。

一路哀哭，林继泽就被送到了山上。坟头宽敞，遥对着鼓浪屿。那岛曾经是林继泽的母亲生活过的，他的一生也在碎碎的摇橹声中，往返于岛屿之间——林承暵想起祖母来了。他相信，这是一个好归宿，起码比自己的要好。他对未来一片恐慌。

林继泽送上山的那一日，厨房内这下才真正忙起来。没回家的几个丫头婆子全部挎了菜篮子出门，买来的鸡鸭鱼肉都做成过年时没吃上的大菜。

林承暵举起酒杯站了起来，哑着嗓子说："各位叔伯，今天拨冗前来祭奠先父，我们林家很感激。愚侄无能，今后还望大家能多多提携。"

"这有什么难？林兄的孩子，不就是我们的侄儿嘛，应该的应该的。"一个长得极其圆润的中年男人站了起来。

李佩瑶眼见着承暵讷讷难以作声，便起来替他说了："感谢王老板高义！今天大家能来，足见对林家厚爱，当然也希望各位能一直照拂林家。现在老爷身故，留下我们母子三个，继泽临走前对我说他之前在各位事业上投资甚多，叫我和两个儿子不必担心，只管向各位清理账目，讨得分红和利息，可一生无忧。我妇道人家，小儿也力不从心，只盼能得各位照拂，将旧账了了，以保我们母子今后生活。"

　　李佩瑶的话大有退出生意场的意思，让大家都很意外，包括林承暻。李佩瑶知道，林承暻少年老成，却不是经商的料，而林承晖心性未定，也是惹祸时候多。陆晓浓心里倒是高兴，李佩瑶这样壮士断腕，该是最好的办法了。她想不到的是，林家的账可没那么容易算清。

　　在场的人面面相觑，一时间清清静静。

　　林承暻让林承晖扶着母亲回房，他看着眼前这些父亲的所谓的亲朋好友，想到还得跟他们虚与委蛇，不自觉头疼了起来。

　　丧宴还在进行。一股海浪似的嘈杂声渐渐响起，可就眨几下眼的工夫，这躁人的声响又慢慢退去，仿佛这股蓄势迸发的海浪被收进了无底的深渊中。

　　林承晖扶着李佩瑶的手，往房间走去。偶尔回头看看这些人，他们恢复了原来的样子，有说有笑，吃着喝着。"向来相送人，各自还其家。亲戚或余悲，他人亦已歌。"林承晖感觉自己对这个世界很失望，摇着头走了。

第 四 章

　　丧事办完已经好一阵子了。林家冷清了不少，承暻来回忙忙碌碌，但是依旧应付不来。父亲走得匆忙，许多事都没交代清楚，承暻根本就不是经商的料。

　　夜晚，李佩瑶一个人睡在躺椅上，不远处的桌上点着一盏油灯——这段时间她倒是很少开电灯的，也不让人家发现她点油灯。这盏油灯还是她嫁过来的时候母亲送她的——样子还是不能比贾宝玉送给林黛玉的那盏玻璃绣球灯好看，不过那些年里也算拿得出手。银灰的丝在玻璃罩上铺成网，灯架上还雕着点不知名的花（原来上了些彩，许多年过去已经磨掉了），一截灯芯在玻璃里边烧着，在墙上投出一片泛黄的影子。

炭盆里的木炭爆出轻微的炸裂声。

李佩瑶很久没有这样静静地坐一阵躺椅，她眯着眼睛，看林继泽的牌位上那一小行用金笔描的字，一旁掉漆的檀木匣上映着一张紫色的枯脸——她确实有些老了，这段时间老得最厉害。年轻的时候看些歌仔戏，上面唱说一夜白发，她是从来不信的——干什么事会闹到一夜白发呢？书里写这些，无非是想说明太太多爱她的丈夫罢了。她爱她的丈夫吗？也许是吧，不然两个人怎么过这么几十年，又生下两个儿子。日子长了，最初的感觉也会慢慢钝化，揉成光滑的面，什么都是含含蓄蓄的，摸不真切，能彼此挨着过下去就行。

金字看久了就有些晃眼，李佩瑶索性闭上眼睛。

灯光洒在她的脸上，她的睫毛在年轻时候就很长，此刻在她脸上印出一小圈昏黑的暗影，但是她不像年轻时候把头发从中间分成两边梳了，那样虽然可以露出额头上花尖，但林继泽不大喜欢，说她把头发梳到一边去好看，后来她出嫁的那天也是梳到一边去的。结婚后和他一起去相馆拍照片，发现把头发梳到一边显得人头歪着。她不晓得一开始梳的时候是不是头就歪着了。

李佩瑶迷迷糊糊想着，这时听见有人来敲门。

"妈，这么晚了还不睡？"

"有什么事要说吗？"李佩瑶从躺椅上站起来去开门。

林承晖进来就看见那盏油灯，心里一阵酸楚，过去按了电灯，道："点什么油灯，怪黑的，有电灯也不点。"

"没有人来，我看看我以前从家里拿来的灯——这么晚了有什么要说的吗？"李佩瑶过去灭了油灯，端端地坐在沙发上，电灯太亮了，照得她眼睛有点涩。

"妈，我想回学校去了。"林承晖说完看了看母亲的脸色。

"这么快就要开学了，生活费你大哥给你了没有？"

"给了，给了三个月的，要打仗了，大哥多给我了些。"没想到母亲会同意他离开家，他以为至少要帮哥哥打理家一阵子才可以回学校。

母子俩有一搭没一搭地说了一回话，李佩瑶便叫儿子回去睡觉。她打开窗户，外面起了一阵冷风，又湿又冷，李佩瑶打了个冷战，按灭电灯上床睡了。

冬天里厦门的太阳总是不暖和，灰白的天上飘下一点绵绵的阳光，家里的佣人拿着几条棉被出来晒，绣金的青色缎子面，看得人越发冷。李佩瑶穿一件黑色罩衫，坐在一把太师椅上喝早茶，一开盖，白色的水汽腾上来，她尖起嘴吹了吹茶水。

前几分钟，李佩瑶在大厅接到了陆家打来的电话，一个在陆家小姐房里做活的丫头打的，要让林承曝去陆家接陆晓浓。她马上知会了大儿子，这会儿应该是上了轿车的。自从林继泽的丧事办完后，林家的电话机只在大厅里有，其他各房间的分机全部拆除。虽然大厅里的电话机鲜少响一次，但是只要一响，便给人一种强烈的刺激。

李佩瑶让佣人再去沏一壶茶来。这个时节，能想起来给林家打电话的人不多了。

林承曝坐着轿车到了陆家，他按了门铃，出来一个小丫头——陆晓浓那边的，他早就认识了。

阿红看见林承曝，连忙开门，眼睛冲他眨了眨："老爷和夫人今天不在，林大少爷快进来吧，小姐等着呢。"

林承曝跟着阿红一路进了陆晓浓的院子，院子里有一面都是爬山虎，密密地罩着墙，风一吹，叶子也跟着晃几晃。阿红把人领到，自顾自地走了。

"我还以为你不来了呢。"林承曝扭头一看，陆晓浓披着件银鼠褂斜斜地倚在门框上，抱起手看着他。

他确实不想来，尤其在这种天气。想起母亲，林承曝把到嘴边的话又咽回肚里。

"你有什么事要找我的么，我这几天忙着。哦，母亲叫你去家里坐坐。"他其实也不是很忙，就是空头太多，加上前一阵办丧宴的开销让他这几天都睡不好。现在望着她，陆晓浓很轻易地看到他的眼睑有一片青灰的影子。

"要站在外面说么，进来坐着吧，怪冷的。"

林承曔进了门，扑面就是一阵热气，那热气混着檀香，烧得人不舒服。他拣了个靠窗的地方坐下，只是低头看着面前的铜炭盆，炭火烧得正旺，一股热浪朝他袭过来。

陆晓浓在椅子上坐定，看着他道："你那天说的话确实伤人得很。"说着就红了眼圈。她今天没搽唇膏，脸上也没有扑粉，身上穿一件淡紫绸棉袍，上面拿银线绣着几枝水仙，乍一看憔悴许多。

林承曔知道她说的是宴会上的那次。"是我对不起你，那天情绪不对。"林承曔别开眼睛，客套道。到底是从小认识的，不愿惹她太伤心，但当下说了这句话，他又后悔起来，万一她会错了自己的意思，岂不是之前说的都不算了——不晓得为什么，他就是觉得陆晓浓不是这么好拒绝的人。

陆晓浓坐在椅子上低低抽泣着，哭得双眼通红，眼泪从脸上滑下来，掉到衣衫上，印出深色的、密集的点。

林承曔往前动动身子，两人之间又是沉默。

太阳一丝也没有了，霜白的天空飘下毛毛的雨丝来，被风一吹，打湿了门槛。林承曔知道母亲的心思，眼下父亲去了，她更急着要陆晓浓嫁进门来，但是，陆家又岂会让陆晓浓嫁来家里呢？母亲真是糊涂了。不过，依陆晓浓的性子，说不定闹上一番，就达成了母亲的意愿也是有可能的。林承曔裹紧身上的大衣，坐在窗口旁边有些冷。

林承曔不看着她哭，只是坐在沙发上到处看她的卧室。她的卧房虽然外面是中式的，但是里边却是实实在在的西式：原来的红木床被撤出去，换了一架铁床，床头两边弯出许多的花形，有的在铁做的叶子上刷一点金粉；床头原先的斗柜也全部换成了白漆木柜，拉手上雕两朵金色的蔷薇，规规整整地排了一列下来；一张白皮凳放在梳妆镜子前，梳妆台上摆着许多他叫不出名字的膏粉之类；墙角还有个小书柜放着，里面放满了书，书脊上都印着外国字，看得出来一部分是电影杂志。林承曔至今也不清楚她在外国学了个什么专业。

墙上挂的摆钟敲了两下。

"你要不要去我家？"林承曔抬起头，望着她问。他实在没有什么话能够安慰她的。

"你稍等我一下吧。"陆晓浓抹抹眼泪，起身去梳妆台。

路上，晓浓非要跟承曔打一把伞，承曔犹豫了一下，没有拒绝。只是下意识地躲着她，把伞往她那边靠。

晓浓嗔怪一声："干吗躲着我？"

林承曔脸红发烧，低头答："我哪有？"

晓浓不由分说，就把手挽进他的臂弯。林承曔很是慌乱，感觉自己在愧疚的泥沼里又沉没了一截，他全身都僵硬了，走路都差点同手同脚起来。陆晓浓心里叹了一口气："身体真的是不会说谎的。"林承曔在她面前，就像个木头桩，全然没有在话剧舞台上的鲜活，连眼神都是空的。走着走着，她悄悄地把手抽了出来。林承曔也跟着松了一口气，觉得有说不出来的自在。

两人肩并着肩，缓慢地走，偶尔手臂的摩擦，他也不以为意。陆晓浓也感觉到他的松弛，不禁心里啐一声。天阴沉沉的，偶尔有小汽车开过，车开着灯，灯烙出他们并肩的影子，晓浓又想到："这不就是老夫老妻么？"

李佩瑶在大厅里等着，茶水也喝了两杯，老妈子给她拿来糕点，她也不想吃一口。做糕点的师傅都走了，现在在厨房的是从前一个打下手的丫头，做出来的东西甜得很。她低头继续看着手里捧的一本书——都是林承晖从各处搜来的杂七杂八的外国故事，情节看多了也不觉得很稀奇，她只是喜欢里面描述的矮人——巨人也可以，比如《巨人传》里的卡冈都亚和他的儿子庞大固挨，生下来就喝一万多头牛的牛乳，衣衫也要几万丈布裁缝得好，整日胡吃海喝的也算是快活，不过书里还写了些她不爱看的、粗俗的东西，初次看的时候让她面红耳赤。原来外国人都是很粗俗的么？

林承曔打着一把伞和陆晓浓并排走进来，李佩瑶已经在客厅门口等着他们了。她手里捧着红胶皮热水袋，外面用一块帕子包着，黑色的棉罩衣下面穿一件棕灰色的法兰绒袍，袍角在风里吹荡。林承曔看着她的眼睛，那黑色的眼珠里分明有一丝兴奋。林承曔突然感到一阵悲凉。

陆晓浓冰冷的手被李佩瑶拉过放在热水袋上捂，她觉得老太太的手摸起来很硬，像几支细竹竿子。

"怎么现在才来呢？"李佩瑶扭过头去，叫一声，"吴妈，重新沏一壶茶来！"

陆晓浓规规矩矩地坐在她旁边，没有再把手伸到热水袋上捂着，娇嗔道："还不是他，阿红领他进门来走了，他一个人不叫我，站在门口发呆，叫他淋了一阵雨！——不过后来到我房间里面擦干了的。"李佩瑶听罢顿了顿："这是他脸皮薄了，你就原谅着他点。"

林承曔一个人坐在沙发的另一边，问："妈，阿晖呢？"

"我怎么晓得他一个人野到哪里去了，快开学了，让他玩一天也不要紧。你们两个等下吃完饭去逛逛也是好的。"

陆晓浓看着林承曔，道："伯母，我看不必了吧，听他说这几天在家事情多，有点时间给他好好睡一觉吧。"

"你是个会体谅他的人，以后能经常在这里帮我看着他就好了。"

陆晓浓笑了笑，不接话。回头看了看林承曔，林承曔低头顺目，不知道心里在想什么。陆晓浓觉得林承曔此时有点无趣了，她倒想看到一点什么。

李佩瑶不打算追究，她大概知道其中有个什么缘故。陆晓浓是个会开外国玩笑的，说话总是留着一半在后面，自己的儿子听不惯看不惯也不是一两天的事。

李佩瑶又转头往外叫："吴妈，沏壶茶来！"她叫得用力，两边脸颊有些烧起来，陆晓浓坐在旁边，忽然发现她的颧骨瘦得很高。"这个吴妈怕是要做鬼，叫了这么半天也不见个影！"说罢就要往门外去。林继泽死去后李佩瑶反而强势起来，横竖现在是她和儿子掌家，母子一条心，她就不信这底下的人能干出什么事。

这时，跌跌撞撞地跑来个丫头，手里提着一壶茶，见着李佩瑶忙低下头做了个礼，道："夫人，吴妈刚刚领了一个月的工钱走了，以后我来照顾夫人的起居吧。"

"她是走得干净了，之前不走偏偏今天走，是个什么道理？"

不知李佩瑶是问人还是发脾气，那丫头瑟瑟缩缩地低着头，不做声。林承曔站在后面看着李佩瑶的背影，父亲走以后，这段时间母亲的脾气也越来越不好。

陆晓浓走到她旁边，宽慰她不着急，李佩瑶连连应着也坐回到沙发上，小丫头布置好茶水，匆匆出门去了。

陆晓浓终究没吃午饭就要回家去，李佩瑶坚持要林承曔送她。家里现在只有一辆轿车了，坐轿车出门已经成为让李佩瑶感到风光的一件事。

林承曔跟着陆晓浓走到大门口，她身上单裹着一件哔叽料的格子衣，一双手插在两侧的口袋里，风吹着她的一头卷发，偶尔有几缕扑在她的面上，弯成小的轮廓，衣摆在风里浮起来，衬着背后一片青白的天。林承曔这下知道她为什么要自己买一部照相机了。

"今天的风真是顶大，把我头发都吹乱了。"发现两人之间又是一段沉默，陆晓浓又找些话来说。她谈英国那边的天气，一年四季不见得几天太阳，通通都是雾罩着，衣服也晒不干。她说话有时夹杂着几个英文单词，林承曔没有用英语跟她交谈过，但也能感受到她说英国话不成问题。话末，陆晓浓要求去厦大游览一圈，林承曔告诉她自己不再去学校了。

"哦，很抱歉，你一定是为自己不能去学校伤心的。"

"无妨。反正都去不了。"

林承暻送着她回去，司机却半路上要拐过另外一条路去加汽油，陆晓浓正疑惑着，就听林承暻解释他家现在是哪个用汽车哪个就负责加油。他愿意告诉她现在家里有多糟糕，母亲这些天越发要在陆家面前遮掩的事，他在背地里越把它揭开，接连几日对家庭生活的无力在这一刻似乎找到了一个宣泄口，他甚至扭头盯着陆晓浓的脸，期望她脸上露出十分鄙夷的表情，那是一种小小的报复所带来的快感。

陆晓浓偏偏头，道："我知道的，你家现在不如以前了。"——温温吞吞的，一点起伏也没有，仿佛在说着无关紧要的天气。林承暻有时也恨她这种温吞的话，表面上好像是在宽慰你，但是又摸不到她的一点切实的火热，像手里捂着一块融化的冰，融下来的水是热的，中间的冰块还是冷的。

林承晖在雨停以后就一个人骑着自行车从广场划过，他今天穿了一身西装，在脖子上戴了一条羊绒围巾，尽管穿着西装再戴围巾有些傻气，但今天风大，他想等下到了张书雅家敲门前再解下来也是好的。

他迎着风骑车，厦门的风虽不像那个北方教授说的北风那样呼啸，但脸上仍然遭罪，一股股湿冷的风刮着他的眼睛两侧，沿着衣领往身上钻，往血液里钻，往骨头里钻。额上也是冰凉的，头发在风里乱飞。他看到路上有个穿一身黑骑着自行车的人，戴着黑头套只留出两个眼睛，背后的车架上按着一捧花，茎干是鲜绿纤长的，上面星星点点地结了许多白色的小花挨在他的背上，柔和了冬天的冷冽。早上很少看到买这么多花的人，林承晖觉得他一定是想要给他的妻子或者母亲在他们的某个特殊的日子买一束花，所以早早地骑着车来，买完就回去，不愿到小市场去耽搁。

广场旁边有排正在抽芽的老树，树尖上生出绯红的枝叶，在风里一点一点的。

林承晖按在手柄上的一双手也冷得失去了知觉，但是他的肚里却装满了滚烫的粥饭，他骑着车在路上，脑袋里胀满着快乐，嘴捂在围巾里也大胆起来：

"教我如何不想她

天上飘着些微云

地上吹着些微风

啊……

微风吹动了我的头发……"

不成调地哼了一阵，林承晖拐进张书雅家的那条巷子，他锨了电铃，想起自己脖子上的围巾没解，连忙扯下来搭在手臂上。来开门的是个身材矮胖的老妈子，她打开门看了他一眼，回头叫小姐。张书雅让她把门开了，林承晖走进去，正巧看见张书雅叫院里的宝笙拿剪子给她剪头发。她的头发又黑又直，宝笙是新来的，剪头发是个生手，站在后面左比划右比划就是下不去手。林承晖看着也帮不上忙，家里没有姊妹，母亲又是个绾起头发来的，他没有练手的机会，只自己拣了把椅子坐着，把围巾挂在椅背上。

"唉呀，昨天张妈回家去瞧她的儿子，到现在还没有回来，她倒是个会剪头发的。"今天早上起来，张书雅要穿一件竖领的呢布洋装，头发一直扎在衣领上，这才发现自己的头发长了。

"你爸不在家么？"林承晖问。

"算了，我打电话叫习秋过来给我剪吧，不然明天就要去学校了，在学校总是不方便的——爸爸没在，他今天要去研究所，说是近期他们打算新编一套课本，这几天都忙着——你稍等一下，我去打个电话给我表妹。"说着进去房里打电话去了。

林承晖坐在客厅里等着，他和张书雅认识了这么久，鲜少有来她家里的机会。前段时间他本来还想来找她一次，但哥哥为了家里的产业到处奔波，到今天还有很大一半的账还没有核实清楚。母亲为了前几日查出来的那部分空头气到牙疼，饭也吃不得一碗，怏怏地睡在躺椅上，半晌也不动一下。他想请张书雅到家里玩一次，好歹见见他母亲，他想母亲一定会喜欢她的。

张书雅打了一通电话出来，看见林承晖坐在椅子上，眼睛不知道看着什么地方，嗤笑道："一个人早上发什么呆？"

"我想请你到我家去玩一玩，见见我妈，你愿意么？"

"当然可以——不过能不能等习秋过来帮我把头发剪了再去，头发怪长的，穿衣服不好看了。"

正说着，外边晃进个人来，底下穿一件粉紫色的印花袍子，上罩一件珍珠白钩花绒线衫，一张鹅蛋脸上缀着双杏眼，额前刘海影影绰绰地飘着，不自觉地带着眼波。梁习秋朝林承晖打了个招呼，熟络地挽着张书雅的手道："表姐，你不打电话来，我也要打电话给你的，在家无聊得很，再不出来爸爸又要我去见傅医生了。"梁家一共有三个女儿，最小的儿子还在学走路，除了梁习秋，上头两个姐姐都嫁出去了，通通是梁父物色的。

"我把你叫出来，你妈妈会不会找你呢？"

"不会的，我叫张妈跟她说一声。这两天傅医生送给我家好些东西，哼，在我面前晃，好像是多稀奇似的，看着他那个样子，简直就是痴，马也不会骑！"梁习秋是个喜欢骑马的，以前风光地在北平住着的时候她经常去马场，什刹海也要去逛逛。后来东北三省被日本霸占以后，梁译恒的皮子生意不好做了，带着妻子和儿女迁回厦门的老房子住着，小女儿也不在北平嫁了。张书雅有些不爱听她这样说那个医生，傅医生她见过一次，人是好，就是身上一股消毒水味。梁习秋不是不知道自己的父亲打的什么算盘，傅家是开着一家医院的，要是她嫁过去了，以后的医药费自然就不消出，至少前段时间他去照爱克斯光的时候就没有收费。

梁译恒自认为两个女儿还是嫁得很满意的——从女儿的角度考虑确实如此。他的大女儿嫁了一户开银行的，前几年他投钱进去买基金是稍微赚了一笔，但是后来就不行了，他投进去的二十万块钱到现在打了水漂，姑爷上门赔礼道歉，他也不好跟着那些人去银行闹，最后是嫁姑娘除了嫁妆，自己还另外搭进去二十万；二女儿嫁了个南洋来的，人长得漂亮，也有钱，一家在北平的时候也吃了好几个星期难得见到的海产。二姑爷就是中国话说得不大好，这下天要乱了，拉了二女儿说是要回南洋去，连个招呼都来不及打就不见人了！

梁习秋是最后一个没有嫁人的女儿，梁译恒跟女儿保证，自己会物色到一个让一家人满意的。想到可能一辈子闻着这消毒水的味儿，梁习秋心里就凄凄的。梁译恒想着让一家子人满意，但这一家子唯独除去了她。

没来得及多想，张书雅坐在椅子上给脖子围好布，等着梁习秋动手了。梁习秋是个熟手，几下便剪出一个式样来，张书雅举起镜子看了也满意。

门外进来个人，垂着手道："小姐，老爷让您回去，说是家里来了贵客。"

"哼，什么贵客不贵客的，不就是傅医生嘛！"以前两个大女儿要嫁出去的时候也是这套说法。过了几年，贵客不贵客，就看这些姑爷的造化了。

把梁习秋送上了车，林承晖让张书雅坐自己的自行车两人骑回家。

回到家里，张书雅和林家母子用饭，李佩瑶给张书雅夹了一回菜，笑道："你爸爸是教外国语的，有个你这样的女儿也很不错了。"

"就是现在要打仗了，以后学校安不安稳也不知道。"父亲有一次说很可能以后会回四川去，她没和林承晖说。

厦门大学开学以后，林承曌继续联系父亲以前的熟人。林继泽虽然开着珠宝商行，看似很风光，但是这几年来各处的人情投资也不少。借钱的人太多，时间一长人也联系不到了。李佩瑶在家里看着账本，一笔一笔的钱出去，看着是养眼，实际上一半以上都是收不回来的，终于在一天夜里急火攻心，两眼一黑就晕在沙发上。这一睡就到了半夜，家里佣人走了大半，连个灯都没人点。

李佩瑶扶着头去按灯，突然听到自己房内有响声，心下一惊："谁？！"

那人推了她的窗户，从窗户跳出去，一阵冷风灌进来，李佩瑶脑袋无比清醒，追过去大骂："哪个千刀剐的来偷东西！"顾不上单穿着一件衣服，推了大门到处喊捉贼。

她在院里喊了半晌，四周一片黑乎乎的，半个人影也没有。

李佩瑶哭倒在地上，心里凄惨万分。

林承曔听到李佩瑶屋里有动静，半夜打着一支手电筒过来，李佩瑶抓着他，嘴里只念要捉贼。林承曔听罢只把她扶到床上，开了灯一照，卧室里已经是一片狼藉，衣柜里的衣服也被抽了几件去。

"这下你爸爸不在了，只要是个人也敢偷到我房里来，幸亏我叫你把家里的地契都拿过去你那边放着！"李佩瑶抹着眼睛，自己倒了一杯茶水出来，一喝冷到肚皮里。

"妈，别喝冷茶了，你好好睡着，重要的东西都在我那边呢，明天我给你收拾这里就可以了。"林承曔又陪着母亲坐了一阵，半夜过了才回到自己房里去。

民国二十六年七月七日（公元1937年7月7日），日本侵略军在宛平卢沟桥制造事端，中国驻军第29军奋起抗击。全国上下震惊不已，等到消息传到厦门，大家人心惶惶。学生上街游行，义愤填膺，抗议日本起事儿，感觉都要闹翻了天。

最近林承曔打过好几通电话，都找不到林承晖。足足过了半个月，他一早给林承晖的宿舍楼打了电话去，但是一直都没有人接，这让他坐立不安，于是和母亲打了招呼以后便自己开着汽车来到厦大。正如开学时一样，厦大校门口依旧排满了各家的汽车，不过此时不是来送小姐少爷的了。

林承曔穿过人群朝林承晖的宿舍楼走去，一路上遇到许多手里挥着小旗子的学生，哗啦哗啦往门口冲。一个矮个子的男生递给他一面旗子："请你支持国共合作抗战！"林承曔来不及看旗子上写的什么内容，那个学生已经走远了。往侧面看，一个穿中山装的学生站在石台上，对底下黑压压的一群人，抬着一只手喊："……同学们，中国危亡！华夏民族危亡！东北三省已经成了日寇的土地，洒在上面的是我们中华儿女的鲜血啊……"

林承暾没有在宿舍楼里找到林承晖，教室里也空无一人。他一个人胡乱地找了半天，最后，一个和林承晖同宿舍的男生把一封信交给他。林承暾打开信一瞧，一把扯了扔在地上，骂道："糊涂！"

　　那男生见他把信扯了，知道林承晖要参加运动的意愿没有得到支持，鼓起勇气道："我知道你是承晖的大哥，国家现在正是危难的时候，请你务必支持他！"

　　"他在哪里？"林承暾冷着脸问。

　　"他不在学校了，他说他要参加学生运动去。现在大街上都是我们的势力！"

　　"张书雅呢？"

　　"她大概是没有去的，今天一早就被张教授接回家了。"

　　林承暾来到张书雅家，他们家已经大门紧闭，他按了很久的电铃也没有人来开，林承暾只得回家等林承晖。

　　林承晖越来越忙，回家的次数越来越少。承暾则疲于应付家里那些算不清的债，理不清斩不断的人情，也无暇顾及弟弟。

　　12月，日军越发猖獗，厦门大学开始分批迁往长汀。一天挨近下午的时候，林承暾终于接到了一通电话，是林承晖打来的，仔细一数，他们又是一个月没有通话了。李佩瑶在一旁听着，是说要去前线的事。

　　"妈，我看他是真的决定要去前线了。他报了名，明天就要去部队报到了。"林承暾沉着脸，说罢看看母亲的脸色。刚才在电话里两兄弟一番争执，但林承晖始终不肯告诉自己在哪里，林承暾气归气，终究不能把他抓回来。

　　李佩瑶半眯着眼睛，道："叫他去吧，哼！他以为打仗是玩的呢，到时候就知道偷跑回来的！"这个小儿子，从小的脾气她是知道的："横竖家就在这里，他要回来也自己晓得路。"

　　李佩瑶没有料到，四个月后，他们却不得不搬家了。

第 五 章

　　林承曝在书房处理家里的事务，丫头过来敲门说饭烧好了。林承曝站起来打开门，太阳只剩下几缕光线，稀稀拉拉地挂在院子里的一棵老树上。

　　林承曝走过去，李佩瑶已经上桌了。李佩瑶看见他憔悴的脸庞有了些许生气，原本的少年气又褪去了一些，取而代之的是老成持重，她在眉眼之间看到丈夫年轻时的影了。她想到了年轻时，跟他有了家，有了孩子，那时候的他就是承曝现在的模样。她眉眼一舒，轻声唤林承曝坐下。

　　林承曝已经逐渐适应了生活，时局太乱，那就这样吧？破罐子破摔，日子大抵还过得下去。瘦死的骆驼比马大，至少比以前宿舍同学的境遇好多了，他想起同宿舍的那张瘦出青筋的脸，他已经记不得名字了。

　　林承曝看着李佩瑶，肚子里的话脱口而出："妈，我想了下，不能让阿晖这样胡闹，我们得把他叫回来。"

　　李佩瑶放下手中的碗筷，叹气道："你也不是不知道你弟弟的脾气，要是真决定了的事，谁能拦得住他？"

　　"那也不能眼睁睁看着他就这么走进危险中！况且，这不比平常，这次是要上战场的，战场上刀枪可是不长眼睛的！万一……万一……"林承曝不敢再往下说。

　　李佩瑶原想着林承晖就是去疯两天，腻了便回来了，但部队那种地方，真去了哪能说回就回？依他的性子，保不准做出些什么事情来，别是还没上战场便被处罚了个遍。但无论如何，总归是落不到什么好境地。思考再三，李佩瑶同意了林承曝的说法，决定还是想个法子骗林承晖回来，还是得再劝劝。

客厅里的电话机放在那里没用已经很久了，除了追债的，电话几乎都不会再响。承暻觉得，自己像是个败家子儿，偌大家业，搁自己手边没多少时日，就是一副青黄不接的模样。林承暻只能用"已经尽力了"聊作安慰，可不是么？自己可是牺牲了学业和前途，来应付这家的后事的。反正他觉得自己很坦然。

那电话上的铜色雕花已经蒙了一层薄薄的灰，只剩下听筒处还有一点干净的模样。李佩瑶拿起听筒，一圈又一圈地转动着数字，每转一圈心里便重重地敲一下，也不知道是紧张还是什么。

"喂？"一个陌生的声音响了起来，李佩瑶心里的石头又一次搬了起来，"你好，你能帮我找找国文系一年级的林承晖吗？我是他的母亲。"

"好的，我找到让他给您回电话。"

李佩瑶连声谢过那个人，稍微放宽心了一点。

林承暻在一旁看着母亲，心里也是跟着七上八下的，却也无可奈何，只能陪母亲这样干等着。两人也没什么话要说，除了偶尔问起几句生意的事情。

不着急的时候，总觉得时间如白驹过隙，但眼下这样的情形，再多等一秒都觉得是煎熬。幸好，陆晓浓的到来让这种煎熬稍微放置一旁了。

"晓浓，你怎么来了？"李佩瑶问，又转头过去让丫头赶紧沏壶茶上来，虽说现在不如从前了，但礼节总是要做到的。

"我就是有空过来看看你们。"陆晓浓将头转向林承暻的方向，眼里闪过一丝哀愁。

李佩瑶也是过来人，怎么会看得不真切？况且林承暻已经答应要娶陆晓浓了，如此就不便过多干涉年轻人的事情。她借口说自己累了，让丫头扶着自己回房休息，只说一会儿如果林承晖来电话了知会她一声。

李佩瑶走后，林承暻倒不知该如何应对陆晓浓了，他不敢看她的眼睛，总觉得只要一看，就会忍不下心来拒绝。但终归是不喜欢，这样对他们俩都不公平。

"最近外面不太平,你没事还是不要乱走了。"林承暻将茶杯递过去给她。

陆晓浓接过茶杯,只轻轻"嗯"了一声,却始终没有抬起头来。林承暻看不透她的表情,也不知道她在想些什么。

半晌,陆晓浓才开口:"我爸说……"

她才开口,电话铃声便响了起来,林承暻瞧了她一眼便匆忙地拿起了电话。

"喂?"林承晖的声音从话筒里传来。

"阿晖,你快回来!妈这几天想你想得病倒了,现在躺在床上还醒不过来。"林承暻谎话张口就来。事实上,这是李佩瑶和他约好的,无论如何一定要将承晖骗回来。

"哥,你就别开玩笑了。你就是想要我回去,我没那么傻的。"林承晖笑道。

"我骗你做什么!再说,骗你也不需要拿妈的身体开玩笑啊。现在陆晓浓也在这,不信我让她跟你说。"林承暻将话筒递给了陆晓浓,陆晓浓疑惑地看了他一眼,接过话筒开口道:"阿晖,阿暻说的是真的,伯母现在还躺在床上呢!你赶紧回来吧,她说……她说希望能看到你……一眼。"陆晓浓说着,没了底气。

林承晖听到陆晓浓的声音,想着陆晓浓是母亲认定的准儿媳,这会儿家里一定是真的出事了,着急忙慌地答应了尽快赶回家。

陆晓浓挂了电话,林承暻叹了口气,继而嘴角一舒,似嘲似笑。

陆晓浓注意到他的神情,问:"你笑什么?"

林承暻倒也实诚:"没什么,就是没想到你不问原因,竟也顺着我的谎撒下去。"

陆晓浓听着莞尔一笑,一时之间气氛也缓和起来。一会儿,她又问:"为什么要骗阿晖?"

林承暻语气沉重起来:"阿晖从小就胡闹,我们从来也没管过他。但是这

65

次，他竟然说要去前线参战，这样的事我能任他胡来吗?"

陆晓浓"嗯"了一声，又轻声地说："男儿志在四方，又有何不可呢?"

林承暻听得不真切，便问："你说什么?"

陆晓浓反应过来，笑了笑，说："没什么，觉得你做得挺对的。"

林承暻一时之间又不知道该做何反应，只是呆呆地坐在椅子上，觉得有些口渴，拿起茶杯大口咕嘟咕嘟地喝了下去。

"小姐，我们该回去了，一会儿晚了老爷又该骂了。"陪同陆晓浓来的阿红上前催促。

"好，就来了。"陆晓浓回应，又回过头来对林承暻说，"那我先走了，改日我再来看你。"

"好。"林承暻将她送到门口，看着她坐上了车，才转身回家。刚要进门那一刻，他好像想起来些什么似的，问："方才，你要和我说什么?"

"嗯?"陆晓浓从车里探出个头来看他。

"就是，你说你父亲。"

陆晓浓的脸上感觉像蒙上了一层霜，淡淡的冷冷的。她艰难地挤出一个笑脸来，对林承暻笑了笑，坐回车里，温温吞吞地说："没什么，不是很重要的事，我改日再来看你吧。"

林承暻看着渐行渐远的车，想起陆晓浓的话，总觉得有什么不对劲，又或许，是自己想太多了。现下，更重要的应该是阿晖才对。其他的事情，再说吧。

第二天晚上，李佩瑶已经睡下了，林承暻在书房算账，打仗让生意越来越难做了，欠下的烂账更难收，他再怎么理，都还是支出比赚来的钱多。直到夜深，林承暻麻木地靠在椅子上，面前摊着一堆烂账。此刻他什么都不想管，烂便烂吧，就这么一路烂下去，他要看看能烂到什么地方，烂到头也就没有更坏的了。整个家现在就像一只破鸟笼，他曾经内心厌恶的一切现在都在土崩瓦解，他终将迎来自由——像林承晖一样，要做什么便做什么，不用再顾忌那些乱七八糟的利害关系。他又想起之前上学的日子，那是他最轻松最快乐的时候，尤其和林承晖一起做话剧，现在看来，即便是听国文老师讲小时候私塾先生教过的"之乎者也"也是乐趣无穷。这么多年来，他什么都没有了，他的快乐，他的趣味，他的灵魂，已经被家庭这个重担层层剥夺去了。

想到这，林承曌揉了揉太阳穴，决定起来去院子里走走。

也不知为何，今晚的月光比往日来得更亮，却也更冷。

就在这时，一阵敲门声响起，听着十分着急。已经这个时候了，谁还会来敲自家的门呢？除了林承晖，林承曌想不到第二个人了，想到这，他三步并两步地上前去开门。

门外的林承晖大口大口地喘着粗气，头上的汗珠积攒起来打湿了头发，他也来不及擦。从车站下来后，他一直等不到车，决定跑着回家，一路狂奔让他劳累不堪。

林承曌看到林承晖又惊又喜，还没等他说话，林承晖倒先开口了："哥，妈呢？她在哪？"

林承曌这才想起来自己骗了他，还在想着该怎么跟他解释，他倒一溜烟往内院跑了。待林承曌反应过来，承晖已经到了李佩瑶房里。

"妈，你怎么了？"林承晖跪在床边摇晃着李佩瑶的身体，李佩瑶受了惊吓大叫一声醒过来。

"阿晖，是你呀？你个死孩子，差点没把妈吓死。"李佩瑶撑着身子坐了起来。

"妈？这是怎么回事，哥不是说你……"林承晖一会儿看看李佩瑶，一会儿又看看林承曌，半晌反应过来原来自己真的上当了，顿时生起气来，"好啊，原来你们合起伙来骗我。"

"不是，阿晖你听我说……"林承曌上前去劝他。

"我听什么?"

"阿晖,是我让你大哥骗你回来的。打仗太危险了,你不能去……"李佩瑶突然哭了起来,"要是,要是你在战场上出了什么意外,你让妈怎么办?算妈求你了。"

林承晖看到老泪纵横的母亲,语气也软了下来,他坐到床头一只手握住李佩瑶的手,另一只手不停地轻轻拍打着她的肩膀,温柔地说:"妈,没事的,我很多同学都去了。现在是大家一起抗战的时候,我既然有能力,又怎么能不作为呢?"说完,还抬起头看了一眼林承暻。

林承暻怎么会听不出来他的意思呢?他也不是没有热血的人,只是,现下有母亲要照顾,有祖辈留下来的生意要管理,这根本不是他说抛开就能抛开的,如若他真的走了,那谁来替他照顾母亲?陆晓浓吗?他怎么可能放心?

李佩瑶仍是不依不饶,可她把眼泪流干了也没能改变林承晖的心意,最后只好妥协,并要求他一定要照顾好自己,有条件的时候寄信或者打电话回来报平安。

林承晖一一应了下来,耐心地将李佩瑶哄睡了过去,约着林承暻聊一聊。

林承暻把家里的酒拿了出来——这已经是最后两坛了,但他并不打算告诉林承晖。他倒了两杯,一杯递给了林承晖,另一杯自己全喝了。

林承晖也一饮而尽。

两人就这样喝酒,谁也没说话。

酒过三巡,林承晖问:"哥,你真的不跟我走吗?"

林承暻顿了顿,笑着摇摇头。

兴许是喝多了的缘故,三番五次的劝说不起效果,让林承晖有些恼了,又问:"哥,先生们教我们修身齐家治国平天下。但倘若国破了,家没了,我们修的什么身?"

林承暻沉默了一会儿,轻声地说:"阿晖,对不起。妈不能没人管。"这就是他一辈子也不能追及承晖的地方——他的自由永远是虚妄的。说罢,林承曘又一股脑儿地喝酒，不知何时醉倒了去。

第二天一早，林承曘在酒桌上醒来，发现弟弟已经走了。桌子上留了一张字条：

悉母无恙，心下甚安。今神州疮痍，万户萧疏，同胞蒙难，正是报国之时。吾不敢以男儿之躯蝇营于世间，日军犯我国土，自当奋椎一击。今与兄诀，劳兄事母膝下尔。临书仓促，余言后续。

林承晖回到长汀后，第一时间去张书雅家找她。开门的是刚下课回来的张教授，他记得林承晖，就是那个和自己的女儿一起做话剧的兄弟俩其中一个，另一个倒是没怎么见着了。事实上，他也并不讨厌他们，只是书雅作为一个女孩子，整天和他们一起搞活动，说不准哪天会闹出事来，他只是担忧罢了。

林承晖礼貌地向张教授问了好，并问他张书雅是否在家。张教授点了点头，把张书雅叫了出来。

张书雅看看父亲，提议和林承晖到外面聊。

"你之前说你妈生病了，匆匆忙忙回了一趟家，现在怎么样了？"张书雅还和以前一样在前面走着，林承晖望着她的背影道："没事，大哥骗我的。他们只是不想我上战场去。"

"没事就好，那你是怎么想的？"张书雅放慢了脚步。

"书雅，我是一定要去的。"林承晖停了下来。

张书雅也停了下来，低着头沉默了一会儿，说："嗯。那我呢？我们呢？"

林承晖上前去抱住她，温柔地说："书雅，你愿意跟我一起走吗？"

张书雅就静静地躲在他怀里，也不说话，不知道在想什么。

林承晖急了，两只手将她的肩膀抓住，问："书雅，你不愿意吗？"

张书雅摇摇头，轻声说愿意。林承晖开心得像个孩子，一把将她抱住。

又一起走了一段路，两个人恋恋不舍地分别。张书雅回到家中，看到父亲黑着脸坐在客厅，也不晓得发生什么事。张书雅上前去搂住张教授的脖子，亲昵地蹭了蹭，问他怎么了。

张教授压抑着满腔怒火站起来，问："你刚和那小子聊了什么？"

张书雅一听，知道父亲偷偷跟着自己也生起气来，不理会他径直走回房间，用力地关上门。

张教授被挡在门外，臭着一张脸："你还好意思说我？如果不是我跟着你，我又怎么会知道你要做这样的事来！"

张书雅开门出来大声问："我怎么了！我做什么了？"

"你做什么了？我同意你和他们兄弟做朋友，我同意你们恋爱了吗？还瞒着我。行，你谈恋爱我也不管了，但是你跟我说，你为什么要想着跟他去打仗？"

"我本来就想！这是我的祖国，我有这个义务！"张书雅毫不示弱。

"义务？什么义务！你一个弱不禁风的女孩子，能做些什么？"张教授哼了一声。

张书雅也不在意父亲说的话，坚定地说："总有需要得着我的地方！总之我一定要去！"

张教授知道她不听劝，越想越生气，忍不住大口喘了几口气，他捂着喉头，缓缓坐在椅子上靠着，眼睛紧闭，整个人一动不动。张书雅没见过父亲这样，倒也是慌了神，不知所措地哭着，晃动着父亲的身体，父亲却始终没反应，便越哭越大声，把邻居都给引了过来。

在邻居的帮助下，书雅把张教授送去了医院。张书雅坐在病床旁，满脸忧愁地看着昏睡的父亲，眼泪不自觉又流了下来，握着他的手说："爸爸，您醒过来，我不和他去了。我就好好地待在您的身边。我们回四川去，找一个小地方，和妈妈就这么过一辈子。好吗？"

几天后，张教授出院，到学校去办理了离职手续。张书雅也退了学，离开了长汀。

张书雅不敢去见林承晖，只托了同学给他带了封信，信上无非是些向林承晖道歉的话，希望他照顾好自己之类的。但林承晖心里总归不舒服，郁结之下便提前了好些时间跟着其他人一起上前线去了，临走时没再去张家告别。

自林承晖走后，李佩瑶一直都提不起劲来，每天蔫蔫地躺在床上，原先脸上的一丝血色也淡下去了。林承曔担心她出什么问题，父亲去世不多久，林承晖又去了前线，这下只能靠他一个人。林承曔决定带母亲去看大夫，也当是散散心。

刚走到门口，林承曔就看到陆晓浓。她穿着一身酒红洋纱连衣裙，在人群里显得格外耀眼。说来也怪，近来陆晓浓总是喜欢往林家跑，但也没什么事情，坐着喝杯茶便走了。

陆晓浓走上来，问林承曔去哪。林承曔跟她说，她便跟着林承曔一起走，不大说话，只是偶尔淡淡的无关痛痒的两句，曾经的热闹去了不少。

但李佩瑶心里还是开心的，左边有儿子搀着，右边是准儿媳扶着，不知道是多少人羡慕不来的幸福。她摸摸陆晓浓的手，说："晓浓，以后你嫁进来了，我们就经常这样一起走走。"

陆晓浓感受到了李佩瑶瘦骨嶙峋的手，淡淡地说了句好。林承曔瞥了陆晓浓一眼，长长的睫毛像蝴蝶的翅膀一样扑扇扑扇的，就这一瞬间，林承曔觉得就这样似乎也不错。他已经快忘了厦大的日子了，忘了话剧，忘了张书雅，短暂的安宁让他感觉到岁月静好的样子。

街上的药房大多大门紧闭，林承曔接连敲了好几家才终于找到一家愿意开门替李佩瑶诊治的药房。大夫说也没什么大碍，情绪波动不要太大，按时吃药好好休息一段时间就好了。

林承曔谢过大夫后便要带着李佩瑶往家走，李佩瑶倒是不怎么在意自己的身体如何，问："阿曔，最近街上怎么静悄悄的？连药房也不见开几家。我还想着一会儿有空我们去走走，买点什么点心呢。"

"伯母，近来不太平。仗已经要打到这边来了，好多人听说后都已经逃难去了，所以人才这么少。"陆晓浓说。

"这么回事么？那晓浓以后你还是少出门的好。有什么要紧事找阿曔，你就叫人来叫一声或者打个电话过来。"李佩瑶拉住陆晓浓的手，拍了拍。

陆晓浓淡淡地"嗯"了一声，又低下头去。她这时的安静倒让林承曔开始有些不适应了，难道陆家也遇到了什么难事？

将李佩瑶送回家后，陆晓浓也差不多该走了。虽说有人随着，但李佩瑶总怕她有什么事情，执意让林承曔送她回家。况且，他们本来也应该是在一起的人，又有什么不可以的呢？

林承曔和陆晓浓并排走着，陆晓浓还和以前一样没话找话地聊。

林承曔看了她一眼，说："你最近很奇怪。"

"哪有啊。"陆晓浓一双眸子闪了闪。

"不说也罢，反正我也没多少兴趣。"

陆晓浓沉默了一会儿，抬起头看着林承曔，说："我爸说，我们可能也要走了……去上海或者别的地方……"

林承曔看过去，发现她眼眶微红，一直用力地眨眼睛。是了，她脸上搽着一层薄的胭脂粉，如果被泪水一洗，岂不是破坏了？林承曔倒也不安慰她，只淡淡地说挺好的。

自从那日送别陆晓浓后，她再也没来过林家了，电话也没有。林承曔白天去店铺里看生意，晚上在书房里算账。账本上的数字越来越大，但却是亏损的。林承曔看着，也不知道该怎么办。

李佩瑶沏了壶茶到书房去找他，他坐在书桌旁算账，一页又一页地往下翻，又总觉得不对，便往前回翻。李佩瑶看着他的样子，像是回到了好多年前，那会儿他还是个孩子，先生布置作业时，他也总是这样，一遍又一遍地检查。那时，阿晖还在旁边捣乱，家里就吵吵闹闹的，像极了她想象中的极乐世界。但现在，只剩下他们娘俩了，一切都早已物是人非了。

"阿暻，来，喝杯茶歇一会儿。"李佩瑶走过去将茶放到书桌旁。

林承暻从账本上跳脱出来，问："妈，这么晚了，你怎么还不休息？"

"睡不着，来看看你。对了，最近晓浓怎么都不来找你了？"

"她？我哪知道啊。"林承暻放下茶杯又拿起账本。

"你有空该去找找人家的。"

"嗯，我知道了。"林承暻头也没抬地回应。

李佩瑶走到他旁边，就近拿起一本账本，翻了翻，问："最近生意怎么样？"

"不好。眼下打仗，哪里都不太平，好多货都囤在那里卖不出去。爸生前借出去的钱也收不回来，不晓得还能撑多久。"林承暻将情况全部告诉李佩瑶。

李佩瑶听罢也是无可奈何，虽说跟在林继泽身边多年也学了些东西，但还都只是些皮毛。最主要的是，这个年代，哪还有人能做得下生意啊？她越想越担心，眉头紧皱在一起，心里一片迷茫。

"没事，妈，您也不用太担心了。我明天去趟陆家，看看陆伯伯能不能帮帮忙。"林承暻站了起来，扶着李佩瑶回房，看着她睡下才离开。

第二天一早，林承暻就出门去买了些礼品——这是他花了两三个小时才买到的，现下人们四处逃难去了，几乎没人开店做生意。他预备去一趟陆家，既然有求于人，空手去总归是不好的。

林承暻煎熬地坐在客厅里等陆文华，他也不知道这一次是以什么身份面对陆文华好，是世侄，生意合作伙伴，还是女婿？他越想越忐忑，直到看到从房间出来的陆晓浓，心里才有了一点点踏实的感觉。

"阿暻，你是来找我的吗？"陆晓浓问。

林承暻点头，又摇头。陆晓浓也搞不懂他想说什么，只觉得这个举动好笑，"噗嗤"一声笑了出来。

林承曌礼貌地向陆文华问了声好,陆文华招呼他坐下。寒暄了几句后,林承曌便开门见山:"伯父,您应该知道,家父……"

陆文华重重地呷了一口茶:"阿曌啊,你家的事情,你要节哀顺变。"

林承曌有些局促地捏着自己食指的指尖:"伯父,眼下我家有些困难,只想问问伯父能否……"说及此处,林承曌自己颇有些慌张。现在,求陆家帮忙,未必会答应。可是不知会不会看在陆晓浓的面子上……若是看了她的面子,这又让他心里不是滋味。

陆文华听了,也不让林承曌看出什么端倪,只是大口吸着茶,说:"阿曌啊,眼下这个时期大家都不容易,还是让我考虑考虑。"林承曌也不是傻子,听了这话也懂是什么个意思,随便找个理由便走了。

林承曌走后,陆文华把陆晓浓叫到了书房。"晓浓,你最近就少和那小子来往吧。"

"为什么?"陆晓浓满脸写着不情愿,"就因为林家不如从前了吗?"

"总之你和他少来往!"

"那婚约呢?!"陆晓浓的不高兴都是写在脸上的,陆文华看着她,忍不住一阵头疼。这个女儿是自己惯着长大的,性格自己最是知道。陆晓浓见父亲不回应,便"哼"了一声,把自己锁在房间里:"不让我们来往那我就把自己锁屋子里头,过几天就过来给我收尸吧!"

陆文华忍不住揉起太阳穴:"行了行了,我只是说让你们少来往。仗就要打过来了,待在这里始终不安全,我们过几天要搬去上海了。"

"上海?!"陆晓浓几乎要尖叫起来,"那林家怎么办?!"

"姑奶奶,你自己都要家破人亡了,你还管林家?"

陆晓浓当即就在房间里哭了起来,先是小声地啜泣,接着放声大哭。陆文华在屋外头来回转了一圈又一圈,道:"你去找他见最后一面,回来之后乖乖跟我去上海!"上海是外国人的租借地,日本人胆子再大,也不敢打过去。

陆晓浓也知道陆文华的脾气,不可能一而再再而三地容忍她胡闹,哪怕自己是他最宝贝的女儿。这她倒是无所谓，只是担心林承暭和李佩瑶以后的生活，既然林承暭能找到陆家来，这就意味着他们的生活是越来越不好过了。想到这，陆晓浓决定做点什么，她从床底下拿出一个镶着银扣的珠宝盒子来，红漆木上面已经蒙上一层灰。她也不在意，只是用手拍了拍便将它打开了，看着里面满满的一匣东西满意地点了点头。

陆晓浓到林家的时候，林承暭刚巧有事外出了。李佩瑶热情地拉着她聊这聊那的，她每天闷在家里，好些话没有地方说，见着陆晓浓便竹筒倒豆子说个痛快。

陆晓浓噙着笑，就这么陪着她，直到李佩瑶说累了回房了她才想要离开。或许这就是上天的安排吧，让他们相遇，不让他们相爱，甚至，连最后一面也见不上，她想。

走到门口的陆晓浓看到从外边回来的林承暭，林承暭也一眼见着了她，只是微微有些惊奇，他总以为那天从陆家出来以后，依着陆文华的性子不会再让他们来往了呢。但转念一想，她陆晓浓在家从小也不是个省油的灯，像林承晖一样，拿定了主意就死活揪着不放。

陆晓浓缓缓走上前来，声音有些激动："阿暭，你能陪我走走吗？"

林承暭点点头，转身又走出了家门。陆晓浓跟在后面，看着他的背影——比起以前记忆中的人，林承暭这段时间更沉默了许多。

陆晓浓停下脚步来，淡淡地说："阿暭，我过几天可能就要去上海了。"

林承暭没有回头，也不知道在想些什么。

陆晓浓又说："阿暭，我知道，你现在应该是很缺钱吧？"

林承暭停下脚步，转过身来定定地看着她，平静的眼睛里仿佛生不出任何情绪。

陆晓浓道："很快就要打到这边来了，到时候生意肯定是做不下去的。生意做不成，没了钱，你和伯母的生活怎么办？"说着，她把盒子递给了他，"这是我攒的一些首饰，底下还有些钱——虽说不是很多，但希望你能收下。"

林承曝认真瞧了她一眼，她今天脸上没有搽粉，透着一丝憔悴的苍白。林承曝打开盒子看了一眼——里面装满了珠宝，底下压着一沓银票。忙将盒子合上，递回去，说："这些我不能要，总会有别的法子的。"

这时，有几个背着大包小包行李的人从他们身边慌忙地跑过，背后跟着几个衣衫肮脏的孩子。他们应该是去避难的吧？陆晓浓想。"伯母身体不好，没了钱，你怎么照料她？你也是，总归是需要生活的。我跟着父亲去了上海，会有新的生活，父亲会照顾好我，但伯母只能靠你。"

林承曝就这样慢悠悠地走着，陆晓浓又道："如果你觉得我是在可怜你，那就算了吧。"说完，低下头去。

林承曝看着她失落的样子，思考了一番，觉得她说的也并不是没有道理。半响，他停住了脚步，认真地看着陆晓浓，唤了一声："晓浓——"

陆晓浓没反应过来，抬头看了看他："嗯？"

林承曝又看到那双乌黑的眼睛，他下意识转开了头："谢谢你。"

陆晓浓也不说话，两个人就这样静静地走着。陆晓浓心里明白，这是他们最后一次见面了，先前总觉得有许多话要说，但现下却什么也说不出来。单这样并排静静地走一段，她也感觉很满意。

林承曝没有那么多想法，只是将她从一个不喜欢的人升级成为一个朋友。将她送回了陆家，他转身便要离开了，忽而又想起什么似的，回头叫了一声："晓浓。"

陆晓浓站在原地看着他，也不知在期待些什么："嗯？"

说来也怪，林承曝以前总讨厌她抬头对自己"嗯"，那不屑的语气让人听了厌恶。但现在，把她当朋友后便觉得也还好。或许，她只是这样温温吞吞的性子，并不是对自己有意见。如果不是这场联姻，说不定两人还能成为好朋友。但眼下，婚姻已经断了，那就希望她以后能平安喜乐吧。想到这，林承曝抱住了陆晓浓送的盒子，心里并不痛快，思来想去却也不得法，只是怪自己没用，受了陆姑娘的好处，却仿佛买断了姻缘。就当是为了母亲吧。他有点失魂落魄,露出个惨笑的表情。

林承曔又说:"没什么,那我先走了。"

陆晓浓点了点头。

林承曔便转身离去了。"等一下!"身后传来了声音,他也不敢动,定定地站着,一双手在他的手臂间穿过来,抱住他的肚子。陆晓浓身上的香味让他温暖到战栗。她的脸贴着他的背,他忽然很享受这个时刻,感觉是天地之间最后的温存——除了这个时刻,他不知道自己还能去哪里找到慰藉。他又感觉到一阵悲凉,他知道,自己彻底地剩下一个人了,他只能一个人去面对以后所有的事情。

陆晓浓也感觉到他的放松,她不愿意把这当作是断了关系后他的解脱,倒愿意是想着是他不愿意拖累自己的用心良苦。陆晓浓叹了一口气,缓缓松开了手。

林承曔再也不敢回头了。抱着陆晓浓给的盒子和一团乱七八糟的思绪,加快了回家的步伐。

陆晓浓离开厦门已经有一段时间了。近段时间来,厦门已经越来越不安全了。街上随处可闻炮鸣声,躲在家里也不安全,说不准哪天一个大炮下来墙也被拆了。

这晚,林承曔安抚母亲睡下后,静静坐在她床边守着。自从打仗后,李佩瑶的精神状况大不如前了,听着轰隆隆的炮声,她的心总是七上八下,担心那在远处的小儿子。

不待半小时,李佩瑶又从噩梦中惊醒过来,大声叫着林承晖的名字。林承曔握住她的手,不停地安抚着她。

李佩瑶看到林承曔,眼泪刷地就下来了:"阿曔,我梦到你弟弟了,阿晖他……阿晖他。"严重的抽泣声使她根本说不全一句完整的话。但林承曔也是知道的,拍拍她的背,轻声道:"没事的,妈,我在这呢。阿晖,这会儿应该还在学校,还是安全的,您不用担心啊。"

李佩瑶点点头,眼泪还是止不住,林承曝将她的情绪平复下来,一阵咳嗽声又响起。一直到深夜,李佩瑶才再次睡去。

林承曝看着李佩瑶的脸,自从林继泽死后,她便老了不少,如今加上林承晖一走,更是憔悴。林承曝心疼地叹起气来,决定一定要带着她离开厦门了,但至于去哪里,还没有想好。

一早,林承曝跑到李佩瑶房里找她。李佩瑶还没醒,阳光懒洋洋地照在她的身上,一室安详。

林承曝也不唤她,就这么静静地坐着等。半晌,李佩瑶才醒过来。林承曝上前去扶她起床,自从解散了家仆后,家里的事情无论大小全是林承曝自己做了。

"阿曝,今天怎么这么早?"李佩瑶问。

"妈,我想过了,现在厦门也不安全了,我们还是离开这里吧。"林承曝替她穿好衣服。

李佩瑶有些恍惚了,问:"那阿晖怎么办?他回来会找不到人的。"

林承曝忽然有了主意,说:"没事,我们就去汀州府,去找阿晖。"

"什么时候走?"

"不清楚,可能就这几天。您也别着急,等我收拾好东西,确定好了日子就告诉您。"林承曝又扶着她去洗漱。

"嗯,听你的。"

如果已经决定要走了,那就要认真思考到底要去哪里。省外太远,路途颠簸,带着李佩瑶肯定是去不了的。省内,厦门附近定也是不太安全,还是往内陆一点迁吧。或许汀州府那边还好些,再加上厦大也迁去了那里,也许能找到林承晖。

林承曝心里做好决定后,又给林承晖拍了个电报:

晖你不辞而别母甚念时局乱厦门危险我们不日即往你处会合晗

　　电报寄出去，转眼半月，始终没有收到回复。李佩瑶心里慌乱得很，想让林承晗再多待些日子，说不定就能等到林承晖的消息。但林承晗明白，眼下形势已经由不得他们拖拉，只好匆忙离开。

第 六 章

　　林承晗带着母亲往漳州方向跑，他没有想到的是，在他们走之前，逃离厦门的人已经非常多了——大多是些平常人家的夫妻，身上挎着行李，有些还推着车，自家的几个孩子互相牵着，后面跟着父母，一队一队地挨着走。

　　林承晗去到一块安置逃难人口的地方，几家人在路边牵起一块布，里面坐着女人和孩子，男的全部到街上去乞讨。现在厦门境内也不能通车了，林承晗思来想去还是决定去汀州，但汽车不能直接通到汀州，所以他们得先坐车到漳州去。

　　临行的这天，天还没亮李佩瑶就醒了，她要准备一些路上的吃食。

　　一个人来到厨房，李佩瑶把昨天晚上装在盆里发着的面粉拿出来搓成团，放进大蒸笼里蒸了整整两笼。面口袋里剩下的面粉也没有浪费，通通让面粉和着葱，下进滚烫的油锅里翻炸，这下，家里最后一瓶香油也用完了。李佩瑶一面做饼一面计划，她觉得这些东西，应该够她和儿子两个人吃上三四天，只要他们一路顺利的话。

　　面饼在油锅里刺啦刺啦地响着，李佩瑶心里有一种出发前莫名的期待，她希望自己能牵绊住林承晖的心，她总是觉得，人活一辈子，就离不开家，离不开人间烟火，战争那些事儿离生活太远，她不懂他谈的那些理想。理想不能当饭吃，不能变成钱过生活。

"妈，您一个人忙什么呢？"林承曒按着太阳穴问道。他昨晚几乎一宿没睡着，现在又要起得早，整个人头重脚轻的。

"你再去休息，我准备些路上吃的。"李佩瑶推推风箱，把火烧得更旺。

他们必须在五点半的时候赶到停车的地方，现在四点钟，林承曒就算犯困也来不及睡觉了。感觉自己在厨房里帮不上什么忙，林承曒去洗了把冷水脸，把两个人要带走的东西全部搬到客厅。客厅的角落原来有两对珐琅彩大花瓶，还有养鱼的青花瓷缸，沙发后面还有一架桃木架子专门放林继泽淘来的杂玩。林承曒环视客厅，自大操大办了一次丧宴之后，眼下那些东西逐渐都搬空了，林宅虽大，已成空壳。但现在能带走的、值得带的就只有李佩瑶剩下的几件首饰。遭了贼以后，李佩瑶昨晚把那几张地契夹着块布缝到儿子的长袍里面，他们一人一个皮箱，加上吃的不过三件行李。

五点半，母子俩准时赶到之前订下的那辆卡车前。

李佩瑶把手上提的皮行李箱放到胸前护着坐下，旁边的林承曒已经有些狼狈，因为要赶路两人换了一身棉布衣服，家里原来的那些绸衫大部分已经卖去，变成路费。李佩瑶左手边坐着一个妇人，灰头土脸的，手里抱着一个孩子，她看看旁边的李佩瑶，搭起话来："你们去哪里落脚？"

"没定好，只要逃出去就行。"李佩瑶也不知道她和儿子以后住在哪里。她只想快点到汀州，好歹在林承晖上前线前见他一面。

卡车轰轰地在土路上开着，刚刚下过小雨的地方，尘土也不会飞起来，就是担心车的轮胎打滑。林承曒始终不说话，他把陆晓浓给他的钱全部买成黄金和银元揣在身上，一打仗，物价飞涨得可怕。他把陆晓浓留给他的地址也丢失了，他隐隐觉得，大概这一生他们都不会再见面了。"人人自顾不暇，便是乱世。"他曾经在报纸上看到这么一句话，作者是谁倒是忘了，现在想起这句话，觉得太应景。他跟陆晓浓眼见都要结婚了，来不及告别就各奔东西，说是劳燕分飞都好像是夸赞了，可是谁也顾不了这么多。

和李佩瑶的沉默不同，抱着孩子的妇女已经和车上的人讲开了话："哎，现在打仗大家都东逃西逃的，哪里都不好去。老家那边倒是安静，我家那个就让我来城里把小的这个接回去住着，他在那边再看看有没有什么生意再做做。"

"哪个想往外面跑，可惜了我家收来的稻子，在磨坊里歇着，尽等着日本人来吃了！"说话的是个米店的老板，林承暻之前还在米店里见过他一回，眼下他一个人带了四只箱子，还有一个挑夫跟在旁边。

"我家的药早就卖不出去了，估计日本人也不晓得吃中药吧！"话一落，车上其他人笑起来，只不过笑声悻悻的，敷衍中渗透出三分悲情。李佩瑶想着自家锁着的宅子，离家那么些日子，指不定被各路神仙翻墙进去游逛一番——家里搬空倒成了好事，至少不能便宜了那些日本人。她看了一眼大儿子，大儿子也是嘴角牵动着，算是挤出一个笑脸，比哭还难看。

战争对待每个人都很公平。

李佩瑶想起自己小的时候，阿姊带着她去街上买东西，那个时候什么都好吃，什么都新鲜，阿姊在前面走着，她在后面只管着吃，两只手都拿不下。后来她才知道，阿姊是去比家里还要好的人家当媳妇去了，她一直不知道那家人是干什么的，姐夫也没有见过，爸爸在家也不大提起，只是说阿姊嫁过去以后，她家的纱厂生意就好了一些。不过好景不长，她家的纱厂尽管买了新的机器来做，还是比不上洋纱细，再后来，爸爸的厂房也不开了，阿姊更少来家里，只是听说后面去了上海。陆家这回也去了上海——上海的人会像她这样逃难吗？

"妈，你饿没有，吃点东西吧。"林承暻往纸包里掏出一个饼。

"我不饿，你要吃就吃吧。"家里遭了变故以后，李佩瑶吃的东西就少了，人也消瘦了好几圈，现在脸上的颧骨高高的，情绪激动的时候就会有病态的红块。她穿着棉布衣服，跟丝绸一样飘飘荡荡。

"哦哟，你那袋东西都是吃的吧？——都是现成的了，早知道我家也做成

81

米饼拿着!"米店老板瞪着眼睛怪叫一声,引得一车的人都盯着林承曍手上的那个口袋。李佩瑶见罢眉头一皱,让儿子把口袋放到两个人中间护着。

她发觉,这个时候,吃的比钱更重要。

在卡车上摇了一天,李佩瑶路上吃的一点东西都被呕出来了,直到下车前的一刻,她还趴在卡车上往外呕酸水。林承曍铁青着一张脸让母亲靠在自己身上,一天下来自己也什么都吃不下。

天快亮的时候,汽车在一块空地上熄了火,司机把所有人叫醒,挨个来收剩下的钱。林承曍带着精神不济的母亲下车,把之前准备好的几张票子攥在手里,跟在一伙人后面把钱递到司机面前。

司机一看那几张票子,道:"你们两个人的钱少了!"

林承曍一头雾水:"大哥,我补交我和我妈两个人的钱,怎么就不够了?之前订位置的时候我们说好的。"他为了司机能多照应些,之前还特地多给了一点钱打点。

"我说不对就不对!——林少爷,别怪我不讲道理,你们家开珠宝商行的,少说几十万肯定有的,多给点我们这些穷人又怎么了?战争年代,都不容易,大家说是吧?"

司机这一问,所有人都转过身来看着母子俩,其中几个抱着手嘿嘿笑着。

"你!——"林承曍没想到这个人居然认得林家,大概是以前在他们家拉过货?"我们家已经不比得以前,现在没有什么钱了。"林承曍把身边闭着眼的李佩瑶又搂紧了一些。

"放屁!瘦死的骆驼比马大,废话少说,快交钱!"

正当林承曍要回话时,人群里传来一道声音:"哎,我说怎么他们两个非要加钱,这下算是明白了——你这个司机是混土匪的吗?伸着手来逼,简直是应该一棍子打死的恶霸!"林承曍顺着声音一望,正是之前那个抱着孩子坐在他们旁边的妇人。她背着孩子走过来,气势汹汹地看着那个司机。

"这年头土匪的日子过得比我们可好多了,我当土匪又怎么了?"

"不要脸!"妇女往地上啐了一口,一脸嫌弃。

李佩瑶本昏昏欲睡,这下闹成这样也睡不着了:"阿暻,我这条手链给他!——告诉你,不要得寸进尺,这是我最后一点财产,人活在世上就应该积点阴德!"不知这话是单对司机说还是全部人,那几个抱着手看场面的摸摸鼻子,互相招呼着往前面走去。李佩瑶一把把自己手腕上的链子扯了,扔到那司机身上。那司机接住,嘴里叽里咕噜地骂着上了车。

妇女背着孩子和母子俩一块走,交谈一番得知这女人的名字叫钟秀兰,是汀州永定县那边的客家人。民国以来,这儿一会儿属龙漳省管,一会儿属龙汀省管,钟秀兰也搞不太清楚自己到底算是哪儿的人。林承暻从她口里得知,现在还在南靖,以前算是跟永定同一个省,接下来他们还得去坐一天的船,得先过了九龙江,过了水路以后就全靠腿走了。要是路上都顺利的话,到钟秀兰家也就是两三天的事。钟秀兰得知有人和自己一路,心里也高兴,想到母子俩似乎没有地方落脚,便邀请他们到自己家里住上一阵。钟秀兰说话做事大大咧咧,之前看到司机对林家坐地起价,也是愤愤不平,看起来心直口快,胸无城府。可李佩瑶两个刚从云端跌落谷底,见了太多世态炎凉,不敢轻信。嘴上连声说了好几个谢谢,但心里还是对她有所提防。

母子俩跟着几个人走到渡口,岸边正好泊着一条船,船上用草搭了个棚子,一个白胡子老头就睡在船里。

同行的人过去叫醒那个老头,老头听这些人都是去龙岩方向,便答应渡他们过水路。

等人全部上了船,老头便划着船上路。因为每个人带的东西多,船身被水吃了好大一截下去,行驶起来也摇摇晃晃的,艰难地划了一段路后,为了分散重量,林承暻把母亲安排到船篷里坐着,自己和老头去到船头上站着,然而船后还是太重,必须还要几个人去船头那边。林承暻提议把女人孩子留在船篷里,再让一个人过来,不然行李也可以。

"那你把你的这两个箱子拿过去不就行了?"米店老板道。

"嘿,人家人都过去一个了。我们这么多人,就你箱子最多,都重得很,你搬过去一两个又怎样?!"一个背着花布包袱的女人说道。

"我这里面的东西不能淋雨,搬过去淋了雨你赔我吗?"米店老板叉着腰道。

"那你人过去!"

几番纠结下,米店老板让自己的挑夫带着两只箱子坐到船头去,自己面红耳赤地坐在船篷里。

船到之处皆一片幽绿,林承暻抬头看看天,云已积得很厚,仿佛马上要落下雨点来。

"阿暻,你过来里面坐,我去外面站着。"李佩瑶青着一张脸喊道。

"妈,没事,你坐着吧!"林承暻招招手,又在船头上站着。

挨到中午,天上终于落下雨来,米店老板大喊一声就冲到船头去要护住自己的箱子,船身一阵剧烈的摇晃,老头死死撑着竹竿,惊叫:"不要跑!不要跑!"林承暻站在船头脚下一滑,扑通一声掉进水里。

"阿暻——!"李佩瑶趴在船边朝水里大喊,雨水顿时把她浇透。

不一会儿,林承暻从半浑浊的绿水里露出个头,这水极冷,让他的小腿肌肉瞬间抽筋,他必须马上爬上船去。

"小伙子,快抓住我的手!"钟秀兰也趴到船边,"那边站几个人稳住船,快!"几个人惊慌地站到对面去,钟秀兰和老头一起把林承暻从水里拉上来。

上船后,李佩瑶抱住自己的儿子大哭,林承暻虽然从小就会游泳,但这样猛地落水,李佩瑶一颗心提到了嗓子眼。林承暻安慰着母亲,猛然想起自己身上还带着几张地契,伸手一摸,腹侧的一片早已湿了个透。那雨水也顺着船板流到里面,李佩瑶那只装吃食的口袋还放在船板上,打开一看,一半的馒头被脏水糟得稀烂,只好扔进水里,这样一来,她和儿子的吃食很可能就不够了。

又这样在雨中走了一天半,天总算晴了。可是就这样晴晴雨雨,折腾了好些天。总算有了好天气，大家也不再多说话，揣着劲儿走路。走了好些天，李佩瑶两眼都冒起金星来，她自小裹了小脚，走起路来一颠一颠的，走到鹅卵石的山路上，简直丢了半条命，走一会儿就受不住了。林承曝打起精神，把母亲背在身上。李佩瑶一上他的背，他才知道母亲原来瘦得这么厉害。林承曝少爷出身，哪能干这样的体力活儿，刚刚过了一会儿，就累得不行。钟秀兰尽管背上驮着个孩子，但还能帮林承曝分担一只皮箱。

林承曝走了大半个时辰，实在背不动，就跟钟秀兰换了，他背着孩子，钟秀兰背着李佩瑶，走起来也不困难。林承曝背着孩子，又走了半天，两条腿快废了，恨不得随时随地躺下去。钟秀兰想着，这也不是办法，就花了一块银元，兑了辆鸡公车，把李佩瑶和孩子连带着行李都丢上去。平路下坡都是她把着，碰到上坡时林承曝搭把手，行路起来轻松了许多。林承曝想，山里毕竟是山里，活着真不容易。李佩瑶除了感激，更多的是奇怪——钟秀兰一个女人家，一副天足，也不怕人家笑话么？可是她不敢问。

碰到夜幕降临，一行人路过村庄，便找户人家将就着过夜；若是没有人家，碰到一些山亭，就近搜了一些枯柴烧起来，也休息半宿；李佩瑶和林承曝渐渐卸了防备，这些地方民风淳朴得很，供住供吃，分文不取的，像是世外桃源。钟秀兰看来是习惯了，就是嘴上甜得很，逢人总是叔叔伯伯哥哥嫂嫂地叫。她笑嘻嘻地告诉李佩瑶："嘴前鼻前，出门不用盘钱（盘缠）。"然后解释这是客家俚语，意思是"只要嘴够甜，出门连盘缠都用不上"，把李佩瑶唬得一愣一愣的。

一路就这样走过来了。这天下午过半，大家在两条分叉路前停住。

"再走一截就到我家了，我们动作要快点，我看你妈妈不太舒服。"钟秀兰看着李佩瑶在独轮车上坐着，微微颤颤，不免担忧。

林承曝点点头，其实自己眼前也是一阵阵发黑，觉得脸颊烫得很。钟秀兰本来走路就风风火火的，但见林承曝始终跟不上，便放慢了步子，找了许多话来和林承曝说，逼着他集中精神看路。

"就在这里啦,你等我一下!"钟秀兰招呼一声,踏着青石板往前走。

林承曒抬头一看,眼前是一座土黄的方楼,墙壁上有烟囱,把外墙的一块熏得棕黑,上面还零星开着极小的几扇窗口。这种楼他原来在学校图书馆的建筑画册上偶然看到过,现在是第一次亲眼看见。

知会好开门的,妇女扭头招呼林承曒进门来,院子里的几个"小萝卜头"手里拿着几块黄黄的饼,挨成一排站在门口望着,身上穿蓝黑棉布衫,衫上打着大大小小的补丁——看起来日子也不太好过;几个老人在房门前说话;在井边打水的女人头上裹着一条蓝布,"咚——"女人把黑胶木桶磕在泥石板上。

林承曒非常惊讶这个土楼里住了那么多户人家,四层楼高,每一层密密麻麻地隔出许多房间,一眼望去大概有大几十户人家,内里还有层层叠叠的小土楼,林承曒隐隐闻到一股香火味。

钟秀兰带回来了陌生人,大家还是有点惊讶。这些年逃难的人也不少,乞讨的人也不少,都是自己前来,叨扰一碗饭一点茶水就走了。看钟秀兰的架势,是有带人来长住的意思。

住着的人家乌泱乌泱地围了过来。林承曒没想到一下子这么多人,大家都盯着他看,他有点不好意思,耳根发热,幸好连日赶路,尘土堆上了脸,黑黑的看不出颜色。大家很好奇地看着这个文弱秀气、浑身疲惫的年轻人,还有站不太稳的小脚老太太。林承曒嘴角动了动,也说不出话,就深深地鞠了个躬,久久没直起来。

"别客气啦!来者是客,你们就好好在这里住着吧!秀兰先照顾你们。"一位老人拄着一根藤木杖,笑着欢迎。老人说官话,有些声调又短又平,一些声调低的字又说得低促,好像挤着往外走,吃掉了不少的音,听起来不是很清楚,说话常常要提着气捏着嗓,感觉很是费劲。他脸上已经起了许多褐色的老人斑,头上也用蓝布包起来,看上去十分精瘦。

老人叫来两个人把昏睡过去的李佩瑶放到担架上抬上楼去,林承曒在后面跟着。钟秀兰把自己的儿子放在一张小凳上，转身风风火火地打扫起家里来。她烧了一锅滚烫的水，切上好些生姜，挖了一大勺红糖，煮开了，连忙端了两碗来给林承暻，一碗他喝，一碗让他给李佩瑶灌下去。

"唉，你和你妈身体都不好，还淋了雨，路上这么几天，受罪啊！"钟秀兰探探李佩瑶的额头，"不行，我去给你们两个找个医生来看看，熬点草药吃吃也是好的——小伙子你先去洗个澡吧，洗澡水我配好了，衣服在凳子上——是我男人以前穿的。洗完澡去下面吃饭去！"说完拉着她的孩子，急急忙忙出门去了。

林承暻又给李佩瑶喂了些水，进到房里洗个热水澡，连日以来的奔波和不堪早已使得他疲累，这里的条件不如家里，但却使他整个人温暖起来。他觉得，这里会是他和母亲能安心住上一阵的地方。

李佩瑶睡在小木床上昏昏沉沉的，她睁开眼睛，看到完全陌生的屋子，自己跟前也没有一个人，这下瞌睡醒了大半，扯起嗓子叫林承暻的名字。林承暻刚刚换好衣服，见她醒了，把来到这里前前后后的情况都说了一遍，叫她安心。

"妈，你放心好了，他们不是坏人。我刚刚还洗了个澡，待会儿他们做好饭还叫我们下去吃饭的。"

"不是坏人就好，你要好好谢谢人家，这个时候还肯收留我们林家的人太少了！"想到一路颠簸，李佩瑶不由得流下泪来，这下他们什么都没有了，只剩下皮箱子里的一点值钱东西，往后的生活必定还要比之前更艰难。

林承暻带着母亲去楼下吃饭，李佩瑶来到饭桌前，想拣个边上的位置坐下，旁边一个姑娘笑着把她搀起来道："婶婆，你们的位置不在这里，爷爷说你们要去那边坐上席才合适哩！"李佩瑶"嗳嗳"地应着，被这个姑娘牵着去到上席落座。姑娘对母子俩甜甜一笑，又回去了。她叫钟婉莹。

为首的老人端起一杯糯米酒，站起来向李佩瑶道："你们远道而来，一路上辛苦，以后尽管在这里放放心心地住着，我们大家都高兴你们母子来，以后有什么困难尽管说。我老头子先干为敬了!"

李佩瑶红着眼睛,老人这时已经一口气喝下了米酒,其他人也跟着老人喝了一口。李佩瑶端着手里的酒说:"实在谢谢大家在危难中肯收留我母子两个,我和我儿子也敬你们!"林承曛觉得奇怪,这些人劝酒,总是说"您干掉,我随意"。林承曛也是跟着喝一口,但是敬酒的人不依,非要一劝再劝,要你喝完为止。酒甜丝丝的,入口容易,但是也麻痹人,林承曛不知不觉喝了几碗,没多久就滑到桌下去了,人事不省。

还是秀兰伸手去拉,才发现林承曛浑身发烫——这孩子也真是犟得很,生病了也不说。秀兰赶忙叫婉莹去唤村里的土郎中。幸而只是舟车劳顿,染了风寒,开了点发汗的药煎服了。秀兰细心,让郎中给李佩瑶也开了一剂,熬了让李佩瑶吃下。李佩瑶晚上睡觉发了一身汗,第二天就精神很多。

钟秀兰跟钟婉莹伺候林承曛到半夜。秀兰第二天还开他玩笑,说他喝醉了说胡话,一会儿"书呀,书呀"地叫,一会儿又叫"陆小姐",还有什么"陈白露""赛金花",听起来都是女人的名字——看他斯斯文文的,没想到是个浪荡公子。钟婉莹在旁边听了咯咯笑个不停,看着承曛窘迫,还替他说话:"人家不是一直喊'书呀,书呀',肯定梦见自己的书丢了。明明是个读书人喽!"林承曛更不好意思了。"书呀"是"书雅"之误,但是也就乘机转了话题,跟钟婉莹说起《日出》里的"陈白露",还有《赛金花》,还说到了女性解放,至于陆小姐,那是半点不敢提起。钟婉莹从来没听过啥叫话剧,她只看过木偶戏,木偶戏里不讲妇女解放,它只讲帝王将相才子佳人,讲女人要嫁个好人家。

在大家的安排下,旁边的小楼里腾出一间空房,是给林承曛住的,母亲先跟钟秀兰搭铺将就着,他们就在土楼里安定下来。

这里叫南园村,林承曛猜测这村名的由来——一定是仰慕陶渊明的人取的名字,"园"是《归园田居》里来的,"南"是南方、南国的意思。

隔天,林承曛把皮箱子里的东西全部倒在床上,一样一样地盘算起来,他打算尽快去之前路过的那个小镇看看情况，能就地盘下一间店铺是最好不过了，有了收入，他和母亲的日子就不至于全部靠人家帮助。

"那你要去问问秀兰才是，你自己一个人不知道路，难得走到那里。"李佩瑶也支持儿子的想法，末了，又道，"还有一件事就是你弟弟，你得去找找他，说不定他去部队上太苦又跑回来了。现在打仗，千万不要让他去家里找了！"

"知道了，我安顿好店铺就去！"

正说着话，钟秀兰牵着她的孩子，端着一盘水果过来。"这个是刚刚去摘的，还新鲜着，大家每个人都分了，你们也多吃点。"又对那个半大的孩子说，"正明，去，陪爷爷去，一会儿记得带爷爷下来吃饭！"

那孩子点点头，一溜烟儿跑了。

"谢谢你。我们正要请你过来呢，阿暻他想去镇子上看看有没有合适的店铺买一处下来，还要麻烦你给他指条路让他去到那里。"李佩瑶拉着钟秀兰坐下，笑道。

"你们是不是在这里住不习惯？"

"不是这么回事，你千万不要这么想！我们家以前是做生意的，现在一时半会儿也帮不了你们去地里干活——大家手脚快，阿暻只能拖后腿了，所以想去小镇上找点事做着。不能老是靠着大家供我们吃穿呀！"

"我们不过另外出两碗饭来，不算难事。不过你们有自己的打算也好，可是我这两天活多，可以叫婉莹带你们去，她也是认识路的。"李佩瑶自然同意。

不多时，一个梳着两条黑辫子的姑娘拿着斗笠就站在门口，见了李佩瑶，粉白的脸笑起来，一声"婶婆"叫得又脆又响。李佩瑶觉得有些面熟，仔细一想，原来就是吃饭那天搀她去上席落座的姑娘。

钟婉莹穿着一身新浆的斜扣白底蓝花棉布衫，下面一条宽脚蓝布裤子，笑嘻嘻地走到李佩瑶面前，她手里端着一碗鸡肉，见到李佩瑶母子俩，把鸡肉放下。"这是我送给你们的鸡,婶婆你和阿璟哥多吃些,补补身子,以后要是想吃还来找我!"又问道,"婶婆,你们要去镇子上吗?"

"我不去,是阿曔要去,麻烦你给他指条路。"李佩瑶笑道。这姑娘那天没仔细看,今天才得以定下神来打量一阵。李佩瑶发觉她底下是一双天足,心里有一丝震惊。她以为这样传统的地方应该每个女人都会缠脚,然而现在看来并不是这样。李佩瑶想起她的母亲那一双漂亮的小脚,母亲整日穿着丝绸的袜子,塞到尖尖的鞋子里,走路扶着桌边,衣摆一晃一晃的。不过自她记事起,母亲却似乎深受这双脚的困扰,常常一个人摸着脚唉声叹气。自己打年轻就嫁到林家,是个阔太太,出行不是乘车就是坐轿,没有特别的困扰。这次出门,可是遭尽了罪。

她之前对"妇女解放、不要缠足"之类的不以为然,现在算是彻底懂了。

李佩瑶想起钟秀兰也是一双大脚,跋山涉水,像只燕子轻巧得很,在山路上推着个百八十斤重的独轮车,利索得很。她心里有些羡慕,人生艰难到这个份上,也只能羡慕了。

"哦!那从这里去,路还是很远的,一个来回差不多两天啊!"钟婉莹可不知道李佩瑶在想些什么,她只觉得自己第一眼见到这家人,就察觉到他们有一种和自己、爷爷、钟秀兰甚至整个院子里的人不一样的东西。她后来想过,这种不一样应该不是因为距离,因为自己去过小镇,小镇上的人也不见得给她这种感觉。

她想到现在,还是不知道这种东西到底是什么。

林承曔也注意到了钟婉莹的一双天足,按道理来说,他不应该盯着人家姑娘的一双脚看,可是,说妇女解放这么多年,在城里的姑娘,也是清朝亡了喊放脚,张勋复辟了又裹上,孙总统上台了喊放脚,袁世凯称帝了又裹上……这等自然的状态,实在是少见了。一会儿裹一会儿放的,都轮不到自己做主,这可不是老百姓的遭遇么?他头一回把自个儿归在老百姓这个范畴里,少爷这东西,怕是当不下去了。

钟婉莹穿着那条湛蓝的裤子，伸出的那两只纤细的脚腕仿佛有了魔力，饶是她的脚掌罩在一双布鞋里，林承曔也能在心里顺着脚腕把那双脚画出来。

"阿曔哥！你等我一下，我去拿点路上吃的东西就走！——婶婆我等下过来！"说罢踩着鞋嗒嗒地跑了。

李佩瑶看着桌上的那顶斗笠，笑道："这小姑娘，长得讨喜！"

林承曔也笑了笑，似乎知道母亲的意思，似乎也不知道。

钟婉莹带着些家里做好的干粮，领着林承曔出发了。那天来这里的时候林承曔实在太疲惫，顾不上看眼前的事物，现在他发现，楼周围的风景其实很漂亮：楼的背后是一座苍绿的大山，前面横着一条小溪，几个孩子圈起裤腿正在溪边捉虾，妇女们在水田里耕作着，一只褐色的雀点了一下水洼，朝山那边飞去。

他想起小时候和父亲去苏州拜访一位朋友，那家人也住在城郊，但全然不是眼前这样的景色，庭院内随处的景都是袖珍而精美的，一看之下甚好，但是时间久以后就觉得少了点自然的灵气。

路大多是粗大的鹅卵石铺就，中间用泥沙填了缝隙，走在上面高低不平，有时候会路过牛栏、猪圈，还有茅房，不同的臭味散发着，让他有些不适。还有不少黑的黄的大狗，在阳光下眯着眼，夹着尾巴走来走去，把腿跷在墙上尿尿，根本不把人当回事儿；那些家禽家畜也都没把人当回事儿，尾巴一撅，走到哪拉到哪——路上可少不了排泄物。

他这阵子，少不了"惶惶丧家之犬"的感慨，觉得自己有点连狗都不如了。他小心翼翼地走着，避开那些颜色不同的排泄物，有时候免不了踮着脚尖跳。钟婉莹看到他笨拙的样子，忍不住笑出声来。林承曔当然知道她笑什么，可是又不知该如何应对。钟婉莹其实不是在笑话他，她开始有点知道，这大男孩哪里不一样了——他有发自内心的体面，不会因为短了衣食，落魄了就丢掉的体面。在村里也有些地主人家的少爷，穿绸戴缎的，可身上没有这样的体面。她偷偷瞄了一眼林承曔，林承曔也正好呆呆地看了她一眼。她回过头去，心里一动。

时至正午，钟婉莹把斗笠戴在头上朝前走，后背搭着两股又粗又黑的辫子，在阳光下仿佛要黑得出油。钟婉莹时时回头看看林承暻是不是跟在后面，想说话，但这下单两个人处着又不知道怎么开口了。

钟婉莹闷头想着，心里着急起来，一双脚也越走越快。

林承暻又不自觉看着那双纤细的脚腕，正出神，前面的女孩却停下了。

"我们休息一下吧，那里有棵大树！"钟婉莹一指。

林承暻顺着她的手看过去，果然有一棵大青树，树荫足够遮住两个人了。林承暻和她在树荫下坐定，把身上背的一罐水解下。

"拿着，这是我在家做的糖枣。"钟婉莹把装满糖枣的纸包打开捧在两只手上。她本来想把它放在地上的，但又怕林承暻嫌地上不干净。

"你怎么不吃？——我来拿着吧。"

把纸包交给林承暻拿着，钟婉莹把斗笠脱下来。她的脸颊热得红扑扑的，几绺细软的黑发贴在额头上，一双眼睛也生得好，晶莹透亮，跟泉水似的。她拿过水壶仰头咕噜咕噜喝了一气，泉水凉到心坎里，舒爽极了。

林承暻觉得她像自己曾经在《百科全书》插图里看到的一头小母鹿。他看着她半眯的眼睛笑道："我还以为你不渴。"她一路上都没向他要水喝。

钟婉莹心里正惬意："不好意思跟你要，你一句话都不和我说。"

这还是他的不是了？"好吧，我和你说话，你需要什么尽管讲。"

"这个帽子给你戴，你晒坏了！"不等林承暻说话，钟婉莹就把自己的斗笠戴到他头上，她隔着一段距离打量，发现自己的斗笠在他头上，越发显得他肩膀宽宽的，身上又穿着侧襟短布衫，跟庙里的和尚似的。林承暻错愕的表情让她终于捂着肚子哈哈大笑起来。

两人吃完糖枣又在树底下坐了一阵，再过去一些，小镇就在他们眼前。从钟婉莹这里他才知道，这里不过是永定的小镇，厦门大学在汀州城里，还得走更远的路。

林承暻原想自己一家一家地问有没有要卖的铺子，钟婉莹却拉着他去到一家小布店门口，朝里面喊："阿宝——"

只见一个皮肤黝黑的男孩子跑出来："婉莹姐，你今天怎么来镇上了，他是哪个？"

"他是哪个你先不要管，你就说是不是店老板要把这个店子卖掉？"

"是啊。"

"那就行了，把你的老板请出来吧，我给他找到买家了。"

在钟婉莹的帮助下，林承暻顺利地盘下一间店铺。傍晚，两个人手里提着许多东西到一间小客栈里歇下，打算明日一早便回去。隔天回到家，钟秀兰已经做好饭等着他们回来吃，林承暻把用剩下的一点钱买的东西分给大家。

他已经向钟婉莹打听到了去长汀的路，为了不使母亲一直担忧，他决定早点和钟婉莹一起去长汀。

然而，他们走了一天半的路来到厦大，林承暻却失望了，他没有找到林承晖。以前在一个班上的同学都说林承晖已经去部队一段时间了，没有回来过。

林承暻回到家，不知道怎么对母亲提起这件事。踌躇之下，倒是李佩瑶先开口："没找到，对吗？"

林承暻有些局促，他明白母亲的心情，自己也是如此。

"阿晖总有一天会回来汀州的。"

李佩瑶听罢只是摇摇头，原本干涸的眼睛又流下泪来。她之前做梦就梦到自己的儿子不会回来了。现在，这种感觉又席卷心头，让她满肚子的不是滋味。

林承暻把两层楼的店铺接手过来，继续卖布。钟婉莹赶着牛车，帮李佩瑶把家里所有的东西都拉来到这里，两个人一路上有说有笑的，倒是和谐得很。下了牛车，钟婉莹在店里喝着茶水，眼睛到处看了一圈，发现摆在外面卖的大多是青布或者蓝布。

"阿曒哥，你这里的青布和蓝布卖得好吗？"

"确实这两种要的人最多。但是我从店老板说的那个地方去收布，最近涨价了，以后可能还会涨——毕竟打仗了。"

"不要担心，你只管买白布来，我给你染！"钟婉莹底气十足地说。当晚，钟婉莹便在镇子上的小客栈睡下了。

林承曒确实没想到钟婉莹是个染布的好手。第二天天亮他去买了几口染缸，在店铺后面的一块空地上搭起木架子，钟婉莹不知从哪里搬来许多染青布蓝布的材料，熟练地操作起来。林承曒问她哪里学的，她笑嘻嘻地答："我是秀兰姨的得意弟子哩！"钟秀兰是土楼那边最好的染匠。

傍晚，精疲力竭的两人坐在一帘帘青布旁，秋风习习地吹着，沁人心脾。人一到舒服悠闲的时刻，便对生活有了美好的期盼，林承曒总还抱着一丝希望，认为自己开着布店安定下来，总有一天能够等到林承晖回来。等那时，一家团圆了，也是惬意得很。一家人坐在这样的场景中，吹着凉风，那一定是活成了一幅悠闲的画。

林承晖来到部队训练已经三个礼拜了，当初一起来的几个同学只有吴伯驹和他分在了一个宿舍，两人轮着去指挥部站岗。头一个礼拜的时候状态都十分差，晒了一天的毒太阳，回到宿舍后全身肌肉都是硬的；拉练时去过泥沼，两人都吃了一嘴泥巴，连鼻孔里吹出来的都是泥渣子。第二天听军号起床时，吴伯驹从床上坐起来还是龇牙咧嘴的，林承晖得了空就调笑道："这么点苦就在这里哼哼唧唧的，当初的雄心壮志还要不要啦？"

吴伯驹回嘴道："哪个哼哼唧唧的，你敢说你身上不疼？！"吴伯驹是吴家收养的孩子，他连自己的亲生父母是谁都不知道，头上两个哥哥一个姐姐，从小就不大待见他，只有家里的老爷子疼爱着。不过，老爷子在前年身体也越来越差，两个儿子拿着他的家底在外面听歌赌博，还把账赖在吴伯驹头上。

吴伯驹一气之下干脆跟着林承晖来军营，发誓一定要出人头地。

"都说过了二十一天就成习惯了，我们坚持坚持，到后期就轻松了。"林承晖道。

"那是当然!"

实际上，第一个礼拜的训练虽然很苦，但林承晖还是会在空余时间想起张书雅，然而，接下来的两个礼拜里随着训练强度的加大，他却难以再有精力和时间想张书雅了。他在的军营里全都是男人，有时他想，要是张书雅来了，估计在这里也会很孤独吧。

为了忘却和张书雅的点点滴滴，林承晖把自己的时间和精力全部花在训练和睡觉上，因为他似乎能感知到，自己与张书雅之间恐怕再也没有交集了——从进入军营的第二个礼拜，林承晖就暗自下了定论。人生如烟云离散，可不是么？

这天，林承晖所在的新兵部队接到了指挥部的通知，他们这批新兵很可能会提前去江浙前线。上海保卫战，自去年抗日统一战线拉开之后，日军侵华的速度因为中国的抵抗有所减慢，但是中国付出的代价也十分惨重，他们提前去前线也是情有可原。

"哎，你给家里写信了吗？"晚上，吴伯驹发现林承晖和自己一样失眠了，他转过身去压低了声音问睁着眼睛的林承晖。

"哪像你，我早就写过几封了……但是没有一封寄出去的。通讯员说现在到处都在打仗，哪来的人送信，拍电报还差不多。"现在厦门也正在打仗，不知道哥哥和母亲还在不在家……

"拍电报，你倒是想得美，除了军营里面有，谁家会买电报机，电话又不让我们打。"吴伯驹小声抱怨。

林承晖叹了口气，转过身去睡觉。他希望母亲和哥哥能够平平安安地在家，在家等他有朝一日回来……

前方的战况实在不容乐观，又连续训练了两个多礼拜，指挥部还是派了

95

长官来到军营里作出征前的讲话。天上飘着蒙蒙细雨，所有人都背好了自己的行李和大刀，训练场前面的石台上站着个领章两杠一星的军官，扯着喉咙说道："国家危难，大家投笔从戎的勇气值得李某人佩服。党国本来想继续把你们训练成更顽强、更成熟的军队，但是，时间不允许，国家不允许，日本人更不允许。李某在此代表党国向各位发出请求，希望大家能够勇敢地上前线，把你们所学到的付诸实践，早日把日本人从中国赶出去！"

"赶出去！赶出去！"

"好！听我命令，出发！——"

林承晖和吴伯驹爬上了军用卡车，经过四天的路程，他们全部人将到达前线。林承晖没有像其他人一样，在出征的前一夜捂在被子里哭。实际上，他们当中有相当的一部分人已经有些动摇了，上前线不比参加训练——日本人的子弹不会因为他们是新兵而打偏半分。军中盛传日本人装备好，战力强，应该不是灭自己志气，长他人威风。林承晖清楚地认识这一点，所以在之前的训练中也出于这个原因，他比其他人都要努力。

一车人起初还神采奕奕，但到了第二天，其中几个人就不行了。卡车开的路都是山路，偶尔才会有一条稍微平坦的小道可供行驶，坐了一天一夜的人此时无论谁都有些不舒服。林承晖和吴伯驹算是车里情况最好的，有几个人已经把肚子里的酸水都吐尽了，脸色铁青地靠在旁边人的肩膀上，大舌头囫囵地说着些胡话。到了晚上，卡车开着开着又遇到一场山雨，篷布漏水，把身上穿的军衣浸湿了大片，山风一吹，夹着雨点从后面的出口灌进来，挨着出口坐的人早已成了落汤鸡。第三天，大家身上带的粮食基本上都吃光了，一车人半张着嘴，歪斜在车上，原本吐得昏天黑地的几个，现在连吐的力气也没有，只是肚里一阵阵抽搐，从嗓子眼里挤出干呕的声响。

第四天中午，卡车终于在一片空地上熄火停了下来，林承晖闭着眼睛听到外面有人叫下车，连忙推推在自己肩膀上睡得天昏地暗的吴伯驹。一车人跌跌撞撞地下了车。

"他们现在就这个样子,明天怎么上战场呢?!"徐闻培转着看了一圈,浓黑的眉头皱得死紧。

"哎,闻培,不要现在就下结论嘛。他们坐了四天车,现在还能站在这里就是一个考验了。再说,打仗就是熟能生巧的事情,等他们上了战场自然就精神了。"郑毅拍拍他的肩膀,转身让人带着这一车新兵下去。

徐闻培接茬说:"可不是么?!这还是坐车来呢!如果换成跑步行军,怕是要了他们的小命!"

林承晖实在是累极了,他甚至顾不得好好看看两位长官的面目,下午吃着饭的时候眼皮就开始打架。1月17日之后,浙江又进行了一次战区的划分,处在第三战区的浙江不仅有4个国民党集团军,还有改编的共产党新四军、独立旅以及游击队。林承晖不知道这次自己会被分到哪个集团军下面。

挨到天黑,一个穿着条破军裤的兵领着一干人到宿舍,一开门,一股腐湿的气味直冲鼻腔。林承晖爬进冰冷的被窝,听到远处有隐隐的炮火声,但这并不影响他睡个好觉。

凌晨5点,天蒙蒙亮,起床号突然响起来,一屋子的人迅速套上衣服装备好武器,在指挥部的一片空地上集中。

"……每个人都听好了,你们现在就要去战场上支援19路军,现在跑步前进!"喊话的人头上戴着顶军帽,帽檐仿佛压到了鼻根,把上半张脸都遮在阴影里,只剩下一张嘴巴在动。

大约一个小时后,所有人终于来到了前线。林承晖闻到空气中有刺鼻的硝烟味,心脏开始越跳越快,但手指却僵硬得握不住枪。曾经在厦大上街游行的画面在脑袋里一遍又一遍地过着,他为了来到这里,拯救自己的国家,挥洒自己的火热的理想,做过多少努力,怎么能在这最后的关头使不上劲?!

一干人被迅速带到之前挖好的战壕中,林承晖深深吸了一口气,找到地方卧好,抬头便能看见不远处穿着草黄色军服的日军。

"新来的分散开,支援前面的人!"指挥官一喊,所有的人上膛开火。在听到手里上膛的那一声，林承晖的心反而没了之前的紧张，战场上炮弹巨大的爆炸声把他的耳朵震得生疼。

防守战一直打到天开始泛鱼肚白，其间，林承晖端着步枪，一边放枪一边不断地四处找吴伯驹，但几次都没有发现他的身影。情急之余，林承晖只能走走停停，握紧自己的枪不断开火，眼睛死死盯着不断涌上来的日军。

"听我命令，发起冲锋！——"

这时，不知是哪边喊了一声，所有趴在战壕里的人突然爬起来，他们背着行李，挎紧红缨大刀，手握步枪开始近距离和日军抗击。林承晖对着扑到跟前来的一个日本人开枪，然而子弹并没有打出——先前的战斗已经把他分到的子弹消耗完了。日本人见状仰头大笑一声，端着刺刀冲过来，林承晖扔下枪，拔出背上的大刀猛地跨到敌人面前朝脖子上狠狠一抹，霎时间滚烫的鲜血喷涌而出，敌人鼓着眼睛倒在地上，林承晖的前襟一片通红。他低头愣了愣，这时侧面又有敌人端着刺刀向他的头袭来，林承晖嘶吼着躲开攻击，砍断敌人的手，朝他的胸口一刀扎下去。

不远处，一个中国士兵被两个日本人合起来挑到刺刀上，狠狠摔在地上，那人蜷缩着，突然被飞来的炮弹炸得血肉横飞。林承晖一直向前拼杀，得益于背上厚重的行李，他发现自己并不用太担心背后的攻击，他现在已不愿回头，只是不时将大刀折回去乱砍，总能听见后侧被割断筋肉的尖叫。

惨烈的近搏持续到傍晚，天边的火烧云血红而壮烈，阵地已变成人间地狱。这里到处都是炮弹打的坑，许多肢体残缺的士兵就死在旁边，有的没了头颅，有的睁着眼睛只留下半边身子，其他地方也倒下了许多人，血汩汩地流着，渗透到身下的一片土地里，染成黑红。林承晖此时脑袋嗡嗡地响，他喘着粗气，左右挥大刀砍向一切冲到自己身边穿一身草黄色军服的人，他能够感受到人的血是多么热，大刀砍到骨头时的阻力，耳边朦胧的哀号……

林承晖有些绝望，他哭起来，但他听不到自己的哭声，嘴里都是血腥气。他不知道这种状态还要持续多久。

"林承晖，林承晖，你疯了！"

还在挥刀的林承晖听到有人叫他的名字，定睛看了看眼前的人，正是他之前一直找不到的吴伯驹。

"是我啊，战斗暂时结束了，你不要砍了！"吴伯驹也是满脸满身的血，他转过身向徐闻培敬了个军礼，"报告长官，林承晖醒过来了！"

"好，你先回去休息，我跟他说说话。"

"是，长官！"吴伯驹又敬了个军礼，背着大刀踉踉跄跄地走了。

林承晖把大刀杵在地上，眼睛失神地半眯着。他想坐在地上，他已经虚脱了。

"林承晖，你知道自己砍了多少人吗？"徐闻培问。

"报告长官，我没有数过。"十个？十几个？他不知道。

"我这样告诉你吧，我听他们说你是走得最远的一个。"

林承晖显然不相信。但手心里的黏湿似乎在告诉着他这是个事实。

"不要紧张，你是你们这一批新兵里做得最好的。虽然我们和日本人这回勉强打了个平手，我不清楚你的刀法怎么样，只是连长一直夸你。你的大刀恐怕以后要让日本人害怕啦！"

晚上，林承晖躺在床上，明明身体是很累的，但就是睡不着，两只手发烫，烫到不能把手缩进被子里贴着自己的身体，非要把它们放在冰冷的被面上镇一镇。白天在战场上挥大刀的余韵还在林承晖的意识里挥之不去，甚至他一抬手，就能感受到刀把在手心里那种激奋又恐怖的毁灭感。以前他听说，那些专门做凌迟的人，即使闭着眼睛也能用刀把死囚身上的肉精准地割下来，他这次算是体验到了。杀人是会上瘾的，他这一双手，已经记住了这种极致的癫狂。

"你怎么还不睡觉？"旁边的吴伯驹撑起头来问他，席子上生了虱子，吴伯驹总是伸手去挠自己的背。他的大腿今天被刺了一刀，现在包扎起来，血是止住了，就是刀口一直扭着疼。

"你不也没睡觉。"林承晖手往胳膊上一搓，或许搓死了个吸饱血的虱子，指头上一阵血的黏腻。他反应过来，手指迅速在草席上狠狠摩擦着。

"我这个是太兴奋了！你不知道，我今天有多凶险！"要是日本人的刺刀再往上面几公分，他就已经被开膛破肚了。刀剑无眼，吴伯驹为此心里念了无数遍菩萨。

"伯驹，你杀死日本人的时候害怕吗？"

"他都死了还有什么好害怕的——不要又从地上跳起来端刺刀就行！"以前在家的日子难过是难过了一点，但不见得危及性命，这一回可真是吓死他了。

"我今天杀他们的时候害怕了……我知道我们的人很多死在日本人手里，我恨他们。可是、可是我一身衣服都是血啊，热乎乎的血……"现在尽管林承晖洗完澡换了一身衣服，也洗了很多遍手，但是他仍旧能闻到自己身上有一股血腥气，衣服仿佛还是被血浆硬了粘在身上。一时间，他心里涌出很多念头，很多想法，他似乎想到了自己的母亲和兄长，又似乎想到了眼前死去的敌人的家属……这场杀戮残酷得像一场噩梦，他还是把参军这件事情想得太简单了。然而现在他已经没有回头路……或许，或许这就是他们这一群人的宿命，又或许……林承晖不敢继续往下想，他只要一想到自己杀的是有血有肉、有家人朋友，那一个个会说会笑的鲜活的生命，他的身子就狠狠地颤起来。

吴伯驹听了他的话感觉不对头，马上打断问："你……你不会是害怕了吧？"

"我也不知道，但是我就是——"

吴伯驹两只眼睛在月光下微微闪着蓝色的光："好了，不要再往下想了。我告诉你，来到这里就听从长官的命令，就像在训练营里一样……承晖，只要完成任务你就胜利了！"

林承晖闭着眼睛没有再回答他，再怎么完成任务也就是杀人呀，这和刽子手又有什么区别呢……

林承晖想不明白。

第 七 章

一晚之后，林承晖的情况没有变得更好，一觉醒来脑袋发胀，整个人像从水里捞出来一样，军服又湿又冷。黎明时分，天边漾起了红霞，后方的空地上已经开始有口号声，等过了今天上午，他们又得上战场。吴伯驹凌晨3点的时候发热，烧得整个人一直说胡话。林承晖及时报告，现在吴伯驹已经被送到战地医院，不出意外的话，今天他是不能去打仗了。

这里四周都是山，但太阳还是升得很快。天上的云彩被它扯得七零八落，到处都是窟窿，窟窿中射出光，像一床破棉絮。林承晖站在一片空地上，很想伸开手将自己晒一晒，晾一晾自己身上的霉馊味。来此地之前，他从未如此渴望着阳光。

战争中干净的太阳是来之不易的，它没有裹着黑烟，人们可以原谅那一层朦胧的雾气。

等林承晖来到炊事员面前低头一看，桶里的稀粥都见底了。

"还好您来了，不然就吃不到最后一碗白粥了。"炊事员白胖脸，腰上系着一条白围腰，笑呵呵地拿大勺从桶里舀出一碗白粥来递给林承晖。"我以前没有见过你，你是新兵吧？"

"嗯，前天刚坐车来的。"

"哦！那你还算不错了，昨天那一战还能从那边回来。我听郑长官说了，你们这一批新兵还是很不错的，不然我们也难撑下去了——我姓张，你以后叫我老张吧!"

林承晖点点头,猜测他说的郑长官应该就是那天在徐闻培旁边的人。"你们来这里驻扎多久了?"

"那是很久了。郑长官说我们的任务就是把日本人拖在这里,能拖一天是一天……哎,我们就是死的人太多了。徐长官前段时间一直着急得很,听说他去申请增员,到处都调不出来人,最后送来了你们这一批新兵,可把他急坏了。"

难怪那天他们刚下车就被训了一通。听那长官大发雷霆,痛骂说:"战场又不是闹着玩的!一群新兵蛋子,不是送来当靶子吗?!"昨儿还不以为然,现在看起来,简直是太有道理了。一场仗下来,新兵减员快一半,死的死,伤的伤。

"不过现在也好了,日本人应该也不敢轻举妄动。哼,我们部队可不是好惹的!"炊事员站得笔挺,为自己在这个军营里当炊事员感到自豪。林承晖想接着他的话说一说自己的看法,可又想起昨晚吴伯驹告诉他的话,只得闭口不言。他心里有种说不出来的滋味,用胜负去评价战场,多少有意气之争的味道。听起来未免残忍。

他实在没资格反驳炊事员,他才刚杀了很多人。

林承晖沉默地吃完白粥,跑到训练场去锻炼,气温低,跑跑步锻炼一下就会热起来。

"林承晖!"

听到背后有人叫他的名字,林承晖转过身下意识答一声:"到!"

郑毅精神抖擞地走过来拍拍他的肩膀:"你这个小伙子还挺厉害,一来就被闻培盯上了。大刀磨好了没有?"

"报告长官,还没有。"林承晖直直地望着郑毅的脸,他的脸庞很宽,耳垂也很大。

郑毅闻言有些不认同,劝说道:"我们没有专门磨刀的,武器都是自己维护。林承晖，这点你就做得不好了，之前不准备，要是现在就叫你上战场你要怎么办，难道训练的时候你的教官没有说这一点吗？"

"报告长官，教官说了的。我昨天也想磨大刀，但是……"

"说话好好说，不要婆婆妈妈的。"

林承晖一横下心，把自己的焦虑全部说出来，郑毅听了之后皱起了眉头，他没有想到部队里面还有人害怕自己打胜仗的。

郑毅问："你是大学生来当兵的？"

林承晖："是的！"

郑毅说："我就知道，读书人事多！"

林承晖没有接茬。

"承晖，你要知道，战争有正义和非正义的区别。我们心里有仁义道德，但是战场上是没有仁义道德的。特别是日本人，犯我国土，我辈青年不愤而反抗，枉有一腔热血！在战场上，对敌人仁慈就是对自己残忍。我不知道你昨天到底有多害怕杀死他们，但是我要你知道，战争是你死我亡的，不是他们死，就是你死。你自己好好想想吧！"郑毅说完长长地叹了口气，背着手离开了。走了几步，又回头说，"送你八个字，'霹雳手段，菩萨心肠'，好好琢磨！"

林承晖站了好一会儿。"霹雳手段，菩萨心肠"，长官说的道理其实他都懂，他不是害怕杀日本人，而是在想战争的意义在哪。他没有找到答案，但他知道，把日本鬼子赶出中国去，是非做不可的事。

他又跑了几圈，去战地医院看吴伯驹。吴伯驹躺在床上，高烧一直未退，嘴巴又干又白。

这里医院的条件非常差，说是医院，其实不过是一间快要倒的空房子，里面架上一排担架就让人这么睡在地上。林承晖走着看过去，果然大多数人都是头部或者前面被攻击，很少有人背部受伤的。

他正准备走，徐闻培出现在门口。

"来看吴伯驹?"

"报告长官,是的。"

"这里只是这次新来的一批伤员,其他稍微好些的,都在附近老乡家里养着。"

徐闻培带着林承晖去后面的一座大山上,山上长满了竹子和树,如果不是有人告知,在山下的人根本不会发现,就在这一片竹林中藏着好几个被开凿的山洞,里面住着老乡和伤员。

徐闻培引着林承晖上到山上,他走进一处山洞,一个老乡马上从小凳上站起来迎接他们,徐闻培让那个老乡坐下,走到一个睡在担架上的人面前,道:"立文,你好些没有?"

那个人背着光躺着,林承晖尽管走到跟前,还是看不大清他的脸。

"好些了,多亏老乡照顾我……长官,你快去忙你的,别管我了。"孔立文望着徐闻培。

"我这次是带他上来看看。我新招来的一批人——哼!一打仗就他还好些。"

"哦?我看看,是什么人让徐长官挂在嘴上?"孔立文在老乡的帮助下勉强直起身子,一束光照到他瘦削的白平脸上,两只眼睛镶在肉里,骨碌碌一转。

林承晖一顿,竟忘了要向他敬礼,一种怪异的感觉袭上心头。

好在徐闻培也没追究他的过错。

孔立文盯着林承晖上下打量一番,嘴边扯开一个笑:"果真是个能干的兵。我叫孔立文,你叫什么名字啊?"说罢,他的身子朝床边挪了挪。

林承晖还在脑子里搜寻,他总觉得这张脸似乎自己什么时候看见过,但转瞬一想又觉得不可能,他刚刚来这里不过几天的时间,怎么可能会见过?"长官好,我叫林承晖。"

"林承晖啊,我记住了。"孔立文笑眯眯地点点头。

"怎么，我瞧着你们两人认识？"徐闻培问，他一直在观察林承晖的反应。孔立文是前两个月从上面派来的通信官，接替余裴宏的位置，负责向上级发报以及截获敌人电报等工作。当时他们找到孔立文的时候，孔立文和其他几个在汽车上的兵已经遭到了小股日军的伏击，护送他上来的几个人，据孔立文说，已经和日本兵同归于尽。他是趁乱从小山路上逃跑找到他们的，身上也有不少的伤。当时徐闻培和他对上了暗号，所以便把他接到了指挥部。郑毅了解了这件事情之后，并没有马上让孔立文接触发报机，而是借着治疗的名义，让他搬进这深山中，叫人暗中密切注意他的行动。

这一治疗，就是一个多月。

"徐长官说的哪里话，我一个从江西来的人，怎么会认识他？"孔立文笑了笑。

林承晖也觉得自己应该是不认识他的，要么就是他把孔立文认成其他什么人了。

"承晖，你是从哪里来的？"

"报告长官，我是福建人。"

"你看，徐长官，我俩来的地方隔得那么远，怎么可能认识呢？"

徐闻培点点头，又带着林承晖在这里闲聊一阵便离开了。

夜晚，林承晖睡在床上，还是觉得这个人自己很熟悉，可想了一圈学校里见过的那些人，没有一个能对应上。吴伯驹的床位空着，睡在旁边的一个士兵大腿一蹬，将被子撑到那张空草席上。

不大不小的房间里齐刷刷地挤着二十来号人，每到夜晚，鼾声如雷。之前在学校住校时，他最多也只和五个人睡在一个房间，如果让大哥和母亲知道他现在是这般境地，估计二话不说就要将他拉回家去，先舒舒服服地洗个澡，然后吃一顿饱饭睡觉。他不会把自己杀了许多人的事情告诉母亲，她一定会又惊讶又悲痛。这也是他和吴伯驹不一样的地方，吴伯驹做梦都想杀敌立功，衣锦还乡。

林承晖抬头望了望那扇纸窗，从破洞处可以看到一点指挥部窗户的灯光。正如林承晖猜想的那样，徐闻培把今天的事情和郑毅进行了讨论。

第二天吃过午饭，校场上又吹起了集结号，吴伯驹还没有回来，林承晖只得自己一个人奔赴战场。现在站在林承晖旁边的是个小个子，他的手腕上还缠着绷带。林承晖想起来这个人就是他们来的时候在车上一直呕酸水的那个。

他们还是跑步前进。林承晖跑着跑着，听到旁边有哭声，扭头一看，小个子一边跑一边擦眼泪。

"你怎么了?"

"我不想打仗了，我想回家……我想我妈，我害怕了。"赵长生家里有很多兄弟姊妹，他是姨太太生的孩子。

林承晖沉默着，他也想到了哥哥和母亲。也许郑长官说的没错，要是他不杀日本人，那么日本人就会杀死他，他死了，要怎么回去找哥哥和母亲呢?

日军犹如一只凶残的困兽，从山谷一次又一次地扑向高地。现在虽然日军迟迟都没有突破国军子弹的射程，但是国军的弹药也消耗得差不多了。因为连长在上一场战争中被日本人的炮弹炸伤，徐闻培主动请缨，带着两门山炮和一队炮兵埋伏下来，就等着日本的钢炮部队出现。

林承晖发现自己只剩下十颗子弹。19军的配置一直都不大好，到他们这一群新兵，一支队伍里总共才有12支"中正式"，其他人的都是"汉阳造"。林承晖的这支步枪是旧的，膛线都快磨平了。林承晖把子弹抓在手里一个个安上，屏住呼吸在战壕里搜索着，突然，他隐约看见在黑色的硝烟后蹲着一个穿着马靴，腰里别着武士刀的日本人，这个日本军官的两侧都有士兵保护，只留出正前方供他观战。林承晖开枪打死了近处的一个日本兵后，马上扣动扳机，瞄准那日本军官的头颅开枪，果然，那名日本军官应声倒地。

徐闻培在后方拿着望远镜还在观察那个日本军官，却没想到他突然就倒在地上了。他拿开望远镜，顺着方向就看到了正在往步枪里装子弹的林承晖。

没有了指挥官的日军像瞎了眼的狼，顿时，站在日本军官后面的后备部队也倾巢出动，几个炮兵从掩护后面扛着钢炮冲上前来填弹。徐闻培见了，转身喊："瞄准迫击炮，开炮！"

一声令下，几枚炮弹一齐射出，成功地在日军阵地上炸响，三门迫击炮也废了。

"听我命令，冲锋！——"

"杀！——"所有人扔下自己的枪，拔出大刀迎向攻上来的日军。林承晖在出发前把自己的大刀磨得铮亮，此刻拔出来，刀刃射出刺眼的光芒，刀把上的一条红缨在太阳底下飘动，像亟待饮血的索命鬼……

战斗一直持续到第二天，林承晖打起精神来挥着刀艰难地向前迈进。日军在后期不断地增援，似乎是要拼尽全力拿下这块高地，他们在后来还是拉来了大炮，对着这片地方狂炸。林承晖几次被炸得陷进坑里，他的左肩也扎进了一枚弹片，血流不止。杀得精神恍惚间，他看到前面一个日本兵准备开枪射击，情急之下，林承晖捡起地上一支上了膛的枪打死了他。

是不是等到把这些人全部杀完，他就可以活着回去了？

林承晖往前走着，脚下突然被绊了一下，他跌倒在地，一看正是死去的赵长生，他被敌人捅了肚子，临死前跪在地上，肠子流了一地，简直触目惊心。旁边一个日本兵胸口被扎进一把大刀，吐了一脸血。

林承晖突然眼睛里流下热泪来，战争本来就是一台杀人的机器。郑长官说的不对，这不是你死我活，是大家最后都会被战争卷进去，挤成肉泥。

挨到太阳西斜，战斗终于结束。林承晖身上中了两刀，但所幸都不危及性命。这次从战场上下来，他又是满脸黑血，两个眼睛直直地看着路。他看见灰头土脸的徐闻培，想要抬起手敬军礼，却突然倒在地上。

"哎哎，孔长官，你怎么就要出去了呢，他们还在打仗，去不得啊！"老乡见孔立文要往外走，拦在他面前阻止他。

"没事，我就附近看看，你留在这里，我马上就会回来的。"孔立文披着一件破军衣，指指身后的山洞。

老乡说什么都不肯。他已经答应了徐长官要照顾好这个年轻的通信官，全部队现在就只剩这一个会发电报的了，要好好保护起来。每个礼拜，徐长官都会在他去山下拿食物的时候问问情况，叫他千万不要告诉孔立文，怕他觉得自己受到特殊照顾，心里过意不去。其实，这支部队自从来了这里，他们这个小村落的人都知道，即便是"特殊照顾"，也照顾不到哪里去。徐闻培和郑毅一干人刚刚来的那几天，正好是最潮湿的时候，铺在床上的草席简直就是跳蚤和臭虫的安乐窝，一伙人被叮得苦不堪言。加上医疗条件差，受伤的人不能得到及时的医治，伤口很容易溃烂，若是不要紧的地方还好些，要是脚巴掌破了，鞋都穿不了。"孔长官，你还是不要去了，我们这个地方虽然隐蔽，但要是不注意，还是会碰到日本鬼子的！你的伤刚好一点……"

孔立文的眉头不可察觉地皱了一下，手朝老乡摆了摆："不碍事。你听，炮声都停了。"说罢，就往前走去。

"还是等徐长官来吧……"老乡拉住他的衣袖，为难地坚持，"长官，我们这个地方除了你，还住了不少的人，要是被日本鬼子发现了……"19军里许多伤员都住在山上，靠山下的老百姓送粮食上来，任何人出入山林都是有风险的。

孔立文转过身朝他一笑："你是说我会把日本鬼子引来？"

老乡点点头："是啊是啊，要是你一个人在半路上遇到，也很危险。"

"老乡，我不会遇到危险的——至少我认为在日本人面前不会。"孔立文折回来往山洞里走。老乡跟着他进来，脚步迟疑，似在思考他说的话。

孔立文走到山洞的深处："因为，我就是日本人。"

老乡两眼一瞪，抬起一根手指指着他："你……"

"告诉你也无妨。我是大日本帝国第七特战队的樱井队长！"樱井一把抓住老乡的衣领将他按到洞壁上，脸上的筋肉微微抽搐，"我在这里被你看守了那么久，我很不喜欢，我要找发报机的机会都被你耽误了，导致我无法正常和连队取得联系！你，实在是该死！"樱井压低声音一阵怒吼，"我现在在这个山上，连他们打没打完仗我都不知道，都是你害的！"说罢，樱井狠狠掐住老乡的脖子将他扑倒在地，坐到他身上，眼睛死死地盯着老乡逐渐涨紫的脸。

老乡在地上扑腾，抓住樱井的手腕企图掰开他的手。樱井沉住气，咬紧牙关加大手上的力度。他不能让这个人喊出声，更不能让他活下来。

"啊……"老乡眼睛暴突着，喉头发出微弱的声音。

半刻钟后，满头大汗的樱井松了手，地上的老乡已经断了气。他抬起自己的手腕一看，四条被人抓出的血道子十分突出，虎口处生疼。

樱井看了一眼死了的人，喘着气站起来朝洞口看了看，然后将死尸拖到山洞后面，把凿出的用来储藏食物的地方腾开挖深。这个地方很隐蔽，他现在要把这个人填到先前挖好的坑里，然后等合适的时间再把尸体挖出来扔到山谷里。当然，还有一个更好的办法就是，找到总司令以后，让他们直接上山，把这个地方全部摧毁。

樱井心里又有些后悔自己太冲动把这个人杀了，给他多添了不少麻烦。但杀掉的好处是摆着的，他现在就可以出去，寻找新的机会，新的办法。

又过了半晌，灰头土脸的樱井用粗布巾擦了一把脸，找了一根粗树枝拿在手里，找一条隐蔽的小路往山的后面走去。

"林承晖，林承晖！"

当林承晖醒过来的时候已经在战地医院了，吴伯驹坐在床边见他睁眼，连忙拄着拐杖去门口叫护士。

吴伯驹道："现在好了，你也来这里走一回了——手别动！"林承晖的肩膀做了手术，弹片已经取出来了。这枚弹片本来扎得不深，但是林承晖一直在用力，弹片差点把他的一根筋割断。

"你的腿怎么样？"林承晖问。

"还说呢，差点搞成破伤风了。"吴伯驹苦着脸。一寸多的口子，现在还在发炎，又热又疼。

晚上，林承晖和吴伯驹被送回了指挥部。当地的村民送来五只狗让炊事班做成焖狗肉，再添上许多野菜，让每个人都饱饱地吃上一顿。徐闻培和郑毅也来到一干士兵席间，爽快地喝了两大碗酒下去。徐闻培把碗递给警卫员，道："大家这一仗打得辛苦，今天晚上大家放开吃上一顿，放心，日本鬼子被你们打退了三十里，今晚可以睡安稳觉了！"

大家高喝一声，席间都是碗碟筷子的声音。

"我也要告诉大家一个好消息——林承晖！"郑毅突然喊一声。

"到！"

"你在此次战斗中作战英勇，成功阻击了日军的进攻，党国决定给你记二等功。"

"是，谢谢长官！"林承晖朝郑毅和徐闻培敬了个军礼。

徐闻培和郑毅带头庆祝完之后便离了场，回指挥室去了。他们前脚一走，后脚这里就炸开了锅：

"喝，承晖，不错嘛，还打死个日本军官！"

"我们训练的时候就是他最吃得苦的。"

"哎呀，以后要是升了官可不要忘记我们这些人呐，吴伯驹你说是不是？"

吴伯驹正在忙着啃骨头，应也不应一下。

"啧啧，这个家伙就知道吃，看看那个满脸油粘的……我们也快点动手，别叫他一个人把狗肉吃光了！"

一群大男人围着桌子痛快地吃起来，先前在战场上的丧气全部一扫而空。临近半夜，前方发来电报，说共产党的敌后部队已经毁了日军拉军饷和增援部队的火车，这下，困在山谷里面的日军又后退了。

大家闻讯大声欢呼，把林承晖拉过来抛得高高的。林承晖被灌了许多酒，脑子晕乎乎的，这一刻，他一点也不会想起离他而去的张书雅，不会想起家中的大哥和母亲，也不会再害怕日本人。他的荣誉，他的快乐，都是来源于他杀死了日本人。

他想，他现在有点明白为什么吴伯驹发誓一定要出人头地了。故事中那些抗倭凯旋的将军，跪在大殿上听候皇帝的封赏，起初为的不就是一腔爱国热血吗？荣誉虽说是身外之物，但身为一个为国家冲锋陷阵的军人，荣誉对他们而言也是神圣的。现在这样热闹和气的场面，都是他拼性命得到的，他没有理由不高兴。

既然杀了日本人可以换得他的荣誉和痛快，为什么不能多杀几个呢？

樱井趁着月色，用粗树枝探着前面的路，低一脚高一脚地往前面走，他的衣服被路上的枝叶挂得稀稀拉拉的，整个人一脸油汗，疲惫不堪。他抬头看看天上的月亮，月亮已经升得很高。他抹一把额头上的汗，继续往前赶。

万一有人在这段时间里发现那个老乡被他埋了，后果不堪设想。山下的老百姓有时会在下半夜送来粮食，他要在接应粮食之前回去。

又不知走了多久。樱井往前一看，果然有几顶日本的帐篷，帐篷里还点着灯。他往前继续走，遇到了两个一直在这里放哨巡逻的士兵。樱井长话短说，把自己知道的情况草草告诉了两个人，让两个人一路带着他往渡边的帐篷走。

"樱井队长，你的任务艰难，虽然情报不多，但我还是很看好你。"渡边司令拍拍樱井的肩继续道，"不瞒你说，我们今天一战损失了佐藤，要是能重创他们一次，也算是给佐藤君一个安慰了。"

"我提议现在就马上行动，由我带路到山上，然后消灭他们的藏匿地点。"

渡边扶着椅背，没有说话。

樱井催道："司令，我今天为了逃离那个地方把情报送来，杀死了看护我的中国人，我把他埋在山洞里，如果被人发现，我将无法完成帝国交给我的任务。"

渡边迟疑了一会儿，还是点点头道："好吧，你就带着你的几个人去，放把火，烧了那个地方就行。另外，除了徐闻培，我还要你关注一个人——那个杀死佐藤君的士兵。我记得，佐藤君生前也说他砍死了我们的好几个人，我总觉得，这应该是同一个人。"

樱井马上想起那天站在徐闻培身边的林承晖。樱井决定不把遇见林承晖的消息告诉渡边，他要自己解决，自己给自己博得未来的荣誉。他要在林承晖认出他之前，把这个不稳定因素铲除。"司令，请您放心，我一定会将他解决！"

和渡边短暂地交流后，樱井马上让特战队的人带上火石和易燃物，终于在下半夜到达了山脚下。

樱井看山上一片平静，虽不见一个士兵，但他还是万分小心。"你们上到半山腰上再放火，注意要分开，范围尽可能拉大，特别那边，"樱井抬起手指着自己住的方向，"这个地方一定要确保能烧起来。"布置完之后，樱井快速向山上跑去。他这次虽然没有说服渡边让部队直接进来，借着放火的势头去军营里就地消灭19军，但这么做却也能让他从这个地方离开。只要离开这座山，他就有机会去做更多的事。

不久，熊熊大火在后山上燃起，空气中的腥焦气飘进了正在指挥部庆祝的一干人鼻腔里。

"什么味道？"有人喝得半醉，咕哝一句。

徐闻培和郑毅沉着脸从房里冲出来，越过房檐往后一看，俨然一片火海。

"后山着火了，快去救人！"徐闻培大吼一声。

"慢着，闻培，这明显是有人故意放的火，如果我们贸然出去，被日本人钻了空子怎么办？！"郑毅道。

"要钻空子他早就来了！"徐闻培招呼着院里的所有人冲到山脚下，然而火烧得太快，他们根本就没有机会冲上去救人。林承晖看着漫天的大火，眉头紧紧地皱起来，嘴唇也抿成了一条直线。

正当一群人手足无措时，两个人出现在不远处的山脚。一个士兵冲过去一看，正是孔立文驮着一个伤员，衣服裤管被火烧得千疮百孔，孔立文的脸被火光照着，一双眼睛黑亮得出奇，他把身上已经昏迷过去的伤员交给那个士兵，脚下一软晕倒在地上。徐闻培看着晕倒的孔立文，叫来一个人把他背回去。

这次事件过去不久，徐闻培和郑毅接到了命令，鼓励他们在此地继续作战。由于这次圆满完成了作战任务，军队的装备也得到了改善。为了国共两党更好地配合作战，他们这支军队要重新收编组成新的队伍，加强两党合作。

"不把林承晖调到其他部队去就好，不然我就自己去向长官把他换回来。"徐闻培看了新的人员名单，有一半是共产党的兵，不过林承晖还是在他的手下。

"你这个人也是火暴脾气，军队收编岂能是你我两人决定的。不过现在还好，他还是你的兵。他第一回杀鬼子的时候杀怕了，我给他讲了几句话——年轻人第一次见血害怕也正常。只要好好带他，他一定会成为一个得力的人。"郑毅继续道，"只是立文的事情……尽管承晖总感觉之前见过他，但到现在我们还没有切实的证据，所以，不能轻举妄动。"那日把孔立文带回指挥部以后，孔立文后背也有烧伤，在床上睡了两天。他醒来之后只道是自己不顾劝阻，去到山脚下的时候发现几个穿着很特殊的日本兵，他绕开他们往回走的时候，这伙人就放了火烧山，他想去救下更多的人，但时间已经来不及，照顾他的老乡也没有逃出来。

徐闻培沉着脸，把手上的纸往桌上一拍，道："我看他说的就是假话，哼，他好好的干吗要下山?!"

"哎……我们需要等待时机。"

徐闻培重重地叹一声，他肚子里憋着口气，难受极了。

吴伯驹还是和林承晖分到了一起，两个人趁着空余时间给家里写信，还是一封都寄不出去。

这次之后，林承晖跟着部队继续战斗，在徐闻培的带领下，他们这支部队逐渐在当地出了名。一年以后，林承晖因战绩突出被授予少尉军衔，成了徐闻培部队里的排长。

林承曎在钟婉莹的帮助下努力支撑着这家小店铺，但经营还是越来越惨淡。起初还好，林承曎因为省去了一笔请人家染布的费用，把布卖得比其他店都低，加上染的质量也好，所以镇子上各个都来买他的布，这家布店也有了点名气。但是，连年的战争还是使得物资越来越稀缺，现在，就算他到处去收白布也收不到足够的白布了。店里囤下的布匹已经全部卖空，母子俩的生活再一次陷入困境。

钟婉莹前段时间已经开始睡在店里的小隔间里，平时也会跟着林承曎去收布。李佩瑶甚至想过干脆母子俩就回到大宅子，不做生意了，可出来容易进去难，她也不知道要找个什么合适的理由让人家再一次收留他们——面对钟婉莹她也实在开不了口。

"妈，我明天叫婉莹再跟我去跑一趟更远一点的地方，问问有没有要卖的。"李佩瑶愁眉不展，林承曎心情也不好。现在很多人家就算是有布也不卖了，战争时代总是物资比钱更重要，今天卖出去拿到的钱，明天就又贬值了。

这样的年代，他想养活两个人是如此艰难。那些白手起家的故事，听是一回事，做又是一回事——写自传从来都是成功的人，失败者适宜自怨自艾。

如果父亲还在，大概他们也会像陆家一样逃去上海的租界了吧。这泱泱乱世，像租界这样被外国人占领，以前被多少国人所不齿的地方，如今真正成了一个避风港，在更凶恶的敌人面前，之前从别人那里吃的亏就算不得什么了——进租界的人大抵都是心怀感激的。

他没有林承晖离开家的硬气，鄙夷又长久地承受着眼前的这一切，犹如困兽。

"婶婆，阿暻哥，你们不要担心，办法总是有的，急坏了身体就什么都没有了。"其实，钟婉莹自己也不知道要怎么办，她只是看着林承暻一个人坐在那里，自己心里面也不舒服。

挨到晚上，阿宝来了店里一回，他抓了两条鱼做好端来。四个人上桌吃饭，钟婉莹趁自己还没有用过筷子，夹了一块刺少的鱼肉放到李佩瑶碗里，又夹了一块放到林承暻碗里。林承暻朝她笑笑，说声谢谢。

"婉莹姐，我呢，我呢？"阿宝把碗伸过来望着她。

"这么大个人了还要我夹给你吗，羞不羞？"婉莹自己夹了一片鱼肉吃起来。

"哼，那你还夹给他们呢，他们都比我大！"

"阿宝，你又说什么浑话？"

阿宝撂下筷子，说一句不吃了就蹿出门去。钟婉莹怕他一个人乱跑出什么事，急急忙忙和林家母子打了声招呼也追着出去了。

"阿宝，阿宝，你等等我！"钟婉莹边追边喊，阿宝跑了一阵，到木桥边停了下来。

钟婉莹跑得喘大气，她不知道阿宝什么时候跑得那么快了，明明小时候是他一直跟在她后面的。

"婉莹姐，我问你，你是不是想进他家当媳妇去？"阿宝一双黑眼睛盯着她的脸。

钟婉莹冷不防被这么问了一句，当下心里也震惊了。她发现自己这么长时间以来几乎每天都和林承暻在一起。他们一起盘下这个店子，一起做生意，一起吹夜晚的凉风，一起去找林承晖，一起走路坐船去很远很远的地方……

他们一起做了那么多事，她觉得，林承暻应该是高兴和她在一起的。

"你怎么不说话，你就是喜欢和阿暻哥在一起是不是？"阿宝漆黑的眼睛里滚出泪来,他小时候就喜欢和婉莹在一起,他跟母亲说了等他长大他要把婉莹讨来做媳妇,他和婉莹的爷爷作保证说以后会照顾好婉莹。

可是,这都是在林承暻没有出现的前提下。

钟婉莹看见阿宝哭,自己心里也涩涩的,她没有想到阿宝对这件事的反应会这么大。她想说几句安慰的话,但是喉咙好像黏住了,一点声音都发不出来。和林承暻在一起这么久,她学会读写好多汉字,学会给林承暻记账本,学会打算盘,学会买东西的时候讨价还价,唯独还是学不会拐着弯说话。

钟婉莹叹了口气,低头承认道:"是的,我……我喜欢。"

阿宝转过身背对着她,低头望着木桥下静静流淌的河水,此时,一弯银白的月已经升上天空,在平静的河面上映出一圈湿湿的光晕,正如阿宝现在被眼泪打湿的心。

仿佛过了许久,钟婉莹红着眼睛回到店里。李佩瑶已经在楼上睡下了,林承暻在桌上点了一盏煤油灯一边看账本一边等她回来。

"你这是怎么了?"他还是没问是不是阿宝欺负她了。

钟婉莹来到桌边,坐下看着他答:"没有事……阿暻哥,你知道我一向有什么就说什么,现在我想问你一个问题。"

"你说吧。"林承暻关起账本。

"你……你喜不喜欢我做你家的媳妇?"钟婉莹红着脸,一双手在桌下把自己的衣角边揉得乱七八糟。

林承暻沉默起来。

钟婉莹见他没有反应,一颗心像落在油锅里翻滚。她后悔问他了,要是他不喜欢,她要怎么办呢……

这天晚上,钟婉莹在她的小隔间一晚上都没有睡着。林承暻同样失眠了,他一时之间无法回答钟婉莹的问题,回想起钟婉莹最后的眼神,他只能叹气。

钟婉莹是个跟陆晓浓不一样的女人。她的活力、辛勤都充满了自然之美,与陆晓浓的讲究和精致不一样。林承暻回想着，也分不清自己到底喜不喜欢她。从他们来到这里起，他的生活中几乎每天都有她。他和母亲最落魄的时候，钟婉莹帮助了他们，以至于到了后来，这种帮助竟让他习惯了，没有再多想别的。她早就像是亲人，一个不可或缺的存在。

第二日，李佩瑶醒得早，一起床就感觉儿子和钟婉莹之间有些不对劲。吃早饭的时候两个人一句话也不说，钟婉莹低着头，连看都不看林承暻。她问儿子发生了什么，林承暻也支支吾吾的，说不明白。钟婉莹把碗一推，就下桌了。

"不是你说了什么伤心话，人家小姑娘会不理你？——阿暻，出门在外还是谨慎些。哎，我们林家，不如从前了……"

林承暻抿抿嘴，决定还是告诉她："妈……婉莹问我，问我愿不愿意娶她……"

李佩瑶眼里划过一丝惊讶，片刻又道："你顺着你的意愿吧。"如今各自逃命，他们和陆家还能不能回厦门都说不准。"我知道你顾忌着我和陆家，但今时不同往日。阿暻你就自己拿主意吧。"

林承暻沉默了一瞬，点点头。爱不爱其实没那么重要，生在乱世，想这些太奢侈了。他只是觉得：是时候了，那就结婚吧。

李佩瑶按照客家人的婚礼习俗，找到一个当地的媒婆去钟婉莹家说亲。大概钟婉莹的爷爷已经知道了孙女的心思，便马上把钟婉莹的生辰日子抄在红纸上叫媒婆带回来了，之后李佩瑶又请算命先生算了两个人的命。

钟婉莹这两日如同做梦一样。她都做好要回家，不再去店里的准备了，结果事情又一个转折。她这两天在家都没有看见阿宝，她去找阿宝的父母问，阿宝的父母只说他去别人家做工了。

算命先生算出两个人的生辰八字是很合适的，但是林家由于后期败落，聘礼确实让林家母子犯了难。

钟婉莹看出李佩瑶面有难色，笃定道："婶婆，我和爷爷都不要聘礼，我嫁给阿暻哥是因为我喜欢你们，不关聘礼的事情。"爷爷和钟秀兰其实私底下也有商量过——本来爷爷还总担心老来没人照顾，婉莹找了个外地人，在自己这儿安了家，倒像自己白赚了个孙子——在这里结婚生子安了家，哪还有什么离开的念头？再说，这可是乱世，外面在打仗，指不定要打十年八年，等老人一往生，上了山，根可就留在这里了。这点儿小心思，爷爷和钟秀兰倒没跟婉莹说。婉莹高兴极了，按这儿的规矩，彩礼可是少不得。爷爷和秀兰的"通情达理"，让婉莹心里一百份感激，也顺便收了林家母子的心。

李佩瑶连连应着，脸上又晕开了笑意。"只是孩子，苦了你啊，这样吧，"李佩瑶打开自己的匣子，把自己仅剩的一挂珍珠项链取出来戴在钟婉莹的脖子上，"我把这个项链送给你，这是我母亲给我的，我希望你和阿暻以后生孩子了再把它传下去。"

钟婉莹在镜子里看到戴在脖子上的项链，脸上笑嘻嘻的。

林承暻去到土楼，吃钟秀兰煮的粉肉蛋，钟秀兰道："婉莹虽然不是我的孩子，但她也是我看着长大的，也算是我的半个女儿了。她性子有时候是急了些，但本身是善意的，她过门以后希望你能多多包容她。"林承暻郑重地点点头。

到了结婚这天，钟婉莹还在睡梦中就被钟秀兰叫醒。钟秀兰打开自己收拾的一套用具，先拿红绿的棉线给钟婉莹绞脸，之后将她的头发剪整齐，修眉毛，上妆，七七八八的一样一样弄过来。

"婉莹，我虽然不是你妈，但是我也祝你和阿暻一生恩恩爱爱，子孙满堂。"钟秀兰瞧着镜子里的人影，突然有些感慨。钟婉莹小的时候就没有父母，完全是她爷爷捡回来带大的。虽然是遗弃在路边的孩子，但从小就长得恬静，讨人喜。待她长到自己的肩膀高的时候，自己又嫁了人，跟着丈夫在厦门开小饭铺，孩子也生了一个，只是在孩子出生的第二年丈夫就熬不住了，一病不起，最后没能睁开眼。现在因为战乱，她又回到这里，能够亲眼看着钟婉莹出嫁,她觉得也是一种缘分。

"我小时候都是你和爷爷最疼我,在我心里面,秀兰姨你就是我的妈妈。"钟婉莹嗓子有些哽咽。她记得小时候钟秀兰染布,那个时候她丁点大,有一次想看用来染布的大缸里配好的染料,但就是够不着。她一爬,染缸晃了一下就往她身上倒下来,蓝黑色的染料从她的头上浇了一身,看着自己一手一身的黑,当下就坐在地上大哭。钟秀兰听到声音冲过来把黑孩似的她抱在怀里,烧了一盆热水给她洗澡,大概是怕染料把她弄坏了,洗着洗着钟秀兰自己也哭起来。

她会染布的一手好活就是来源于钟秀兰。

钟婉莹人生得好,这下修饰一番已很是动人。钟秀兰为她穿上大红的嫁衣,上下一打量,对自己的手艺很是满意。

待到天完全亮起来,林家召集来的迎亲队伍已经到土楼门口了。钟秀兰把一个画有八卦太极图的米筛放在门口,再把钟婉莹自己做好的一双红底面绣花布鞋放好,牵着钟婉莹的手让她在米筛里换上新鞋。林承暻也换了一身大红的新郎服,等在门口把钟婉莹背出大门,上花轿。

待钟婉莹在花轿里坐定,钟秀兰和老人便带着一盆水来到大门口,泼到花轿上。钟婉莹在轿子里蒙着红盖头,终于哭起来。小时候她看院子里的新娘子出嫁哭轿觉得很奇怪,但是现在到她自己却和她们一样的哭。钟婉莹说不出这是一种什么感受,总之,这次出了家门,有什么东西就真的变了。

迎亲的队伍一路敲敲打打,来到林承暻的店铺门口。福命妇人手捧着柑橘,领着钟婉莹跨过烧得火红的炭盆和鸡。这时,跟着迎亲队伍来的钟老头和钟秀兰已经在位置上坐好,李佩瑶今天也特地换上了自己唯一的一件金丝边印花绸衣坐在一旁的太师椅上。

一对新人来到长辈面前,在证婚人的喊声里完成了行礼。林承暻牵起钟婉莹的手,感受到她的一丝颤抖后便把她的整个手掌包在自己手里。钟婉莹的手并不柔软,手心已经有了一层薄薄的茧子,和大家闺秀白嫩的手更是不能相比了——他知道她的手是如何变成现在这样的,她的手不好看,但他喜欢。

第 八 章

钟婉莹坐在床沿,红色的烛光摇曳出两个人的身影,温柔缱绻,令人欣喜。林承暻忐忑地掀开红盖头,钟婉莹的脸好像绽开的白兰花,眉眼带笑。

林承暻坐到她身边,说:"嫁给我,你要受苦了。"

钟婉莹笑盈盈地摇摇头。她终于如愿了,林承暻内心在想什么她大概知道一点,但她不打算追究下去。嫁给外面来的人,似乎让她的生活真正打开了一扇别致的窗,让她除了青山绿水,还能看到别的风景。

林承暻抱着她轻轻地啄了一下。那些过去的往事,此刻他已不想再回顾。他的这一生,早就冥冥之中有了定数,钟婉莹的到来,让他在这条漫长的路上多了一个伴。

第二天一早,林承暻和钟婉莹一起去给李佩瑶敬茶。

钟婉莹把原来又粗又长的辫子挽了起来,穿着白蓝色的粗布衫,看上去倒是有几分初为人妻的感觉。她双手捧着茶杯,跪在地上,恭恭敬敬地对李佩瑶说:"婶婆,喝茶。"

李佩瑶噗嗤一声笑了起来,嗔怪道:"都这时候了,怎么还叫婶婆,该改口了。"

林承暻也跟着笑了起来,钟婉莹脸一红,忙着改口:"妈,喝茶。"

李佩瑶乐呵呵地接过茶来,喝了一口将杯子放下,让钟婉莹起来,说:"婉莹啊,嫁到我们林家,虽说日子苦了点,但你放心,我一定不让你受半点委屈的。"

钟婉莹点了点头，三个人，你看着我，我看着你，一起笑了。

林承暻和钟婉莹结婚已有一段时间了，近来钟婉莹总是食欲不佳，吃什么都没胃口，林承暻问她是不是身体不舒服，钟婉莹又否认了。

这天，他们三人一起吃饭，林承暻不停地给钟婉莹夹菜，说："婉莹，你多吃点，这是我和阿旺叔去江边打的鱼。"她脸色不好，整个人也奄奄的。她舍不得请郎中，林承暻也有些担心。

钟婉莹吃了几口，又说自己没胃口，开玩笑说想吃天上的龙肉。

李佩瑶看着儿媳，眼里突然闪过一丝了然，问："婉莹，你最近吃什么都没胃口，那有没有恶心干呕？"

钟婉莹忙着点头，说："妈，你怎么知道？我最近一天都吐好几次，但总是吃不下，也不知道是怎么了，可能过几天就好了吧。"

李佩瑶放下碗筷，笑着摇摇头，说："傻孩子，这是有喜啦！"

林承暻刚放进嘴巴里的饭一噎，顿时心里五味杂陈。他并不是不希望她有孩子，只是当下家里这副光景，孩子生下来，生活就更艰难了。他并不希望下一代过这种颠沛流离的生活。但他望着妻子惊喜的侧脸，还是把自己的想法压了下来。钟婉莹会是个好母亲，但他不一定是个能扛得起家的父亲。

李佩瑶先找来了钟秀兰，秀兰听他们说要找医生，连忙制止："我们这儿的人，怀孕前三个月，可不能声张。要等过了三个月，胎稳了，才能说。"这是风俗，入了乡就随俗，佩瑶明理。

自从钟婉莹怀孕后，钟秀兰每天都往林家跑，今天送一点土鸡蛋，明天炖一锅汤。村子里的人笑她说别人都是嫁出去的女儿泼出去的水，她倒好，把自己跟着婉莹都一起嫁过去了。她也不恼，笑着说婉莹虽不是自己的女儿，但也无异了，现在婉莹怀孕了，哪能不好好照顾呢。

林承暻把镇上的店铺给关了，眼下也没办法做生意，他没有渠道去购买任何货物。战争让人饭都吃不上了,更别说还买布匹回去做衣裳。关了也好,如此一来便有时间照顾钟婉莹了。她的肚子一天比一天大起来,现在对林承暶来说,最重要的事情便是她了。

　　林承暶抱着卖不出去的布匹回了家,和钟婉莹说了自己的想法。钟婉莹倒也是善解人意,说他愿意怎么做就怎么做,自己支持他便是了。

　　晚饭时候,林承暶去叫李佩瑶吃饭,看到她在给菩萨上香。以前的她,是从来不信这些的,但林承晖走后,李佩瑶就开始信了,她相信菩萨一定会收到自己的心意,保佑着自己的小儿子。

　　"妈,吃饭了。"

　　"好,就来了。我跟菩萨说会儿话,让她将婉莹有孕的消息告诉阿晖。我们一家人,平平安安的。"李佩瑶对着菩萨虔诚地拜了拜,还拉着林承暶一起拜,说是两个人的力量大一些。林承暶怎么会不明白,战争无情,从前先生讲古文时他便知道,更何况现在用的都是炮弹,他虽然没真正见过,但在厦门时也曾被震耳欲聋的炮鸣声惊醒过。林承晖在战场上,恐怕也是凶多吉少。

　　拜完后,林承暶扶着李佩瑶去吃饭。路上,他告诉李佩瑶自己关了店,生意已经是做不下去了。让他意外的是,李佩瑶也没管,只说现在他已经可以做主了。

　　预产期越来越近,钟婉莹一有时间就会坐在床头,摸一摸自己圆滚滚的肚子,夫妻俩甚至还跟未出世的孩子讲讲话。林承暶有时在书桌上写着字,写着写着就发起呆来。直到钟婉莹生产的这一天,他都有点儿恍惚,从少爷沦落成客居山村的旅人,在这边结婚生子,不过短短三年时间,算是天上人间走了一遭。自知道自己将要成为父亲开始,一直到现在,感觉都活在梦中,婉莹的呻吟高高低低的,牵扯着他的梦境。曾经的少年,他心里忽然想到张书雅,匆匆一别已经是天各一方。他想起好多年前,自己看到报纸上"偌大的华北,竟容不下一张安静的书桌"时也曾热血过;最后一次感知到年轻,应该是在演话剧的时候,有的是激情,有的是希望。他也想过这是人生新的起点，却未曾意料，竟是人生的高潮。林承晖说的另一条路他放弃了，说自愿也不是自愿，说强迫也没人强迫他。还有陆晓浓……如果当年跟她结了婚，是怎样光景？如果跟他们家去了上海，说不定就成了陆家的上门女婿，应该不会受这些年的苦……

婉莹的呻吟越发凄厉了。承暽在胡思乱想中回了神，心里暗暗骂自己是畜生，不是人。老婆生孩子在鬼门关处徘徊，自己竟还能想起一个生命中过客般的女人。他忍不住去案台上翻出一袋卷烟，这是旺伯那边拿的，平日里招待客人用，自己从来不抽。他点燃了，抽了一口，又辛又辣。他咳嗽个不停。自制的卷烟就是这样，到最后烧也烧不干净，一股焦油味。

他暗自发了誓，以后再也不想张书雅，不想陆晓浓，一心一意对婉莹好。

他想，有文化其实没啥好的。天天都胡思乱想，不像婉莹，没有太多心事，好就是好，不好就是不好；愿意就是愿意，不愿意就是不愿意。阿宝想娶婉莹，承暽是知道的。可是婉莹从不拖泥带水，处理得干干净净。想到这，他又自惭了——当年和陆晓浓分手，还拿了一笔陆家的救济，甚至认为这是陆晓浓给他的应有的补偿。当时觉得有点凄凉，也有点残忍的快意，到今天都成了扎心的锥子。

他总结道："以后如果再不对婉莹一心一意，那真是猪狗不如了！"

……

直到第二天凌晨，才听到嘹亮的哭声。稳婆走了出来，乐呵呵地告诉他们是一个大胖小子。林承暽也来不及听，就跑进房里看钟婉莹，她昏睡在床上，呼吸声弱弱的，发间全是汗水，脸色苍白，像是死过一回。林承暽上前去，将她额间的发轻轻拨到后边，把脸上的汗水擦掉，亲吻了一下她额头："你辛苦了。"

婉莹很努力地笑了，苦涩又幸福。她太喜欢他的温柔了，从没有说过一句重话，刚来这边的时候那么潦倒，还是有一种文化人的清高，连目光里的白都是淡淡的，好像什么苦都没放在心上。这跟农村人的粗粝不一样，农村人太苦了，苦到无路可退，就剩下抓住一切机会活着；而城里人苦到无路可退，他依然是那样波澜不惊——承暻如果知道，婉莹是这样看他，怕是得羞愧到一头撞死。

李佩瑶送走稳婆后，走进来看自己的孙子——白白净净的，看起来得有七斤多重，真是个大胖小子呀，他被包裹在棉布里，拼尽全身力气哭喊。李佩瑶把他抱了起来，想着法子哄着他，一瞬间，仿佛又回到了生林承暻和林承晖的时候。林承暻还算听话，不出两个小时就出来了，不哭也不闹，李佩瑶还以为他出什么事，结果发现他只是睡过去了。林承晖就不一样了，硬是折腾了两天才出来，大吵大闹的，李佩瑶几乎没怎么睡过觉，就连断奶，也比林承暻迟了好几个月。一转眼，她竟然连孙子都抱上了，只可惜林继泽走了，林承晖也不在身边。

这时，钟婉莹醒了过来，说要看看自己的孩子。李佩瑶抱着孩子，走到床头。也不知是不是感知到妈妈的存在，孩子也不哭了，就这么睡了过去。钟婉莹听着他均匀的呼吸声，一种前所未有的满足从内心深处涌上来，眼泪也随之而来。

林承暻替她擦去了眼泪，又有新的一行流下来。钟婉莹吸了吸鼻子，说："阿暻哥，我太高兴了。对了，孩子要取什么名字呢？"

李佩瑶也想起来这个问题，催着林承暻取名字："是啊，你快想想，取个什么名字好呢？"

林承暻却说："取名字是个大事，待我想想吧。"便安抚着钟婉莹睡去了。

听闻钟婉莹生孩子了，村子里的人纷纷上门祝贺。

钟秀兰一只手提着一箩筐的土鸡蛋，另一只手拿着一些小孩子的衣裳——看着有些年头了，但却很干净。林承暻嘴里说着让她不要送那么多东西过来，手上却又诚实地将东西接了过来——这点他倒是入乡随俗了，人到屋檐下，不能不低头。凭着他们母子拙劣的生产能力，怕是迟早要饿死在这儿。

钟秀兰乐呵呵地说："你说我有了个小外孙，能不高兴吗？对了，这个是婉莹小时候的衣服，我拾掇拾掇做了些新衣裳，应该合身的。"

林承暻看着一件件小小的棉麻布的衣服，很受感动，说："谢谢兰姨。"

钟秀兰也没和他多说什么，她的心里想着去看钟婉莹和外孙已经很久了。

钟婉莹看到钟秀兰，也不自觉哭了出来。钟秀兰抱着她，像小时候一样哄她，好久才哄下来。林承暻看着此情此景，心里暖暖的。想着让她们娘俩叙叙旧，去房里找李佩瑶去了。

李佩瑶在给菩萨烧香："谢菩萨保佑，我的孙儿平安出生，婉莹也一切都好。希望您将消息告诉晖儿，让他也高兴高兴。哦，对了，让他别忘了给家里来个信。"

林承暻走进去也给菩萨上了炷香，忽而对母亲说："妈，孩子就叫佑安吧。希望菩萨保佑他平安长大，也保佑阿晖平平安安。"

李佩瑶听罢，眼睛一阵酸涩，不一会儿，眼泪也开始流了下来：

"是啊，保佑我们都平平安安的。"

夜晚，林承晖一个人躺在草地上仰望星空，一抹钩月藏进绵薄的云层里，晕出浅白的光。

暖暖的风吹来，让他有了些许困意，缓缓地闭上双眼——哥哥和母亲是否还安好？他寄出去的信从来没有回音。还有张书雅，他连她的家在成都的哪里也不晓得，信写了也只能自己一个人拿出来念，他幻想着有一日他们能见到，然后他坐在她身边，真正地读给她听，告诉她在战场上这些凶险的经历，他最初的挣扎和后来的领悟……想着想着，林承晖竟沉沉地睡去了。

醒来时，已经是深夜。更深露重，吴伯驹躺在他身边，看林承晖起身要走的样子，说："待会吧。一起喝点。"说着，把酒壶扔给了林承晖。

林承晖接过酒壶，见吴伯驹在身边还是有些诧异——自己睡得这么熟么？身边躺了个人都没发现。"你怎么在这？"

"怎么？要罚我关禁闭？虽然你现在是我的长官了，但我告诉你啊，你这样对我，我会伤心的！"吴伯驹不管三七二十一，抱着手又躺下。

"行，你慢慢在这伤心吧。"林承晖打了个冷战，佯装要走的样子。

吴伯驹猛地从地上爬起来，一把将他拉住，说："你看你这个人，怎么这样呢？老同学想找你说说话行不行？"

林承晖不再戏弄他，原地坐了下来，拿起酒壶喝了一口又扔给吴伯驹，吴伯驹接过去喝了一口，问："阿晖，当官开不开心啊？"

"也没什么太大差别，还不一样都是上战场？"林承晖淡淡地答。差别自然是有的，他当了官，在周围能活动的空间更大了。比如现在，就算他在这里睡上一宿，也没人会把这件事情上报。

"是吗？"吴伯驹又喝了一口，"可我觉得不一样，当官多威风啊！想指挥谁就指挥谁，他接了命令，做也得做，不做也得做，骂你也只敢心里骂。"

林承晖抢过吴伯驹手中的酒壶："说得你在这里仇家很多一样。"吴伯驹在部队里，除了林承晖其实也有几个处得来的朋友，他极会挑起话头，大家顺着顺着讲，自然就跟他熟络起来。

吴伯驹也不知想到了什么，轻叹："在部队打仗就这一点好，无论你是条什么命，到了日本人面前，都只能靠刀枪把他弄死，弄死他你就是好样的，你就是英雄，是胜利者。在家里就不一样。我养父收养我，我十五岁的时候，他跟我说，我注定是没出息的孩子。穷人家出身，就算来到大家庭，身上的那股穷气就是去不掉。"

林承晖看了他一眼，将手中的酒壶递了过去，吴伯驹将最后一点酒一饮而尽。"总有一天，我也要像你一样当官！等战争结束后，如果我还活着，我就带着我的荣誉回家去，告诉他们我也可以很有出息，我要看见他们为我骄傲，向我低头的样子。但倘若……"他顿了顿，接着说，"倘若有天我不幸战死，希望你能替我带几句话回去，就说我吴伯驹，是保家卫国死的，是顶天立地的男子汉，没有让他们丢脸！"

林承晖点头答应了，伸出手去拍了拍他的肩膀。

吴伯驹压压情绪，开玩笑说："哎呀，你看我，真没劲。走了走了，我们赶紧回去了，出来太久别人还以为我们俩偷偷摸摸在干吗呢。"说罢，便朝营地方向走去。

林承晖看着他的背影，鼻腔一阵酸涩。

回到休息处后，林承晖被徐闻培叫了去。

徐闻培站在桌子边上对着地图研究战略部署，昏黄的电灯因为电压不稳发出嗞嗞声。另一边，孔立文正在敲打着电报，他低着头也不说话，林承晖看他一眼也就错开了眼睛。孔立文如今跟着他们在部队已经待了一年，但林承晖和他的接触一直不算很多。不过，这一年以来，他们的每次行动似乎也没有出现什么大的差池。孔立文也破译了几次日军的电报，但碍于部队之间的实力差距，他们只能避免和日军直接正面的冲突，艰难地维持着某种平衡。

"报告！"林承晖向着徐闻培敬了一个礼。

徐闻培伏在桌上抬头看了他一眼，笑着说："你来啦？来，过来，我有事情和你说。"

林承晖走到桌前，还是保持着一贯的严肃。

徐闻培调侃他："放松点，这次叫你来是好事！"

林承晖笑了笑。

徐闻培道："眼下，日军已经逐渐从这边撤离了。根据上级的意思，我们得转移到其他地方去。但我们不能一行人浩浩荡荡地走，这样容易被敌人发现。我想派你带一批人，从东面撤离，然后我们再会合。"

林承晖可以上场杀敌毫不畏惧，但眼下并不是这样。听徐闻培的口气，这次转移的路程估计也不短，他背负几十人的命运，稍有不慎，这些人就会葬送在他手上。他眼前又浮现出吴伯驹的脸。他们这群人里面，有多少人是渴望着保家卫国荣归故里的呢？

徐闻培也知道，这样将任务交给一个刚上战场的新人并不是最好的安排，但俗话说得好，一回生二回熟，不试试看，新人永远都是新人。根据部署，撤离也是刻不容缓的，他没有更多的选择。"怎么？不能完成任务吗？"

林承晖愣在那里没有回应。

徐闻培又问："在部队，第一课教的是什么你可还记得？"

"服从命令！"

"那现在呢？"

林承晖站得笔挺，给徐闻培敬了个礼，说："一切听从长官安排，保证完成任务！"

徐闻培这才满意地笑了起来，安慰他说："放轻松！这次只是撤离，而且是秘密行动，不会有人知道的，我都已经部署好了——立文，你记得把我们这次的行动发给总司令。"

孔立文摘下耳机，规规矩矩地应了一声。

不一会儿，两人一起走了出去。房间里，只剩下昏黄的灯光和电报机嘀嘀的声音。

撤退的计划总是宜早不宜迟。第二天，徐闻培将二十个人分给了林承晖，交代了他一些注意的事情便走了。走没几步，又回过头来对林承晖说："你小子，做事就得果断，畏头畏尾的反而生事！我在目的地等你来找我报到！"

林承晖收敛起心思，向他敬了个军礼："是！"

林承晖看着他带领的几个纵队，舒了一口气。按照计划，他们告诉孔立文往东边走，但实际上他们要通过西面的峡谷撤离出去，这条路线虽艰险漫长，但他必须完成。从前，他只需要考虑杀多少个日本人，如今，他还得为跟随他的一伙人考虑。徐闻培对他的栽培之心，他亦不能辜负。未来是否荣归故里他没有想过，但只要他当一天军人，军人的荣誉和天职就必须守住。

很快，一伙人尽数散去，吴伯驹三下两下就把自己的东西收拾好了，他摩挲着肩上那条捆被子用的细麻绳，在空地上跺了跺脚。

他们要去新的地方，新的地方就有新的开始。

林承晖见他面有兴奋之色，不由打趣："你以为是学校郊游呢，这么激动做什么?"徐闻培的计划他一丝一毫也没跟任何人透露,包括吴伯驹。只是,他的心里还是有一丝不安。

吴伯驹道:"哎,每到一个新的地方,人的命运就会有所变化。你仔细想想是不是这么回事?——迁校的时候你就没想过你有朝一日在战场上能活到现在,还做了官吧?本来是少爷出身,你看看现在,灰头土脸的。"

林承晖一怔,看看自己脚上开了缝的破靴子,笑起来。就是这双靴子,都还是打扫战场的时候别人扒下来给他的。要搁在以前,母亲定不让他穿死人的东西。

孔立文和徐闻培一起撤离,他把发报机收到皮箱里背了出来,遇到两个士兵。

"孔长官好!"

"你们好,你们是承晖带的吧?"

"是啊,林长官叫我们多带些干粮,这次估计要绕远路吧。"傅生答道。

"绕远路?"

"是啊——不过没告诉我们往哪里走就是了。"和孔立文说了几句话之后,两个人又急匆匆地往房里走了。

半个小时后,几个纵队的人都背着行李集中到了一起。

出发后,所有人才知道这次他们要往西面进山,从峡谷经过,然后和徐闻培、郑毅所率部队会和。吴伯驹和旁边几个同行的士兵说说笑笑,尽管一路漫长,但整个军队都活跃起来,即使难走也不觉得沉闷。

林承晖很警觉,担心大家这样无所顾忌地说笑,一来容易暴露,二则丧失警惕。又听见吴伯驹说话的声音,他扭头喊:"吴伯驹!安静点,这样闹,很容易招来敌人!"

吴伯驹讪讪地收敛了笑声,回应:"知道了长官。"

走了一天,直至半夜,一伙人才走到一片山林里草草睡下。林承晖不敢完全让他们熟睡,士兵们三三两两地集中到大树下,背靠树根,将枪上膛,抱在身上睡觉。为了能第一时间察觉敌人的靠近，林承晖另外又安排人轮流放哨，一有动静，马上回来报告。

第一晚，相安无事。

采取轮流休息的办法，林承晖带着部队又挨过了三天。根据地图，林承晖推测，只要过了今天上午，他们应该就能挨近峡谷口了。

中午，他们从密林里出来，阳光直射在一伙人身上，暖得让人越发想睡觉。几天以来，他们一路在山林里穿行，浑身衣服都湿透了。不出四天的时间，长途跋涉的一伙人已精神不济，就是起初话最多的吴伯驹，现在也恹恹地跟在队伍里挪动着。

"大家再坚持一下，等今天走过峡谷，我们就快要到会和的地方了。"林承晖回头看了一眼身后的那些士兵，心里有些后悔起来。他之前生怕途中出现什么意外，所以一直急着赶路，现在发现这样反而不好。每个人现在体力消耗都快到达上限，如果这时敌人出现，肯定能打他们个措手不及。

想到这里，林承晖决定让大家休息一下。

正午时分，在原地休息的人们把自己带来的炒米从口袋里翻出来一口一口地吃着。炒米受潮以后变得又湿又软，几个人把带来的一只小铝桶拿出来，接了些山泉水来烧。

休息了几个小时后，林承晖又带着一批人继续往山里走。

"阿晖，我们什么时候才能离开这个鬼地方啊，我身上痒死了。"吴伯驹挠着手臂，只见他两条手臂上都是红疹，有的被挠破了皮，伤口感染以后又流出些带血的脓水。事实上，每个人在营地就深受跳蚤和臭虫之苦，现在进了山林那么多天，身上旧伤没好又添新伤，山里蚊虫的凶悍，比起营地里的简直是有过之而无不及。

"再坚持一下，前面就是峡谷了——趴下！"林承晖突然在前方看到几个端着枪，埋伏在灌木背后的日本兵。话音刚落，枪声"突突"地响起来。

林承晖看向慌乱的吴伯驹，牙根发紧，大喊："所有人去树林里找掩体，快!"

他带着他们躲到树丛里，屏住呼吸，观察着周遭的环境。这里根本无处可逃，连后面的来路也有子弹射过来。他不知道他们来了多少人，但听枪声绝不会少，光靠着他们的力量根本无法突出重围。第一次转移任务就遇到这样的险境，林承晖胸中一阵翻滚，他左右看了看，一种绝望缓缓包裹住了他的身体。他不能流露出自己的慌张，否则手底下的士兵们会比他更加绝望。

"阿晖，我们该怎么办?"吴伯驹问。

林承晖沉着脸，说："先看看情况吧。"他也不知道应该怎么办。

枪声越来越激烈，敌人并不打算给他们一丝逃跑的机会，就算他们一直躲在这里，也一定会被扫荡的子弹打到的。林承晖喘着粗气，脑子里乱哄哄的，他必须赶快想办法，就算只有一线生机，他也要搏一搏！

林承晖深深吸了一口气，将命令传下去——一部分人在树林里继续迎战，另派出小股人绕开这一带去寻找别的路线。

一声令下，所有人开始往前推进。

林承晖被一干人掩护在中间，他作为他们的军官，也是唯一一个能把他们带到目的地的人，只有他活下来，他们才能有希望活着与大部队会合。无论如何，他们的目的只有一个——一定要出去——如果出不去，一定要保护好林承晖。

在日军的打击下，本身就疲劳的部队很快就失去了十几个人。

林承晖两眼充满了血丝，大喊一声，双手抬起枪瞄准敌人连续开火，犹如撕扯牢笼的凶兽。强烈的不甘在他的血液里奔腾着，他不甘心自己就这样死在路上！他不甘心！他不甘心！

突然，他的左手传来剧痛，林承晖扔掉步枪，右手掏出手枪继续射击。先前被他打死的几个人后面，又窜出几名日军。

林承晖意识到，即使他们再拼命，面对这样有备而来的敌人也难以逃脱。这根本就不是偶然遇到的，是先前就在这里等他们的一队日军！林承晖心里又急又气,这条撤离路线明明只有他和徐、郑三个人知晓,为什么还会有日军?!

日本人的枪一致对准了对面的树林——突突——砰砰——声音一直没有停歇过。最外围的士兵跪地倒下了,手上还拿着枪,艰难地扣动扳机——砰的一声朝敌人打去。这时候,打没打中已经不重要了,他们的使命已经完成了,尽管这代价是无比沉重的。

"长官!侧面是一片荆棘丛,我们过不去呀!"探路回来的几个人急急喊道。

"就算是荆棘丛,我们也要过去!"

士兵们看着倒下的兄弟泪流满面,发了疯似的朝敌人射击,掩护着林承晖向右面跑。林承晖看他们还在开火,大声吼叫——"快撤!"

"长官,你快走!别管我们!"傅生吼道。

"是啊!长官快走!"

"今天就算我们全死在这,也一定要护住您离开!"

"我们跟着你走,日本人会追过来的,我们得留在这里拖住他们!"也不知是谁,边哭边吼,悲壮的声音传遍山谷,无情的鸟儿传来它的叫声。

林承晖忍住眼里的热泪,朝着他们敬了一个军礼,转身就逃。吴伯驹被安排一路护送他走,但他身上也中了一枪。

两个人踩着荆棘一路向前,不一会儿,林承晖就发觉自己听不见枪声了,周围死一般的寂静。是全部死了?还是已经四散逃离?林承晖一边跑着,眼泪就抑制不住地流下来。吴伯驹惨白着脸,所有的景象在眼前逐渐变得模糊,他隐隐听到林承晖在哭,想安慰他一下,没想到脚下又被荆棘刺进一根尖刺,疼得他不禁蹲下来。

"伯驹!"林承晖一惊,"你怎么了?!——你流血太多了,快让我给你包扎一下。"林承晖揪住自己的衬衫下摆用力一扯,撕下一条布。吴伯驹拦住他,让他快走。

他们现在说不定还没有逃离敌人的包围圈，要是不赶快走，很可能就会被抓回去。

"阿晖，不要管，赶紧走。"吴伯驹站起来推着林承晖。他受伤的腿已经疼得失去了知觉。吴伯驹自嘲地想，这和他想象中的荣归故里差太多了——逃亡路上死的，怎么看怎么狼狈。

林承晖两只眼睛鼓鼓的，似乎憋着气："你说的什么屁话！你的命是我捡回来的，我不能让你这样死了！你是我兄弟！"说罢，架起吴伯驹的一边身子往前走去。

吴伯驹忽然笑了："阿晖，你还是第一次朝我发这么大的火。"

"都什么时候了，你还有心情开玩笑。"林承晖说完，发现吴伯驹的眼睛已经闭上了，他紧张地摇晃着吴伯驹，吴伯驹又醒过来："我还没死呢！这么摇我做什么？阿晖，我好累，我睡一会儿啊。"

林承晖怕他一睡不醒，说："不行，你不能睡。你睁着眼睛。"但无论他怎么说吴伯驹都还是闭上眼。林承晖惊慌地用手探了探他的鼻息，直到感受到有一丝热气喷在他的手上，才松了口气。

他们走的这条路十分偏僻，不过好在林承晖还能辨别方向。得益于脚下的荆棘，他的意识非常清醒，他要赶快带着吴伯驹走出这个地方。

从荆棘丛里出来时，他的衣服已经没有几处完整的地方了，脚上的一双鞋被刺针扎了个稀烂，那刺针陷到鞋里，从外面看简直成了刺球。林承晖想要坐下把脚上的那些刺拔出来，但他又怕日本人还会追来，只好忍着剧痛在草地上行走。他们虽然偏离了之前的路线，但幸好不是太长，此时他还可以带着吴伯驹重新回到之前的那条路线上。

当天夜晚，林承晖趁着夜色回到了原定的路线，四周寂寥无人，只有头顶上的几颗寒星在闪烁着，没有月光的照耀使得他们更不容易被敌军发现，但同样也给两个人的行动造成了障碍。林承晖睁大了眼睛，越过一片平坦的草地之后再一次进入到一片树林里。

"伯驹，伯驹……醒醒，你在这里等我一下，我去喝点水。"林承晖舔着干裂的嘴皮，他听到附近有小溪流淌的声音。他把昏迷不醒的吴伯驹放到旁边的树底下靠着，立刻跑到小溪边趴在地上凑近喝了一气。冰凉的山泉让他打了个颤，清爽不少。他用手抄了一些水，送到吴伯驹嘴前，捏开他的嘴喂他。

筋疲力竭的两个人靠着树睡了一晚。

第二天，天还未亮，林承晖就醒了。他惊慌地摸摸旁边的吴伯驹——他的身子还有温度。

如果他没有判断错，过了这个地方，应该就快到会合的营地了。

他相信他能够走到营地。

日头渐大，林承晖跌跌撞撞地走着，视野中突然出现了一个小孩。约莫十三四岁的样子，脸上满是戾气，身上穿着日军军服，手上拿着一支步枪，步枪上还有刺刀。

林承晖停下脚步，定定地盯着眼前的孩子。

小孩也打量着林承晖，下一刻便叫着朝他跑过来。林承晖顾着吴伯驹躲避不及，那孩子将上了刺刀的枪一横，捅进了林承晖身体。

一声闷哼，侧胸的疼痛让林承晖的疲惫全然消失。孩子的力气很大，林承晖捂着伤口，血马上渗透了他的指缝。生命受到威胁的愤怒和惊惧在他心里急剧膨胀，他怎么允许在最后关头，将自己葬送在一个区区单独行动的小孩子手上?！

林承晖将吴伯驹放开，那孩子马上将刺刀从他的身上拔出来，又朝另一个地方捅。

林承晖掏出手枪，抵着日本孩子的头连连扣动扳机。

"啪啪——!"

枪响过后，被爆头的孩子倒在地上，子弹震碎了他的一边头颅，成了一个巨大的窟窿，红的血和白的脑浆从孩子的脑侧汩汩流出，晕开在地上，像一朵绚丽而狰狞的花。

林承晖喘着粗气跌坐在地上，一抹自己的脸，满手黏湿。

望望旁边不省人事的吴伯驹，林承晖憋着劲将他扶起来继续往前走。然而刚走出几步，他又鬼使神差地回过头来看了一眼。

空旷的，黄绿的草地上，孩子的尸体静静地躺着。一阵风吹过，林承晖脸上的血结成块，紧紧地贴着他的皮肤，浓重的腥臭灌入鼻腔。

午后，体力严重透支的林承晖走到了会合的营地。近一个礼拜的撤离，几个纵队的人，最终却只剩下了两个。他推开门，最后一眼见到的，是孔立文一张惊惧的脸。

第 九 章

林承晖从病床上醒过来时，休息室的墙被镀上了一层明黄色，房间里一个人也没有。

明亮的光线让他的眼睛产生无法适应的酸涩。林承晖想起身去拿斗柜上放着的水，然而使了半天力，头还是卡在枕头中间的坑里，一动不动。

父亲生病在床上躺着的时候，也把枕头睡出了一个和自己脑袋一样大小的坑。那时也和现在一样，暖和的空气中飘浮着棉被细小的尘屑，父亲阖着眼睛，挂钟内银色的金属圆片规律地摇晃着，时间的流逝有了声音。

那是多久之前的事了啊……

有时候记忆就是一件很神奇的东西，明明快要忘记了，但是某个瞬间又能记起来一些久远的、极为细小的事情。

一个小护士推开休息室的门，拿着体温表进来，"哎呀，长官你醒了?!——怎么不喊人呢?"她连忙把桌上的水倒掉,从茶壶里面倒了一杯热的出来,一边把林承晖从床上扶起来一边说,"喝点水吧。"

林承晖用右手接过护士手上的水喝尽,问:"请问我睡了几天了?"

"今天是第三天了。"

"吴伯驹呢,他怎么样?"

"他没有事,就是失血过多再加上太疲劳了,所以现在还在睡着。放心,他没有生命危险,子弹也取出来了,高烧也退了。"全部报告完,小护士又道,"倒是长官你,你的情况要比他危险,你身上还被刺了两刀你知道吗——我们顾医生都觉得你命真大。"明明侧胸和腿都被刺了,还能从那里一直跑回来,凭这点还是值得她尊敬的。

林承晖看着她笑笑:"他没事就好。"

"哦,对啦,徐长官来看过你两次了,但是你都没有醒。他这个人也是,好像做完手术就不要恢复期似的,逼得我们顾医生都趴在桌子底下了……我去告诉徐长官你醒了!"林承晖听不清楚护士中间在小声嘀咕什么。她把空杯子加满水就出去了。

林承晖闭上眼睛,几天前的记忆慢慢回笼。吴伯驹还有其他几个人掩护他从阵地上逃脱的时候,傅生一伙人留在峡谷前的树林里和日军对战,吴伯驹负责护送自己。是了,吴伯驹那个时候腿上就中了一枪。

日本人多,其他人应该是死在峡谷了。

林承晖恍惚间又想起那个穿着日军军服的孩子。

他身上的一套军服很大,裤脚太宽,绑腿都不大能扎得很好,袖子也是明显被剪刀剪短的,一圈线头,雾白的天下,他的脑浆和血与身下的草皮融合在一起。日本已经要小孩来打仗了?那么,中国呢?他现在还记得,当初到部队的时候,就是在训练营训练了两个月不到一点就被送来打仗。

当他用手枪抵着那孩子的头时,孩子害怕了吗?——林承晖还没有看过他的表情。如果孩子在看到他的第一眼就选择开枪的话,他是没有机会活下来的。

他打死了一个当兵的孩子，以后是不是还会有更多的孩子要等着被他杀死？

孩子终有一天会长大的，如果没有战争，他们根本不会接触到枪，根本不会上战场厮杀，他也根本不会把一个孩子杀死！

他们本没有错的！他们本不用见面的！

这个世界上，为什么会有战争呢……

林承晖正陷入纠结时，病房门突然被人猛地打开。吴伯驹拄着拐杖，一步步走到林承晖床前。

"承晖，你半天都没有醒过来，真的吓到我了。"吴伯驹见林承晖的左臂上着一层厚厚的石膏，鼻头红红的，"谢谢你一直把我架回指挥部……我以为我要死在路上了。"

林承晖摇摇头，道："不必谢我，你当时因为失血过多昏迷了，所以我怎么也要把你带回来的。"

两个人面对面地坐着闲聊，经过战争的他们，现在这样的宁静实在是太珍贵了。

"我架着你回来，半路上还打死了一个日本孩子。"说到这里，林承晖就低下头去，心里有一丝颤抖。

"日本已经叫小孩来打仗了吗，好不人道！"吴伯驹惊呼，"当时只有他一个人吗？"

林承晖点点头。"估计他也是从战场上走脱的吧。"他当时刺自己两枪，会不会本是出于自卫？不过无论如何，自己已经要了他的命……

吴伯驹已经知道他们几乎全军覆没的消息。林承晖话里的意思，他多少明白几分，但阵营不同，他们没办法做出选择。"阿晖……你是不是——"

"傅生今年也才满十六。"林承晖打断道，吴伯驹眼神闪了闪，没再说话。

傅生是在店里长大的孩子，父亲在东家做长工。傅生喜欢把自己的大刀擦得锃亮，他要为自己的刀专门搞一块布帕。当大家打仗回来，把脸上的血水泥水洗净，嘴上臭骂着日本人，人挨着人就要睡着的时候，他就起身去，自己打一盆水，从胸口掏出那块布帕，抄着水把大刀洗干净，眯着眼用手指刮一刮刀刃。他洗好的大刀总是在墙角最先立着，跟起头似的，大家自觉把自己的刀排在后面，通通没有第一把好。傅生的刀有金属的美——太阳的光线射到上面，亮得发白——这是一种纯粹的体面。

吴伯驹坐在椅子上，不时望林承晖一眼。林承晖现在这个样子，又让他想起第一次上阵的时候。那天林承晖回来，整个人就像现在这样，时不时就一个人沉默起来。他知道打死一个孩子对林承晖来说可能有些难以接受，但事实就是这样，即使过意不去，然谁也无法改变现状。就像他不愿意生活在吴家，可不愿意又能如何？他已经成了这个家庭里的人，要改变自己在家里的状况，就要向他们证明自己。战争也是一样的，他们无法阻止杀戮，但至少可以保住自己的性命。

就在两个人都不说话的时候，徐闻培来了。

林承晖和吴伯驹见到他，想要跟他敬礼，但被徐闻培制止了："你们不用起来了，情况都还好吗？"

"谢谢长官，我们现在都好多了。"

徐闻培是剑眉星目，有一种自然的凌厉感。他自己拿过来一把凳子坐好，似乎感觉他们有点不自在，无奈道："不要那么拘谨，我觉得我还是跟你们很熟了的。"

吴伯驹摸摸头，嘿嘿笑起来，他都听小护士说徐长官去闹了两回医生办公室了，现在顾医生见到他都是绕开走的。

"你笑什么？"

"报告长官，没有笑什么。"

"你就跟傅生那个小子一样，油嘴滑舌的。"徐闻培顿了顿，又道，"人死不能复生，他们死是为了给你们留下一条活路。你们要值得他们这么做。"徐闻培能想到他们这一路走来有多惨烈。当时他在营地等了两天，一个人都没出现，以为林承晖这些人都全军覆没了，没想到就在他要让通信官给上级发电报的时候，林承晖却架着吴伯驹出现在指挥部大门口，门一推开就倒在地上不省人事。

"长官，我没想到我们在峡谷前面会遭到埋伏。"

"你是说我们的意图走漏给了日本人？"

"我现在还不能确定。但这次的策略，确实只有你我还有郑长官三个人知晓。"其他人都是听他指挥的时候才知道的，不可能有人在半路上联系日本人到峡谷。

"不，除了我们，还有一个人也有这个本事能知道。"徐闻培冷着脸，踏着军靴大步流星地出了休息室。

林承晖看他离开，又闭上眼睛。

徐闻培进到自己的办公室，通信官正好去打了一壶热水进来。

"哎，长官，你不是去看承晖了吗，这么快就回来啦？"

"嗯，他现在稳定下来了，吴伯驹和他在一处讲讲话。"

"他们两个醒了就好。哎……承晖这次太凶险了。"孔立文泡了一杯茶放到徐闻培面前。

"哼！这次小鬼子就是专门等着他去的！"徐闻培嘬了口茶水，狠狠将杯子一扣，茶水洒出来些许。

孔立文找来一块干抹布擦着水渍，低声道："长官，这个人还潜伏在我们队伍当中。咱们可要当心呐。"

傍晚，林承晖正要上桌吃饭，徐闻培端着一碗狗肉进门坐下。

"你的这些菜一点油水都没有，我给你带了一碗肉过来补补。"

"医生说不要吃太油的东西，不利于伤口愈合。"

"哎，说的什么鬼话。你看看你一点精神都没有，吃了这个狗肉，你明天就能下地走。"徐闻培把狗肉放到他面前，"吃。"

林承晖夹了一块放在嘴里，果然比吃蔬菜开胃很多。"狗肉确实比野菜好吃多了。"

"有些狗，就是应该把它尽快杀了吃，省得它以后惹事。炊事员上次被一条养了半年的狗咬了一口，现在它已经在你碗里面了。"

一个多礼拜后，林承晖终于能下地走动了，他的腿和侧胸的刀伤已经开始慢慢愈合，就是手臂还一直提不起劲。护士告诉他，他的手臂上嵌进去的这颗子弹就碎在他的骨头上，当时做手术的时候费了好大的劲才把它抠出来。

林承晖弯弯手臂，纱布下的皮肤有些发痒。

"林长官不用担心，顾医生说只要你经常做复健就会灵活起来——如果是拿枪的话还要再看恢复的状况。好的话拿枪也是有可能的。"听完护士的说法，林承晖点点头。

这段时间他虽然不打仗，但过得也不大好。林承晖经常会在半夜从噩梦中醒来，满头大汗。

他还是没办法忘记那个脸色冻青的日本孩子。傅生一次都没在他的梦里出现过。

林承晖打开房门，门口前面被炸毁的房屋被当作庭院，许多伤患坐在倒塌的断壁上，铁丝上悬挂着洗好的绷带，几个护士急匆匆地端着小铁盘，撩起绷带往抢救室去。林承晖已经不大能记得自己具体是从什么时候开始不怕杀人的。他第一次背着大刀去砍日本人的时候是最害怕的，当时脸上被喷了许多血，那些血被风吹干以后就结成块粘在脸上，像一层硬壳似的，他一抓就掉下许多黑红的碎块。他一出汗，那些血又融化了，顺着他的脖子流到衣服里面去。

林承晖一点都不喜欢使大刀。看《水浒传》的时候，李逵操着他的一对板斧，本来是要杀敌的，最后却昏了头，只一板斧砍着过去，杀死了多少在旁边的人。他当时不相信砍人也会砍到停不下来，后来相信了。

当时吴伯驹来喊他的时候，自己大概就是李逵那个样子吧。

他一直知道日本有多可恨，有多可怕，他不怕在战场上遇见他们，他只是觉得一直杀人真的太痛苦了。

不过滑稽的是，如果不杀人，他就会被杀。他也不想死。

林承晖披着外衣往外走，女护士及时拦住他："林长官，你要去哪里呀？徐长官说你不能出门的，最近大家都传部队里有日本人的间谍！"

"哦？为什么这么说？"林承晖转过头来问。女护士微微侧过身，低声道："徐长官发了好大火呢。长官你是死里逃生，别人可就难说……"

"胡说！"还没等护士说完，林承晖沉着脸反对道。这两日有人在背地里议论，他是有所察觉的，但他完全没想到对象是吴伯驹。

小护士拉拉他的外衣，替他整理了一下，嘟囔道："我看他就挺像的……"

各种各样的说法在战地医院里满天飞。吴伯驹躺在床上，窗外两个人的讨论越来越激烈。

晚上，林承晖敲响了他的门，两人说起了这两日的事。

"'身正不怕影子斜'——坑谁我都不能坑你呀！"吴伯驹激动地说道。他想起今日给他换药的护士，连头都不敢抬起来看他。中午吃饭也没人来叫，当他赶到炊事员那里，就剩一碗白粥了。从小到大，他吃过不少亏，以前也就罢了，现在可不能稀里糊涂地就成了汉奸、卖国贼！这不仅关乎他和林承晖之间的友情，还关乎他的名誉。

林承晖淡淡一笑："我自然相信你。"他没有把那日徐闻培说的话告诉他。如果这个日本特务还在部队，那么吴伯驹现在成为众人的焦点反而更安全，那个暗处的人绝对不敢轻易动手。

第二天，吴伯驹被叫到了审讯室。说是审讯室，其实也就是临时腾出的一间空房。部队上还没有抓过任何一个人审问。吴伯驹双手被铐在椅子上，不时抬起眼睛打量一下孔立文。他和这个人没讲过一句话，只是天天看着他和徐闻培、郑毅进进出出，背着个发报机，想必是通信官。

"听说你和林长官是好朋友？"孔立文问。

"当然。我和他是大学同学，我俩一起来部队的。"吴伯驹认真答道，"长官，这次真不是我泄的密。"

"你和他以前在学校有交集吗?"

"没有啊，只知道他是话剧社的——但是自从去了训练营之后我们关系就很好。我算计谁，也不能算计他呀!"吴伯驹强调。

审问没多久就结束了。吴伯驹最终没能回到病房，被关了禁闭。书记员将审问材料交上去后，徐闻培和郑毅又讨论了一番。

部队里又恢复了往日的平静。林承晖在院中晒太阳，再过去一堵墙就是关吴伯驹的地方。他去找郑毅了解情况，郑毅给他说了两条路，要么提供证据证明吴伯驹不可能跟日本军方有关系，要么就找出这个特务是谁，证明吴伯驹的清白。眼下，能证明吴伯驹清白的材料他自己实在拿不出。两人在学校的时候算不上认识，参军的那些文字材料，想必部队里也已经有了。

他转到吴伯驹关禁闭的地方，那扇门前站着两个卫兵，除了医生和护士，谁也不让进去。让吴伯驹给他提供其他证明材料的路，看来行不通。

那么要怎么找出特务呢?

整个部队加上医生护士百来号人，林承晖自己也没方向。

中午，林承晖拿着一只口缸去打饭，炊事员特地多给他了一勺粥。整个部队的供应还是很紧张，从林承晖来的那天起，他就没吃过一口干饭。

"老张，也给我来一勺。"正当林承晖要接过来时，一只破旧的搪瓷碗递了上来。回头一看，是孔立文。

两人随便找了个坐处，一边吃饭一边闲聊起来。自上一次打过招呼之后，林承晖是第二次和他接触。他还是想不起来自己到底在什么地方见过孔立文，但孔立文身上就是有一种让他说不出来的熟悉感。

"长官，你有去过厦门吗?"林承晖问道，"我一直觉得你很像我之前见过的一个人，但我又想不起来是在厦门哪里见过。"

孔立文拿筷子的手停了一瞬，笑道："我在江西待得好好的，去厦门干什么——我这长相,跟我长得像的人多了去。"

"所以才能做情报工作?"林承晖顺着他的话开玩笑。

"对。"孔立文点点头。两个人都笑起来。

晚上,林承晖在床上翻来覆去就是睡不着。部队里的那些面孔他想了一圈,始终找不出来有什么不对劲的地方。在出发之前,他也根本没有和队里任何一个人透露过自己要走哪一条路线,之前在指挥所讨论的时候,大家说的都是寻常路线,不可能会有人知道徐闻培的真实安排。

那这个秘密到底是什么时候泄露出去的呢?

不知不觉,天已经渐渐亮起来,一夜无眠让林承晖的太阳穴隐隐作痛。他提起桌上的空水壶,去伙房打热水。

炊事员们已经开始忙着熬粥了。老张提着扫把进来,手里抱着一个箩筐,里面都是枝枝叶叶。他见到林承晖跟他打了声招呼,弯下腰要把箩筐里的东西扔进火堆,把火烧得更旺。林承晖灌着热水,看了看那堆枯枝叶,里面有一张白纸段。

老张也看见了,伸手将纸段从里面捡起来看了看。这本是一张纸,但已经烧得只剩一个角了,角上还有用钢笔写的一串符号数字。老张将纸段交给林承晖,道:"长官,你看这个上面是不是有什么内容啊,哎哟,都烧得只剩这点了。"

林承晖也看不懂这些数字有什么用处,只是隐隐感到不安:"老张,你刚刚去哪里扫地了?"

"指挥所啊。后面有两棵树,我掰了些树枝拿来烧火——这上面真有什么重要的东西吗?哎哟,那我老张可完蛋了!"炊事员一跺脚,急起来,"这肯定是孔长官的东西,我拿给他看看?可别因为我耽误了什么事!"

林承晖拍拍他的肩,安慰道:"你就说这个纸片是我捡到的,让他来找我拿。"

夜晚，一丝微风拂过脸颊，远处的树木随风轻晃，月亮远远地躲进漆黑的树林中，只显出一片银白的光辉。林承晖手里握着纸片已经在这里站了许久，孔立文的身份、脑海中那张模糊的脸、第一次见孔立文时徐闻培的问话……这几者一遍又一遍地洗刷着他的思绪，它们似乎存在着某种关联，但又像是巧合。

院里的人已经逐渐少了。吴伯驹关禁闭的这段时间里也没有发生任何异常，大家私底下的议论也少了许多。

林承晖打算往回走，就见一个人朝他快步走过来。

"承晖，老张说你捡到了我丢的一张纸？"孔立文腋下还夹着一本书，微微调整着气息。

"嗯，上面还有数字。"林承晖望着他的脸道。

"快给我。"孔立文沉着脸向林承晖讨要，"你捡到了为什么不及时送来？要是误了大事，徐长官不会饶过我俩！"

林承晖把兜里的纸片拿出来递到他手上，孔立文一看，马上捏成团揣进口袋里。他抿抿唇，问："这张纸还有谁看过吗？"

"没有了。"

"老张没看过？"月光下，孔立文的眼里折射出一丝光，他不清楚这张纸到底怎么就到林承晖手上了，前一天晚上明明记得已经把它烧了的。"林承晖，你在说假话！你为什么要偷我的东西？！"

林承晖正要张嘴回答，脖子一凉，一把短刃挨到了他的动脉处。

"孔长官，你其实是认识我的吧？"林承晖冷静地说，"你也觉得我似曾相识对不对？"

"少废话！往前走。"孔立文押着林承晖又往前走了好几步，直到进入灌木丛，又道："没错，我见过你两次。一次在海边，一次在鸭肉粥摊——林承晖，我本来要晚一点把你交给司令的，但是没想到你自己先送上门了。"孔立文低笑一声，"迁移的时候出了点意外，这次就由我亲自——啊！"

一声枪响,孔立文抱住自己受伤的手臂,短刃已经跌落在脚下。

"哼!狗特务!"徐闻培从后面走上来,将枪别到自己腰间。他的身边还跟着两名警卫。"把他给我抓起来押去审讯室!"

被控制起来的孔立文立刻承认了自己的真实身份,但是问到其他事情就一言不发。中美合作所得知俘获了日本情报人员,就把他带走了。

日本军方处心积虑让间谍潜入国军内部,樱井的任务就是假冒孔立文的身份潜入当通讯员,伺机把徐闻培这员武将杀死。自和徐闻培交手以来,虽然国军极少有获胜的时候,但每次都给日军造成损失,时间一长损耗巨大,尤其在新增部队上来后,这场拉锯战将变得更加持久。日军花费大力气请来特战队,本想着能根据樱井的临时情报在峡谷至少先把林承晖一批人杀死,没想到他还是冲破包围圈,回到部队。

这日,林承晖跟着徐闻培从外面回来,一大伙人聚在一起叽叽咕咕地讨论着,看到林承晖跟着徐闻培,马上朝他们敬了个礼:"长官好!"

"你们围在一堆说些什么?"徐闻培问。

"报告长官,郑长官说党国正在招收飞行员去重庆的军校学习,我们大家都想去。"吴伯驹激动地说道。

"讲什么浑话,你们一个个去了这个军队还打狗屁仗!"徐闻培吼道,"通通都是一群带不熟的白眼狼。"

被徐闻培训了一句后,大家唏嘘着散开了。

徐闻培来到指挥室,郑毅抿了口茶,问:"闻培,你怎么还黑着个脸回来了?"

"哼,一听学校招收飞行员学习,个个都想走!"

"他们想走也正常,年轻人嘛,在天上跑跑也新鲜得很。再说了,他们提交申请还得我们先同意才能往上面交,想去也不是随时就能去的。"

听罢,徐闻培脸色缓和下来。

吴伯驹来到休息室找到林承晖："承晖，我们两个一起去重庆吧，去学校学开飞机。"

"我们去申请，能申请到吗？"刚才徐闻培说的那句话，感觉他们不会通过任何人的申请。

"你倒很有可能会被推选上去。我就不知道了……"毕竟他只是一个普通的兵。

"我想想吧。"

林承晖想了一晚上，打算先去探探两位长官的口风。

果不其然，林承晖一说自己想提交申请，徐闻培马上绷着脸道："我不同意。"

"我同意。"

"老郑，你——"

"闻培，我跟你讨论过了，条件合适的就可以提交申请，我们办事要公正。承晖还年轻，又是文化人，学起来比其他人快，身体素质方面也不错，提交申请当然可以通过。"

一个月后，林承晖收到了上级发来的通知，他顺利地被军校录取。吴伯驹的申请没有通过，只得留在原来的部队。

临行的前一晚，吴伯驹私下和他说了一回话便离开了。林承晖打包好行李，拿起一支哑铃锻炼起来。他的手臂恢复得不错，除了有时握东西有点握不大紧之外，一般的动作都可以做，在学校学习的时候，他也能够一边学习一边锻炼。

林承晖承认，他这次想去重庆，不是出于单纯的想要学习飞行技术，成为一名飞行员。他只是暂时想逃离他目前还无法解决或者正视的矛盾。这种退缩对于一个军人来说是可耻的，但是林承晖真的没有勇气再去一次前线了。

他不由得回忆起之前和母亲还有哥哥说要来当兵的时候。那个时候自己一腔热血，国家危难，再加上张书雅的支持和陪伴，他觉得自己能够克服任何困难来打仗。然而事实上，他自从离开家以后，哥哥的信再也没有收到过，自己写了一摞，一封都没有寄到哥哥手里。张书雅最终也没能和自己一起来部队，现在，他能到四川去，但要去找她也不容易。

她这么好的一个人，现在可能已经嫁给别人了。

林承晖不由得感叹起时间，他以为很漫长的日子和过程，还有那些曾经让他痛苦的过往，像无声电影一样，全部洗成黑白的颜色，在他的脑海里飞驰着向后，最终全部埋藏到他的心底。

他现在还有很多事情要做。

林承晖坐上军用车走的时候，吴伯驹一直送到指挥部的最外围。对于自己不能去重庆学习当飞行员的结果，他虽然早有预料，但是临到送走林承晖的时候，他还是哭了。他羡慕林承晖的机会，他相信，只要他再不断努力，总有一天他们会在重庆见面的。

来到重庆已经半个月了，林承晖发现自己做噩梦的次数比以前少了一些。这里的条件比部队好了太多，他每个礼拜都会去医院在护士的指导下做复健，不再只是自己握哑铃。

这周末，林承晖完成了学校布置的作业以后又来到医院。

"咦，你今天倒是来得挺准时。我以为又要等你半个钟头了。"护士宋珈灵刚刚去各间病房记录完每个人的体温，把一支自来水笔插到口袋里。她是医院里的护士长，说是护士长，其实是整个护士群体里面最忙的，她已经好久都没有睡过一个好觉了。

"今天功课少，所以我早点来。"林承晖在一组训练器材面前坐下，解开自己手袖上的衬衫扣子。

宋珈灵抬手揉揉自己的太阳穴，拉过一张凳子坐着，开始帮助林承晖做复健。陪他做复健，是院长安排给她的一个星期里最轻松的活计了。

"不过我真的很好奇为什么你们这些已经当官的，放着好好的官不当，非要来这里做学生呢？"就是因为他是这批学生里面极少以前就当着官的，所以院长亲自要求她来给他复健。

林承晖看她一眼，不打算说话。

"闷葫芦。"宋珈灵小声抱怨一句。

林承晖做完运动之后，刚要起身，宋珈灵又从自己的口袋里掏出个东西过来递给他："喏，这个给你。"

林承晖一看，原来是个可以装药的布口袋，口袋的两边有两条长带子。

"这个是我从家里面带来的，一共有三个，给你一个。"她教他用这个口袋，"你可以把中药煮好沥水以后放在这个口袋里面，然后把带子系好就可以了——纱布就不要用了，裹那么多层上去，一个是不透气，还有你自己弄也不方便。"她知道林承晖之前还去拿了外敷的中药。

"谢谢你，我正需要这个。"重庆这边的气温不像之前指挥部待的地方那么低，但湿气却很重，他的手臂缠着装药的纱布，此时已经有些起小红疹了。

"不要客气，老实说我也得谢谢你。你来这里的时候我就能稍微休息一下，不然我一个礼拜都是忙着的。"说着话，宋珈灵又情不自禁地打了个哈欠。她的眼睛下面两片青黑色，显然是好几天没有好好休息的了。

"听你说话不像是重庆的，你是外地来的吗？"他第一次和她交谈的时候就觉得她的口音和自己很像。

"嗯，我家在长汀，以前在厦大念的书，不过后面连厦大都搬去我老家了。"宋珈灵是客家人，父亲是一名中医，一家人在厦门开了一家中医馆。虽然西洋医院在厦门有很多家，但是来找她父亲看病的客人还算固定。宋珈灵从小就被父亲看作是继承自己衣钵的对象，对她严加管教，然而宋珈灵却不愿像父亲那样，一辈子和这些散发着苦味的草药待在一起。当她第一次跑到教堂去，看见神父用那些在白色盘子里闪着银光的、精细的仪器给病人看病、做手术时，她就决定她要学西医了。

林承晖没想到她居然是自己的校友，旧日的回忆在他的脑海里浮现出来，笑道："我也是厦大的学生。"

"这么巧！你读的是哪个专业？我读外国语的。"宋珈灵难得见到自己同一个学校的，心里亲热起来。

"我读中文的——你是张文教授的学生吗？"

"对呀，我主要学的是法语，不过德语也学的。"当初父亲反对她去学说洋话、写洋字、看洋书，但是她要学西医，不学怎么能看得懂嘛。

林承晖又想起张书雅来，心里有一丝悸动。张书雅没让他找到，倒是偶然遇见个她父亲教过的学生。

"张教授的课不好上，他总是有很多问题要问的。不过我也不怕他，我的外语是全班最好的，因为我还有个辅导我的老师。"宋珈灵仿佛又回到了那段时光，脸上笑吟吟的，看起来精神许多。

"辅导老师？"

"就是教堂里面的一个神父，他会说英语和法语，我的英文也是他教我的。"那时老神父教她写英文，把二十四个字母写在一张纸上让她拿回去照着写。然而家里没有鹅毛笔，她自然不能让父亲知道这个事，只好去隔壁菜市场上拣鹅毛。不过，后来还是被父亲发现她在学外文了。"神父给我做了两支鹅毛笔，我去书房偷爸爸的墨条，被爸爸发现了。最后连神父写给我的字帖也被缴了去，还挨了打。"母亲为了护着她，背上也挨了父亲一竹条。"不过后面也还好，我妈妈和他闹了一晚上，第二天父亲就同意让我去学外文了，后面还让我读了厦大的外语系，我来重庆他们也是同意的。"

宋珈灵还沉浸在自己的回忆中，忽然有人在门外走廊上喊："护士长，301号病房的病人找你，他呕吐了！"

"好，我马上来！"宋珈灵转头朝林承晖调笑道，"林同学，我还有事，你慢走。"说完一阵风似的跑了。

林承晖神清气爽地从医院出来，太阳暖融融地照着他，自他到重庆以来，这样爽朗的晴天还是第一次见。他一个人走在回学校的路上，脸上露出一抹笑意。

第 十 章

  快到学校门口时，晴了一会儿天又下起雨来。林承晖加快步伐跑回了宿舍楼，他拍拍身上的雨水，走进了宿舍。
  "你这是去哪了呀？——出校了？"沈家陆递给他一条毛巾。
  林承晖点点头："去了趟医院。"
  沈家陆叹道："真好，还能去医院……"似乎又想到了什么，追上来问："医院里是不是有很多护士？"
  "嗯，"林承晖想起宋珈灵的脸，清清嗓子，"也没什么新奇的，还是赶紧复习吧，下个星期要考试了。"沈家陆在学校就是坐不住，相比之下卢少博就老实很多，这会儿就一个人坐在桌前看书。
  "唉，你别提了，我这还头疼着呢！"沈家陆一屁股坐到椅子上，"你想想那些个飞行原理、飞行气象学、飞行陆空对话。和我勉强能扯上关系的，也就只有陆空对话了。其他的，哪像我认识的呀？"
  "怎么就不是你认识的了？我上课的时候你没上吗？"林承晖脱下湿衣服换了。
  "我叫什么名字？"沈家陆问。
  "沈家陆呗，还能叫啥？你要是想叫狗蛋铁柱我也接受的。"卢少博放下手里的课本说。
  "滚蛋！"沈家陆白了他一眼，"我叫沈家陆是不是，你们也知道我叫沈家陆，这名字看着就飞不上天嘛，我和它们也就认识不上了是不是？"
  "就你嘴皮子厉害，等考完试了你去和老师讲去，看老师能不能让你及格。"卢少博直接把话说明白。按照沈家陆这个玩法，及格真是成问题。

"你，你这是咒我呢?!"尽管这样说，沈家陆自然知道不及格的厉害，"知道了知道了，我现在就看！我两耳不闻窗外事头悬梁锥刺股聚精会神专心一意分秒必争夜以继日再日以继夜地学习，好吧？"说着，他摊开书本看了起来。

林承晖和卢少博看着他，样子倒是很专心，只是看眼睛就知道心思早就不知道到哪去了。

"阿晖，你明天有事吗？"卢少博问。

"明天？去医院做复健，就没事了吧。怎么了？"林承晖也找个地方坐下来。

"也没什么事，就是想吃合川桃片，又懒得出去，想看看你方不方便帮我带点回来。"卢少博说。

林承晖还没开口说话，沈家陆就把话口抢了过来，问："什么桃片？好吃吗？什么时候能吃上？"

林承晖早早就到了医院，宋珈灵还没来，他就一个人做起了热身运动，打发打发时间也好。

热身快做完的时候，宋珈灵走了进来。她今天似乎往脸上擦了粉，看起来没有前些天那么憔悴。她笑着和林承晖打招呼："这么早？"

"嗯。"林承晖只是应了一声，并未看她。

"算了，本来就没指望你这木鱼脑袋能说出点什么话来。"宋珈灵小声嘟囔着，走上前去帮他调好器材。刚要开始，便有一个小护士进来喊宋珈灵去接电话，说是从厦门打来的。

宋珈灵扭头对林承晖道："你先等一下，我父母打电话来了，我说几句话就过来。"上次通话她把林承晖这个人说给老两口听，夫妻俩只叫她万事小心，有事一定要打电话回来，说不定他们也能来重庆看她一回。宋珈灵并未对父母来重庆这件事抱有想法，她当初来这里都很不容易，更何况她父母呢？

林承晖自己先上去做了几组复健运动，感觉手臂伤口处有些酸痛，咬紧牙关用另一只手不停地按压着。

接完电话回来，宋珈灵看林承晖脸色痛苦，将他扶到一旁坐下，伸手就想解开他的衣服。林承晖下意识地将她的手挡了回去，问："你干什么？"

"我能干什么？帮你看看手臂的伤怎么样了，别都快好了，你又把自己给伤到了。虽说你来了以后我工作是轻松了许多，但我也不能这么一直轻松吧？你好了，我才能全心全意地去照顾其他病人是不是？"宋珈灵把他的手打掉，自顾自地解开了他的衣服，仔细看了起来。

林承晖耳根有些发烫，撇过头去不看她。宋珈灵这边按按那边捏捏才放心地帮他把衣服穿上："还好没有伤到，休息两天就好了。这几天你就不要过来做复健了，不然让领导知道我带你做复健，做一半把你给伤着了，还不知道会把我骂成什么样呢。你说，是不是？"她扣好扣子，抬头对上林承晖的眼睛。

"我没事，休息一下就好了。"林承晖拉拉袖子，望着宋珈灵的背影。护士服在她身上有些宽大，将她从头到脚地罩着，透着点修女的纯洁。

"你就逞强吧，别到时候扯上我让我受罚就行。"宋珈灵找个地方坐了下来，"你以前在厦大都做些什么啊？"

"没什么。"

宋珈灵发出了一声质疑："我可不信。我觉得吧，从前你就是那种有志向的年轻人，经常奔波在各种场合，和现在肯定不一样。"

林承晖看了她一眼，眼睛里划过一抹光，不自觉笑了起来："是真的没什么。不过就是以前和哥哥做了一段时间的话剧。"还有张书雅，他在心里说。她的家在成都，离重庆倒是很近。

"话剧？我记得我记得！那会儿我还去看了呢！《日出》是吧？"宋珈灵忽然转头盯着林承晖，她拍了拍自己的腿，又惊又喜地说，"我想起来了！我说怎么看着你有些眼熟呢！你是那个男主角？"说完，又自顾自地笑了起来，"没想到啊，你竟然是方达生！"

林承晖看着她的反应，有些恍然。那段时间是他最美好的回忆，深刻而又遥远，现在被别人提及，徒生出一种虚幻感——她和张书雅是不一样的。

"你知道吗？我那会儿可喜欢你们演的话剧了，觉得每一个人物你们都演得活灵活现的，回去之后我一个人难过了很久呢。"宋珈灵激动道，像是刚刚看完话剧似的，"你跟那演女主人公的张书雅……"

"你认识她？"

"我们张教授的女儿，怎能不认识？我记得好像你们走得挺近来着……"

"都过去了，不聊这个。"

宋珈灵有些尴尬地笑了起来，又问："那你后来是怎么到部队来的呢？"

"说来话长，下次说吧。"林承晖叹了口气。如今早已物是人非。

宋珈灵有点生气地扁了扁嘴，说："闷葫芦，能不能好好聊天了？我的时间也是很宝贵的！"

"哦，不好意思耽误你时间了。那你忙，我先回去吧。"

宋珈灵气急，一跺脚转过身去不再理他。林承晖只好不明所以地一个人走出医院。

考试结束两天后，大家的成绩陆陆续续公布出来。沈家陆一大早就异常激动地拿着成绩单推开宿舍门，高声喊："我及格了，我及格了！"

躺在床上的卢少博背过身去，将被子蒙住头继续睡觉。林承晖接过沈家陆的成绩单，一看，除了个别科目，基本上都是比及格线高出一两分。

"下次你要是还考这个分数，会被教官骂的。"

"下次的下次再说。"沈家陆无所谓地耸耸肩。在军校最重要的是不断进步，可进步哪有这么容易？

砰砰的敲门声打断了沈家陆的思绪。一人穿着军服，推门进来，说："林承晖，刘教官找你去一下。"

"好，我知道了。"林承晖应了一声。沈家陆上前问："阿晖，刘教官找你什么事？"刘思清之前是学心理学的女博士，在军校这个满是男人的地方是个新奇的存在。

"还没去呢，我哪里知道？"林承晖去镜子前整理着装。以前徐闻培告诉他，军人要随时保持严谨，这样才能展示出一支军队的精神面貌。即便现在自己不是他的部下了，军人该有的规矩还是不能忘。

林承晖敲了敲门，"请进"——一声清脆的女声从房间内传了出来。林承晖推开门走进去向刘教官行了个礼，不动也不说话。

刘思清看了他一眼，问："林承晖，你知不知道我找你来做什么？"

"报告教官，不太清楚。"

看着柱子一般的林承晖，刘思清推了推桌上的成绩单，温声问："我看了你的成绩单，你的各科成绩都很优秀，但这份心理测试——你能给我讲讲是什么情况吗？"

林承晖定定地站在原地，身侧的手不自觉地捏起来。

这天回宿舍后，林承晖直接掀开被子就上床睡觉，整个人阴恻恻的。沈家陆和卢少博也没多管。直到第二天一早，两人从床上爬起来去晨跑，床上的林承晖还没有动静。

卢少博不放心，去拉了拉林承晖的被子，还是没有动静。沈家陆一把将被子掀开，一看林承晖满头大汗，嘴唇翕动着似乎在讲着什么。他伸手去试了下体温，道："发烧了。怎么办？"

"什么怎么办？去医务室啊！"卢少博和沈家陆将林承晖从床上扛下来，一人背一段路，然而赶到医务室时却没看到医生。两人只好又将他背出校门，急急忙忙拦了一辆黄包车去医院。

安置好林承晖后，两人突然想起来出门太急，早上的课还没来得及请假，向护士交代了几句林承晖的情况又匆匆赶回学校。

宋珈灵在给病人配药,听到有人说她负责复健的那个长官发烧了,着急忙慌地赶了过去。林承晖躺在病床上,嘴唇没什么血色,整个人看起来很苍白,和以往她见到的林承晖不一样。她不由自主地伸手去碰了碰林承晖的眉眼,静静地坐在他身边看着他。

不一会儿,林承晖醒了过来。宋珈灵紧张地站起来,问:"你醒啦?"

"我怎么在这?"林承晖看了一眼周围,又看了看宋珈灵。

宋珈灵笑了笑,说:"我还想问你呢,几天不来复健,出现在我眼前竟然还发烧了。想干吗呢你?"

林承晖有些尴尬地笑了笑,也不知道该说些什么。

"怎么突然就发烧了?"宋珈灵一边问,一边伸手去探林承晖的额头。林承晖下意识地躲开了,宋珈灵也不介意,"怎么?护士给病人看病不应该?你这样不给看,那我走咯。"说完,转身佯装要走。

"昨天……"林承晖突然开口,却又有些犹豫。

"嗯?昨天怎么了?"宋珈灵回来坐下。

"昨天教官找我了……我一直觉得自己是个罪人。"林承晖低下头不敢看她,"你不是问我为什么来这里吗?可能别人来,是热爱,是上进,可我来这里,只是为了逃避。我,只是一个胆小鬼而已。"

"逃避什么?"宋珈灵面上有一丝惊讶,问。

"在我来这里之前,我遭到了突袭,身边所有人都遇难了,我能逃出来也算是万幸。但是,就在我真的要逃出来的时候,我遇到了一个小孩子,一个十三四岁的日本小男孩,他拿着他的刺刀朝我刺过来。我要躲,但没有躲过去,身上被刺了两刀。当时我就觉得,我不能栽在这样一个人身上,所以,我开枪把他杀了——我是用枪抵着他的头开枪打死他的……我第一次这样打死一个人。枪的破坏力很大,他的头直接被子弹钻了个窟窿,后脑勺都开了,然后脑浆和血就这样飞出来,喷得满地都是……"林承晖回想着,身体不停地颤抖。宋珈灵将一只手搭在他肩膀上，他才慢慢地冷静了下来。

"一个小孩子，我都能下得去手。好多次，我在夜里做梦，梦到他告诉我说我杀了他，我会一辈子活在痛苦中，挣扎不出来，没有人能救我，没有人……为什么？为什么战争那么残酷？为什么日本人丧心病狂到连孩子都能抓过来打仗，他们还只是孩子啊！"林承晖激动得眼睛湿润了起来，宋珈灵伸手给他擦去眼角的泪水，说："你听我说，这不是你的错！"

"不！你不懂！这全是我的错！如果当初我听了大哥的话，没有从军，就不会这样了。我刚开始不是这样的……我也不清楚为什么后面我就成了一个刽子手。我的功名，我的荣誉，全是踩着那些人的尸体上来的。"林承晖断断续续地说道，话语里有一丝哽咽。宋珈灵看着又心疼又生气，不知怎么朝他打了一巴掌，林承晖愣了，宋珈灵也愣了，一会儿，又握着他的手说："如果杀敌也是一种罪的话，那么我问你，中国现在还有多少土地？其他人那么努力地保卫家园，为的是什么？不就是让大家幸福地生活吗？现在，人家已经打到你的家门口了，难道你还要客客气气地请人家进去喝茶吗？我不相信你是这种人！"

林承晖抬头看着宋珈灵平静的、茶色的眼睛，眼眶一酸。过了这些日子，他终究不能想明白是什么让战争还在继续。

也不知过了多久，林承晖沉沉地睡了过去。宋珈灵给他盖好被子，轻手轻脚地出了病房。

待他醒来，沈家陆和卢少博两人都坐在一旁的沙发上。见林承晖清醒，沈家陆将早上前后的事情说了一番。

"你们不请假要被记过的吧？"

"那是当然，"沈家陆道，"你都不知道，那个教官可凶了，看到我们两个溜进教室，对着我们那是一顿臭骂呀。"

"谢谢你们。"

"你醒了就成。你都不知道,早上都吓死我俩了。"沈家陆又说。这时候宋珈灵进来给林承晖换药水。沈家陆听他们一问一答,也插不上嘴,就灰溜溜地跑出来。

第 十 一 章

转眼间,一年过去了,林佑安脚上穿着一双花花绿绿的虎头鞋,小手扶着厅堂五斗柜往前移动着,嘴里咿咿呀呀地哼着。他已经会叫"爸爸""妈妈"了,但是多数话还是说得不大清楚。

钟婉莹天还未亮就做好一碗米糊放在锅里捂好,自己一个人先去地里干活了。她本是山里长大的孩子,最终还是回到了土地上。村里还是有人说些闲话,婉莹可是十里八乡的小伙子都惦记着的姑娘,大家都想着,她该找个乡里最强壮帅气的小伙儿,都没想到嫁给了个外来的人,还瘦瘦弱弱,下不了地。大家都笑话,别人家男人是天,婉莹家女人是天。

婉莹不在乎,她知道林承暻的好。

林承暻喂完孩子米糊,把他交给李佩瑶,自己提着一壶茶水和一筐子吃食也跟着来到地里。此时,绿油油的水田里三三两两地站着几个妇女和男人,他们卷着裤腿,手插到泥地里。

林承暻看了一圈,发现了钟婉莹的身影,"大伙儿,快过来吃点东西吧!"

钟婉莹喊着其他人一起过来,林承暻拿出筐里的饼,又倒了三碗茶水出来递给他们。

"林老师,你天天跑过来给我们送吃的,实在是麻烦你了。"一个男人咬了口饼,鼓着嘴巴说道。他和妻子每天都要下地干活,家里的阿毛没有人管,还好林承暻在院子里开了一个学堂,他们可以把孩子送进去,不仅有人管,还可以在这里学点文化——别看这里是农村，读书可是大家都梦寐以求的事儿，有句俗话说"养子不读书，不如养大猪"，大概可以看得出来这边对读书人的推崇。他去过这里一个胡氏家庙，门前竖着三十多柱功名石旗，据说，明清两朝胡氏家族出过五名进士，三十名举人。所以，夫妻两个是非常感谢林家的。

林承暻笑道："不算得什么麻不麻烦的，婉莹也在这里干活，大家一起过来都吃点，肚子饱着才有力气嘛！"就是每当他看着钟婉莹汗湿的脸，心里有些难受。跟婉莹相比，自己真是手无缚鸡之力。

钟婉莹拿袖子擦擦流到下巴上的汗，看出他的愧疚："阿暻哥，你不要觉得难过，我从小干活，早就习惯了。我们两个现在齐心协力，干好自己的事儿，日子总会越过越好的。"她笑起来，因为干活，脸红扑扑的。尽管钟婉莹已经是一个孩子的妈了，但在林承暻眼里，她仍然和以前一样，身上永远洋溢着青春的生气，仿佛在钟婉莹这里，什么日子都能过去，什么苦都有甜的时候。

林承暻把空筐子和茶水壶收拾好，和大家告别以后就赶紧往回走。他上课的时间也差不多要到了。

等他来到学堂，一群孩子已经在条凳上坐好了。他们的教室是两间连通的空房组成的，林承暻记得，当初为了帮助他建起这个学堂，整个院子里的人都费尽了心思。不仅把以前的两间房子腾出来供他用，孩子们用的桌椅也都是院子里面一个会做木工的人，按照他的想法给学堂新做了一套。

最让林承暻头疼的还是孩子们的课本。他与母亲从厦门逃出来的时候，林承暻为了减少两个人的负担，除了几本他十分需要的书之外，全部都留在了老宅子里。虽然后来他也在镇子上买了一些自己喜欢的，但是对于没有学过任何字的孩子来讲，这些文章都太不适合他们读了。

那个时候，钟婉莹干完活回来一边在煤油灯下给佑安缝虎头鞋，一边说："你不要太担心，我以前也是认不了几个字的人，账也不会算，现在还不是被你教会了。你要对他们有信心。"林承暻听了妻子的话后，决定自己编一本课本来教孩子们。

筹备工作终于做好后，学堂第一天开学就有不少大人把自己的孩子拉来这里报名。林承暻收的每个人的学费只有镇子上的学堂的一半。一个妇女牵着她的孩子道："林老师，你收的学费太低了，你这个活不能养活你们一家啊！"

林承暻也知道他办学堂的钱不够养活自己一家，但是这个学堂不比得镇子里的正规，老师也只有他一个，课本也是他一个人编的，自然不能和镇子上的学堂相比了。好在，过了这几年，他之前在大学学到的东西还存在脑子里，教些基础的东西给孩子们，也算是他对院子里的人长期照顾他们一家的回报——在这样的地方，有文化算是一个护身符，可以获得额外的尊重。

林承暻一直觉得，穷意味着蒙昧野蛮，但这地方不一样，虽然穷，但处处都显得讲究，人的生老病死，衣食住行，日常节庆，建房做灶，拜师学艺……生活中的桩桩件件事儿都讲究，像是中国老传统的做派，听族长说话，常以中原贵胄自居，颇有排场。

林承暻在一块木板上写下两个生字，开始给一群孩子上起课来。他在讲台上看着孩子们一双双认真的眼睛，心里也有了把这个学堂一直开下去的信心。

临到傍晚，干完农活的人们终于回来了。钟婉莹进门把农具放下，马上炒出几个小菜来端着下一楼去。

林承暻的课正好结束，一群孩子像燕子似的离开了教室。林承暻也开始擦黑板，收拾自己的东西准备回去。

"老师，我明天可能也要晚一点过来……"

林承暻抬头一看，正是今天上课又迟到的钟晴。"可以告诉我为什么吗？"加上今天，她已经是第三天连续迟到了。

"奶奶生病了，我要给她喂药。"

"你的奶奶还好吗,你的爸爸妈妈呢?"

"他们在镇子里做工,很久都没回来了。"

林承暻吃完饭就去了一趟钟晴家,她的奶奶正躺在床上,鼻息浅浅的,手脚冰凉。林承暻觉得单靠自己吃草药恐怕反而会延误了治病的时机。他找到钟秀兰,一起拉了辆驴车,把老人送到镇子上去看病。钟婉莹本来要跟着一起去,但想到家里还有很多活要干,便和李佩瑶一起在家等着林承暻回来。

一直到第二天上课之前,林承暻才匆匆忙忙赶回学校。老人的病也叫人看了一回,买了药,现在暂时不会再有什么大碍。

就在钟婉莹以为阿宝再也不回来的时候,阿宝却回来了。阿宝的皮肤仿佛又晒黑了些,他还是穿着一身青布短衣,脚上的一双布鞋前头破了一个洞。

阿宝手里提着一堆东西站在门口,见了钟婉莹把东西递给她:"婉莹姐,你和阿暻哥结婚我没有参加,这点东西送给你们。"

钟婉莹也不多说,伸手接着他送来的东西,看阿宝脸上坦坦荡荡的,她心里也舒服了些:"谢谢你。"

"不用谢。以前是我不懂事……你现在还能原谅我就好。"阿宝别开眼睛,有点不自在。实际上他在那天晚上心里真的难过极了,一个人跑回家趴在床上脑子里乱成一团,第二天早早地跟父母说了一声就进镇子里面去干活了。

他知道钟婉莹是一个直性子,心里面有什么说什么。后来自己反复回忆,他发现,她对他的亲近和照顾,已经不知道什么时候就在他心里面生了根发了芽,慢慢地就这么适应了。阿宝对婉莹自始至终都没有想过和自己在一起是无奈的,但有时候他也想,如果婉莹真的为了他的感受来嫁给他了,那么她又会过得怎么样呢?

以婉莹的性子,怕是永远都不会好受吧。他也舍不得让她一直难过。

钟婉莹觉得手里的礼物沉甸甸的,她不打算再纠结以前的事情了,过日子还是要往前看。

"我带你看看佑安吧,他现在都会走路了。"钟婉莹把阿宝带进房间,从里头牵出来个胖娃娃。

孩子脚上套着双虎头鞋,手里还拿着个布老虎,一双眼睛嵌在团团的白脸上,他正看着面前这个从来没见过的人。

钟婉莹指指阿宝,对孩子说:"佑安,叫'舅舅'。"

林佑安不怕生,虽然喊不太清楚,好歹还是跟着钟婉莹学了一声。阿宝看着他的眼睛,道:"佑安像你。"

钟婉莹不好意思地笑笑:"别人也这么说——不过他脑袋一定要长得像他爸爸才行,他爸爸会读书,佑安也要会读书才好。"

阿宝低下头,有点伤感——他就是没有文化的人,他甚至没有试过,自己会不会读书。家里穷,没有给过他进学堂的机会。他想,大概婉莹就是因为这点,看不上自己吧?可是,自己好像也没有别的办法。

天色将明,钟婉莹收拾好自己便一如既往地拿着农具出了门。快到冬天了,早上太阳出得越来越晚,李佩瑶和林承暻都不放心她。钟婉莹还是最早一个出院子门的,她轻手轻脚地把门关上,往田里去了。

山里不比得城市,现在没有入冬,但早晚就已经很冷了。一股冷风往她耳边吹过,钟婉莹缩缩脖子,抱紧自己身上的半旧夹袄。

她走着走着,突然,看到一坨蜷曲的东西,吓了一大跳,饶是钟婉莹从小胆子大,这下也把她唬得猛吸一口冷气,那冷气卡在她胸腔里面,她捂着嘴就咳嗽起来。等她平复了自己,便提着灯走过去,看到一蓬乌黑的头发。

睡在这里的是个人。

钟婉莹赶快放下农具,俯下身子把这个人的头抱起来靠到自己身上,凑近了看这个人的脸,只见这个人苍白的脸上脏兮兮的,两弯吊梢眉,眼睛也不睁一下。钟婉莹大声喊她:"姑娘,姑娘,你快醒醒!"

似乎是感觉有光照着自己的眼睛,姑娘动动眼睛,张开一条缝看了一眼

161

钟婉莹的脸后，再次晕过去。

眼看四周暗黑，一个人影也没有，钟婉莹锄头也不要了，她把这个陌生人驮到自己背上，摸黑一步一步朝土楼大门的方向走。

"有没有人……快来人——"钟婉莹撞开大门往里面走，直喘粗气。

几个从家里出来准备去干活的人听到声音，连忙从楼上下来。带着孙子睡觉的李佩瑶也被吵醒了，她起床准备穿鞋，林承曔正好打着灯进来道："妈，你不要下来了，佑安一个人不敢睡。是婉莹的声音，我下去看看。"

这时，几个人抬着块木板垫在地上，把昏迷过去的女孩放在上面。林承曔到前面来看一眼道："先抬去我家吧。"

两个男人把人抬到夫妻两个的房里，钟婉莹送走他们，便转身来查看这个人的情况。

"哎呀，她嘴唇都发紫了。我在路边捡到她的。"说罢就跑去找钟秀兰，钟秀兰掐了一回人中，人也不醒，握着她的手也是冷冰冰的，袖口处好像还有一条伤疤。钟秀兰疑惑着，伸手把她的袖子撸上去，在场的三个人一看大吃一惊。

灯光下，女孩本来光滑的皮肤上都是一条一条的伤疤，有的地方仿佛是之前被什么东西狠狠地烫过，留下一个个狰狞的眼，由于得不到及时的处理，现在伤口周边都开始红肿流脓了。

钟秀兰哪里见过这种伤口，她心里看得直发毛，马上扭头道："婉莹，先去找村东边的赤脚医生老顺头来看看，不行的话也要天亮再说了。"

婉莹应了一声，马上冲出门去找人了。

林承曔也觉得这些伤痕触目惊心，一时间竟愣在原地。李佩瑶始终不放心，扶着门想进来看看，没承想这种场面，她拍拍还站在原地的儿子："不要杵在这里，快去下面要点白酒来，指不定一会儿用得着。"林承曔也应了一声便跑着下楼去了。

不多时，钟婉莹和林承曔都回到这里，老顺头探探那姑娘的鼻息，又掰开她的眼睛看看:"还吊着口气在,就是身体太虚了,她身上的伤也要马上处理一下。"

把医生和林承晖请到门外以后,三个女人把女孩的衣衫先脱了,这才发现她身上都是这种大大小小的伤口,有的还特别深。李佩瑶找来一小块干净的白布,放在开水里煮了,一点一点地清理她的伤口。然后把酒倒在干净的布上,她的手有些发抖。"姑娘啊,这里没有酒精,只好用白酒给你擦了。"白布挨到伤口,那些化脓的血水马上破损流了出来。李佩瑶以为白酒的辣会把她辣疼辣醒,而实际上年轻的女孩依然昏迷着,一点感觉也没有。

她在做梦,一个可怕而真实的梦……

自上次去医院又过去一个礼拜了,林承晖手臂上的那个做手术留下的伤疤结痂已经全部掉了,只是周围的一圈皮肉长着挤过来,留下一条深色的痕迹。他抚摸着自己手臂上的这条疤,像摸着一样可贵的东西。自己以前在部队打仗的往事,一定会像这条疤一样,深深地刻在他的身体和灵魂上。

今天是礼拜六,距离他去医院找宋珈灵做复健还有一天半。

做完所有功课的林承晖一个人坐在桌子上,突然感觉到有点无聊。昨天他们去了军事基地参观,他第一次见到了货真价实的飞机,可惜不能照相,要是能够有相机拍下来就好了,他可以送给宋珈灵一张。宋珈灵已经好几次跟他说想看看飞机是什么样的了。

当时他问她:"日本人开着飞机在天上飞没有见过吗?"

"那怎么能盯着好好看!亏你还是个学开飞机的——你仰起头来去看,不就被飞机上的日本人发现啦!"宋珈灵摇着头咂咂嘴,一副孺子不可教也的样子。

想到这里,林承晖一个人发着呆笑起来。

"哟哟哟,看看看看,我就说你跟那个护士有猫腻,你还打死不承认——哎,别动别动,保持你的表情,我给你拍一张留作纪念。"沈家陆说着往前一凑，咔嚓一声就照下来。

林承晖见自己平白无故地就被沈家陆算计一回，马上冷下脸，伸出手道："把相机拿来。"

"你看看你那脸长的，不就拍了张照嘛……"沈家陆不情愿地把自己的相机交到林承晖手里，咕哝道。

卢少博清清嗓子："是你先欺负人家的，倒是恶人先告状了。"

"嘿！你说什么话呢，你敢摸着良心说你不想知道他的那点猫腻是什么？"前天林承晖不在宿舍的时候，卢少博还一直猜两人是什么关系呢。沈家陆觉得，卢少博这种见人说人话见鬼说鬼话的本领，不去特务科当个特务都可惜了。

两个人正在争执，这头林承晖已经摸到装胶卷的盖子了，他利落地把它打开，拿手一抽就揪出来一大截。

"啊！你也太欺负人了，我就拍了一张，你给我抽走那么多去！"本来在学校就极难请假出去买胶卷，这下好了，连他之前好不容易出去拍的街景都被林承晖抽去了。

林承晖一点也不犹豫，拿起一把军用刀贴根把胶卷切下来，装到自己的口袋里："还给你。"

沈家陆珍惜地摸着自己的相机，一副悲戚的样子。

林承晖也不愿把人家捉弄过了头，软了脸面道："我明天去医院，顺便给你买一卷好了。"不知道为什么，虽然沈家陆也很闹，但是林承晖也不会真去计较他的不是。他总能从沈家陆的身上看到几分吴伯驹的影子。

他不知道吴伯驹跟着军队是不是还在那块地方天天打仗，吴伯驹的腿受过两次伤了，那时在战地医院，他还指着他的那条腿跟林承晖抱怨两次都是同一条腿，他觉得自己的腿光做手术开刀都要开废了。还有徐闻培和郑毅两个人，林承晖现在认为，他们两个在一起打仗是真的合适，徐闻培性子急，有些时候可能会考虑不周，而郑毅就是专门来治他这一点的，总能够在旁边当他的参谋。

林承晖来到这里生活一段时间后，原本以为最后只会剩下那些不堪回首的场面永远停留在他的脑子里，然而最近他发现，除了他内心恐惧的事情以外，平常总是会有一两样以前不在乎的事情被他想起来——拥有时不珍惜，失去时拼命想，这大概是人的劣根了。至少，在不打仗的时候，林承晖在指挥部还是有很多他现在愿意回忆起来的事。

礼拜天早上，林承晖提前和学校打了招呼就出校门去了，在去医院之前，他要先去一趟照相馆。

来到照相馆，林承晖掀开布帘走进去，一个戴着黑色瓜皮帽的小哥跑出来接待他。林承晖把自己口袋里的一截胶卷拿出来，"请把这些全部洗出来……还要上色。"

"可以的，就是你可能要等一下。要不客人你先去别的地方逛逛，等着中午来拿就好了。我包你满意！"小哥把胶卷对着光过一遍，说道。

"不碍事，你现在就去弄吧，麻烦尽量快一些。"林承晖掏出怀表看看时间，现在离他去医院还有六个小时。

"我们这条街就我洗照片的技术是最好的了，我马上去，您放心。这里有茶水，您可以自己倒着喝。"小哥拿着照片已经到他的工作室里面了。

林承晖坐在门前的靠背椅上，给自己筛了一碗茶水。照相馆的斜对面是一家茶馆。他来到重庆，发现这边的茶馆和厦门相比简直多出了两倍。不知道是不是他在战场上待过的关系，在他的感觉里，重庆是缓慢的，这里的人也是缓慢的。茶馆里似乎随时都有人，说是喝茶，其实也不只是喝茶了，他能听到里面洗麻将的声音。

林承晖不会玩麻将，从小都是。父亲还在的时候，只要一逢着过年和元宵，家里搓牌洗牌的声音不绝于耳，大人们看完戏班就上麻将桌，一直打到第二天天明。他和哥哥等不得，把爸爸买来的烟花放得差不多就想回屋睡觉了。那个时候母亲本来想多陪陪那些太太，但是一晓得他们俩出去，就马上跟着出来，监督他们玩，也不准别个院的孩子来院子里放鞭炮——鞭炮是他从来没有点过的，以前只看着别人点，一串地炸上去，一地的红纸。母亲怕他的耳朵震聋了，两只手紧紧地护着他的耳朵。

他知道母亲害怕听鞭炮。

林承晖在这里坐着，一边喝着茶看着外面。

如果现在母亲和哥哥也在重庆就好了。

喝着茶水，茶馆旁边一家布店里走出一个女人，她穿一件月白色旗袍，头发梳成高高的妇人髻，烫了刘海。额头饱满光洁，拿包的手腕上套着一只翠绿的玉镯。她站在街边似在等人，看上去心情不错。不一会儿，一辆轿车开过来，一个男人从副驾驶位上下来打开车门将她扶上车。二人上车，绝尘而去。

一直到车子驶出他的视线，林承晖才收回眼神。他的手紧紧掐着茶杯，绷得虎口生疼。

张书雅，他终于见到她了，她却已为人妇。

林承晖紧紧咬住牙根，一滴眼泪还未流出，就被他抬手擦去。他隐隐约约看到，她在汽车后面的玻璃内回了头，然后又转过去。

她与他记忆中的模样始终相差无几。即使嫁了人，她依然有着学生时期的一抹底色，月白的旗袍衬得她更加温润，看得出来，她有些发胖了。一如当初他第一次遇见她时，她穿的那件元宝领绸衫——她总能知道如何把自己变得更加精致。不过一年的时间，她为人妇，他却成了战场上的逃兵，当初在她面前的雄心壮志如今只剩下区区无奈和退缩。

她是何时嫁人的呢？嫁的人又是谁？

这年头出门能派得起车的——会是军官吗？

林承晖的思绪又飘到了最后一次去张家的那日，依她父亲当时的意思，应该不会把她嫁给军官吧……他与她之间，终究不能再有交集。

到了中午，小哥从里面拿着照片出来，林承晖翻看着，确实颜色上得很好。林承晖收敛起自己的思绪，当他翻到最后一张自己的照片时，脸上有点不自然。张书雅变了，他又何尝没有变？

"看看，我给你上的颜色不错吧，就是拿去给姑娘也够了。"小哥完全没有注意到他的那丝尴尬，还在一个劲地夸着。

"谢谢。钱给你，不用找了。"林承晖抽了一张钞票放在他手里，转身出了门。

他来到街上，把自己的相片单独抽出来，其他的用装相片的纸包放在口袋里装好。虽然他不能送宋珈灵飞机的照片，也不能送她学校的照片，但至少重庆的街头照片是可以送她的。沈家陆的拍照技术还是可以的，没有辜负他爸爸送他的那台外国相机。

又往前走了几步，林承晖想起来自己还有一件事情忘记了——买胶卷。

离他去医院还有两个小时，他还是想先去医院看看，如果宋珈灵能够及时帮他做完复健，他还是有时间出来买胶卷的。

冬天的重庆倒不像厦门，这里的风很小，就是雾还是很大，到了正午，太阳也依旧没有射进来，雾成了重庆的一道天然屏障，这里的人都传日本不到万不得已，不会选择在这个时候开着飞机来重庆。

所以，从当年十月至次年五月，在重庆的街头，林承晖能感受到一种末日的狂欢，他自己也许是这场狂欢中的一员吧？

林承晖进了医院的大门，一些医生和护士从他的身边路过，他轻车熟路地来到三楼的护士站。

"哦，你是来找宋护士长的吧，她现在在给病人输液，麻烦你在这里稍等一下。"一个小护士一面整理着病历，一面道。

林承晖在旁边等着，不一会儿，宋珈灵就端着白托盘从病房里出来，她看到他，似乎很惊讶地眨眨眼睛。

林承晖觉得自己耳根有点烫。

"今天怎么这么早来，难道我看错时间了？"说罢真的抬头看看护士站后面的挂钟。

"我今天有时间，所以提前出来了。"

两个人一起坐在器材旁，林承晖把口袋里的一个纸包递给她。宋珈灵也不犹豫，当着他的面就拆开。"这些照片都拍得很好啊，是你拍的？"

"不是，我舍友拍的。"他没告诉她是自己抢来的。

"哦，我还以为你有相机，到时候给我也拍一张……我自从来到这里，就只拍过一张黑白的工作照，还是上班用的。"仿佛对这个发现很不满意，宋珈灵噘着嘴道。

"要拍也可以，我借他的相机就成。"

宋珈灵见他爽快，也笑道："一言为定。"

"你……你下午有时间吗，我要去街上走走。"踌躇一番后，林承晖问。

宋珈灵没想到他会邀请自己去街上逛。离上一次他向她敞开心怀已经过去很长时间，这个机会不抓住，下次就不知道又是什么时候了。

"去！你等我去跟院长请个假，把工作交接完我们就走。"她很久都没有请过假了，院长一定会同意的。

林承晖就在原地等着她，看着宋珈灵风风火火地跑出去。

除了当初自己请张书雅去逛过街，他已经很久都没有再叫人一起逛街了。

两个人一起出了医院，林承晖在这里生活这么久，还是头一次见她不穿护士服。宋珈灵拉拉衣摆，此刻才真的觉得自己暂时脱离了医院，彻彻底底地走进重庆的生活里。她穿着一件灰色格子大衣，腰间的束带在侧边系成蝴蝶结，脚上踏一双黑色皮鞋，手里提着个小包出来。

"你吃饭了吗，没吃的话我们一起去吃。"宋珈灵带着他来到一家火锅店门口，这几天正是越来越冷的时候，火锅店随时都是人来人往的。

"小哥，还有位置吗？"宋珈灵大大方方问一个送茶水的。

"有，两位请上二楼，马上就上茶来！"

等两个人坐定，宋珈灵跟小哥要了好几样菜，那人乐呵呵地下去了。

"我告诉你，在四川，冬天的时候就是要吃火锅，去吃西餐太没劲了。"虽然她以前不会吃辣，但是来了重庆以后，自己只要一有时间，就会来这里吃一次。

很快，他们点的菜就上来了。宋珈灵熟练地把各种菜倒进锅里煮着，沸腾的水咕噜咕噜地扑出淡白的水汽，宋珈灵的脸也红润起来。

"我一个人吃还要比这个辣，鉴于你是第一次吃这个东西，所以照顾你了。"她舀了一碗菜和肉放到林承晖碗里，林承晖一看，菜上黏着的都是辣椒和八角、花椒之类，比他在学校吃的饭菜口味重多了。

"不要被那些配料吓到了，因为卖相不敢吃的人真的是笨蛋。"宋珈灵把一块肉放在嘴里嚼着，也不管林承晖犹豫。

思量一番以后，林承晖还是拿起筷子开吃，果真如宋珈灵说的，虽然表面上看着配料下得很重，但是味道确是一等一的好。两个人一面说着话一面吃，不出两个小时，锅里的菜就捞不起来了。林承晖抢着付了账，带着宋珈灵来到街上。

他掏出怀表来看看，道："我还要去买一卷胶卷给我的舍友才行。"

"可以啊，我跟你一起去，吃饱了走走。"她想去看看照相馆也是真的，"还有把这封信寄出去。"宋珈灵抽出包里的信封扬了扬，说。

林承晖一看，上面的收信人是宋文谦。

宋珈灵陪林承晖一路走着，嘴里不停地跟他说各处自己曾经来逛过的地方。以前总是她一个人晚上来走，现在终于有一次白天逛街的机会了，而且还是两个人。她想，两个人一起出来逛街的感觉也不错，就像电影里一样，两个人再走一遍，也能发现很多自己不曾注意到的东西，宋珈灵此刻很享受这种熟悉的陌生感。

第 十 二 章

"少博，你说阿晖和那个女护士进行到哪一步了？"

"别乱猜，要是他在这又要收拾你。"

"哎……"沈家陆站在窗前，掏出一块手帕擦了擦相机的镜头，"可惜了，我俩都不能随便出去——他们俩现在肯定在哪玩着呢。"

卢少博不再接话，低头又开始看起书来。他和沈家陆不一样，他是想要当个好兵的，自然要用功许多。但他和林承晖也不一样，在他看来，林承晖似乎不用怎么努力就可以得到的好成绩，他要付出成倍的精力才能做到。

沈家陆停下摆弄相机，走到卢少博身边，一脸认真地说："你不觉得他最近回来得越来越晚了吗？你看啊，他以前也是去医院做复健对吧？但是从来没有这么晚，而且还会越来越晚，你信不信？"

卢少博摇摇头，说："没觉得啊。再说了，回来晚关你什么事？"

沈家陆正欲搭话，林承晖从外面回来，推开门就问："找我有什么事吗？——今天是回来得有些迟。"

卢少博脸上有些尴尬，沈家陆却不以为然，谎话张口就来："哎，能有什么事。还不就是你学习这么好，我们嫉妒呗。"

林承晖轻轻地笑了，说："这有什么好嫉妒的，上课专心听讲，课后常复习，你也能和我一样。"沈家陆就是心思不在这里，人是顶聪明的人。"家陆，你最近相机用不用啊？"

沈家陆警惕地将相机抱在怀里，说："你想借我相机干吗？"他是知道林承晖的拍照技术的，别人拍出来的都是艺术品，就他完全是浪费胶卷，虽然他手上有点闲钱，但也不能这么浪费的。

"我就是想学学拍照。"

沈家陆不情愿地将相机递给他："你可得好好保管啊。"他在这个学校里唯一的一点乐趣就是这台相机，当初找父亲买来的时候，也是费了一番劲。"还有，胶卷自己买啊，我可不负责。"

林承晖微微一笑，从口袋里摸出一卷新的胶卷来，显然是有备而来。

要是问起山里和城里最大的不同，钟婉莹一定会说山里看得见满天的星星，城里的灯火太密，人也太多，天上的星星就是没有山里的亮。托在路边捡来的那个女子的福，钟婉莹才能和林承曔坐在屋檐下看星空。他们已经很久没有这样安静地待在一起了，不仅是因为忙，佑安平时也黏着她不放，大多数时候，清静下来都已经是深夜了，哪里还有这样的心情去看星空？

"阿曔哥，你说那个姑娘为什么会受那么多伤？"自那天起，那姑娘总是时不时就开始发高热，钟婉莹看着心里也有点发急。有的人发烧发得太久，脑子被烧坏，醒来人就变傻了。

林承曔沉默了，他一想到那姑娘身上一条比一条深的伤疤，看起来还是新伤叠在旧伤上，有些甚至已经烂了，他就说不出话来。这些伤疤，任是他想破脑袋也想不出个所以然来的。只能说，对她下毒手的人毫无人性。但眼下，能下如此狠手的，怕就只有日本人了！

钟婉莹见他不说话，抬头看了他一眼，对上的却是愣了神的林承曔，问："阿曔哥，你怎么了？"

林承曔回过神来，笑了笑说："没什么，你别想了，等她醒过来我们问问就知道了。"

钟婉莹知道他不想聊这个，随便扯了几句话聊了下，不一会儿也就去睡了。林承曔看着熟睡的她，禁不住摸了摸她的头发，叹起了气来。那姑娘的伤，怕是和日本人脱不了干系，日本人对一个手无缚鸡之力的女人尚且如此凶残，更何况是战场上的那些士兵呢？也不知道在前线的林承晖怎么样了……林承曔想着想着便失了神，没多久，天就亮了。

钟婉莹醒过来看到林承曔心事重重，便猜到了几分，安慰他说："阿曔哥，别担心，阿晖吉人自有天相，一定会平平安安的。再说了，你看阿妈天天求菩萨保佑，菩萨吃了阿妈那么多香火，一定会嘴软，多帮帮我们阿晖的。"

林承曔笑了笑没说话，伸出手一把将钟婉莹搂在怀里。这些年，钟婉莹对他的了解已经不亚于自己了，他很感激能遇到她，有她陪在身边仿佛一切都没什么大不了的了。林承曔这么想着，感到一股前所未有的勇气。

李佩瑶端着刚煮好的白粥，带着林佑安来看他们。佑安年纪虽小，走起路来却是一本正经，像极了林承曔，快到他们跟前的时候，林佑安蹦跶蹦跶自己的身子，扑了上来，奶声奶气地叫着："阿爸，阿妈，粥。"

钟婉莹抱他到怀里，摸摸他的头，说："佑安乖，佑安吃过了没有？"

林佑安乖巧地点了点头，指着李佩瑶说："奶奶，粥。"

林承曔忍不住笑了起来，在这乱世，家庭和睦实在是难得。他上前去接过李佩瑶手中的粥，喂起孩子来。

钟婉莹感恩地看着李佩瑶，说："谢谢妈。"她和林承曔这几日也没休息好，两个人轮流守夜。有时孩子肚子饿了，也没法及时给他煮东西吃。

李佩瑶叮嘱他们注意休息，便带着佑安玩去了。林承曔盛了一碗粥递给钟婉莹，让她趁热喝。钟婉莹也不客气，大口大口地喝了起来，她已经不如从前了，守了一个夜，总觉得浑身难受，就像有人将她的精气神吸了去似的。

林承曔看着她的吃相忍不住乐了："慢点吃，没人跟你抢。"

钟婉莹才回过神来，说："阿曔哥，我真是太饿了。"又低下头继续吃，忽而想起来什么似的，停下手中的勺子，抬头看着林承曔问："阿曔哥，你是不是该去学堂了呀？"

林承曔看了一眼时间，才想起来快迟到了，匆忙地喝了碗粥，头也不回地跑去了学堂。

钟婉莹看着他的背影，将碗筷收拾干净后，去了房间看望那个姑娘。她还没有醒过来，但看样子似乎是在做梦，她的眉头皱得紧紧的，上齿牙咬住了下嘴唇，偶尔发出"唔"的声音，额头上满是汗水，已经打湿了发梢，仔细一看，眼角还有泪滴滑落。

钟婉莹不忍心看她这么痛苦，拿来毛巾蘸了热水一遍又一遍地帮她擦拭汗水，又紧紧地握住她的手。钟婉莹不知道她什么时候会醒过来，但她愿意对这姑娘好，她看着那些伤疤，不知道怎么地就湿了眼眶。很小的时候，秀兰姨也会打她，但从来没有下过这么狠的手，也不知道这姑娘到底经历过什么，会受这样的伤。

不一会儿，姑娘醒了过来，钟婉莹激动地从椅子上站起来，问："姑娘，你终于醒了？你等等啊，我去找医生给你看看。"说完，钟婉莹就跑了出去。

医生来看过后，给了几瓶外用的药粉还有口服的中药，交代了一些注意事项便走了。钟婉莹送走医生，立马去厨房熬药。当她端着刚熬出来的黑乎乎的中药走到床头时，年轻的女孩已经神色清明，只是脸有些苍白。"姑娘，你可算醒了。药我煎好了。"

"我这是，在哪里？"

钟婉莹耐心地跟她解释了一通："我前些天要出门干活的时候，在路边遇到了你。那时候你晕倒了，我就把你带回来我家。你别担心，这里的人对你没有恶意——你叫什么名字啊？"

女孩看了她一眼，道："我，我叫蕙兰……李蕙兰。"

"那我以后就叫你蕙兰吧！来，把药喝了好好休息。"钟婉莹将药碗递到她嘴边，李蕙兰一口气把汤药喝了个干净。

傍晚，林承暻回来了，钟婉莹把人醒过来的消息告诉了他。当他来到房间，李蕙兰靠在床头，眼睛看着对面的墙壁，不知道在想什么。

钟婉莹指着林承暻说："蕙兰，这是我丈夫，他叫林承暻。"

李蕙兰抬头看了一眼林承暻，虚弱地点了点头，说："您好。"林承暻点了点头没说话。钟婉莹在中间调和两个人的气氛："他这个人就是这样，你不要介意啊。"李蕙兰点了点头，表示自己理解。

钟婉莹又问："姑娘，你家在哪里？——要我们帮你找找你的家人吗？"李蕙兰警惕地看了她一眼，钟婉莹感到有些尴尬，又说："你别多想，我们没有别的意思，只是想问一下你的情况，你出来这些天，家里人该着急了。"

李蕙兰迟疑一阵，低下头，"我没有家……我的家早就没了……"

林承曔听了，拉着钟婉莹走了出去："婉莹，她身上的伤不是一般的伤。我们要是收留了她，说不定会招来日本人。"

"阿曔哥，你也知道她身上都是伤，我们不收留她，她能去哪里？"

"可是……"

"阿曔哥，当初秀兰姨也是这样把你们接进来的。"钟婉莹温声道。橘色的烛火点亮了她黑色的眼睛。

这句话堵得林承曔什么也说不出。那是他最落魄的时候，若不是钟秀兰把他们带到这里来，现在他和母亲也许还在露宿街头。可是，这个女人来路不明，她怎么就不能好好考虑一下呢？他们结婚这么长时间，收留与被收留的关系似乎因为林佑安的出生淡化，但这并不代表消失。

当初两人会在一起，不也有这一层原因么？

林承曔这晚没再和妻子说一句话，钟婉莹也不在意，她无法理解为什么林承曔要见死不救。

在林家这么多天，李蕙兰已经感受到了这个家里那层遮不住的尴尬。她本是不速之客，住在这里似乎影响了夫妻俩的正常生活。她几次想提起这件事，可又怕钟婉莹真的放她走。一时之间她也不知道要怎么办。

这日，林承曔照常回家就往自己的书桌前一坐，夫妻俩话也不说一句。李蕙兰实在过意不去，她喊了喊在一旁熬药的钟婉莹。

"大嫂，要不，要不，你还是让我喝完药就走吧……"

"蕙兰，你这说的什么话呢？我要留你，谁敢让你走？"钟婉莹音量越来越大，生怕在隔壁房间里看书的林承暻听不见。

"那，那我有什么可以帮你的吗？"蕙兰又问。她每天都坐在这里等人伺候，确实也不像话，要是自己有用处，也许就能留下来……

钟婉莹倒也大方："还用不着你这个身体。不过，这几天确实有活要干，要赶着过冬。我可能没时间照顾你了，你得空了就出门走走。"两人又寒暄了几句，钟婉莹将药倒出来便离开了。

刚出房门，钟婉莹便被林承暻拉了去。她以为他又要赶蕙兰走，没好气地问："你要干吗？"

林承暻将妻子散在额间的发拨正，说："婉莹，我们聊聊？"

"有什么好聊的？"

"婉莹，你听我说。前几天，我急了是我不对，再怎么样你也是好心，我不该让你伤心了。你知道，我只是担心她……"没等林承暻说完，钟婉莹就接过了话："阿暻哥，你不用担心，她真的是个好人。再说了，都过去这么多天了，也没看着有人来找麻烦呀。"

"嗯。"林承暻点点头，让钟婉莹喜上眉梢，问："那阿暻哥，你是同意她留下了？"

林承暻迟疑了一会儿，点点头。同是天涯沦落人，相逢何必曾相识。

第二天一早，钟婉莹带着农具出门了，眼看就要入冬，她要去摘些菜来腌制咸菜。以前家里没什么钱，秀兰姨总是这样做，她倒也吃得津津有味，后来这也成了她的一种习惯。林承暻总说吃太多不好，但她吃不上总觉得难受。

"大嫂，你等我一会儿吗？"钟婉莹回过头来看着李蕙兰，她也戴着一顶笠帽，背着两个竹篓。粗糙的农具，她背在身上却不像下地干活的人——就和林承暻一样。钟婉莹不由得笑了起来，问："你这是要干吗？"

"和你一起去干活呀。"原来，李蕙兰一大早就起来了，去找李佩瑶帮她配上了行头，说要跟着钟婉莹一起去干活。钟婉莹也不拦着她，往常都是自己一个人去的，虽然地里都是些认识的人，但像她这般年纪的确实少之又少。现在有了蕙兰，也算是多了个伴。

一路上，遇到的人都和钟婉莹打了招呼，钟婉莹也乐呵呵地回应了。到了地里，钟婉莹教李蕙兰怎么干活，李蕙兰人也聪明，一学就会，没过几天，速度已经赶上钟婉莹了。

正在隔壁田上劳作的阿宝叔看见个生面孔，过来和两个人打招呼："婉莹啊，这姑娘是你前些天带回来的那个？"

"是啊，阿宝叔，她叫李蕙兰。"婉莹停下了手中的活，带着李蕙兰坐到田埂上。

"哦哦……姑娘哪里人啊？"他听蕙兰讲话的语气，也不像是这附近的人。

"我是东北来的。"

阿宝叔听完有些疑惑，钟婉莹却乐呵呵地说："阿宝叔，东北在北边，离我们这边很远。那边有很多日本人。"

阿宝叔听罢又问了几句话，便回地里干活去了。钟婉莹向李蕙兰解释："我们这里的人不怎么出门，大家都不太懂你们那边的情况。"

李蕙兰点了点头，继续干活。

接连好几天，李蕙兰都跟着钟婉莹到地里干活，刚开始，还有人背地里说李蕙兰从那么远的地方来很奇怪，偷偷跑去和钟婉莹说让她当心，钟婉莹也不理。后来，大家发现蕙兰确实日复一日地帮着钟婉莹干活，虽手脚慢一点，但从来没有怨言，慢慢地也就开始对她改观了。

"婉莹啊，这姑娘看着还不错啊？人挺老实的，也能干。"

"是啊婉莹，有了这么个好帮手，干活可轻松多了！"

"婉莹……"

钟婉莹将大家说的话传给她听："蕙兰，你应该多笑笑。我们都觉得你笑起来好看。"

李蕙兰冲钟婉莹点点头。是啊，她在这里生活以后，笑的次数越来越多，她很喜欢现在的自己，喜欢她身边的这些人。只是不知道，这样的生活能持续多久。

两个人还在交谈，门口却传来了林承暻的声音——"婉莹，婉莹？你来一下？"

钟婉莹只好站起来道别，李蕙兰让她快去。这时，佑安来了李蕙兰的房间，钟婉莹让她帮忙照顾一下。佑安也不怕生，一把摔进李蕙兰的怀里，奶声奶气地说："姨姨，讲故事。"

不知是不是佑安太用力撞疼了她，只见她眼睛红红的，像只受了惊的兔子，用力地抱住了佑安，给他讲起故事来。

"婉莹，马上就要过年了，我打算给孩子们准备些礼物。你平日里和孩子们也熟，有什么想法没有？"林承暻坐在书桌旁头也没抬。

钟婉莹咬着嘴唇，想了许久，说："孩子们有你这位百事通好老师，哪还能缺什么呢？"

林承暻抬头看了她一眼，忍不住笑了，将她的手握住，道："想听听你的意见。"钟婉莹看了看林承暻，说："我知道了，我可以去问问蕙兰，你等会儿啊！"说完就跑了。

"蕙兰，蕙兰？"钟婉莹一边跑一边喊，进了房门发现佑安已经在李蕙兰怀里睡着了，蕙兰朝她比了个手势示意她小声点，她上前去轻轻地接过佑安，把他抱回房去，又回过头来找李蕙兰。

"大嫂，你找我什么事？"

"是这样的，快过年了，阿暻哥说，想要给孩子们送些礼物，但是也没有什么好主意。所以我才来问问你，有没有什么想法。"钟婉莹走到她身边坐了下来。

李蕙兰突然间就想起来以前的生活，她也曾站在三尺讲坛上，给孩子们传授知识，但现在似乎是不太可能了，她好不容易才让院子里的一些人认得她，要去教书肯定不行，但如果要给孩子们送礼物的是她自己，她会送什么呢？蕙兰想了一会儿，一道灵光闪过，说："大嫂，我看不如就送笔吧？不是常说字如其人吗？书法藏着很多做人的道理，字写规矩了，做人才能端正，我父亲就是这么教我的。"说到这里，李蕙兰沉默着低下了头。

钟婉莹知道她有心事，但她从来也没讲过，想着这也是个机会，便随便和她聊一聊："蕙兰，我不知道你的家是怎么没的，不过你放心吧，现在住在这里不会再像以前一样了。"

"谢谢你，大嫂。"蕙兰抱住了钟婉莹，她来这里还不算太久，但感到的温暖实在是太多，她失去了父亲和哥哥，却在这里又遇到了对她很好的人，蕙兰想着想着就红了眼眶。

"没关系的，你能放下就好。"钟婉莹伸手替她擦去了脸上的泪水。

蕙兰止住了泪水，说："嗯，大嫂，我会努力的。父亲常说，书法最重要的就是提、压、转。我之前被压得喘不上气来了，那也该试着转个弯试试了。"

"嗯，那就好。不过蕙兰，我看你好像对书法很有研究似的，你是以前学过吗？"

"小时候父亲教过一些，长大后才系统地学过。"

钟婉莹若有所思，说："这样啊，也没听你提起过，你以前是做什么的呢？"

"以前还在家乡的时候，在一所学校当老师，教了几年，自己看过一些书。那时候父亲总是跟我说，人一定要多了解这个世界才能真正地了解自己。但是没想到，后来，后来……"蕙兰说着又哭了起来，钟婉莹伸手抱住了李蕙兰："没关系没关系，不哭了，都过去了，我们会越来越好的。"从第一眼见到她起，婉莹就着实心疼这个姑娘。林承曔说她是瞎操心，但那也是她愿意。

半晌，李蕙兰才恢复了平静。钟婉莹知道不合时宜，但也不忍心错过，纠结了一番,还是决定问出口了:"蕙兰,你愿意去学堂教书吗?"

蕙兰被她突然一问,当下不知道要怎么回答。钟婉莹又说:"反正你也做过几年的老师,经验也有了,阿暻哥一个人在学堂有时候也应付不过来,我想着,要不你去帮他一下。这样,你也算有个正经事了嘛,也不至于再多想以前的事了。"

去学堂教书,李蕙兰自然是愿意的,但是林承暻会答应吗?他本来就不是特别待见自己,想到这,不由得眉头一皱。钟婉莹也看清了她的顾虑,说:"没关系的,你愿意就成,我一定说服阿暻哥。"

李蕙兰感激地看着钟婉莹,不停地说着谢谢。钟婉莹招架不住,借口说累了,回屋去了。

李蕙兰躺在床上,一晚上没有睡着,她从来没有像今天一样安心过,只要一想到可以回到讲坛,她就对未来充满了信心。

第 十 三 章

吃过早饭,林承晖回到自己的宿舍,环视一周,沈家陆不在,卢少博趴在床上捧着一本书看。

"少博,家陆呢?"

"他被教官叫去办公室重新画图纸了。"卢少博撑着头回答。本来陈教官的课就不是好混的,前几天沈家陆只顾着捣腾他的相机,作业也不好好做,今天下课就被陈教官"请"去办公室了。

林承晖随意地坐在自己床上,想到后天又是去医院的日子,他就莫名有些焦躁起来。上个礼拜他去医院,本来想借来相机带宋珈灵去公园拍照,后来又怕自己拍得不好,所以便打消了这个念头。现在他又练了一个礼拜,如果不是难采光的地方，拍上几张是没问题的。但他认为自己还应该再找相机练一练。

林承晖想问卢少博相机在哪里，但又觉得还是应该去找沈家陆亲自借。

"你要去找他吗？"卢少博见林承晖准备出门，又问一句。

"嗯，我去图书馆。"去图书馆等，说不定依据沈家陆那个嘴皮子，教官能放他去图书馆自己坐着画也有可能。

林承晖到图书馆，正是吃午饭的时候，图书馆里只坐着零零星星的几个人，他一眼就看到了伏在桌上的沈家陆。林承晖来到他旁边坐下，沈家陆看见他，一张苦脸马上缓下来，他把自己的图纸伸到林承晖面前指着上面的一块道："你来得正好，教我画一画这个地方。"他今天去办公室已经被训了一通，他向教官保证下午会重新交一份作业的。

"我——"林承晖皱着眉头想拒绝。他不是不想教，是每次教着教着自己就把沈家陆的那份也一起做了。

"哎，我知道你要干什么。来，你教我画这个，明天保管你能给你女朋友拍满意的照片。你就说成不成？"沈家陆拍拍林承晖的肩膀，一副了然于心的模样。林承晖之前从不正眼看他的相机，唯独从上次开始，一闲下来就来找他要。"虽然我还没有跟你的女朋友打过招呼，但是作为兄弟，我也教你拍相片了，你不教我画图纸就不太厚道了。"沈家陆一面劝，一面把铅笔递给林承晖。

"我不动笔，我讲，你画。"每到这个时候，林承晖就很疑惑沈家陆当初为什么要报这个学校。至少，他们住在一起的这段时间里，林承晖一直觉得沈家陆似乎并不是很想来到这个地方。过了这么久，他也没听沈家陆具体透露自己来这里的原因。沈家陆不说，他也就不问。

在林承晖的指导下，沈家陆很快就把图纸画好了，他把图纸交到陈教官的办公桌上后，背着相机带着林承晖在校园里闲逛起来。

"下个礼拜就是新年了，你要回家吗？"林承晖问。他知道沈家陆的家在重庆，但具体在哪里又不大明白。

"不想回去。我爸就想让我在学校住着。"沈家陆声音闷闷的，"其实我知道自己不是块当兵的料。你看，你学什么都快，图纸自己画也画得好。你适合当兵，我不适合。"沈家陆想起自己的两个哥哥，他们在重庆都有自己的产业，生意近年来虽然因为战争也受了些影响，但总体是可以的，父亲也支持。就唯独他想去报社当记者父亲不同意，他在部队打了几年仗来到这里，还不是只会拍照片。

"没有什么适合不适合的，只是你自己愿不愿意学而已。"林承晖想起郑毅以前和他说过，在战场上就是要学会活下来。为了活下来，可以学会任何以前不会或者不愿意学的东西。林承晖并不觉得自己适合当兵，早在第一次上战场时，他就发现自己不适合了。

沈家陆偏头看了看走在旁边的林承晖："你说的也许没错，我只是不愿意学而已……爸爸总以为我来部队当兵、当飞行员以后我就会有正事干——至少家里有个儿子当兵总是脸上贴金的。"不仅是父亲，在沈家陆的眼里，连女人们也大多是这么认为。将来毕业之后，最好去打两场仗，回来官袍加身，顺顺当当混入上流圈子里——他的姑姑就是找了个军官嫁了，现在出门都坐军车。

林承晖道："来部队的理由千奇百怪，但来部队的目的却是一致的。你别想那么多，为了荣誉来参军也没什么不对。人总是要有点信念，有点价值感的吧？"林承晖想起了吴伯驹——他要是在这里，估计就不会缠着自己帮他画图纸了吧？

沈家陆带着林承晖在校园里到处走，路过一排排种在路边的小树。树的叶子掉了，只有几片冷冷清清地挂在树枝上，被一层水汽包起来，在微风中颤着。路过的人注意到沈家陆手上举着的相机，纷纷缓下脚步来看一阵——仅仅是一阵短暂的新奇，谁都知道不能把学校拍的照片带出去。

傍晚回到宿舍，林承晖把口袋里的一张照片掏出来。自从两个礼拜前他把自己的这张照片洗出,至今都没有送出去——他总觉得自己先把照片送出去不大好,有刻意要给别人留下印象的意思,明天一同重新照了再洗出来送才合适。

第二天,林承晖去护士站找宋珈灵时,一个小护士告诉他宋珈灵已经在器械房等他了。

"没想到我今天在这里等你吧……哦,你还把相机带来了!"宋珈灵一眼就看到了林承晖胸前挂着的相机,"不过实在不好意思,我这个礼拜怕是没有机会再和你出去逛了。"宋珈灵有些惋惜地说道。她现在是后悔了,早知道就应该在吃火锅的那次去相馆拍照片,拍得好不好另说,横竖是能够抓住时间拍一次。

"不碍事,在下面的院子里找地方拍上两张也不错,多洗两张,给你父母也寄一张过去。"

"好吧,你拍了之后把胶卷给我,我去洗。"

虽然不能如愿去公园,但宋珈灵还是把护士服脱下,跟着林承晖来到医院里的小花园。这里除了休养的军人在护士的搀扶下在小道上走路之外,还有一些在轮椅上被人推出来透气的普通病人。林承晖一直奇怪宋珈灵为什么不继续努力当上一名医生,而是选择比医生还要忙上百倍的护士工作。

"你觉得一直当护士很好吗?"他没有问她当护士累不累。

"哟,你是可惜我在这里当护士?"宋珈灵问完,转头和一个病人打了个招呼。

"算是吧,以你的资质,当外科医生也不是不可能的。"

"我觉得当护士挺好啊,累是累点。这不,如果我不当护士,你还能经常来见我?"宋珈灵扯过一片树叶在手中搓着,也不看林承晖听了这句话后是什么反应。在林承晖眼里,宋珈灵身上仿佛时时刻刻都有一种随意的自信,即使提起自己被父亲赶出家干脆一个人来到重庆这段经历,她的脸上也仍然云淡风轻。此刻,她站在一蓬没了叶子的葡萄架前,手触着白色的铁栏杆,虽然冬天的寒气卷去了树叶的鲜活，但她的微笑却在这一蓬光秃秃的葡萄架面前变得更为鲜丽。

林承晖朝她一笑，举起相机按下快门。

他们在路上一边走一边说，宋珈灵执意要林承晖在医院吃过饭再回去。然而，就在他们来到医院食堂门口的时候，一个穿军服的年轻士兵向宋珈灵跑过来。

"宋护士，我们长官请您过去。"

"你们长官怎么了？"她记得上午的时候才去看过他的，没发热，侧胸的伤口也愈合得很正常，没有化脓的现象。

小士兵的脸上闪过一丝为难，他也不知道长官为什么非要叫宋护士过去，早知道刚刚出来的时候就问一下长官。"宋护士，我也不知道长官为什么要叫您过去，但是我还是希望您过去一下。"不然他也没办法交差呀。

宋珈灵轻轻地叹一口气，只得和林承晖告别，林承晖口上应着，但是心里还是有几分失落，这一离开，又要等到下个礼拜天才能见面。林承晖突然有点不满意起学校的生活来。他想问宋珈灵能不能去学校找他，只要通过了申请和考核，外面医院里的医生和护士也是可以进校的，更何况学校也知道宋珈灵是一直为他做复健的护士。"珈灵，你有空能来学校找我吗？我会向学校提出申请的。"趁宋珈灵还没走远，林承晖道。

宋珈灵朝他点点头，马上跟着小士兵离开了。

但是，接下来的一个礼拜里，向学校早就提交了申请的林承晖并没有等来宋珈灵。林承晖看着手里洗好的照片，照片上了色后，上面穿淡绿色棉袍的女子显得面容姣好，笑靥如花。

又是礼拜日，林承晖几口吃完午饭，带着照片离开了军校。

一来到医院的三楼，宋珈灵正扶着一名军官从病房里出来。那军官被宋珈灵搀着，走到林承晖面前停住，问："你是来找宋护士的？"

"谢长官，这是我的一个病人，他时间要紧，要不您先回房里等一下，我给他做完复健就过来？"宋珈灵见到林承晖，转过身去向他介绍道。谢云是前两个礼拜从战地医院转到这里做胸部手术的，战地医院虽然解除了他的气胸，但是胸部被炮弹震断的骨头在战地医院是没办法接起来的。

谢云没有理会宋珈灵的请求，只是上下打量站在面前的这个小伙子。"你是军校里的学生？"

"是的，长官。"对于长官一眼就能猜到他的身份，林承晖还是有些惊讶的。

"那边还有几个护士，你去找她们吧。"谢云抬起手来指指那边的护士站，他身上还披着深绿色的军呢大衣，肩膀上的金属徽章随着他的动作折射出银色的光芒。林承晖站在原地，一双眼睛看着面前的军人，动也不动。

身后年轻的警卫员怕宋珈灵为难，插话道："长官，我来照顾您吧！"

"你多什么嘴，我跟你说话了吗？！"谢云也是个急性子，抬脚就踢警卫员的小腿。他的假期本来就少，这次破天荒休息两个礼拜，老大一个人，到现在婚都没结，不抓住现在的机会还要等到什么时候。

宋珈灵的一双秀眉细微地皱了一下，道："长官，他一直是我负责的，现在转交给其他人不大方便，还请您宽容一下。"不等谢云回答，宋珈灵把谢云交给他身后的警卫员，林承晖朝他敬了个军礼，跟着宋珈灵扬长而去。

"唉，这一个礼拜真是被这个谢长官折磨得够呛！"进到房间以后，宋珈灵把门一关就发起牢骚来。明明病人就不止谢云一个，她又是护士长，哪能天天围着他一个人转？不是今天一起吃饭就是明天要她陪着下楼走走，搞得她好几次都差点错过给其他病房的病人记录情况的时间。"哦，还有，上次我本来叫你一起吃饭的，也是他把我喊走了。"

"那不就是打你主意了？"林承晖握着哑铃咕哝一声，心里有点不痛快。谢云这个人之前他听都没听说过。

"哎，你别说，我现在还真有点怀疑他打我的主意，"宋珈灵也不遮掩，大大方方地道，"不过我不喜欢他。"她看着林承晖的脸，倒是让林承晖有些不自在。

清清嗓子，林承晖道："好吧，我原谅你一个礼拜都不来学校找我。"他放下手里的哑铃，把口袋里的相片掏出来递给宋珈灵，宋珈灵接过看了看，满意地笑起来。林承晖拿自己的照片和宋珈灵的一张做了交换，两人坐在凳子上闲聊着。宋珈灵把谢云交给他的那个年轻的警卫员，有他在，她完全不担心谢云会出什么事故。

宋珈灵望着窗外一片灰蓝的天，伸了个懒腰。

林承晖不知道眼前这样的日子自己和宋珈灵还能过多久，这个学期过完元旦就要结束了，不上战场的日子总是过得很快，快得让他越来越胆战心惊。说到底，他总觉得自己很可能又要像之前一样被提前派到战场上，正是这一点让他隐隐地有些不安起来。宋珈灵知道他心中所想，道："这个世道本来就不太平，过得如愿的，总是少数。"

"你，你真的不怪我想当逃兵吗？"上次他跟她说起那件事时，她一句话也没说，事后也一直都没提。

"怪你做什么？——我也不喜欢打仗。看着那些进急救室的伤员，你以为我心里好受？过日子就是这样，不满意也是一天，满意也是一天。未来如何，谁又说得清？想这么多，不如做好眼下之事。"

接下来一个礼拜，林承晖留在医院的时间更长。谢云一双虎目看着有说有笑的两人，鼻孔里一阵一阵地喘大气。他一生气，跟着他的警卫员就得遭殃，小腿上不知挨了多少踢。

入夜后，外面的风声大了，正在煤油灯下给孩子缝布老虎的钟婉莹站起身来，走过去把虚掩着的房门彻底关紧。林承曝把煤油灯的位置往里移了移，继续备课。自田里的活完全干完以后，夫妻俩这样在一盏灯下各自干着自己手里活计的时候就越发多起来。煤油灯黄黄地照着，在两人的脸上洒下暗的光，无意间柔和了起风的夜。

钟婉莹低低地叹一声，拿起手里缝好的布老虎的一条长尾巴在灯下照照。这只布老虎是钟秀兰亲手做好送给佑安的，小孩都喜欢玩这个。佑安喜爱得很，天天揪着它不放，对阿宝给他买的小鼓也没有这股热乎劲儿。最近，佑安听了林承暻讲的武松打虎的故事，更是揪着老虎尾巴甩到自己的肩膀上扛着，没几天，老虎屁股上的这条尾巴就开缝了。

"好好的布老虎，给佑安糟蹋了。"钟婉莹仔细一端详，不仅是尾巴开了缝，老虎的脸也是歪的。

林承暻看她在捏老虎的脸，笑道："老虎头都被佑安骑了多少回了，脸歪也正常。"

"阿暻哥，我跟你商量个事情。"钟婉莹把布老虎抱在怀里道。

"你说。"

"我想把蕙兰叫去跟你一起教书，她以前也是当老师的哩。"钟婉莹伏在桌子上，一只手撑着头。煤油灯的光射进她黑色的眸子里，汇成一点点细碎的暗金的光。现在大家都知道蕙兰其实是个有文化的，林承暻办学堂经常忙不过来，蕙兰又想找个事做，钟婉莹觉得，把蕙兰叫去学堂里教书是最合适的了。

林承暻写字的手顿了顿，道："她教过书?"教书的老师为什么会被打成那个样子?

林承暻一直想问问蕙兰身上的伤到底是怎么来的，可又觉得无法开口。像她这样孤身一人在外飘荡那么久，什么事情都很难说。虽说在家里她也没给他们带来多大不便，但如此去学堂上起课来，往后就不是一时半会儿的事——她跟自己还是不一样，他与钟婉莹是夫妻，双方知根知底，这个女人就不好说了。

林承暻一时半会儿也没答应婉莹，钟婉莹也隐隐知道他在顾虑着什么。那日她说的话后来想想是有些重了，也怪不得林承暻生闷气。隔日，林承暻还是早早地就拿着书出门了，他前脚走，蕙兰后脚就来到夫妻俩的房门前敲门。

钟婉莹把蕙兰请进屋里来坐着，李佩瑶领着孙子过来吃早点，佑安和蕙兰熟了，咿咿呀呀地唱着点她教的歌，走过来让她抱着。钟婉莹把林承曔的意思传达给她听以后，蕙兰抱着佑安沉默下来。

"孩子，没关系，我儿子我知道的，他就是想考验考验你。"李佩瑶安慰道。

蕙兰点点头，按捺住心中的失落，和钟婉莹道谢。

"不必谢我，你看，我这不是还没有帮上你的忙……"钟婉莹讪讪地笑笑，心里还是可惜蕙兰没有去当成老师。学堂那一块向来是林承曔一个人操持的，她只是有时间就去帮帮忙，选老师这件事，横竖都要林承曔说了算。"我知道了，肯定是阿曔哥还没有好好地听你讲过课，你去讲一次试试看，如果好，他自然就会同意的！"

自从钟婉莹又给了蕙兰建议之后，蕙兰就一个人在房里忙起来。她觉得林承曔虽然也和其他人一样渐渐愿意接受她的存在，但是要他给她一个上课的机会也是不容易的，自己还要先争取他的认可，之后才有可能给她上一节课的机会。

蕙兰从钟婉莹那里要来了一些纸墨，又拣了一支林承曔用过的旧毛笔练起字来，她已经很久没有写毛笔字了，以前在家的时候，虽然也写，但毕竟写自来水笔还是占多数。现在没有自来水笔，她只能试着去写毛笔字。

花了一个下午的时间，蕙兰把自己以前背过的一段《乐毅论》默写下来，这篇文章是以前学过的一篇古典散文。当年她在父亲的藏书里见过《乐毅论》的影印拓本，现在她要用自己比较熟练的楷书写一遍给林承曔看。

蕙兰写好以后把纸拿起来对着光看了看，对自己写的字还算勉强满意。她本来想把写好的字让钟婉莹转交，但又怕这样显示不出自己的诚意，于是一个人把纸叠起来拿在手里，专门在家门口等着，只消林承曔一到家，她就马上过去拿给他看。

临到吃晚饭的时候，蕙兰终于见到林承暻推开了自家的门，她一路小跑着过去，把手里写满字的纸双手递给他。

　　"这是什么？"林承暻没有马上接过，疑惑道。

　　"是我写的字，希望您过目。"

　　"阿暻哥，你就拿着吧，她很努力的，给她一次机会。"钟婉莹怕林承暻不接，忙在一边劝。

　　"好，我看完一定给你答复。"林承暻郑重地接过，对于她会写这一手字，林承暻还是很惊讶的，之前蕙兰一直在帮着人们干活，倒是不曾透露过自己还会书法的事。

　　"谢谢您。"蕙兰感激地看着他，白净的圆脸上有些泛红。

　　晚上批改完孩子们的功课已经很晚了，林承暻揉揉太阳穴，拿过在一旁叠得整齐的纸凑近灯光，摊开看起来。只见一张泛黄的纸上密集地写着一行行小楷，字的笔势含蓄婉转，润和自然，虽然有少数笔画多的字还有些细微的瑕疵，但总体上观之便知道她以前是认真写过小楷的。

　　钟婉莹虽然没有多少文化，但是一看林承暻面前的一幅字也隐隐惊讶，心里不禁为蕙兰高兴起来："阿暻哥，她写得怎么样？"

　　"字是写得挺好的，看得出来以前是个好好练小楷的。"林承暻的评价让钟婉莹彻底松了口气，笑道："你看嘛，我就说蕙兰是个有文化的，虽然我不太会写字，但是我看着这一张纸的字也好看，工工整整的，写得好！"

　　知道妻子心中所想，正好第二日休息，林承暻把蕙兰请到家里来，把自己的评价告诉她。

　　"你以前读过古书？"《乐毅论》相对来说还是算有些长的一篇文章了。

　　"我读书的时候就记过，其他的书也看过一些，现在有的也能默下来。"蕙兰一边认真回答一边看林承暻的脸色，生怕他对自己不满意。见林承暻沉默，又主动提出要背一些自己看过的书的选段给他听。

　　林承暻听着她一字一句地背下来，又不时地在一旁提问其中一些语句的意思和背景、典故之类，蕙兰有时会停下来想一会儿，不过总的来说答得还算顺利。她看林承暻似乎嘴边一直挂着笑，自己也逐渐放开来谈，昔日读书的日子在她的脑海里慢慢浮现出来，现在回忆起，仍然有一种让人感动的新鲜。

"没想到你对古典文化还有一番了解。"他先前听钟婉莹说蕙兰以前是老师，以为只是略通，现在看来，其不仅有白话文的功底，对古文的见解也很深。这些年来，许多人越来越不愿学习古文，林承暻还是觉得其中好的东西不能丢弃。李蕙兰跟他的想法一致，让人欣慰。"敢问你家中是否有很多藏书？"从她谈起的内容来看，起码大多数的经典都是有所涉略的。

"父亲很喜欢收藏这些书，连带着我也在他的书房里看过不少。只是后来打仗，家里已经空了。"

"你的父亲呢？"

"他就被士兵打死在书房里。"她至今还记得父亲在士兵冲进家门前叫她和哥哥往后门逃出去的时候，可惜她和哥哥后来还是被抓住了。再后来，哥哥也死了，她被抓住送到东北，在伪满洲国开始了地狱般的生活。

"……对不起，令你想起了不好的回忆。还望你节哀顺变。"蕙兰从来到这里，还是第一次提起自己的过往。林承暻有些惊讶她有过这样的经历，北方的混乱，也不是他能想象的。"你后天上午有时间吗？我想先让你给孩子们上一课试试。"林承暻抿了一口茶对她提出邀请。如果蕙兰真的可以顺利地把课上下来，那么他也能为孩子们多找到一个好老师了。

"我有时间，谢谢您！"蕙兰激动地站起来朝他鞠躬，袖口处一条伤疤因为她的动作露了出来。过去的伤痛或许她永远不能抹去，但是她坚信这里的生活将会变得明朗，她会在这里重新找到自己的价值。

第十四章

  元旦将至,虽时局动荡,军校还是象征性地开始筛选个别节目来活跃校园的氛围。一大早,沈家陆就在参加小号队的申请名单上写上了三个人的名字。

  卢少博看了他一眼,问:"你不回家?"别人是有家难回,他这个离家最近的却不想回家。

  "不回,家里多无聊。"沈家陆摇摇头,"再说了,我可不想回去被我爸问这问那的。"

  沈家的情况林承晖多少也知道一点,只是学校好不容易大家都放一回假,不回家未免可惜。要是他的家在重庆,现在他就收拾行李走了。

  中午,三个人刚回到宿舍,就有人叫沈家陆去接电话。

  "喂,妈?"沈家陆拿起听筒,试探性地喊了一声。

  "是我。阿陆,我听说你们学校放假了,你回不回来呀?"母亲熟悉的声音从听筒里传来,让沈家陆一时之间没开口拒绝。他来这里上学本来母亲就不同意,为此当时老两口还吵了一架。

  正当他犹豫时,一个沉稳的声音传来:"让他回来。有家不回像什么话?"

  "你就不能好好说话?你把他撵走,现在又命令他回家,好好的孩子去什么……"

  沈家陆不打算再听下去,叹了口气,道:"妈,我会回来的,你和爸别吵了。"沈安年的计划他已经知道,再这样争论下去也不会有什么结果。他的母亲本不是大户人家的小姐,两人结婚这么多年,她始终没能摆脱姨太太的身份。

自古以来，乱世之中的朝堂之争没有谁能有十足的把握，让他混进上流圈子又能如何呢？到头来还不是一损俱损，一亡俱亡。

沈家陆没精打采地回了宿舍，卢少博见了不由得发笑："怎么进来就耷拉个脸？"

林承晖没跟着打闹，上前去捶了沈家陆胸口一拳，问："怎么了？"

"没什么，我得回家了。"沈家陆低声说。

蕙兰给孩子们试过课后，林承暻便答应了让她留下来教书。一方面，她确实有这个能力，自己不能因为她的身份就对她的能力视而不见；另一方面，孩子越来越多了，自己一个人也确实有些管不过来。况且，婉莹总是在夸她，枕边风吹多了耳根子确实也就软了。

"林先生。"蕙兰下课后来找林承暻，林承暻向她点了点头，问："什么事？"

"林先生，上次大嫂找我说你想给孩子们送礼物的事情。我想了很久，这份礼物能不能让我送？"林承暻有些不可思议地看着她，她却有条有理地说出了自己的理由："我刚刚到这个学校来，和孩子们不是特别熟，心里总是想能不能找个机会和他们增进一下感情。况且，你和大嫂对我这么好，我也该做点什么事情为你们分担一下。"

林承暻见她语气坚定，也不再推辞了。蕙兰谢过林承暻，又回到课堂上给孩子们上课了。"同学们，马上就过新年了，老师想要送给你们一份礼物，你们有什么想要的吗？"

"我要吃糖！"

"我想要一双新鞋！"

"我想要一套新的教材！"

"我想要全新的笔！"

……

孩子们的答案五花八门，但蕙兰注意到坐在角落里的那个孩子始终没有说话，便上前去，温柔地摸了摸他的头，问："你叫什么名字？"

那孩子缩了缩弱小的身子，怯怯地说："钟惠明。"

"那惠明同学有什么想要的礼物吗？"

"我……我想要吃肉……"

蕙兰摸摸孩子的头，曾几何时，在她的家乡，她也见过这样眼神清澈的孩子。那时候没有战争，人与人之间懂得谦让，邻里之间的小孩在家门口互相嬉闹是常事。虽然她出门的机会很少，家里丰富的藏书仍然可以让她看个够。哥哥去学堂回来，也会跟她讲一讲学校发生的趣事。

很快，孩子们叽叽喳喳的声音把李蕙兰拉回了现实。她盯着一个个脸色黝黑的孩子，每个人的眼神都一样的明亮，身子也都一样的瘦，她不由得发问："同学们，你们平时在家里都吃什么呀？"

"咸菜配白粥！"

"阿妈会给我煮好吃的粉！"

"阿爸好几天前去河里给我打了鱼。"

"那有什么？我阿爸还去城里给我买了小糖人呢！但是只有一个，阿爸说现在打仗，外面的东西买不起。"

……

蕙兰认真地听着孩子们说的话，眼眶逐渐湿润起来。往事一幕幕浮现在她眼前，曾经她的生活是多么美好，一夜之间，竟只剩她一个人游荡在这世间。

有眼尖的学生注意到了，问她："老师，你怎么哭了？你是不是也饿了？你要饿了我可以带你回家吃面，我阿妈煮的面可好吃了！老师你一定会喜欢的！"

一番话引起了所有人的注意，大家七嘴八舌地邀请蕙兰到自己家里吃饭，说一定不让老师饿着。孩子们的善意温暖了蕙兰的心，她擦去泪水，深呼吸，说:"谢谢同学们,老师不是饿了,是觉得很感动。老师爱你们。"

孩子们也不明就里,上前去抱住了蕙兰。蕙兰让孩子们乖乖坐回位置去,说是要发礼物了。孩子们一个个屏息以待,一双双眼睛紧紧地盯着蕙兰。

蕙兰笑着走了出去,不一会儿又回来了,手上还多了一个包袱。她一层层地将布打开,终于掏出了最里层的东西——那是一支支笔,崭新的笔。

孩子们看到,惊喜地叫着,叫声惊来了林承暻,他还以为是孩子们不懂事欺负蕙兰,正想过来说他们一顿呢,没想到是蕙兰给孩子们发礼物,便笑着走回去了。

蕙兰将笔发给每个孩子之后,叮嘱他们:"同学们,我们要爱惜自己手中的笔,将来有一天,我们用它写出一手漂亮的字,写出一篇篇优秀的文章来,好吗?"

"好!"孩子们响亮的回答环绕在学堂里的各个地方。

蕙兰看着他们满意地笑了,收拾了一下包袱,发现还有多一支笔,便让孩子们自己练字,她走了出来去敲了林承暻的门,说:"林先生,这里还有一支多余的笔。"

"你用吧,当老师了也不能没有笔,况且你还是个书法老师呢。"林承暻没有抬头看她,蕙兰却有一种极度被重视的感觉。这一刻,她感到前所未有的快乐。这是她的新生。

晚上,蕙兰跟着林承暻回了林家。自从到学堂教书后,蕙兰就从林家搬了出来,住到学堂里,白天也不休息,晚上等孩子们放学回家,她就拼上桌子将就着睡了。起初钟婉莹怎么也不同意,还是蕙兰一直坚持,她才让步的。她现在已经有了落脚之处了,不能一直住在别人家里。钟婉莹见蕙兰主意已决,干脆在家里搬了一铺床到学校,帮蕙兰打点好。蕙兰不知道说什么好,她不知道怎么报答这些淳朴的恩情。

"蕙兰,你来啦?我刚做好饭,来,一起吃呀。"钟婉莹热情地招呼着蕙兰,却把林承暻晾在一边了,怎么看都觉得林承暻有些不开心。

"谢谢大嫂，我吃过了。"蕙兰客气地拒绝了，林承暻看了她一眼，说："你下课同我一起回来的，哪来的时间吃？"

蕙兰讪讪地笑了，钟婉莹也不介意，拉着她往饭桌上坐，她知道蕙兰是不想给自己添麻烦罢了。

"姨姨，吃饭。"几天时间没见，蕙兰看佑安感觉又大了一些，难怪钟婉莹老是抱怨说孩子的衣服最难做，合身一点过几天就穿不了了，大的穿起来就觉得很难看。蕙兰一脸慈爱地看着佑安，不承想佑安竟伸手要她抱抱。

"也不知道你身上有些什么味道，佑安就喜欢黏着你。"李佩瑶一句话逗笑了所有人。

"怎么样，你在学堂还好吗？累不累？"钟婉莹给她盛了一碗饭，问。蕙兰接过饭，拿起勺子喂了一些给佑安，淡淡地说："不累，孩子们都很乖。"是啊，怎么会累呢？这是她想了好多年的幸福了。

"那阿暻哥有没有欺负你？"林承暻听了这句话，有些不大开心，本来蕙兰来了之后钟婉莹就有些冷落自己了，但身为一个大男人自己又不好表现得太过了。

蕙兰抬头看了一眼林承暻，想起来下午他对自己说的话，淡淡地笑了，说："没有，大家都对我很好。"

"那就好，我还怕你太累了呢！"林承暻让钟婉莹把菜端上来。

"对对对。"钟婉莹这才想起来，有些不好意思地笑了，林承暻无奈地摇了摇头。李蕙兰的遭遇，绝不止她那天谈到的那一点点。

饭后，蕙兰帮着钟婉莹一起洗碗，心里踌躇了好久，还是决定问出口："大嫂，我在这里也没有什么熟人。一直这么帮助我的也只有你一个，我有个忙，还希望你能再帮我一次。"

钟婉莹想也没想，脱口而出："什么事，你遇到什么困难了？"以蕙兰的性子，如果不是真遇到什么事，估计也不会向自己开口，自己又怎么能拒绝呢？

蕙兰停下了手中的活,沉默了一会儿,说:"我今天问孩子们想要什么礼物的时候,有孩子跟我说,他想吃肉,还有的孩子说想要一双新鞋……这年头,肉是很难凑到了。大嫂,我觉得很难过……我想为他们做点事,想请你帮帮我。"

钟婉莹听了心里也很难受,她本来就是个心善的人,见不得这些事,平日里林承曔没和她提起过,她也就没当回事,但今天一听还是觉得很震撼。她问:"那我们,能做些什么呢?"

李蕙兰没想到婉莹答应得这么爽快,有些不敢相信地问:"你这是答应要帮我了吗?"钟婉莹点点头,蕙兰更茫然了,问:"可是我还没说帮我什么忙呢。"

钟婉莹不以为然,说:"你和我说这些,想必让我帮的忙也和这些相关,横竖都是为了孩子,我又有什么不同意的呢?再说了,我自己也有孩子,如果今天换作是我的佑安,你说我会怎么做?"

蕙兰的眼泪刷地就下来了,在这小地方,她遇到了太多的温暖,甚至让自己有一种这就是家的错觉了。钟婉莹看她哭了,伸手去擦干了她的眼泪,说:"好啦,你别哭啦,先告诉我你要我帮你什么?"

蕙兰知道了钟婉莹的想法,也不客气了:"我是想,能不能借大嫂家的厨房,让我平日里给孩子们做些吃食。我虽然去了学堂还不多久,但是中午看到好多孩子还是没有带午饭去学校的,他们现在还在长身体,这样饿一天对他们不好,读书的效率也不高。"

钟婉莹"呵呵"地笑了,说:"就这么点小事啊?我还当是什么呢?那你以后得空了来我这儿就成,不然我们现在做点芋子包给孩子们带去?"

"也好,谢谢大嫂了。"蕙兰也跟着笑了。

第二天中午休息的时候,蕙兰召集孩子们集合,神秘兮兮地跟孩子们说:"同学们,老师今天给大家带来礼物,而且以后每天都会有。你们猜,是什么?"

孩子们你看着我我看着你,怎么也猜不出来,蕙兰笑着拿出了和钟婉莹一起做的芋子包,说:"这是老师和林老师的妻子一起给同学们做的午餐,来,一人一个,快上来拿吧。"刚做出来的芋子包还泛着一层光,里面包着猪油渣和青菜,还未咬开,就能闻到那股特殊的香味。为了做这些芋子包,家里剩的猪油渣也用得差不多了。

孩子们有序地排队上来拿,蕙兰剩了一块,拿去给了钟惠明,温柔地对他说:"快吃吧……"钟惠明看着蕙兰,眼泪默默地流了下来,蕙兰心疼地抱住这个小男孩,替他擦去了脸上的泪水,嘱咐他快点吃。钟惠明小声地说:"谢谢老师。"

快吃完的时候,蕙兰问孩子们:"同学们,我们吃完了这个芋子包,该说些什么呀?"

"谢谢蕙兰老师。"孩子们齐刷刷地回答。

"还要谢谁?"

"谢谢林老师。"

"还有吗?"

"谢谢师母。"

"好,非常棒!以后,我们在接受了人家的帮助,或者赠送的礼物之后,都要这么做,知道吗?"

"知道!"

蕙兰看着他们的笑脸,教他们唱起了童谣。那是一首东北歌谣,讲的是游子思念故乡的故事,她思念自己的故乡吗?她问了下自己,竟然感到有些迟疑。故乡早已经不是那个故乡,有什么值得思念的呢?她看着孩子们认真地学她的发音,跟着她放声歌唱,心里感到一阵阵温暖。她实在太累了,那个充满悲伤、恐怖的地方,她不愿意回去。

林承曔被歌声吸引而来,看到蕙兰和孩子们打成一片,开心之余又有些悲伤,不知是不是蕙兰的歌声太令人难过。

晚上,林承暻搂着钟婉莹躺在床上,和她说起这个事情,钟婉莹猛地坐起来,问:"真的?你看见的?"想起来上次蕙兰和自己聊起父亲时的泪水,钟婉莹总有些心疼。

"我还能骗你不成?"林承暻看到她的反应,心里有些纳闷,忍不住问,"婉莹,你是不是太关心蕙兰了?"

钟婉莹听了一头雾水,怎么也没想明白林承暻是什么意思,问:"那她一个可怜的女子,我关心她不是很正常的吗?"

"你关心她正常,我也理解。婉莹,我和你已经是夫妻,我们俩的立场应该站在一处……"来到这个地方是他的无奈之举,但与钟婉莹之间的情分,这些年下来他自以为浓了不少。李蕙兰来到这个家,境遇和自己以前很相似,但他与她终是不同的。

林承暻不知道钟婉莹有没有察觉到他的心思,只是妻子一直没动静,他也不想再谈。

"阿暻哥,"钟婉莹突然坐起来靠着床头,"我明白你的意思了。你是我的丈夫,我们是行过礼的,要一辈子相敬如宾,和和美美。但是蕙兰,我同情她,可怜她。"忽然又着急起来,说,"你是不是这个意思?——那天我说话不好听,你别往心里去。"

林承暻转过身子,望着她的脸道:"我知道了。很晚了,我们睡觉吧。"钟婉莹害羞地答应了。刚躺下,钟婉莹便说:"阿暻哥,你明天叫蕙兰来家里吃饭吧。"

"好。"

第二天上完课后,蕙兰去和林承暻打招呼,林承暻道:"婉莹叫你晚上去家里吃饭。"

李蕙兰一怔,笑着点点头。

晚上,两人到家的时候,钟婉莹已经准备好了饭菜。蕙兰看着一桌子的菜,问:"大嫂,怎么今日突然叫我来吃饭?"

钟婉莹看了一眼林承暻,说:"没什么,就是高兴嘛。反正你也一个人吃饭,不如一桌人吃饭,热热闹闹的,多好啊?"

入座后,李佩瑶突然想起来什么似的,对林承暻说:"阿暻,我记得先前秀兰不是还给我们送来了两罐米酒?你去拿来,一起喝一杯。"林承暻有些不大愿意,但又不好拒绝,只好去拿了来。

李佩瑶又说:"你一个主人家的,怎么不给客人倒酒呢?"林承暻不情愿地站了起来,钟婉莹却将酒瓶拿了过来,说:"妈,你看你说的,哪有让阿暻哥动手的道理?"说着,挨个倒满了酒。

蕙兰看着碗里淡黄色透明的酒,问:"这是什么酒?颜色这样特别?"

钟婉莹笑着说:"这是秀兰姨亲自酿的糯米酒,很香的,你尝尝?喝一点不会醉的,还很好入睡呢!"

蕙兰将碗里的酒一饮而尽,不知是不是喝太快了没尝到味道,只觉得甜甜的。钟婉莹不赞成她这么喝酒,说:"蕙兰,你别这么喝,多吃点菜,来,你试试这个。"说完,将菜夹到了蕙兰的碗里。

蕙兰接过菜,吃是吃着,但酒碗始终不离手。

不知道是不是喝了酒的缘故,蕙兰的眼眶渐渐湿润起来。她拿起酒瓶又给自己倒了一碗酒,举着碗对钟婉莹和林承暻说:"林先生,大嫂,我敬你们一杯,谢谢你们把我捡回来,救我一命。"林承暻和钟婉莹也将碗里的酒一饮而尽。

蕙兰又给自己倒了一碗,说:"这杯酒,是谢谢你们让我到学堂去教书。隔了这么久,我终于又成了一名老师……"

不知道是不是因为喝得太急,蕙兰只觉得这酒开始有点上头,她朝面前坐的两个人影一笑,半眯着眼,一些模糊的过往开始充斥着她的脑袋。

第 十 五 章

蕙兰在桌上趴着,手里还握着装满糯米酒的小碗,白净的脸因为喝酒泛起的一抹红晕分外动人。米酒和她之前喝过的清酒很不同,和高粱酒也不一样,虽然不是在自己的家乡,但是望着钟婉莹一家,蕙兰觉得米酒是她这几年来喝过口味最好的酒了。喝酒让她的胆子大起来,蕙兰自己拿过酒瓶,又往自己的瓷碗里倒。

钟婉莹和林承暻此刻都停下筷子,看着蕙兰的样子,夫妻俩隐隐有些担忧。她的家到底被战争摧残成什么样子,他们都难以想象。

钟婉莹伸手想去劝劝她,但被林承暻轻轻按下,他看着妻子摇摇头。如果喝酒说话能让个落魄的人好过一些,就应该允许她混沌一下。林承暻觉得这或许对蕙兰来说不是一种恩惠,只是一种难得而又无奈的宽容。一个坚强的人,至少在这种时刻是值得宽容的。

"大嫂,以后我也要学酿米酒……"在日本的时候,父亲喝的都是她和哥哥酿的清酒。那时只要逢大米收割,她和哥哥总是会去市场上买大米回来,借邻居家的石磨把买来的米压上两遍,糙米脱壳以后是饱满的银白色,像富士山上的雪。她在中国难得见到像日本那样白的大米,东北的高粱是火红的,像东北人热辣的个性。

蕙兰抬起小碗,再一次把碗里的米酒全部饮尽。蕙兰谈着自己在东北的往事,不知不觉间天越来越暗,钟婉莹把煤油灯拿近了些,那灯光照在蕙兰绯红的脸上,像天边的一抹晚霞。

"好好好,你慢点喝,这个酒虽然也养人,但是喝多了身体也不好受的。"

"没事,这个酒不辣,像日本的清酒一样,我能喝很多。大嫂,大哥,真的谢谢你们。"蕙兰为自己和夫妻俩的碗里倒满酒,抬起酒碗朝他们一敬,又是一饮而尽。她提到日本,感觉承曔的脸色一变,忙解释说:"东北到处是日本人开的酒馆,我哥哥带我去喝过的。"

"我在东北的时候从来没有想过自己有朝一日能坐着喝酒,教书。中国这片土地,真的好大……我走了好久,好久,才来到这里。"蕙兰咯咯地笑着,露出雪白的牙,"要是我哥哥看见我在这里过着这样的生活,他也会很开心的。"

钟婉莹听她的口气,像是喝到了点,蕙兰的身世怕是另有隐情。想到这里,钟婉莹一把拉起丈夫来到门边。

"阿曔哥,蕙兰喝多了,我想跟她说说体己话,你要不先带佑安去睡觉?"

林承曔探头看看趴在桌上嘴里一直念念有词的李蕙兰,有些疑惑妻子为什么突然把他拉出来。不过既然她提出这个要求,还是留出点空间,让她俩说说话吧。"行,你有什么事就叫我。"

钟婉莹点点头,直到看着丈夫带佑安出了门,才将门掩好,重新回到座位上。

李蕙兰的脸贴在冰凉的桌面上,并未发现钟婉莹重新落座,只自顾自地继续说:"……我哥哥是个很好的人,他会给我腌梅子,我的小楷字一开始也是他教我写的。哥哥说女孩子有文化好。那个时候我们一起去看樱花,刨冰店是我们看樱花时必须要去的地方。刨冰是甜的,哥哥会让老板放很多蜂蜜……对了,冰上还要加红豆才好吃——我在中国没有吃过刨冰,我从东北逃出来的时候,倒是吃了很多雪。"雪是冰冷的,捧在手上冷得钻心,吃到嘴里一点味道都没有,冻得她直咳嗽。

"你一定逃得很苦。"钟婉莹道。别说是从最北边的东北逃出来,就是林承曔与他母亲从厦门来到这里也是不容易的。钟婉莹很难想象这个女孩要怎么走过这么长的路来到这里。

"苦是苦了点,不过我还是从那里面逃出来了,我算是幸运的。我的五个朋友和我一起被抓到日本军营里要送来中国，在路上就死了两个。"

钟婉莹听着有点心惊，李佩瑶当时在半路上也差点不行了。

"你们一定很奇怪我们日本女人为什么也被抓到军营里吧？我们都是被抓来服侍男人的。我身上的伤，一开始都是被他们打的……一到冬天，东北的大炕全部烧得热乎乎的，我们全部人都在炕上等着他们……"蕙兰说着就失声痛哭，她一双手紧紧扣着茶碗，掐得骨节也泛起白色，"小百合就在我旁边，她是我朋友的妹妹，十六岁不到的孩子啊，第一次就被一个男人糟蹋得发了疯。她记得伤害过她的那个军人，等到第二次他来找她的时候，她就趁他不注意掐住他的脖子，把嘴伸到他脖子边狠狠地咬，要咬下一口肉来。那个人疼狠了，抽出刀破了她的肚子……小百合咬得满嘴都是血地躺倒在地上，那个军人脖子上的血流到衣领，染红了一大片，我们所有人都在旁边被揪住头发，看他怎么切开小百合的肚子。"蕙兰眼角哭得猩红，气也喘得粗起来。她从来不愿意在别人面前说出自己的这段过往，她以为再过些日子，这段记忆就会被抹去，然而现在她喝了酒，这些往事重新被刷洗出来晾在脑子里。她突然发现自己其实一点也没有忘记，即使是曾经感觉自己马上要死去的时候。

"我想去救她，但是我不敢，连她的尸体我都不敢伸手摸一下。那个人把她的尸体拖走，小百合的肠子从肚子里跑出来，光着身子，像是剥了皮的山羊，被拖得一路血。从那次以后我们都不敢反抗了，反抗就会像小百合一样的下场。静马也是跟我们一起来的，她是我最好的朋友。静马跟我说，就算我们逃出去也是死路一条，因为我们是日本人，日本是来害中国人的，不会有中国人肯帮助我们。"蕙兰望着蜜色的米酒，半眯着眼说道。

"蕙兰，你不要担心，我愿意帮助你，我愿意让你留在这里。"钟婉莹流着眼泪轻轻地拍着李蕙兰的背，这些可怕的经历教她听了发起抖来。她从小就生活在山里，日本人没有到过这里，她从来不知道还有这样可怕的事情。钟婉莹庆幸自己及时将丈夫拉了出去，但心里又有一丝好奇，如果林承暻听到这个事实，会有什么样的感受。

"我哥哥被抓去军营当兵，在东北的时候我和他正好在一个军营里。我们两个是过了一段时间才互相发现的，他们轮着在我们这个院子里站岗放哨，但是人不是很多，轮到我哥哥大概已经一个多月了吧。他发现我以后就打算来救我。那天晚上，又轮到我哥哥在我们这里站岗，他有钥匙，把我和静马放出来，然后带着我们两个从山后面离开。但我们快要走出营地的时候，他们的探照灯还是在雪地里射到了我们身上，哥哥让我们往树林里跑，自己把那些来抓我们的人引到另外的地方去……他最后还是被他们打死了。"那声枪响仿佛现在还在她的耳边回荡着。

"哥哥太心急了，如果他穿着他们发的白布罩衣，就不会被他们发现，再怎样被发现的也只会是我和静马。我哥哥不是个赞成打仗的人，他不希望来中国打仗，他自己也是想逃出去的。只是最后被我们两个拉了后腿……我和静马一路在雪地里逃，我们两个都只穿着入秋的一件破棉袄，鞋子也跑掉了，但我们还是冲出了他们的监视范围。我们走到一个镇子上，那里已经到处都是日本的士兵和妓馆。静马不敢求中国人收留我们，只好两个人一起去一家小妓馆里做事。妓馆里面管事的人嫌我们两个的脚被冻烂了，所以只叫我们去厨房干活，等脚养好了再出来接客。他知道我们是从军营里面跑出来的，要是我们跑了，他就去军营揭发我们。静马发现客人喜欢皮肤好的、漂亮的妓女以后，就把火钳伸到炭盆里面烧烫，然后把自己身上的皮肉烫坏。我为了不接客，也跟着她一起做了。"

烧烫的火钳头贴到肉的时候，肉一瞬间就变得很软，像一团棉花，一戳就是一个坑。那种炽热的抽痛，让整块皮下的神经都狠狠缩起来，皮肉烧焦的味道呛得她流泪。黑夜里，静马抱着她，跪在炭盆旁静静地望着窗外的雪。雪是肮脏的，它掩住了一切疮痍，一切丑陋，一切挣扎。

"那你身上的伤……"钟婉莹想起蕙兰刚刚来到这里的时候身体上那些化脓的伤口，她以为是被别人打的。

"没错，那些伤很多都是我自己弄的。管事的人起初给我们好的膏药让我们擦脚，我们没有擦，直到伤口溃烂了我们才擦的。他发现我们用这种方式拒绝接客以后，让人把我们打了一顿。静马自己下手太重，她自己弄的伤本来就算擦膏药也难好起来了，那次又加上被鞭子抽，她身上烂的地方太多——感染以后发了好几天的烧，她长长地在草席上睡着，再也没有醒过来……"蕙兰抬起手抹去自己脸上的泪。在蕙兰的记忆里，静马是非常漂亮的人，她喜欢穿一件绛紫色的和服，上面绣满樱红的花。她懂得用银白的宽腰带把自己的腰稳稳地裹起来，把手别在小腹，静静地站在樱花树下，生出一抹悠悠的哀怨。静马家在小镇上做大福饼，十五岁时她就在父亲的安排下和一个男人订了婚。

蕙兰想，当初妓馆里管事的人想要收留她们，很大原因就是在静马。

"那个管事的是不是还为难你？"

"没有了。静马生病的时候就是我一直在照顾她，管事的人怕我身上也被感染了，所以叫一个附近村子里拉牛车的老人把我们拉到远远的地方去。那个老人很好，他帮我把静马埋了以后就把牛车交给我，让我想办法到南方去，他说在南方的日本人会比这个地方要少一些……"

蕙兰喝着喝着，哭着哭着，就睡着了。

深夜时林承暻回来了一趟，被婉莹叫回去睡了。婉莹留下照顾蕙兰，她就在厅里打了个地铺，抱着蕙兰睡了。

蕙兰一直在做梦，在梦里她一直说着听不懂的话，夹杂着哭声，有时候像在控诉，有时候在求饶。这一夜太漫长了，婉莹想起林承暻喝醉的那一夜……忽然想到，人活着可真是苦啊！她以为自己自小是孤儿，已经很苦了，可是承暻不苦吗？蕙兰不苦吗？

胡思乱想之间，东方泛白。她起来熬了粥，不一会儿，蕙兰就醒了。两个女人在灶前胡乱搭着话，火光把她们的脸映得红红的。

钟婉莹吸了口气，她望着李蕙兰的眼睛，认真地说："蕙兰，你是日本人吗？"

李蕙兰惊呆了，忽然气血上涌，仿佛被掐住了脖子，说不出话。

"昨晚你啥都说了。我是女人家，不懂什么战争，就知道分好人和坏人。"婉莹接着说，"但是，昨晚你说的这件事情，除了我不能跟任何人说，特别是阿暻哥——他弟弟去打仗到现在还没消息。"她指指酒碗，"酒，你以后也不要碰了。记住我说的话。"

李蕙兰此时眉目之间已恢复了清明，她往门那边看了看："谢谢你，大嫂。谢谢你听我说出这些话，还愿意相信我。"

"没什么好谢的。你想讲就讲，我陪你。只是过了此刻，就再也不要提。"钟婉莹再一次提醒道，"还有酒，千万别碰了，永远要保持清醒。万一被人发现，这可是了不得的大事。"说来奇怪，在这些问题上，钟婉莹像是有天生的敏锐。

李蕙兰的眼里闪着泪花，却绽开了一个笑。她终于释然了，因为钟婉莹的接纳，卸下了心中的负担。

这时过了大半个时辰，天已经大亮。佑安被李佩瑶领着进来，看到蕙兰哭，他也扔下自己的布老虎，扑进蕙兰的怀里要去擦她的眼泪。蕙兰被他逗笑了，不再沉浸在往事里，和孩子在一起，蕙兰总是能高兴起来。

又一个夜晚，夫妻俩睡在床上，钟婉莹对李蕙兰的过往一字不提，只跟丈夫说她本性纯良，也是战争的受害者。林承暻睁着眼睛，他想到了林承晖回家来执意要上前线的时候。那时他和母亲都不愿意承晖去，好好的一个大学生，虽然性子是急了些，但是到战场上哪里能容得他乱来，稍一不注意一家人可能就永远都见不了面了。林承暻没有见识过真正的战场，但当初逃难的时候那一街人的骚乱，坏人的疯狂和放肆，女人和孩子的哭叫，他是亲眼见到的。这些年他写了满满的一抽屉的信，一封也没有寄出去，林承暻心里担心着，然而每次坐在一堆信面前都让他感到一阵无力。时间很长了，他和母亲早已不再埋怨当初弟弟的执拗，只希望他能活着，平安地回来。这是普通百姓最简单的诉求了。

"阿曔哥,你睡不着?"钟婉莹半响都没有听见丈夫平日里睡着时呼吸的那点声响,转过身来试探地问。

"嗯,你也睡不着?"林承曔也转过身来摸摸妻子的脸。今天晚上风不大,一抹柔和的月光透过窗户射进来,照得钟婉莹身上发出微微的光。

"我还是觉得蕙兰太可怜了,我心疼她。"钟婉莹从来没有听过这么长的、骇人的故事。生在山里,她为自己感到庆幸,她没有办法把自己设想到蕙兰那样的环境里,也不知道自己那时候会怎么办。爷爷、秀兰姨、阿宝、林承曔、李佩瑶、佑安,这些就是钟婉莹在乎的人了,单是他们就能支撑起她的整个世界。钟婉莹以前很少想战争对她会造成什么影响,今天听了蕙兰的故事后,可怜她之余,从来对生活都有信心的钟婉莹也失眠了。"阿曔哥,你说要是日本人来我们这里了,要怎么办呢?"

"你害怕了?"林承曔鲜少见她发愁,月光下他隐约能看见妻子两弯细眉低低地凑到一起。"我也害怕。我联系不上阿晖,他在战场上和日本人拼杀,比我们要危险多了……"他到今天大致能够理解林承晖当时的心情,要是整个中国的家庭都像他与母亲这样逃避、担心自己家里的人去前线,那么中国将会灭亡得更快。丧心病狂的日军需要有人去阻止。

想到这里,林承曔为要面对敌人的弟弟更加忧心了。

钟婉莹知道林承晖去从军一直是林家的心病。"阿曔哥你不要担心,我相信阿晖会活着回来的,老天从来都保佑好人。"

林承曔握住妻子一双粗糙的手,轻轻地叹了一声。但愿老天真的能保佑他吧。

林承晖一个人走在学校树林里的小道上,路边的草被霜冻得枯黄,露水浸着它,灰蒙蒙的一片,一点生气都没有。四周静悄悄的,湿润而冰冷,林承晖只听到远处的校场上隐隐传来口号声。一只灰色的鹈在树枝上停着,感觉有人靠近，扑棱起翅膀飞走了。

才一个礼拜没有去医院，林承晖就有点不适应了。宋珈灵的那番话他不是没有思考过，但每次想来想去最后都只会更乱。

"哎，承晖，你怎么一个人在这啊？"沈家陆刚刚从图书馆做完作业出来，手里抬着装了一半的飞机模型。马上训练考核就要到了，沈家陆这几天也收起了倒腾相机的心思，老老实实地复习起来。元旦回家的时候，沈安年对他的测试成绩已经很不满意。

"随便走走。"林承晖回答。

"你倒是好，完全不用担心考试考不好，还在这里闲逛，女朋友也找了一个了。我可惨了……"沈家陆没有上过战场，之前就是学生一个，平时在实践课上教官教的那些操作技巧，现在他只熟了个十之五六，目前理论方面还能把稳一些，实际操作他是比不上林承晖了。说到底，就是个只会讲不会做的，保持着以前的学生做派。

林承晖自然知道他愁的是什么。"以前上课不仔细做，现在才着急。"学校里的条件本来就有限，上实践课每个人都是轮着上直升机来操作，几分钟的时间，过了就过了。停飞机的地方又是学校重点看管的，现在复习都没办法复习。

沈家陆撇撇嘴，不想再说自己那档子烦心事。"对了，我听少博说你提交了申请，那个护士没来学校看你？"

"没有，她忙。"林承晖沉着脸敷衍道。谢云这个人在医院一天，宋珈灵就得忙一天。他去医院两人好不容易说上话，偏偏谢云身边的警卫不远不近地跟着，着实可恨。

沈家陆嗤笑："看你那脸郁结的表情，肯定是两个人闹别扭了。我哥和嫂嫂吵架的时候就是你这个样子。"说完看看林承晖的脸色，继续道："这也是小事情，两个人嘛，总有吵架的时候，你去哄哄她不就好了。我嫂嫂那么泼辣的一个人，到头来还不是被我哥哄得服服帖帖的。"

"家陆，你害怕打仗吗？"

"怕呀，怎么不怕！我现在连飞机都开不动，到时候还没到战场我自己就在半路先坠毁了。"幸好还有几个月是雾季，他能练手的机会还是有的。

"不是问你这个，是问你害不害怕去战场上杀日本人。"

"哦，那也怕，怕杀不死他们。"

林承晖想想也是，本来就没有打过仗的，第一次怕杀不死人也属于正常，当初吴伯驹也是怕自己杀死的人又从地上跳起来袭击他。

"不过怕也没有办法呀，我父亲还等着我为家里争光呢。"开飞机在天上扔炸弹总是比端着枪跑要安全些。

林承晖决定去找宋珈灵一趟，要是他再不去，就更容易被别人钻空子了。

按着之前的时间来到医院，林承晖直接去了器械室，他打开门，发现里面只有一个小护士在擦洗打扫。

"你好，请问宋护士在哪里？"

"哦，你是之前来找她做治疗的吧？"小护士走到门口往右边看看，"喏，宋护士就在那。"

林承晖顺着她指的方向看过去，宋珈灵正搀着谢云出来。宋珈灵和谢云说着话，脸上噙着一抹笑，一只手臂自然地放在谢云的腋下，两个人挨得极近，样子亲密。

林承晖心下气恼，当即就打算离开，但那边的两个人已经看向他了。小护士手里拿着抹布，转过身进房自个儿干自个儿的事去。以前整个三楼都知道宋珈灵和林承晖走得近。

谢云身边的那个警卫员自从上次献殷勤坏了他长官的事后，宋珈灵在场的时候只要谢云不叫他，他就很识趣地避开。此时，谢云见林承晖又来医院，脸色马上就有些难看起来。不过也无妨，他军衔比林承晖高，再怎样林承晖还是得听他的命令。

林承晖也看着他，脚向前跨了几步，抬起右手正正规规地朝谢云敬了个军礼。

宋珈灵依旧站在一旁扶着谢云，目光灼灼地看向林承晖。

"你来这里又有什么事？"谢云皱着眉头问。

"报告长官，我来找珈灵说几句话。"

"她现在要扶着我下去透气，没空。"说着把宋珈灵搀着他的手臂夹紧一些。

"谢长官，能不能请你去护士站坐着等一下，我一会儿说完就过来找你？"宋珈灵动动自己的手，谢云还是不放。

"有什么事就在这里说。"

"长官，我认为珈灵有自由选择的权利——您应当尊重她的选择。"林承晖有十足的把握宋珈灵会站在自己这边。谢云的强硬，只会让宋珈灵更远离他。

果然，宋珈灵抽回自己的手，道："谢长官，承晖有私事要跟我说，请您给我们一点时间。"说罢，她朝打扫卫生的小护士打了个招呼，拉着林承晖离开。

谢云盯着两人的背影，一脚将旁边的病房门踹开走了进去。现在的人，张嘴闭嘴就是"恋爱自由""婚姻自由"，人人都"自由"了，那他的"自由"又去哪里找？！

接下来的几个星期，林承晖又没有去医院，校内的考核已经开始，林承晖听了宋珈灵的建议，找出已经很久不用的哑铃锻炼着，又利用剩余的时间给沈家陆补习。不出所料，沈家陆在这次的考核里，理论成绩超出了他自己的预想，实践课的考核也擦着边过了。林承晖自然夺得了班上的第一名。

军校的假期不比大学，虽然是放假，不过只是一个学期的课程告一个阶段而已，所有的人依然都待在学校，等待两周之内扩招完一批新的学生后再开始新课程。

放假的第一天，沈家陆就出主意邀其他两个人出去玩一遭。林承晖本不想跟着去，但又耐不住沈家陆的一再要求。最后，三个人敲定去白崖场。

沈家陆背着相机，一边拍下这些古香古色的小镇情景，一边向林承晖和卢少博介绍。

"看见刚刚过来的那个牌坊了吗？这个地方有的人叫'龙隐镇'，有的人叫'白崖场磁器口'，不过我爸说'白崖场'是它最早的名字，因为这里有一座叫'白岩寺'的寺庙，听说是明朝的时候建文帝朱允炆被他叔叔明成祖朱棣篡位，从宫里的地道逃出来以后出家，流落到白岩山的宝轮寺藏了四五年，知道这个真相的人之后就把宝轮寺改名龙隐寺，白崖场就改名叫龙隐镇了。"林承晖见街道两旁果然有许多卖瓷器的小店，老板站在门前吆喝着，虽然他听不大懂四川话，但也能感受到这些人的热情。

三个人在小镇上转了一圈，在沈家陆的带领下，林承晖和卢少博都吃了许多以前不曾吃过的当地小吃。此时两个人手上正各拿着一串烤肉，上面撒满了辣椒。卢少博是山西人，看到那辣椒，有点不敢下口。

"辣椒看着多，但是不尝一尝你真的就白来了。"沈家陆看卢少博犹豫，在一旁劝道。

林承晖想起来第一次和宋珈灵去吃火锅的时候，有了那次的经验，他倒是比卢少博更愿意尝一尝。

直到天真正地暗下来，三个人才匆匆把白天拍好的相片全部送到相馆洗出来。时间太赶，沈家陆的胶卷也不够拍了，不然他铁定要拉着两个人去一趟龙隐寺。

军校这次招收了更多的人，短短两个礼拜，林承晖明显感觉到学校食堂里的人更多了，他住的这幢宿舍楼也进行了整改，虽然不像其他宿舍一样和一个班的其他宿舍进行合并，但作为多余出来的三个人，他们必须要和两个新生住在一起。

这天，三个人正在宿舍里各自干着自己的事，突然外面有人敲门。

沈家陆坐在床上，朝在下面看书的林承晖递了个眼色："去开门，我们的新生到了。"

林承晖打开门一看门口那人，嘴角弯起来。

"呦，阿晖是你啊！"吴伯驹一张被太阳晒得黝黑的脸嘿嘿地笑着，一把抱住林承晖使劲拍他的背，"瞧我俩这情谊，这次又是分到一个宿舍——对了，这是我的一个兄弟，周礼安，你走了以后我就和他玩得来！"吴伯驹错开身子介绍道。两人互相打了个招呼。

林承晖把两个新来的人招呼进屋子，吴伯驹发现和林承晖住在一起的两个人都好说话，一边放自己的行李一边就搭起话来。林承晖也高兴吴伯驹又和自己分到一起，一段时间不见，林承晖暂时无法从吴伯驹的身上看到什么大的变化，但是他想，吴伯驹能来到这里，离他自己的梦想肯定又更近一步了。

"事到如今，你们三个都是部队上来的，就我和少博纯纯粹粹的是个学生。"知道吴伯驹和周礼安都是和林承晖一个部队出身后，沈家陆感叹道。虽然和日本开战已经很久了，但他就是觉得自己离战争还有一段距离。

周礼安道："打过仗也不是什么值得说的事情……伯驹因为打仗都没和嫂子待过几天。"

"什么?！伯驹，你……你就结婚啦？"沈家陆望着吴伯驹黝黑的脸瞪大了眼睛，似乎要在他脸上凿出个洞来。"我以为……"在他的认识里，要当了军官才会有太太。

"家陆你省省吧，你真是家里的宴会参加多了。结婚和当官有什么关系，两个人喜欢不就行了，亏你还是受过新思想教育的人。"卢少博道。

吴伯驹挠挠头，一张黑脸有些难为情，"她的名字叫曾玉。那个时候长官带着我们去到那个村子附近的地方驻扎，她负责给我们部队送情报，我去和她交接过几次，然后就慢慢地熟起来了。"

"她这次没有跟着你来这里吗？"林承晖问。

"没有，我走得急，不准带家属的。她留在她家了。"吴伯驹从自己的背包里掏出两条假领子，"这是她给我的，说是以后穿衬衣用得上。我没有什么东西拿得出手来送她，只好给了她一颗子弹。"现在想想，这个礼物和她送的也是拿不出手。"我们结婚也是在部队上结的，郑长官给我们做的证婚人。"吴伯驹回忆起结婚的那天，曾玉穿着大红的喜服，头发梳得齐整，黑刘海下那一双清亮的眼睛——他从没有想过自己会在当兵时把婚结了。

"没事，以后战争结束了，你回去找她。"

吴伯驹点点头，一副知足的样子。

林承晖可没那么乐观——都说天下大势，分久必合合久必分，然而眼前的战争什么时候会结束，谁也不清楚——每一次历史的洗盘，又沾染了多少生命？

"好啦好啦，本来高高兴兴的事情都被你俩说得不高兴了。"沈家陆将吴伯驹的思绪打断，半开玩笑道，"都是有家的人，以后打起仗来可得当心点！"

"家陆这句话说得不错，我们这些人得活到战争胜利的那天。"卢少博抬起手里的水喝了一口。只要希望还在，他们就没有理由不去追寻。

第 十 六 章

从前，林承晖总是不能明白为什么"他乡遇故知"能被称为四大喜事之一，但现在，他看着吴伯驹晒得黝黑的脸，突然就懂了，一个漂泊在外的人，面对任何有关家的一切都不可能不感到激动。他想和吴伯驹讲一讲过来这边的事，又不知从哪里说起。他在这里的生活相较于吴伯驹，实在很清闲。

211

"不说这些了,仗都还没打到这里呢。就算打起来了,那也只有一个目标——保家卫国!"沈家陆的声音很洪亮,但对未来的凶险,他也没底气。他从来没有上过战场,没有林承晖和吴伯驹的那份刚硬,照父亲的计划,他能留一条命逃回来都是好的,当不当官又是后话了。

吴伯驹听罢只是笑了笑。沈家陆这个样子倒是很像当初他们去街上游行的时候,大家聚成一堆,拿着自制的旗子冲出校门,边走边喊。那个时候,人人都神气,眼里蓄着一团团愤怒的火。

"哎呀,行了行了,怎么一个个都没气儿了?吴伯驹,我也有一个秘密要告诉你!"

卢少博看沈家陆的神情就知道他要讲什么,也跟着笑了起来,又不忍拆穿他,咳了两声,慢悠悠地背过身去了。

沈家陆理了理衣衫,清了清嗓子,视线不停地在吴伯驹、周礼安和林承晖三人身上打转,慢悠悠地说:"其实,你成了家,阿晖也有女朋友啦!"

林承晖没想到沈家陆又提起自己这茬——倘若他有一日在战争中死去,那么宋珈灵呢?

吴伯驹一副不敢相信的样子转过去看着林承晖,似乎是想要一个什么解释,但林承晖始终没有说话。吴伯驹咳了两声,一副司空见惯的样子,说:"我还以为什么事呢,不就找个女朋友吗?想当年,他在厦大的时候,那才叫迷倒万千少女呢!"

一句话,便激起了从没见林承晖提过自己的事的沈家陆和卢少博的兴趣,两人转头看向吴伯驹,一副期待的神情想让他讲下去,却被林承晖叫停了:"行了,你们别听他瞎说。伯驹这张嘴啊,可不比沈家陆你差半分半毫。"

这话让沈家陆和吴伯驹听了去,两人对视了一眼,默契地上去"捆"住林承晖,一旁的卢少博和周礼安也忍不住上去帮忙,一群人扭打成一团,宿舍楼里回荡着一阵又一阵的笑声。

深夜,林承晖不知怎么醒了过来,翻来覆去怎么也无法入睡,索性坐起来看风景。冬天的夜晚，月色并不清明，像隔着一层薄纱，朦胧又冷清。他最欢喜这样的月色，可以任由思绪穿过云层一点点蔓延，徘徊，最终散落。

"阿晖，想什么呢？"

淡淡的声音止住了林承晖的遐想，他回头望去，吴伯驹也从被窝里爬起来了。一开始，睡在这里的还是沈家陆，吴伯驹为了能和林承晖近一点，用扳手腕的办法让沈家陆搬出去，想到沈家陆一脸委屈又不服输的样子，林承晖哑然失笑。良久，才压着嗓子应道："没什么，你怎么起来了？明天还有很多训练在等你呢，不好好休息怎么行？"

吴伯驹裹紧了被子坐好，答道："多大的事儿！在部队的时候，比这更苦更累的不都挺过来了吗？现在是在学校，又不是在战场上。再说了，就算在战场上又如何？我早就习惯听着炮声睡觉了，现在听不见我还睡不着了呢！"

林承晖听了又想起从前他在战场上的事来，便又沉默下去。吴伯驹知道他心里放不下，便也不敢再说什么，毕竟，当初如果不是自己拖累他打死了那个孩子，他或许也不会这样。说到底，还是自己的错，想到这里，吴伯驹吸吸鼻子，也一句话都不说。

林承晖看到吴伯驹也低着头沉默，心里知道他也是对当年的事情还有愧疚，便说："别想了，伯驹，都过去了。"是啊，都过去了，安慰别人的时候说辞倒是一套套的，但自己，真的能过去吗？他没有勇气去想。

"嗯。"吴伯驹应了一声，两个人又沉默了，原本以为久别重逢有的都是喜悦，吴伯驹也憋着一肚子话，但现在，却是相顾无言，倒让吴伯驹有些不知所措了。

"伯驹，你想念他们吗？"林承晖又转头去看月亮。

"嗯？"吴伯驹愣了一下，反应过来后说，"想啊，觉得有些对不住他们，是我的选择才让他们不得不在家里等，可是这一等，谁知道要多久呢！"

"是啊，我也好想家。"林承晖轻叹。

"没事，他们一定会平安的，我们也一定会回家的！一定！"吴伯驹从被子里艰难地伸出一只手拍了拍他的肩膀，又问，"那你女朋友呢？"

林承晖苦笑了一声，说："在医院上班呢。"其实他和吴伯驹也是一样的，如果没有这条命熬到战争结束，那就只能放手。他是不甘心的，但又能如何？

"改天约出来见个面吧？也让我看看到底是什么样的女子能入得了你的眼，林长官。"

一声"林长官"，两个人仿佛回到了从前，看着彼此的脸放声笑了起来，又恐惊醒其他人，便压低了声音继续聊，也不知何时才沉沉地睡下去。

第二天中午，吴伯驹下了课，和周礼安一起来找林承晖吃饭，林承晖看了一眼自己的书桌，犹豫了一会儿说："你们先去吧，我这还有一些功课没做完。"吴伯驹顺势看过去，书桌上摆满了图纸，但他并没有打算让林承晖拒绝自己，他向周礼安挑了一下眉，周礼安点了点头，两人一人一边架着林承晖走了。

"阿晖，这学校食堂的饭也太好吃了吧！"吴伯驹将肉塞了满嘴，讲的话完全听不清，"阿晖，你说你，也太不讲义气了，一个人在学校吃这么好的饭，也不写信讲一声，要是我早知道，何必等到现在……"打仗的时候别说是肉，平日连油星都难得见一次。不过好在他再怎样还是来到了这个学校，跟上了林承晖的脚步。

林承晖看着他的吃相，忍不住笑了起来，说："你来这，就是为了吃口饭？"其实林承晖没说，这规格的饭菜一礼拜也就一回，给大家打牙祭用的。

"阿晖，你还别说，还真是！他在部队的时候就天天跟我嚷嚷说吃不饱，也不知道他的胃和我们有什么不同。"周礼安在一旁补了一句。

吴伯驹听了佯装生气，放下手中的鸡腿，对着周礼安就是一拳，说："去去去，民以食为天，吃得多怎么了？我力气大呀，打仗我也跑得比你快！"

"在这里要比就比成绩，你以为还在那个鸟不拉屎的地方呢！"周礼安对吴伯驹也算是知根知底了，论力气，两个自己都不是他的对手，但若是论脑袋，那可就不一定了。吴伯驹想想自己读书也是好几年前的事情，但是大丈

214

夫一言既出驷马难追，又怎么能反悔呢？当下便决定了要和周礼安比成绩，就以这个期末为期限，让林承晖做个见证。

林承晖脑海里突然闪过一个类似的画面，那是自己和张书雅在向大哥争吵着什么事的样子。时间过去太久了，剩下来的画面并不是很清晰，就像锁在柜子里的给家里寄的信，一路上早就受了潮，上面的字只剩下依稀可见的轮廓。

"阿晖，你刚刚在画的图纸是干吗用的？我没听沈家陆他们说教官有给你们布置功课啊。"

"没什么，就是上午教官讲的一些点我不是很明白，想自己重新做一遍看看能不能理解罢了。赶紧吃吧，一会儿还得接着做呢，你们俩刚来，很多事情更得用心才行。"林承晖说完，便低下头吃饭了。

"啧啧啧，看看我们林长官，就是不一样！照这个状态下去啊，那可真是前途一片光明，形势一片大好呀！到时候，可别忘了兄弟我呀！"吴伯驹忍不住打趣，但他心里无疑还是佩服林承晖的，这么多年，也没见他说过一声苦，反而越是艰苦的时候越努力。

林承晖看他一眼，说："吃饭都堵不上你的嘴？"

"做梦都闭不上呢，何况是吃饭？"周礼安忍不住插嘴。林承晖听了也忍不住发笑，吴伯驹讪讪地挠了挠头。

这时，沈家陆和卢少博从远处跑过来，喘着粗气，一屁股坐下，说："阿晖，刚刚有人来宿舍找你，说是传达室有你的电话。"

"有说是谁吗？"

"那倒没有，听着挺急的，你快去吧。"

林承晖交代他们帮着收拾一下碗筷，便大步跑开了。不远处，有人一直在盯着他的背影，一直到看不见才满意地点了点头。

一路小跑的林承晖拿起听筒，那边便传来了宋珈灵清脆的声音。

"阿晖，你在听吗？"话筒又传来宋珈灵着急的声音，林承晖这才反应了

215

过来："我在，怎么了？"

"阿晖，我今天休息，你有没有空，我们一起吃个饭？"

"这些天学校有些事情，可能我来不了。"

宋珈灵"噗嗤"一声笑了，说："我跟你说啊，要是你真有事那就算了。但如果是因为谢云，那我可得跟你说清楚，我已经明确拒绝当他的官太太了——叫他让别人当去吧，我消受不起。"行动的命令已经下达，谢云不得不离开医院，回到自己的阵地里去。走的时候虽然一副憋着气的样子，但好歹没有再找过她的麻烦。

林承晖听着这话有些愣神，没接她的话。

宋珈灵清了清嗓子，又道："又不说话——你听明白我的意思没？"

在一旁的传达室的值班人员看了看挂钟，催道："同学，和女朋友打电话这么憋屈干吗，赶紧要说什么就快说，时间快到了！"

这话被宋珈灵听了去，电话里不停地传来悦耳的笑声，被人一催，林承晖更不知要作何反应，只觉耳根发烫。"我明白你的意思了。下次我来找你一起吃饭吧。"

"那我可记着了。你别想着反悔。"宋珈灵嗔一句。

林承晖忍不住笑了。两人又聊了一会儿，才挂了电话。他心里一阵轻松，和值班人员道别之后脚步轻快地回了宿舍。

"哟，看我们的林长官回来了。"沈家陆喊了一声，又细细观察他，神秘兮兮地说，"似乎心情还很不错的样子，八成是和我们的'林夫人'有关。"

林承晖一把将他推开，说："家陆，你不去报社做记者着实屈才了。"其他人被林承晖的话逗乐了，一时之间笑声四起，林承晖也不在意，径直上床去了，方才宋珈灵说的话，还萦绕在他的脑子里。她已经放弃了谢云，他还有什么好顾虑的呢？

卢少博想起一个问题："对了，我听说这几天教官要从我们这些学员中挑选一些人到前线去运送物资，你们知道吗？"

吴伯驹靠上来，问："消息可靠吗？"

林承晖从床上坐了起来，听卢少博这一提他也想起来——"我也是在回来的路上听人提起的，不过无风不起浪，应该差不到哪里去，现在前线战事打得火热，物资没了也是一件麻烦事。"

"这倒是，那有说要选谁去吗？"吴伯驹又问。卢少博刚想说话，却被沈家陆抢了去："选谁也选不到你们的，你们刚进来，大多事情还没有学会。依我看，阿晖倒是有这个可能。"

吴伯驹担心地看了一眼林承晖，他知道林承晖不是没有这个能力，但他为什么来当飞行员，他更是知道，如果真的选上了他，怎么可能不担心呢？林承晖看起来确实一副已然忘记了的样子，吴伯驹也不敢说些什么。

"我也认为阿晖有这个可能，你们说，到时候他顺利完成了这个任务，是不是还得再嘉奖一番，不说升个官爵，怎么也得记个功吧？"周礼安不是十分清楚林承晖的事情，半开玩笑道，"那可真真的前途不可限量啊！"

在场的人除了吴伯驹和林承晖都笑了，林承晖不知道自己是不是会被选上，但就算被选上，他也不确定自己是否真能接受这个任务，再一次踏上战场，光是战场上遍地残肢的尸骨就让他望而却步。只是，如果自己真的被选上，他有拒绝的权利吗？诚如沈家陆所说，军人的职责是保家卫国，怎么可能任由他说不接受就不接受呢？

该来的总会来。

尽管他安慰自己，然而第二天做完早课，便有人通知他到教官办公室去。一路上，林承晖心里都很忐忑，他不知道教官找自己到底是不是运送物资的事，如果是的话，他要怎么做。就这样想着，他很快便走到了教官办公室，他抬头看了一眼门上的牌子，隐约听见门内人说话的声音。

"你确定他可用？我之前听刘思清说他有些心理障碍。"

"人不都是被逼出来的吗？他当初能被逼出那样的成绩，我相信他今天一样能行！"

"那看看吧,这次先让他做副驾驶吧,别到时候出了什么事,人命可不能开玩笑。"

大约谈话声停的时候,林承晖敲了门,教官让他进去了。办公室内是教他飞行理论的教官孙军和陈熠,林承晖向他们敬了个军礼,喊了声"教官好"。

陈熠点了点头,问孙军:"他就是你推荐的学员?"孙军点了点头,陈熠也细细地打量了一下,开口道:"不错,长得倒是蛮精神的,有几分军人的样子。"孙军也跟着点头。陈熠又问:"你可知,今日找你来是为什么?"

"报告教官,不知道。"

"现在,前线上的仗打得越来越紧,很多地方物资稀缺,我们需要给他们送过去。听孙军教官说,你是这些学员里面最优秀的人,所以我们决定派你到前线去。你可愿意?"陈熠问。

虽然已经做好了心理准备,但宣布的这一刻林承晖还是有些愣了神。陈熠对他的表现有些不满,问:"党国培养了你这么久,现在是你回报的时候了,怎么,你还不愿意?"

林承晖回过神来,本能地回了一句:"报告教官,我愿意!"陈熠才满意地点了点头,让他出去。

回宿舍的路上,林承晖感到有些头痛,过去的事情让他放下,就目前来看是根本不可能的,但如果不放下,或许他就不能从战场上活着回来,日本人的凶残他是见识过的。总而言之,这是一次艰巨的任务,至少,对他来说是这样。

"阿晖,教官找你干什么了?"吴伯驹上前拉着林承晖问,林承晖感到有些头疼,也不想多说什么,将事情告诉了他便上床去了。

沈家陆听了,和周礼安开心地叫着喊着:"保佑阿晖顺利完成任务,这样我们也能跟着沾光。"

"关你俩什么事?"卢少博忍不住说一句。三个人又闹作一团,只有吴伯驹一直看着林承晖，但又不知道该说些什么，只能坐在床上陪着他。如果能有人替林承晖去，吴伯驹是愿意的，可惜自己还不成熟，没有机会……

思来想去，林承晖决定给宋珈灵打个电话，哪怕是听听她的声音。打定主意后，林承晖便往传达室走。

林承晖的心跟着数字七上八下地跳着，一直到电话接通的那一瞬间——"喂？"林承晖唤了一声，"珈灵？"

"幸好我现在不忙，不然我都接不到你电话。你怎么想着给我打电话来了？"她以为是宋文谦打来的电话。自上一次和家里打电话后，宋珈灵已经很久都没有打通了，她写了信寄出去，但最后又被退回来，送信人说因为打仗，现在已经不能送厦门那条线了。

"没啊，我就是有些想你。"

"得了吧，我还不知道你？肯定是有什么事情要和我说。"宋珈灵太了解林承晖了，但就算如此，在听到他说想她的那一刻，心里还是很开心。

"嗯，教官说要派我去给前线送物资，过两天就走了。"一句话，听得宋珈灵也沉默起来，她知道林承晖会给自己打这通电话，一定是心里还在犹豫，刚要说话，旁边又传来了叫她去照顾病人的声音，她只好挂了电话。

下午，两人在校门口见了面。

林承晖有些意外她会直接找到这里来，她显然是急着赶来的，头发被风一吹，有些散乱。

"没想到我会直接过来吧？——我等下还得回去上班。"宋珈灵笑盈盈地说。她本来想打电话给他，但还是觉得直接说会更好。"阿晖，不要抗拒你心里的想法，你是一个很好的士兵，我相信你。"

"这不一样。"

"一样的。我也会害怕的，阿晖，我救不了那些伤员的时候，我看着他们满身是血的时候，我看着他们缺胳膊少腿的时候，我也会怕，为什么，为什么战争要来到我身边？是不是有一天，我也会像他们一样，或死或伤？好多时候，我也会从噩梦中惊醒——阿晖，我们只能在绝望中继续行动。人有时候并没有太多的选择。"

第 十 七 章

早上起床，蕙兰从自己的大木箱子里掏出一件青蓝色的薄棉袍穿上。三月，龙岩的天已经开始回暖了。

蕙兰嘴里还嚼着昨天吃剩下的饼，手上开始整理起那些她裁好的纸。

一阵敲门声响起。

"请进。"蕙兰抬起头看看，进来的是钟婉莹。

钟婉莹把一碗熬好的粥放到蕙兰面前，道："你呀，每天早上就是吃点饼掺着水咽了，快把这碗粥喝了吧，润润肚子。"

"谢谢大嫂。"蕙兰不好意思地冲她一笑，双手端起粥小口小口地喝起来。她是不常自己做粥喝的，饼早上吃起来速度快，往锅里热一热就好了。只要有她的课的那天，蕙兰都能比林承曔还要早到学堂。

"你还说要照顾好那些学生，你连自己都这么马马虎虎的……哦，我来是要和你讲一件事，我昨晚听阿曔哥说上完今明两天的课，学堂就要放假了。"他们的学堂不比得城里的新式学堂，新式学堂一月份就放假，林承曔应那些父母的意思，多上几天的课，好照顾那些家里生计困难，顾不上孩子的家庭。

"为什么？"蕙兰放下碗，惊讶地问。她现在教着书法课，已经和那些孩子很熟了。突然停课，心里忽然有些失落。

"明大开始就是农历十二月十五了，按照我们这里过年的规矩，明天开始家家户户都要打扫哩。你今天去就好好给孩子们上一上过年前的最后一课吧！"钟婉莹笑道。她收了碗，和蕙兰道别。

蕙兰完全把过年的事忘了，经钟婉莹一说才想起来。之前过年的时候她在东北，听到不远处的日军司令部传出几声三味线的声音，完全不知道那天是过年。不过，在那种地方，即使是过年，对她们这些被抓进军营里的女人来说，也是一场灾难吧……

　　不愿意再多想，李蕙兰抱着一摞纸出了门。

　　来到学堂，还没有一个人，李蕙兰把自己昨晚写好的两个字贴在背后简易的黑板上，在讲桌前坐下，看昨日午饭时从林承暻那里要来的《聊斋志异》。她小时候就听大人讲过很多妖怪的传说，也常常窝在父亲的书房里反复看小泉八云的《怪谈》和《来自东方》，中国这方面的文学她还是第一次接触。

　　李蕙兰对中国古典文学的热情也让林承暻觉得很欣慰。从她成为老师之后，林承暻就把自己的书借了好几本给她看，不光是古典文学，新文学的也有一些。刚开始借书给她的时候，林承暻担心她不大能看得懂那么多，后来才知她的理解能力并不差，除了一些比较特别的、不大常见的字句会来问他外，其他的古典文学基本能够看下来，只是新文学这一块比较吃力一点。

　　其实当她还在日本的时候，日本就已经开始了明治维新，除了中国的古典文学，她也接触过一些新的、西洋的东西。正巧林承暻觉得让她讲古典文学的时候，也把自己知道的先进的知识讲给孩子们听是一件非常好的事情，于是便让她在课余的时候多和孩子们讲一讲。

　　上完一节课后，大抵因为年事将近，孩子们课间就围在一起说着放学以后要回家做什么事，李蕙兰坐在一旁，默默听他们的讨论。

　　在日本，明治维新以后就不过二月份的春节了，而是把元旦当作新年来过。不过，因为老一辈以前都过二月份的春节，所以也有人家私底下过春节的，那天大家做镜饼——类似客家人的甜粄，先拿去供神，然后一家人分着吃。她在家的时候，哥哥和父亲也会在门口挂起用稻草编起来的草绳，上面插上橘子。到傍晚和邻居一起去神社或者寺庙上香，也有的人去市场上买羽子板来驱鬼。他们一家住的小镇上，卖的羽子板色彩还算不得很漂亮，她至今都记得静马的未婚夫送给静马的羽子板，那是她见过最好看的。后来她听说，那副羽子板是从浅草专门卖羽子板的地方花了许多钱才买下来的，上面的浮世绘，色彩艳丽非常。

"老师，今年您和我们一起过年吧，我们会做很多好吃的！"一个小男孩邀请道。

李蕙兰点点头，孩子的笑使她的心温暖起来。

结束了一上午的课，她照常和钟婉莹一起给孩子们做饭。现在她做起客家菜已经很熟练了，她想试一试上次钟婉莹给她做的酿豆腐。

"大嫂，今天我来做豆腐吧。"豆腐是院里一家在小镇上卖豆腐的人送来学堂的，那家人的孩子也在这里读书。

"好。"钟婉莹把昨天下午腌好的两只鸡拿出来，准备下锅蒸。李蕙兰做饭熟练后，她也有时间多做几道菜。明天就要放假了，好歹让孩子们吃上一顿鸡肉。

李蕙兰把一块猪肉和其他香料剁细放在碗里拌匀，然后把豆腐切成小块，中间用小勺挖出坑，坑里抹上生粉，把拌好的馅料填到坑里。

"大嫂，猪油要没有了。"她去洋瓷缸里挖猪油，半天才挖出一勺来。上次包芋子包的时候，就用了很多猪油渣。

"不怕，我这个鸡不要什么油，你拿去用吧。"

李蕙兰在锅里把猪油化开，待油温升起来后，把填好馅料的豆腐块下锅煎炸，不一会儿，豆腐的香味就在空气里散开。几个孩子闻到这气味，已经趴在伙房的门框上准备来端菜了。看见他们，李蕙兰捂着嘴笑出了声。

和孩子们一起刚吃完饭，林承暻就已经来到学堂，正如钟婉莹说的，他向孩子们说了过年放假的事。

钟婉莹和李蕙兰一起从学堂出来，看到几个女人在院子里晒糯米。"蕙兰，明天你没有课，要不要来我家跟我一起做米酒——就是你上次来我家吃饭的时候喝的那种酒。"她记得那天吃饭的时候李蕙兰说要跟她学酿米酒的。蕙兰虽不能喝酒,但这门手艺总可以学一学。现在要为过年做准备,家家都要酿上一两坛糯米酒供过年那几天喝。

"好,我还一直想学呢!"蕙兰想起在家的时候,她酿的清酒哥哥和父亲都会喝,她觉得,让身边的人喝上自己酿的酒是一件美好的事。婉莹说,糯米酒分成两种,一种是老酒,入秋以后就先酿上,等发酵上几个月,把酒滤出来,放到火上去烤,放着澄清;再滤出来,放在火上烤……反复几次,酒就能变得像蜂蜜那样透明的黄。另一种就是现在酿的,叫水酒,放着几天就能喝,甜丝丝的,像米汤一样解渴。

第二天天刚亮,钟婉莹就把李蕙兰叫来家里。吃过早饭,两个人把之前储在米缸里泡了几个小时的糯米全部舀到木桶里,而后把木桶放在灶上生火蒸成糯米饭。不一会儿,糯米浓郁的香味便顺着木桶边溢出,李蕙兰搬了一把小凳蹲在灶边闻着,钟婉莹见了忍不住笑起来。

"你说你以前在家也酿酒,酿的是什么酒啊?"钟婉莹也在灶旁坐下来。

"我酿的是日本的清酒,不用糯米,用大米酿就可以了。"李蕙兰压低声音,一只手撑住脸颊回忆道,"洗米的时候要用力些,洗到水不再发白,然后把它泡上一整晚。第二天的时候就可以加水煮,边煮边翻。之后让它冷下来,发酵的时候可以加上酵母。一段时间之后把发酵好的酒倒出来加热杀菌,装到酒坛里密封起来,要喝的时候尽管倒就可以了。"她第一次去翻米的时候蒸汽太烫,弄得手臂上起了水泡,哥哥心疼她,之后每次做酒都是他去翻米了。

"看得出来你还是很想家的……现在一直打仗,都不晓得什么时候你才能回家啊。"钟婉莹拿扇子扇着灶,心里为她难过起来。李蕙兰能在这里一直住是好的,但她终归不是中国人,想必早晚都是想家的,就像自己,如果这么久不回到家,一定不能忍受。

李蕙兰长长地舒一口气,满鼻都是糯米的香味,这让她想起以前冬天蹲在酒坛面前等酒发酵的时候。窗外下着细雪,发酵屋里的酒坛摸上去也是冰凉的，酒坛口上有一圈白色的沫，看起来像珍珠。"我也不知道自己能不能回去……那里已经不是我想象中的故乡了。"

日本现在的一切都让她害怕。不知道是从什么时候开始，和哥哥去吃的那家刨冰店再也不开了，樱花依旧是美丽的，但穿浴衣的女人身边却没有她们的丈夫，只是小心地牵着一个半大的孩子。孩子穿着花布浴衣，眼睛却不再依恋他们的母亲，在街上遇到别的孩子时只会挣脱母亲的手和那个孩子当街扭打。她至今还记得一个军官从那两个扭打的孩子面前走过时拍手叫好的模样。

父亲说军国主义是邪恶的，会把人变得疯狂。街上有军队过来宣传的时候，她曾拿回家一张写满字的纸，父亲看了一眼之后便把它撕得粉碎……她不知道为什么军国主义让孩子都变成了这样！

她现在没有父亲、没有哥哥，朋友也全部都被抓了，就算她回到家又能怎样？

"那你会一直留在这里吗？"钟婉莹问。

"我不知道，但是这里让我很喜欢。"李蕙兰朝钟婉莹笑笑。这里不是家，但却让她有一种家的温暖。

"我没有离开过这里，离不开阿曒哥一家和这个院子，我想你一定也是想回家的。如果你哪天想回家，我也会在这里求神保佑你。"钟婉莹看见蕙兰手臂上肉粉色的一截疤痕，咬起嘴唇。

"谢谢你。等到日本变得美丽的一天，我想我就到了回去的时候了。"

年关将近，李蕙兰跟着钟婉莹一起打扫房间，此时，家家户户都把旧物全部拿出重新擦洗，林佑安难得放下自己的布老虎，被院子里几个稍大的孩子带着，到大人那里要来打扫的用具，把土楼的走廊全部擦洗了一遍。钟老头和几个老人坐在院子里闲谈，祖祠那里自有自己的儿孙前去收拾。当日子划到腊月二十五日"入年架"，妇女们真正忙碌的时候便到了。钟秀兰拉着林家的婆媳俩还有蕙兰来大伙房里烧了一大锅滚油，把前几日准备好的食材盛入漏勺下锅翻炸,只一下午的时间,满满几簸箕的炸酥烧、炸肉丸、糖枣便端出来在灶台上沥着油;阿宝和几个男人一起到镇子里买了鱼回来,在井边三五成群地刮鱼鳞,制成熏鱼,有的也去山上抓来自家养的鸡鸭,杀了来制成卤鸡卤鸭肉。

一伙人忙到傍晚。钟婉莹牵着佑安进门,在椅子上坐下后不自觉地把手伸到腰间捶着。屋内,林家母子已经坐在饭桌前等她了。

钟婉莹对面还放着一副碗筷,里面已经装了饭菜。

"婉莹,我和阿曌想着还有几天就过年了,想提前陪他爸爸吃吃饭。"李佩瑶在一旁解释道。林继泽是过年的那天去世的,但母子俩想着过年的时候大家都喜庆,还忙着做事,母子俩做这件事难免不大吉利,所以便提前几天。

"妈,我听阿曌哥说过爸爸的事了,你们不要太顾虑了。过年的那天早上,依规矩,我们这边也是要祭祀各路神仙、祖先的,到时候我们一起给爸爸烧炷香。"钟婉莹知道她在顾虑什么,握着李佩瑶的手认真说道。

"没关系,只要你有心就好。"李佩瑶忍住眼泪,声调里压着一丝颤抖。这几天临近过年,哭是不好的。林继泽的去世一直是她无法摆脱的伤痛,但现在她和儿子把这么多苦难都挨过来了,林承曌也娶了媳妇生了孩子,这种伤痛最近也有了弥合的趋势。就像钟婉莹说的,大家在一起,没有什么日子是过不去的。

林承曌笑道:"好了,妈、婉莹,不要再想了,父亲在另一个世界看着我们,我们难过,他也难过啊。我们快吃饭吧!"林承曌主动给两个人添饭。

"好好,我们一家高兴,你爸爸也放心我们!"

正吃着,有人来敲门。

"请进!"

推门进来的正是蕙兰,她来找林承曌借一支毛笔写对联,自己的那支是写小楷的,拿来写对联不大合适。

"不忙不忙,你还没吃饭吧,快过来我们一起吃!"钟婉莹拉着蕙兰到饭桌前坐下给她添饭，腰动了一下，又疼起来。

"大嫂，明天的活我来干吧，你休息一下。"蕙兰认真地说。见钟婉莹面色有些痛苦，知道是她的腰痛犯了。

"我没有事，晚上睡一觉就好了，马上过年了嘛，忙点也是正常的。"一连许多日的家务事倒是真的让人有些累了，不过大家都是为了过年，这样也没什么好计较的。

林承曒把孩子带到自己面前给他喂饭，对妻子道："真的辛苦你了。"

"我还好。"钟婉莹冲丈夫一笑，脸上有点发烫，明明知道自己不会跟他说好听的，林承曒还要那么讲。"蕙兰你也是第一次这么累吧？这次过年也还好有你在这里帮帮我和秀兰姨的忙，前几次过年基本都是我们两个人撑着厨房呢，今年还要好多了！"

蕙兰笑道："我也是第一次过这么忙的年，不过能帮上你们的忙我也很高兴，你看，我不是趁机学了好几样菜嘛，以后小心我做菜比你和秀兰姨还厉害！"

"哦，不得了不得了，整个院子的人都说我和秀兰姨做饭厉害。你现在都这么说了，那我就好好等着你！"钟婉莹话一落，整桌的人都笑起来。

离过年还有两天的时候，蕙兰受林承曒的委托，把自己写好的一叠对联交给他。根据客家人的风俗，这些对联在大年初一时就会被贴在家门前。按以前自然形成的规矩，对联本来是院子里的老人来写的，但今年过年院子里有两个有文化的年轻人，蕙兰写的楷书也在大家中间出了名，今年全村的对联就由他们二人来写了。

除夕，男人们把大家前一日用大木甑蒸好的"岁饭"搬到祠堂，里面插十二双筷子和十二个大蒜供奉祖先和神。钟婉莹和老人们说了林家母子的情况后，大家都同意他们怀念林继泽。早晨，李蕙兰也和其他人一起陪在老人后面祭祖拜神，心里一瞬间便觉得很踏实，她虽不是这里真正的族人，但这里的文化和人却让她如此依恋而亲近着。

当晚，年夜饭一直吃到深夜才勉强结束，几个孩子领着佑安去盘子里抓了大把的油货，冲到院子的一片空地上玩捉迷藏。有人在门外点着了鞭炮，噼噼啪啪地在黑夜中炸响。钟婉莹把桌上的灯点亮，拉着李蕙兰来家里和他们一起守岁。此时，每户人家的房里都是点着灯的，橙红的灯火把整个土楼烘成温暖的黄，人们谈笑的声音充斥着这个特别的夜。

上完一早的课，沈家陆和卢少博走在路上，路过校场时正好遇到下了实践课吴伯驹和周礼安。

吴伯驹一路低着头走，连脱离队伍了也没发觉。"嘿，你是怎么了？魂不附体的。"沈家陆拍拍吴伯驹的肩膀。

"家陆，你说阿晖会安全回到这里吗？"不知道为什么，虽然这次林承晖对出任务没有推脱，但他就是觉得林承晖还是没有从以前那件事的阴影中走出来。

"瞎说什么呢，他那么优秀的一个学生，虽然没有毕业，但是他的技术我们大家都知道，教官也认可。再说了，他又不是去投弹，只是去前线投递物资，他遛一圈今天就能回来了，你要相信他。"沈家陆本来没怎么担心，现在吴伯驹一说，自己心里也有点打鼓。以前训练的时候他不是没有想过生死的问题，但现在有人真的上了前线又是另一回事了。

"我也相信他今天就会回来。"卢少博笃定道。

"我们去宿舍等他吧。"周礼安知道一伙人都不想去吃饭。

四个人在宿舍挨到晚上，吴伯驹趴在桌子上看书画图，半天都没有画出来一笔。天都黑了，林承晖还是没有回来。他想起以前两个人都出去打仗的时候，那时他就只想着怎么把面前的敌人杀死，哪会像现在这样坐着干等，提心吊胆的，还不如自己也跟着一起去。

四个人都在做自己的事，但全然没有了平日里轻松的气氛。

"承晖为什么还不回来呢？"沈家陆掏出表来看看，天都已经完全黑了，这个时候开飞机很不好。飞机的燃料也是有限的,如果这个时候还不回来……

"不行,我要去问问教官!"沈家陆噌地从床上坐起来,准备穿鞋。他虽然不能打听林承晖究竟去了哪里执行任务,但是他回来的消息总是能问到的。

"我也跟你去!"吴伯驹道。

"你们这么晚去干什么呢,管宿舍的教官不会让你们出去的。"卢少博阻止道。就算现在下楼去,不仅不能出这栋楼,按照宿舍管理规定,他们还会被教官惩罚。

"但是——"

"我们就在这里等他吧,难不成他今晚还不睡觉了?"经卢少博一说,周礼安也觉得现在去找教官不大合适。

几个人又沉默下来。

"扣扣扣——"

"一定是阿晖敲的门!"吴伯驹跑到门前把门一开,果然是还戴着头盔的林承晖。

"阿晖你回来得这么晚,可把我们吓死了,还不如像以前一样跟你一起去打仗呢!"吴伯驹紧紧地抱着他,眼睛里有些湿润。

"先让我进门呀——你们着急什么呢,我说了今天我一定会回来的。"林承晖轻松地笑了笑。他今天傍晚的时候就已经返回到重庆地界了,只是现在重庆还在雾季,尽管是下午,但雾气还是很大,他降落的时候有点困难,不过好在还是成功了。之后又去长官那里做汇报,谈了好一阵,现在才放他回宿舍。

"这次我去尽管只是投物资,但在飞机上还是能看到那个地方被炸得很惨烈。日本人的飞机应该是来轰炸过的。以后在学校,还是要注意练习。"那些巨大的弹坑旁都有已经干了的血迹,他看不大清那些死在战场上的人,但昔日的记忆却在他的脑海里闪现。依照长官的预测,或许他们这些人真正出征的日子就快要到了。这些消息他还不能和别人说,以免增加其他人的压力。

只是，这一次是去投递，下一次，就不确定了。

"承晖，你是不是有什么事？"卢少博看林承晖自己发起呆来，总觉得他有什么事情难以说出口。

"没什么。"以后的事情还是以后再说吧，"大家睡觉吧，明天还要上课呢。"

吴伯驹深深地看了林承晖一眼，还是爬上了自己的床。

一干人上床后熄灭了电灯，风吹起纱帘，校场上的电灯在墙壁上打出一道冷蓝的光。林承晖翻了个身，他闭上眼睛，等待睡眠的到来。

林承晖首次执行任务成功归来的消息一大早就在学校传得沸沸扬扬，当林承晖还在校场跑步的时候，几个以前说不上话的人都过来和他打了招呼。

"啧啧，看看，你现在是出名了。咱们学校坏就坏在一个女生都没有，要是还在你原来的厦大，那恐怕要排队过来跟你打招呼。"沈家陆跑在林承晖的左边道。据家里以前办宴会的经验，喜欢军官的太太和小姐就是很多，一棒子打下去都不知道有多少个。他要是上了战场杀了敌人，回家肯定很快就能找个女朋友。绝地逢生、背水一战，向来是英雄名留青史的桥段。

卢少博突然凑过去闻闻沈家陆。

"干吗呢你？！"

"奇怪了，我刚刚怎么就闻到一股酸味呢，比食堂里用的那种米醋的味道还大。"卢少博一副煞有其事的样子，惹得林承晖笑起来。

沈家陆耳根发烫，当下努力绷起脸子来："去去去，懂什么呀你，搞得好像你多有经验似的。"

"我是没有经验啊，难道你有？"说罢往林承晖身前一跨，撒开腿猛地冲出去。

"嗬！卢少博你这个瓜娃子，给我站住！看我今天不跑死你！"沈家陆说着就朝卢少博追，要论跑步，宿舍里除了林承晖，其他人他还真没认过输。

理论课的下课铃一响，坐在林承晖边上的人马上围到他旁边。

"所有人给我坐下，我说休息了吗?!"陈熠一声大吼，所有人只得回到座位上坐正。"哼，都来这里这么久了还是一点规矩都没有，今天下午课程结束后全部人到操场上跑五圈，林承晖带队！"

林承晖马上站起来敬了个军礼："是，教官！"

"好了，坐下吧。我知道你们想问他什么问题。你们是学校里招来的第一批学生，有的是已经上过战场打过仗的，有的是从原来的普通大学里面来的，大家资质不同，这点不可避免，但是这个不是你们在这里不守规矩、偷懒的理由，有人还觉得不公平的尽管提出来。林承晖去执行这个任务是学校的决定，他的过去和资质不是你们该关心的地方，你们要学习的是态度。时至今日，还有人是抱着混日子的想法来这里，不要以为我不知道！"陈熠的眼神直直地打到坐在林承晖旁边的沈家陆，沈家陆不敢撇开眼睛，硬着头皮端端正正地坐着。"沈家陆，你说是不是？"

"报告长官，是！"

"你知道就好，坐下。我和其他教官打算在接下来的时间里加强对你们的训练，战争不等人，你们就是拼了命，也要给我把开飞机学会。散了吧！"陈熠拿起教具，一个人出了门。

陈熠刚出门，坐在林承晖前面的男生马上转过来兴冲冲地问："承晖，开这么远的飞机感受怎么样？"

"就是脱离地面的时候要注意一些，飞起来以后还是比较容易的，可以看地面，感觉不错。"

"我们是不是快要去打仗了？"

"这个我不知道，不过看教官的意思，应该是快了。"

"承晖，你有空可以再教教我起飞吗？"

"好的。"

……

大家越问越起劲，林承晖被围在中间只得一个一个地尽量答过来，他往身侧一看，沈家陆不知什么时候已经离开了座位。

眼下这个场景，林承晖莫名地有一种熟悉感。他在指挥部的时候，同样被战友紧紧地围住，那时他想他是兴奋的，喝了酒，血管也似乎烧起来。这种感觉，现在他再也不会有了。

第 十 八 章

解散后，沈家陆一屁股瘫坐在校场旁边的一块草地上，脱下帽子擦了擦额头上的汗。也不知最近发生了什么事，教官对他们的训练强度突增，已经让他有些吃不消。"这还没上战场呢，我就感觉自己'命不久矣'了。打个仗怎么这么难呢？"名留青史的事情需要机遇。如果这些训练能确保他从战场上留一条命回来，那才算值得。

"家陆，你看你这话说的，我们是飞行员，更是军人，高强度的训练不是应该的吗？"说着，卢少博也到他旁边坐下休息。

两个人的对话被陈熠都听到耳里，一时之间不知道是该生气还是该失望，战争已经开始这么久，怎么还有人是这样的态度？更何况，还是军人，如果有一天，连军人的热血都没有了，中国该怎么办？他怒气冲冲地走到沈家陆的身边："沈家陆，你把刚才的话再给我说一遍！"

沈家陆被陈熠的声音一震，低下了头，怎么也不敢抬起来。卢少博上前走了一步，想替他解释，却再次激怒了陈熠："我让你动了吗？你们来这里多久了，一点纪律都没有！身为军人，一点军人的样子都没有！"

沈家陆和卢少博笔挺地站在原地听陈熠训话，大气都不敢喘一下，谁知道什么时候一不小心就再次惹恼了他。约莫过了五六分钟，陈熠也感觉到累了，下令让他们俩绕着操场跑二十圈便离开了。虽说平时的训练强度也并不弱，但现下的天气跑二十圈还是件并不十分容易的事情，天不但阴，还飘起了细雨，迎面吹来的风也是凉飕飕的……

二十圈跑下来，沈家陆有一种被人强压住胸腔喘不上气的感觉，他不由得蹲了下来握住膝盖，任由脸上的汗水滴落，也懒得去擦。卢少博在一边也好不到哪里去，半抱怨着对沈家陆说："言多必失，告诉你多少遍了，下次说话注意着点，再来几个二十圈我可不一定能扛得住了。"

沈家陆弱弱地点了点头。两人瘫了一会儿，才跟跟跄跄地回宿舍。吴伯驹看到这情形，忍不住笑了出来，周礼安上前扶着他们坐下，问他们发生了什么事。沈家陆有些愤愤地将事情一五一十说与他们，吴伯驹心疼卢少博也跟着受连累，又有模有样地学了一遍沈家陆的语气，惹得周礼安也忍不住跟着一起笑了。

沈家陆气恼道："这有什么可笑的？我又不像你们三个是从部队过来的，有经验，也不像少博，他热爱这个岗位。我本来就不想来这里上学。"

三个人你看看我，我看看你，意识到说错了话，推推搡搡地让对方去道歉，却没一个人上前去，也没人开口说话。一直到林承晖回来，才打破了这尴尬的氛围。

"怎么了这是？"

"陈熠罚家陆跑了二十圈，我们笑了他一会儿……"话说一半，吴伯驹讪讪地低下了头，横竖这件事情也是因为他才发生的，怎么都会有些不好意思。

林承晖看了一眼周围的人，走到沈家陆身边拿起他的相机，说："来，我们来拍张照片吧。"说完，就按下了快门。沈家陆的性子接受不了别人随便拿他的相机，站起身来就去抢："林长官，你不要仗着你的长官身份就可以为所欲为啊！我告诉你，你今天要是把我相机怎么了我就跟你拼命！"

"我怎么了？不就是拍张照片而已吗？你以前不也借给我的吗？"林承晖一个闪身躲到其他人身后。沈家陆听了这话，不屑地问："你拍的那能叫照片吗？纯属浪费胶片！"尽管自己心里明白林承晖的拍照技术已经有所长进，但

232

他现在心中有气，说出来的话也不好听。

"所以我更要拿走勤加练习了。"林承晖摸了摸相机，沈家陆就蔫了："阿晖，把相机给我！"林承晖见状，将相机还给他，道："今日他们笑你是他们不对，我让他们向你道歉。我们一个宿舍的，大家就不要计较那么多了，彼此照应才是！"

说着，林承晖示意其他人排排站好，说声对不起。刚站好，沈家陆便忍不住笑了出来，其他人也跟着一起笑，笑完对着沈家陆又是一顿捶打。沈家陆心里也明白，这件事情怪不得其他人，是自己太天真了。

"阿晖，改天有空我们去晒照片啊？看看你的拍照技术怎么样了。"沈家陆抱着他的相机，东摸摸西擦擦。住在一起这么久，他们还没一张合照呢！

虽说立春已经一段时间了，但夜晚的重庆还是很冷，银白色的月光洒落，织成一个柔软的网，把所有的景物都罩在里面。白天清晰可见的风景染上了一层模糊、梦幻的色彩，叫人看得不真切。

沈家陆被尿憋醒过来，不情愿地披上外衣去上厕所，外面的风呼呼地号叫着，冻得他不停地打寒颤，又就着哈欠穿鞋下床。回来的路上，隐约看到远处有灯光，好奇心驱使下，他想要一探究竟，但浓浓的雾气又让他放弃了这个念头，朝宿舍径直走去了。

刚躺下，沈家陆就被集合的哨声叫了起来，其他人也赶紧起来穿好衣服，身为军人随时待命的觉悟他们还是有的，只是不知道这次是发生了什么，仔细想想距离上次半夜集合已经差不多过去半个月了。

吴伯驹揉了揉眼睛，跳下床去穿衣服，边打哈欠边问："这是怎么了？怎么突然间要集合？"

沈家陆因为起来得早，衣服已经穿好了，坐在床上穿鞋："不晓得，刚才我去上厕所的时候看到外面亮着光，雾太大了看不清。"

"那你怎么不早叫我们起来呢？"吴伯驹穿好衣服走上前去打了他的头，

便跑出去了。其他人也跟着上去，林承晖心里大概意识到是什么事情，加快了集合的步伐。

"不错，这次大家的速度快了很多，值得表扬！"陈熠站在队伍前面，用他那洪亮的嗓子叫着，底下的人默不作声，一个个站得笔挺，等待着新的命令的下达。

"这次集合，是有任务要交给你们！养兵千日，用兵一时。我问你们，党国培养了你们这么久，也是你们回报的时候了，有没有人怕死，不愿意上战场的？"陈熠又问。

"保证完成任务！"

学员们齐刷刷地大喊。沈家陆站最后一排，孤独感油然而生。他突然觉得自己没有资格站在这群人当中，平日在学校，他还可以蒙混过关，但真的到了战场上，谁能给自己保障呢？他只想闲时带着他的相机走走拍拍风景，对打仗的事，本来就不热衷。面对那些受战争连累的人他也会感到愤懑，但这和上战场又不是一回事。

林承晖站在沈家陆旁边，嘴唇紧紧地抿着，手腕上的那个伤疤似乎又疼起来。他来到这里当飞行员，本来就是为了逃避才做的决定，但眼下，又让他上战场去，怎么能轻易做到呢？

陈熠站在台上，环视一圈，铿锵有力地说："上级收到情报称，在重庆驻扎的日本人在多处放置了地雷，随时可能引爆。为了将他们彻底赶出去，党国决定派你们去将他们的基地炸掉！"他停顿了一下，又说，"但鉴于你们还没毕业，党国也因此决定让第一批学员提前毕业，其他的，选一批优秀的学员来后补。这是你们的第一次任务，但敌军的武器比我们先进太多，这也是一次艰巨的任务，稍有差池便有可能失去性命。因此，从明天开始，加强训练，直到出征那天为止。时间紧迫，希望你们都能全身心投入进去！听清楚了吗？"

"清楚了！"

"好，解散！"陈熠又想起来些什么，说，"沈家陆给我留下！"

沈家陆听到自己的名字，心里咯噔一下，以为是自己今天早上的事情还没过去，又要再罚一遍，局促不安地走上前去，等待着最后的判决。

陈熠看着他彷徨的样子，问："沈家陆，你知道我叫你留下来干什么吗？"

"报告教官，不知。"

"我看了你的成绩，按理说让你跟着一起提前毕业是有点困难的，但我私下里找平日给你训练的教官了解过了，我知道你不是没有才能的人，这一次也是我推荐的你，希望你不要让我失望。"陈熠拍拍他的肩膀，问，"能做到吗？"

沈家陆待在原地一动不动，他来这里这么久，这是第一次有人对他说这样的话，一时间不知该作何反应。陈熠看着他，又问一遍："能做到吗？"

"保证完成任务！"沈家陆挺直了腰板，给陈熠敬了个军礼。陈熠回了一个，遂让他离开了。就陈熠来说，沈家陆确实不是最佳的选择，但人总是需要机会的，当初的自己也正是这样才有机会坐到这个位置。

沈家陆一路上都在想，陈熠看上了自己的什么地方，论成绩还是林承晖拼死拉自己上来的，论努力也比不上卢少博，就连当初来这里也只是顺从父亲的意愿才来的。他从来没想过，他能够在这件事情上，还能被人赏识。

刚到宿舍，沈家陆就被吴伯驹围住了，一个劲地问他发生了什么事。沈家陆将陈熠的话转述了一遍，吴伯驹听着找了个地方一屁股坐下，大声地嚷着："你们说，这也太不可思议了吧？就我们家陆这个样子，竟然还能跟你们一起毕业，选他还不如选我呢！"吴伯驹心眼不坏，只是习惯了有话说话，他来这已经一段时间了，对大家也都有了基本的了解，在他心里，就交朋友来讲，沈家陆一定是个最佳人选，但打仗这件事，容不得半点马虎。自己作为部队出身，虽然学习飞行的时间没有很长，但说到底，应该是比沈家陆更有机会才是。

林承晖也有些担心，但这是上级的命令，看着沈家陆的脸，还是决定鼓励他："教官这么做，肯定有他的道理，而且我相信，家陆也不差。"

"还是阿晖好，我不跟你计较。"沈家陆对着吴伯驹做了个鬼脸，又说，"大家都睡吧，明早开始要特训了。"

不一会儿，宿舍就响起了一阵又一阵的鼾声，却还有两个人没睡着。沈家陆压着嗓子问："阿晖，你睡了吗？"

"怎么了？"

"阿晖，其实，我不情愿上战场，我还没做好准备，我害怕！"林承晖听出沈家陆的声音有些发抖，忙安慰他说："大家都会害怕的，放宽心，我们只是要去炸一炸他们的基地，不正面交锋，再说了，我们不是都去吗？没事的，别乱想了，早些睡吧，你当心明天又迟到。"

沈家陆应声睡下了，林承晖也安慰自己要早些睡下，但心里七上八下怎么也静不下来：如果真的要上战场去，这次的任务并没有先前的那么简单，倘若被发现，以日本人的实力，将他们击落也是易如反掌的事情。如果真的遭遇不测，且不说下落不明的母亲和哥哥，那宋珈灵又该怎么办？他用力地揉了揉太阳穴，决定明天请半天假去找宋珈灵。

天刚破晓，淡青色的天空还镶着稀稀落落的几颗残星，看着倒是个好天气。林承晖翻了个身，从床上坐了起来，收拾好内务便起床了。吴伯驹听到声音醒过来，睡眼惺忪看着他，问他去哪里。他只笑了笑，说去办点事。

林承晖朝陈熠办公室走去，心里没抱多大希望，这个点对谁来说都太早了。没想到，陈熠办公室竟然亮着灯！林承晖上前去敲门，惊醒了屋内的陈熠，陈熠揉了揉眼睛，整理了一下仪容才让他进来。

林承晖进门给陈熠敬了个军礼，陈熠点头示意，问："这么早找我什么事？"

林承晖大大方方地说："报告教官，我想请半天假。"

陈熠听了这话心里不大高兴，时间紧迫，再不抓紧训练谁知道后面要出什么幺蛾子，冷冷地问："你可知现在外面是什么情况？"

"知道，但我有重要的事情需要去做，还希望教官批准。"林承晖清楚，陈熠不可能像徐闻培那样热情地对自己。他在很多事情上都选择妥协，唯独去看宋珈灵这件事情上他不能让步。

"你非去不可？"

"是！恳请教官给我半天时间，我回来一定专心练习，带好他们！"

陈熠思考了片刻，就他对林承晖的了解，如果不让他去的话他心里势必还有个结在那，到时肯定对训练不利，索性就批了他半天假，只是回来后一定要带着其他学员认真练习。

林承晖一口答应了下来，欢快地跑了出去，已经很久了，他没有这样开心过。这一刻，仿佛路边的一草一木都弥漫着香味，伴着他去医院。

林承晖来到医院，找了一圈没看见宋珈灵，随便找了个小护士一问，小护士意味深长地笑了，让他等一等，宋珈灵在手术室里还没出来。

大概过了半个多小时，宋珈灵才从手术室里出来，听说林承晖来了，衣服也不换就跑开了去。雪白的护士服染成了鲜红色，远处看倒像是在雪中傲立的梅花，和宋珈灵还有几分相衬。

宋珈灵看着林承晖的背影，心里生起要捉弄他的念头，蹑手蹑脚地绕到后面捂着他的眼睛，问："猜猜我是谁？"

"珈灵。"

宋珈灵放下手，走到他旁边坐下，问："怎么这么聪明呢？"

"除了你还会有谁？"

"也是。"宋珈灵得意地笑了，又问，"今天怎么有空来这？这段时间不是训练很辛苦吗？"虽然嘴里这么说，但自己心里还是很开心的。自从伤好了以后，他便很少来，只是偶尔给自己打个电话，两个人都忙，见面的时间就更少了。

"我有事要和你说，你现在有空吗？"林承晖认真地看着宋珈灵的脸问道。宋珈灵点了点头，两人换了个地方。

树上的叶子光秃秃的一片，细看过去又能看到些新芽，像是一棵沧桑的老树的新的希望，又像是周而复始的无尽的循环的开始。在自然面前，人的一生犹如蜉蝣。

宋珈灵拉着林承晖的手，背轻轻靠在墙上。比起上一次当着谢云面拉的那双，这双手已经变得更厚重、更粗壮了，似乎他所有的力量都集中在这里，温暖、安全。

"珈灵，我得去打仗了……这一走还不知道什么时候能完成任务，也不知道战场上会发生什么事情，我怕会对不住你。"他与宋珈灵，正如吴伯驹和曾玉，分别可能是一时，也可能是一生。

"阿晖，我会在这里等你回来。"宋珈灵道，"老实说，现在全国都在打仗，我一直联系不上家里，也不知道他们怎么样了……你去的地方远吗？要是很久都不能来看我，那就给我打电话——写信也可以！"

"……珈灵，如果这次我能回来，我们就结婚吧！"

宋珈灵惊讶地看着他，转而一笑："好！"

"现在宣布小组分组名单！"点完名后，陈熠看着他们一个个叫，"林承晖、卢少博、沈家陆……以上这些人为飞行组。李方、吴万里……吴伯驹、周礼安负责装炮弹。听清楚了吗？"

"清楚了！"

"好！战场上从来不用没准备的兵，现在，各自分组去训练！给我打起十二分精神来，拼了命地给我训练！"

"是！"

"解散！"

解散后，吴伯驹和周礼安去找林承晖等人："为什么我只分配到个装炮弹的任务？真羡慕你们，我也想去开飞机。"

"没事，总有机会的。再说了，也别小看你们装炮弹的，万一你们没做好，受伤或者死亡的，先是在前面冲锋的我们！"林承晖宽慰他说。吴伯驹听后，感到自己的职责十分重要，意识到自己不能出任何差错，否则，就会因为自己的过失而导致他人的牺牲。想到这，他急忙跑回岗位上练习去了。

林承晖召集自己小队的人，说："平日里，大家在学校该学习的都已经学到了。到了战场上，考验的就是大家的心理素质了。"说到这里，林承晖有些沉默，但很快又回过神来，"到时候，大家遇到任何问题，先不要惊慌，一定要稳住，把问题反映给指挥，一切都听指挥的！下面我再给大家重复一遍飞行时常见的问题和解决方法，然后我们就进行实操……"

吴伯驹看着围在林承晖周围的人，心里多少有些羡慕，但想到自己神圣的职责便释然了，谁让他来晚了一步呢？他一次又一次地装卸炮弹，试图让这成为一种本能反应，到时候才不会出现任何差错。周礼安受了他的影响也跟着他一遍又一遍地练习。

每天都重复着一样的事情，却没人感觉到无聊，使命感和责任感在他们肩上让他们无比自豪，每天都动力十足地去做事情，又或许是验收成果的时间很快就要到了，才拼了命地紧张训练。

这天，大家早早就集合了。

陈熠看着他们在短短时间内从还不能完全讲纪律到现在个个都精神抖擞的样子，不禁有些欣慰，说："你们练习了这么长时间，也是时候考验一下你们了。今天，我们分为两组，进行自由实战演练。这次的演练只有一个目的，摧毁对方的基地！在此过程中，需要用到你们的侦查、防护、击打等能力，当然，更重要的，还是团队合作！听明白了吗？"

"明白！"

"好，下面开始实战演习！"

吴伯驹和周礼安飞快地跑上去给飞机装好弹药，一遍又一遍地检查是否出现纰漏，确认过后报告给了教官，这才开始真的自由演习。

林承晖带着沈家陆和卢少博清点好装备，坐上各自的飞机。沈家陆看了一眼操控盘，深呼吸了好几下，才敢伸手去触摸。他也不是第一次上飞机，但因为都没有要上战场的概念，难免有些紧张，通过对讲机说："我有些紧张。"

"我也是。"是卢少博的声音。

"刚开始都会这样的。一会儿听我指挥，别随便乱跑，另一组成员的实力也由不得我们马虎。"头盔后的林承晖深吸一口气，握在操纵杆上的手有些麻木，宋珈灵的话仿佛在耳边回荡。这虽然只是一次演习，但作为实战的准备，他必须顺利完成，只有这样，他才有可能从真正的战场上活着回来，回来见她。

现实是绝望的，他得在绝望中继续。

"好！"沈家陆和卢少博答道。

"起飞！"林承晖的声音从对讲机里传来，沈家陆和林承晖依着命令起飞了，飞机穿过云层，一切都显得那么梦幻，如果不是战争，或许他们还能多停留片刻欣赏一下这美景，但这世界上，本来就不存在或许。

"一号东北方向发现敌方基地！"沈家陆的声音从对讲机里传来。"好，不要急着过去，绕道而行，等待支援，我和二号从侧方包围，一起进攻！"

卢少博听到林承晖的命令，立马赶往支援，却发现敌机，忙说："二号请求支援，敌机从侧后方围过来了！"

"先拖住，我立马赶过去支援！一号听令，你独自前往基地投放炸药！"

"收到！"沈家陆接了命令，心里还是有些没底，他从来没有独自完成过一项作业，每次都是林承晖和卢少博给他做后盾。真正开战前的最后一次准备，他不能再放弃。

沈家陆屏住呼吸，开着飞机绕了两圈，最终到达据点上方，瞄准后丢下了两颗炮弹。炮弹爆炸时巨大的声响，即使他隔着玻璃也能听得非常清晰。炮弹火红的光烧红了天边的云，也惊动了远处的教官。

一声军号响起——"演习结束！集合！"

接了命令，大家都回到基地，陈熠站在台上，满意地看着他们，说："没想到，这么短时间内，就能分出胜负！我为你们感到高兴，但是也别骄傲，这一次，你们面对的是自己人，但过几天，你们面对的将会是心狠手辣的敌人，他们不会将你们的生命放在眼里的，所以你们还要比现在更加努力，听清楚了吗！"

"听清楚了！"

"好，解散！"

吴伯驹上前来和他们击掌庆祝，问："阿晖，你们也太厉害了吧？这么快就把对面炸了。"

"这次的功劳不是我，"林承晖看了一眼吴伯驹，又说，"是沈家陆。我和少博差点被对面打落。对面的包围战术也很强，根本没有逃脱的机会。"如果他们的对手真的是训练有素、装备先进的日本飞行员，状况一定很惨烈。开战的那天，他绝不希望有类似的场景发生。

"家陆，不错啊，长进了！"吴伯驹一副老先生的模样，拍拍他的肩。沈家陆"嗷"地回了一声，脸上并不很高兴，他回想着当时的场景，还是觉得纯粹歪打正着，如果不是有林承晖在后面提醒布置，他们也不可能这么快就能顺利结束。

要是只有他一个人呢？那时他还能这么轻而易举成功吗？

林承晖知道他在想什么："家陆，别想了，先前你只是对自己认知不清，陈教官说你是有能力的，现在看来，你也的确是有能力的。既然如此，何不将你的才能发挥到极致，给自己一个机会？"

"可是阿晖，你是知道我的，我对打仗当兵的事，并没有多少兴致。我只希望，可以拿着我的相机，走进大街小巷，去看一看人们的生活，写一写关于他们的故事。"

吴伯驹听到这话有些恼了，他拼了命地想要立功，想要升官，机会却怎么也轮不到他，输给林承晖也就算了，但如今，如果输给沈家陆这样没有斗志的人，倒叫他有些不甘心："沈家陆你矫不矫情？你知道外面是什么样的世道吗？我打了那么多场仗，身边死过那么多人才有今天。你这会儿说这样的话，你不觉得有些过分吗？看看他们的生活是什么样的！——我告诉你，现在这个关头，谁家的日子都不好过。穷人家的老百姓在外面受苦受难，党国培养了你这么久，你却不愿意上战场去，你对得起谁！"

林承晖见吴伯驹情绪有些激动，让周礼安拉着他到一边去了，自己坐在沈家陆的床上，说："家陆，伯驹的话是难听了点，我也不怎么赞成他。照理来说，我们每个人都应该选择自己喜欢的生活。你喜欢拍照，就去拍照；他喜欢做菜，就去当厨师；我喜欢写作，那就去当作家……每个人能够自由选择命运，那才是好的世界！可是，现在呢？国将不国，民将不民，士将不士。我们每个人都身不由己，哪有自己的命运？我发自内心地希望，我们可以有自己的选择。但是，没有自由，就没有选择。"

沈家陆翻过身去，也不说话。林承晖见状，识趣地走开了，想以前，自己不也是这个样子吗？说来说去，还是得自己想清楚了才行。

半响，沈家陆猛地坐起来，说："我想清楚了！覆巢之下，安有完卵？要过自己的生活，把小日本打跑了再说！"

第 十 九 章

出征的前夜，平日里都不会失眠的人，现在瞪着眼睛躺在床上。林承晖刚要转身换个姿势，就听到对面的下铺一声重重的叹息——是沈家陆。

"家陆？"林承晖压低了声音，试探地问了一句。前一天休息不好，对做任务多少会有影响。

听到声音，沈家陆把捂在自己头上的枕头拿开，睁开眼睛望着对铺依然清醒的林承晖。看来打过仗的人也不是不紧张。"干吗?"沈家陆支起身子问一句。

"你怎么还不睡觉?明天早上很早就要集合了。"

"我知道啊,我睡不着!"

"你们两个,晚上不好好睡觉在这叽叽呱呱的,明天怎么会有精神?"睡在上铺的卢少博伸出个头,对下面的两个人喊。

"你自己不也没睡——伯驹,你也别装了,我看到你一直动脚呢!"沈家陆小声朝吴伯驹喊。周礼安也叹一口气,下床倒了杯水喝,道:"看来大家都睡不着。"

一宿舍的人都没睡,大家讲话的声音也大起来。

吴伯驹确实兴奋,比第一次和林承晖一起背着大刀去前线砍日本人的时候都还要兴奋。他今天去机场装了一天的炸弹,见到了许多之前只在照片和图纸上见过的战斗机,虽然这次他们这一批新招的人还不能出征,但是他明天还要去机场负责装弹工作。总有一天,他们会接替上一批人的,吴伯驹直觉这一天不会让他等太久。眼下,他虽然不能体会林承晖每次去前线的那种感受,但他还是有些担心林承晖的过往会不会影响到他的发挥——以前没有在战场上死去是幸运的,但那总归是过去式,这一次谁也无法保证,想到这里,吴伯驹还是打算问一问:"阿晖你睡不着,是不是又——"

"没事,我只是想着,是不是我们全心全意地去对付战争,它就会早一点结束?"宋珈灵说的没错,日本自己是不会停下的,如果他们不去阻止,那么日本人就会把战争疯狂地持续下去,波及更多无辜的人。

"那是当然,现在日军都不像一开始那么猖狂了。他们已经开始扫荡,说明他们也快撑不住了,连粮食都要抢我们中国的。不过,粮食可以抢来,但是人打死一个就少一个。"周礼安笃定道,他相信,只要再坚持一下,日本总会战败。

"嗯,我也觉得礼安说得对。我们现在有了空军,不用等着他们来炸我们了。"卢少博道。

沈家陆把手别在脑后,看着头顶上黑乎乎的床板,他也希望战争能早点结束。他现在不在乎能否达到父亲的目的,出征回来以后获得军功,甚至满足父亲说的当上一个或大或小的官。他只想等战争结束后,他能再等到退役的那天,那个时候,他就能去做自己喜欢做的事,没有人来阻止他,用任何理由都不能。他总有一天要去报社工作,把自己拍的照片发表出来,他想让其他人看到自己眼中的世界。

"就快了,这一天不会远的。"沈家陆重新闭上眼睛。他一定会等到这天的。

短暂的交流之后,每个人又在夜的寂静中慢慢进入梦乡。

凌晨5点,军号准时响起,两分钟后,所有人到校场集中点名。

陈熠和其他几名教官站在发言台上,道:"我话不多说,只望你们拿出我军校的威风,狠狠地把日本人挫一挫!"

一声令下,所有人向机场出发。林承晖在一架轰炸机前站定,与上次的运输机不同,这次他见到的是军校新拉来的一批"伊-16"。还在队伍中等待指令的吴伯驹见到林承晖面前的轰炸机时,眼睛顿时亮起来,他昨天都是在给"新霍克式"装弹,还未亲眼见过"伊-16"。新兵们拿着指示旗在各架战斗机侧面就位,即将出发的飞行员们纷纷戴好头盔,登上驾驶座。

陈熠见飞行员已经就位,扯着脖子吼道:"听我命令,准备出发!"

林承晖最后检查一遍自己的装备,他侧头看了一眼在自己两边的沈家陆和卢少博,两人感觉到林承晖的视线,都朝他点点头。

他们做的训练,都是为了升空这一天。每个人来学校的目的都不同,但他们还是站到了战场上——一起面对即将发生的战争。林承晖以前觉得这一天到来的时候自己会很害怕,但现在看来也不过是又一次出任务。恐惧自始至终都停留在他的灵魂里,他无法将它抹去,只能任由时间在上面铺上一层又一层灰尘。他既然是一名军人,就要执行命令。

由林承晖带队，一架架战斗机在有序的节奏中陆续飞上夜空，引擎巨大的轰鸣声震得在场每个人的心都颤起来。他们不知道这一次会不会就是永远的离别。自中国有空军以来，虽然与日本交手的时候胜利也是有的，但付出的代价却总比日本多出了很多。

此时，离开地面后的所有战斗机连成一片，在稀薄的云层上方飞行，夜色渐淡，坐在驾驶位上的沈家陆用余光看了看侧面的月亮，他是第一次如此近距离地看月，整个月亮不再是以往看到的银白或淡黄，而是完整的一轮金黄。他想，这也算是一种不可多得的体验了，至少如果他不来当飞行员，能这么近距离地看月亮的机会恐怕一生都不会有一次。

在云层上方潜行一段时间后，天已经开始亮起来。带队的林承晖从云层穿过时看了一眼下方，他们已经快到日军兵工厂的上空了，全部飞机从云层向低空下降。他们这次的任务是赶在地面部队到达这里之前，重挫日军的力量。

"听我命令，准备发射！"林承晖看到了一面象征着太阳的日本国旗，"蓝一号，发射！"命令落下，下方传来爆炸的声音。"二号，三号，发射！"投下的炮弹点燃了日军的一处油库，巨大的爆炸声后一股黑烟腾空而起，几架飞机穿过那黑烟继续向前飞去，每到一处建筑物都扔下了炸弹。一时间，炸弹的力量被释放出来，日军的气体研究室遭到了袭击，那些易燃易爆的气体被点燃之后迅速爆炸，许多人被困在火场内，熊熊的烈火舔舐着他们身上白色的防护服，出口现在已被火堵死，被炸开的房顶正在崩塌。

就在一群人往出口挤过去的时候，一股黄绿色的气体飘散出来，像死神一样逼近他们。

"快跑！"为首的一个日本化学专家戴着防毒面具惊恐地大吼。然而，装氢气的瓶子已经泄漏，其他人还没有反应过来就已经死在爆炸中。

兵工厂门口，惊慌失措的日军疯狂地嘶吼着从被炸毁的房子里跑出来，训练有素地准备架起高炮。

林承晖看到高射炮漆黑的炮口后牙齿一咬："开始射击！"话音刚落，所有飞机机翼两边的枪口便瞄准了在地上疯跑的日军士兵开火。然而，几门高射炮旁不断地有士兵涌上来替补被打死的人，炮声连连响起，三架战斗机的机翼和机头受到袭击，在空中炸成了一团团火焰朝地面猛冲下去。

　　沈家陆正在对地面进行扫射，突然感觉侧面有战斗机巨大的轰鸣声，扭头一看，浓黑的幕中冲出来三架画着太阳旗的战机。"长官，发现敌机！"

　　林承晖也发现了那些出现的敌机，连忙拿起对讲机道："听我命令，分开作战！"他们的飞机都是从外国进口的，但即使是"伊-16"也很难和"中岛97式"对抗，更何况日军空军的军备力量还没有全部出动。他们眼下只能凭借自己的实力去奋力一搏。

　　被袭击的日军在空中大开杀戒，他们互相配合着，占着数量上的优势开始三三两两地聚在一起对中方的战机围追堵截，地面上的高射炮也在瞄准着中国的战机不断地开炮。

　　沈家陆屏住呼吸握紧操纵杆向云层上空飞去，他的脑子里已经一片混乱，头上淌下的汗水流进他的眼眶里。后面跟着的两架日军战机一直在向前射击，一枚炮弹从驾驶舱的玻璃罩上飞过，牵出一线白色的气流，沈家陆被这一幕再次惊出一身冷汗。

　　正在和敌机周旋的林承晖见到沈家陆驾驶的飞机，把耳机上的话筒掰到嘴边道："家陆，就在你这个位置往下冲，到高塔那里把它们甩开！"

　　"我速度不够快！"沈家陆喊道。他即使开足马力，也很可能被两架战机追上。

　　"减慢速度，让飞机自己向下冲！"

　　"明白！"沈家陆整理好自己混乱的思绪，突然减慢速度，推动操纵杆向下俯冲，他从来没有试过以这样的方式俯冲下去，只希望林承晖的办法能够奏效。跟在后面的两名日本飞行员没有料到一直往上冲的人会突然下降，死咬着前面的飞机一路向下追去。

沈家陆见他们果然上当，嘴角勾起一抹笑："为了打仗我可是拼死训练了两个月，现在来看看我的技术提高了没有！"沈家陆凝神盯住眼前一座数十米高的水泥塔，快接近塔身之时掐准时机，把操纵杆往右一扳到底，直飞的飞机猛地往右一侧，贴着高塔擦过去。身后紧咬着的一架敌机来不及调整方向，直直撞向水泥塔，在半空中瞬间化成一团燃烧的黑球。

沈家陆回头看了一眼，松下一口气来。这还是他第一次摧毁敌方的飞机。

地面上，中国的陆军已经冲到乱成一团的日军基地开始战斗，原来发射高射炮的地方也逐渐放松了火力，现在日军需要更多的人去对付陆军。

林承晖采取低空飞行的方式把跟在自己后面的三架日军飞机引到低的地方，在地面作战的部队调高炮筒，迅速对着滑过的日军飞机发射，一些战士也用加了高射脚架的机枪向空中扫射，很快，两架敌机的引擎先后被打中，冲进城市里的居民楼群后爆炸。不过，当日军战机遭受损失时，中方的数架战机也被炮弹击中。数量上越来越占优势的日本空军开始猖狂地朝城市投下炸弹，昔日辉煌的楼塔统统被炸塌，原本抱头躲进各处掩体的中国居民尖叫着涌上大街，失去了掩护的他们，一时间成了日本空军的活靶子。

目睹这一切的林承晖目眦尽裂，但他的后方还跟着一架敌机在向他开火，他必须拼尽全力才能摧毁它。林承晖向前方搜索着，他并没有找到自己的同伴，倒是前方的一架"中岛97式"发现了他，马上开足马力朝他冲过来。林承晖心跳如鼓，决定继续开着飞机向前行驶，他觉得，自己已能看到前方玻璃罩里面，那个飞行员的头盔了。

他必须等待一个时机——

"就是现在！"林承晖大喝一声，握住手柄狠狠一拉，平行行驶的飞机忽然错开一个角度向上腾去，开足马力的"中岛97式"来不及刹住，和死咬林承晖的一架"中岛96式"撞在一起，一声巨响后同时坠毁。

林承晖调转方向，喘着粗气向其他方向看去。这时，卢少博正处于林承晖的下方和敌机较量，他所驾驶的飞机上的玻璃罩已经被枪打碎了一边。林承晖按下发射键，发出的两枚炮弹打中一架日军战斗机的机翼。卢少博向侧上方的林承晖比了个手势，又开着飞机往别处去了。

地面上，日军为了守住基地纷纷倾巢而出，林承晖还想往下投放炸弹，然而，临到按下发射键时，理智又制止了他。之前的轰炸已经耗费了他大部分的弹药，现在他必须把它们用在更有价值的地方。林承晖不由得想到自己以前打仗的时候，那时弹药也常常不够，万不得已之时就只能提刀上阵与日本人拼力气，这一次会不会到最后也只能靠着剩下的燃油，开足马力和日军同归于尽呢？

他们的战斗机损失实在严重，而日军还在不断地增援，现在，日军的飞机数量已经明显多出许多了。不过，只要有一线生机，他就想再坚持一下。

林承晖拿过对讲机道："长官，我请求支援！"

"林少尉，增援部队已经出发。"对讲机这头的陈熠冷静地回答道。从他们监听的情况来看，前方已经是一场恶战。但实际上，他们派出的增援部队也没有多少，即使学校里还有人能上，也已经没有飞机可以再供学生们上战场了。作战的损失最终还是超出了他们能够承受的范围。

"好的，长官！"林承晖果断地放下对讲机，在他的侧面又有一架中方战机因遭到攻击而坠毁。林承晖重新集中自己的精神，开着火向那架敌机追去。

不远处，沈家陆刚刚解决了一架敌机，就发现林承晖正在追着一架飞机跑，主动道："承晖，让它追着我跑，我把它引到高射炮附近去。"他现在已经逐渐适应在这种情况下开飞机了。

"不行，你会被它追上的！"

"那我从下面来！"沈家陆绕了个圈再次向下俯冲。丝毫没有注意到一处高射炮的炮眼已经盯上了他。

"不！停下！——"林承晖的心脏没由来地猛然一跳。

他还是晚了一步。沈家陆所驾驶的飞机瞬间就被高射炮打掉了一边机翼，飞机冒着黑烟向地面快速坠落。

"不不不，我的飞机——"驾驶舱内故障的警报声嘀嘀地疯响，沈家陆死命拉着操纵杆，但机身残缺的飞机只是微微转了一个角度，直直往地面冲去。

发现自己的办法不管用，沈家陆放开了操纵杆，平静地坐在驾驶位上，眼睛失神地望着玻璃窗外的天空。那些之前在脑子里想过的画面此刻犹如电影在脑海里闪过，那些想在战争结束后做的事，已经没有办法实现了。这是他最遗憾的地方。

几秒钟后，飞机爆炸。

"家陆！——"林承晖撕开嗓子大吼，但耳朵里没有声音传来。他摘掉吸足汗的头盔，帽檐下的一双眼睛猩红，滚烫的眼泪打了个转，顺着脸流到脖子里。

被他追逐的飞机已经对林承晖发起攻击，林承晖收起自己的视线，绕开攻击向前逼去。

战争还在继续，但是林承晖飞机所载的弹药已经快要用完了，他不得不像其他人一样逐渐放弃进攻，采取躲避的方式，想办法把日军引到中国陆军的高射炮上空，然而，日军也积累了经验，不再一味地顾着向前，而是避开地面上的攻击从更高的地方发射弹药。

林承晖的飞机已经被子弹打出许多洞，这样下去迟早会坠机。

"林少尉，你们准备返航！"陈熠拧紧眉头，抬起手表看了看时间。他们的任务已经完成，剩下的只能靠陆军了。

"收到！"林承晖把通知发出，剩下的人得令后开着飞机朝来的方向飞去。

日本空军似乎察觉了他们撤退的想法，依旧逼上前来不断开火。

"注意后方，不得已时跳伞！"林承晖只希望飞机引擎不要被打到。

"长官，要是降落到日军势力范围怎么办？"

"那就战斗到死！"林承晖喘着粗气，抓起对讲机大喝。他们的损失太严重了，已经大大超出他的预想。沈家陆明明就在他面前，而自己却无法救他一命。一个人对未来的愿望、在困境中挣扎的努力、对生活的所有期盼，只

249

需一瞬就能被战争摧毁殆尽……没有人知道沈家陆在生命最后那一刻在想什么。死亡，让所有有意义的东西都变成了永恒的虚无。

死里逃生的几架飞机划过一片稻田的上空，几个在地里耕作的农民仰头看了看，他们还没有学会躲避，心里更多的是好奇。

当天傍晚，林承晖等人的飞机被迫降落在离重庆不远的一片森林里，周围没有日军驻扎，追击他们的日本空军也已撤回。几番折腾后，他们的燃料已经全部耗尽了。

林承晖在剩下的人里没有发现卢少博。

"卢少博呢？"林承晖问道，声音有一丝嘶哑。尽管答案已经摆在他面前，但他还是要问一问，问一问这些曾经陪伴过他的朋友们。战争如同一只贪婪的野兽，不停吞噬着有关于他的一切。他的家人、朋友，他的意志、灵魂。他毫无招架之力，连挣扎的机会都没有。

"报告长官，少博的油箱被打坏了，所以没能逃出来……"一个捂着手臂的人答道。他的手臂就是在和卢少博一起撤离的时候被打伤的。

林承晖不再看那个士兵，转过身去带路。他其实没剩多少力气了，但还是走得极快，身后几个士兵跌跌撞撞地努力跟上他，生怕黑夜将他的背影抹去。

等到拉开一段距离，林承晖嗓子里终于发出一丝细微的嘶吼。眼里的热泪再也忍不住，顺着脸颊滑下来。

这次战争过后，军校因受创开始招收更多的学生。

"嗳，你看这个人……"

"别看了，人家又不是找你。"

"一边去，我看看怎么了，我们医院还没有军官是捧着花来的呢。"

一手捧着花的林承晖发现那些路过的小护士都停下来叽叽咕咕的，刚毅的脸上露出一丝尴尬。他本想前段时间就来，但学校里面的事情让他一直抽不开身，昨天受封之后才请到一天假。

林承晖找到了三楼的护士站。

当他看见宋珈灵的时候，她正忙着给一个受伤的士兵处理伤口。医院内现在大多数病人都是战地医院送来的，其中很大一部分就来自遂宁，遂宁作为军事基地，这些年往外派出的士兵不少，但受伤的人也很多。她不希望看到他被送来这里，但心里又一直想见他一面。

宋珈灵旁边的小护士见林承晖往这里看，便知道是宋珈灵一直念着的那个人。她轻轻推推宋珈灵，叫她看林承晖这个方向。

林承晖在宋珈灵面前站定，一时间两个人都说不出话来，只是定定地看着对方。小护士叫来两个人，把受伤的士兵推到另一边去继续处理伤口，为两个人留一点空间。

"你……你还好吗？"宋珈灵憋了半天才憋出一句话，一向不紧张的她现在竟有点不敢看林承晖的眼睛。她看向林承晖的肩膀，发现他的肩章已变成三直杠。林承晖昨天被授予上尉军衔。

"嗯。珈灵，我今天来是有话要跟你说。"林承晖的心突突地跳着，他把花递给宋珈灵，宋珈灵伸手想去接，一看发现自己一手都是血污。

"呀，我、我手上都是血……"宋珈灵别开眼睛，慌乱地扯过一团棉花擦手，奈何那血已经有些干，她使劲擦也擦不干净。林承晖索性牵过她的手，毫不介意地把花束塞到她的手里，然后单膝跪下。

护士站的人盯着林承晖的动作，瞬间爆出叫好的声音，一干人拍着手，平日里为了生死而忙乱的护士站，在这一刻终于有了一样新鲜可喜的事。

林承晖沉住气，从自己的外套口袋里摸出一枚银色的戒指捏在手里递到宋珈灵面前，道："珈灵，我不知道自己什么时候会牺牲，但我希望在我活着的时候和你在一起。"他给不了她太远的承诺，当初沈家陆的死让林承晖意识到，自己离死是那么近，他不害怕死的到来，只是不愿意像沈家陆一样，在死前有太多的遗憾。

宋珈灵笑着点点头，大方地把林承晖递来的戒指戴在手上。她没有想到他今天会直接来和她求婚，在信中他只说今天可能会来医院里看她一回。

"护士长，你也太急了，哪有自己戴戒指的。"不知是哪个人说了句玩笑话，一干人笑起来，拿着两个人打趣。

"点点头是不行的，你这个是蒙混过关！"

"护士长，戒指都戴上了，好歹说句话啊，人家还在地上跪着呢！"

被他们一闹，宋珈灵的脸彻底发了烫，扭头嗔道："你们围在这里，正经事不干！"

"等你这件'正经事'干完我们就走……好啦好啦，赶紧说话。"

宋珈灵把林承晖扶起来，看着他的眼睛道："我愿意陪你在一起——即使你有一天离我而去。"她知道林承晖心里的想法，但是她不怕，她觉得自己一辈子能遇上的人实在不多，只要有一个林承晖，她就已经很满足了。生死的距离她每天都在体验着，她始终认为，重要的人，即使是肉身死去，他的容颜也永远会活在自己的心里。

"谢谢你……"林承晖惊讶她的回答，她的爱和自己给出的相比还要多出来很多很多。

下午，两个人赶着时间去相馆照了相，领了结婚证，林承晖本想在医院和宋珈灵吃一顿饭，但他必须回去了，他的休息日只有这一天，明天他必须在原位等待任务。

宋珈灵把自己的饭盒装满饭菜递到林承晖面前："你拿着这个，晚上饿了就吃。"

林承晖接过饭盒，饭盒铝皮的外壳熨着他的手掌。宋珈灵把自己的头发别到耳根后，林承晖为了赶着回去，连饭都没有和她吃一次，虽不埋怨，心里总是有点可惜。"你、你以后小心一点吧，还有我呢……"

林承晖挨她很近，他看着自己刚刚结婚的妻子，她穿着护士服，戒指被她拿了一根细银链串起来挂在颈上，短黑的头发在风中微微地颤动，一丝阳光照进她的眼睛里，变成浓郁的茶褐。抱着她，林承晖低低地说："等我回来。"

宋珈灵笑了，她抱紧自己的丈夫。她再等一会儿也没关系——只要他活着。

傍晚，宋珈灵按林承晖临走前的意思，给家里写了一封信寄出去，把自己结婚的消息告诉家里的两个老人。令她意外的是，这次信没有被退回。

早在民国二十九年（公元1940年）8月底，国民党和共产党就共同对敌问题在重庆展开谈判。当时消息一出便传遍了大街小巷，社会各方人士纷纷发表文章表达自己的意见，虽评论众多，但大多数的人还是愿意谈判能够顺利进行下去，共同打击日军。林承晖和吴伯驹几个对这次的谈判倒没觉得多惊讶，之前在浙江的时候，部队里已经有共产党的兵跟他们一同作战了。只是他们分编的队伍不同，直到现在也没接触过共产党。9月13日，重庆的谈判还在继续，日本却趁无雾季节对重庆进行了轰炸，军校被迫解散，周礼安在混乱中被机枪打死。林承晖看不见战争的尽头，虽然一直在跟日本打仗，但事实上，两国连正儿八经的宣战都没有，就是在彼此消耗着，默不作声地较劲。

自从重庆成为陪都，日军的飞机常常来光顾，大街变得宁静起来，每户人家大门紧闭，急剧上涨的物价让上街乞讨的儿童又多了许多。我国的飞机也常常起飞，跟日军在空中作战，总是输多胜少。遂宁基地派出9架尚能飞行的"伊-152"，编组向重庆飞来，整整打了两天，中国伤亡惨重，再也整不齐一支队伍。这次战役结束后，军校部分人被调往遂宁基地，林承晖和吴伯驹转至云南昆明空军军官学校继续学习。

接到调遣令的第二天，林承晖匆匆来医院看了一眼宋珈灵。以后到昆明，他就不能再像以前那样来找她了。

昆明的日子是冗长而缓慢的。出乎林承晖意料的是，在这里他被指派的任务不是很多，每天除了学习之外，他们还有很多时间可以做自己的事。学校开放的时候,他和吴伯驹除了茶馆,也无其他地方可以消遣。

昆明的茶馆和重庆的茶室不一样。昆明的茶馆,最热闹的要数国立西南联合大学周围的那一片。礼拜天,茶馆窗户边的位置最抢手,学生们穿着袖口卷边的衬衫,从口袋里掏出一本巴掌大的书看着,旁边吃一堆花生壳。他们在这儿能找回一些厦大的记忆,那时候的他们年轻、冲动,对改变这个世界有着强烈的渴望——他们甚至相信,自己就是这个时代的天选之子。直到一头栽进时代的洪流,才发现个体力量实在渺不可计——大家一心一意想去改变世界,最终却成了这世界不可改变的一部分。这让闲下来的林承晖感到有些沮丧。

翠湖就在窗户底下,往下一看就能见到几顶浆黄的油纸伞在泡梨摊边停留。挑罐子卖泡梨的商贩站在街边,头上戴一个竹斗笠或细草帽,把泡梨舀出两只来放在小盆里。这些泡梨大多是整个地腌着,女人拳头大小,果皮呈酱色或姜黄,皮脆肉细,水头极足。没有带碗罐来装的人,要么在旁边现买现吃,要么干脆跟茶馆老板要一只碟子去买。林承晖不大喜欢闻泡梨那股刺鼻的酸气,但泡梨水的爽口却堪比厦门街头的酸梅汤。

云南本地的女人也不很时髦——比不上重庆,更比不上洋人更多的厦门。昆明金碧路上的大饭店里是有些太太小姐进进出出,但横竖和民众接触不多——她们仿佛是生活在另一个世界的人,出门回家有轿车接送,平常人的好奇心,总不大会放到她们身上去。倒是来这里读书的联大女学生,旗袍底下穿着肉色丝袜,上街时突然大腿一凉——一只黑乎乎的小手把她的裙摆掀起来,蹲在地上的孩子早就笑开了花——旗袍侧开下那忽隐忽现的两条腿,对儿童和妇女来说,既神秘又新鲜。

民国三十年(公元 1941 年)冬天,林承晖终于听到国民政府向日本宣战的消息——这时日本鬼子刚刚偷袭了珍珠港,惹恼美国,美国全面投入反抗法西斯的斗争。全世界组成了同盟,那是很大的力量。林承晖很高兴,约着吴伯驹好好喝了几杯。

次年年初的清晨，淅淅沥沥的春雨让昆明城变得沉寂起来。林承晖搓了搓自己的手掌，爬上了军用卡车。去年底，学校里就有人传要派兵去缅甸打仗，林承晖本以为自己又要再一次上前线，但是并没有。后来学校让他们做"驼峰航线"上的运输员，林承晖挺高兴，不仅因为能开上美国制造的新飞机，还能跟美国人交流。他在大学学的外语，也不知道丢了多少。

"阿晖，你说我们能见到徐长官他们吗？"坐在副驾座的吴伯驹有些激动，他和林承晖一组，两人得把一车兵送到缅甸去。这次赴缅部队一共由三个军的人组成，司令官是罗卓英，其中一支军队很有可能是十九军。

"不好说。"林承晖道。自他去重庆之后，和徐闻培、郑毅两人就再也没了联系。他在十九军的时间说长不长，说短不短。那个地方，曾让他困惑、让他迷茫、让他成长。如果再见到徐闻培，徐闻培还记不记得他的名字呢？

去缅甸的路并不顺利，他们常常在热带雨林中迷失方向，不过好在没有出现大的纰漏。直到快抵达缅甸边境，林承晖和吴伯驹才知道这次来缅甸作战的部队中没有十九军，只是原十九军的长官担任司令而已。

昆明街上有些从美国来的洋人，他们穿印着星条旗的旧军装，头发被酒精浸得一绺一绺地搭在潮红的脑门上，深陷的蓝眼睛盯着马路对面的女人，蒜头鼻里喘出两道酒气，如同寂寞的牛。几个苗族少女盘着头发，穿靛蓝的斜襟布衣，齐膝的褶裙竟有几分中学生的味道。她们侧过头，溜黑的眼珠偷偷地看着喝酒的洋人，嘴里飞快地说着听不懂的话，仿佛老鼠见着猫。美国大兵碰到这些少女便流里流气地打招呼，左一声 hello，右一声 hi，吓得她们抱头鼠窜。美国大兵像是打了胜仗一般地笑——这是他们对于东方女性的想象，那些西南联大的女学生，能够用英语跟他们对答，一些调情的表达往往会遭遇到狠狠的训斥——英文的，讨不到半点便宜，反而失了一些趣味。

云南的民族自林承晖来云南之后已见过不少，听说这个地方各民族混杂，但具体各个是什么叫法，他到现在也不大清楚。

中午，林承晖按例去找一早赶去茶馆占位的吴伯驹。正走着，前面突然起了一阵骚动，定睛一看，一个面色酡红的美国人趴在面馆窗头，手一扬，一把东西就撒了出去。

"是糖呀！妈妈有人撒糖了！"

"下糖了！下糖了！"

"美国糖哩！"

路过的穿着花布衫的孩子们兴奋地叫着，顿时挣脱大人的手，兔子一样扑向散落在地上的糖块。年纪稍大的手脚快，左冲右撞，一会儿就能抢来一大把，两只手攥满了；年纪小的孩子速度上吃亏，干脆躺在地上把糖压着，即便拳打脚踢也不肯起身，疼了便一边哭一边喊娘。年轻的少妇一看自己的孩子被打，撂下菜筐就冲进孩子堆里。

"是哪个小狗日的敢打我娃娃！"她揪住一个大孩子的耳朵，一巴掌抡过去。

一旁的妇女见了此景，一声怒吼，将少妇推翻在地："疯婆娘！"

"你才疯！你跟狗下了个以大欺小的东西！"此话一出，两个女人间的战争彻底爆发，撕着对方的领口和头发按在地上扇耳光。行人们见了这一幕，纷纷围拢过来——妇女的打架总是很艺术很热闹的，她们在激烈的撕扯中善于维持着一种微妙的平衡，让抱着手看的人，终于享受到了战时生活中一点点贫乏又无聊的乐趣。

撒糖的美国兵，俯视着底下的情景，笑骂着嘬了一口啤酒。

林承晖看着眼前的一幕，愤怒又悲凉——这不是他愿意看到的场面。他打仗是为了让中国人能站起来，跟其他国家平等地对话。他在醉酒的美国大兵的举止中，读到了对中国人的侮辱——如果是接受这样的帮助，他宁可不要。

他抬脚几步上了二楼。

"Is that interesting?"美国士兵伸手指指下面的场景，咧嘴笑问。

"Is bullying interesting?"林承晖揪住他的领子，一拳打在他的鼻梁上。

美国兵惨叫一声，捂住自己流血的鼻子。

下午，回到宿舍的吴伯驹见到脸上挂彩的林承晖，惊讶地瞪大了眼睛。

"你真跟美国人打架去了呀？"吴伯驹抬了把椅子让林承晖坐下，仔细端详了一番。他以为林承晖是临时有什么事被拖在学校了，没想到他居然是和人打架才摊上事儿。"可惜了，我没看到你打架是个什么样子。"林承晖一向严于律己，能把他惹急眼的人，吴伯驹还挺想见一见的。

"伯驹，你觉得中国真的能战胜日本吗？"林承晖问。

"我觉得能——你突然问这个干吗？"吴伯驹指指自己的眉骨，"你这里还在流血，去医务室消消毒吧。啧啧啧，下手怪狠的。"

林承晖回忆起那一幕，冷哼："他也没多好，断了鼻梁。"

"行了吧你。你闹这么一出，人家还指不定怎么找你算账呢！"

打架的事情还是引起了学校的重视，美国军方向学校提出了开除林承晖的建议。几经协商后，学校不得不解除林承晖的学籍，将他调往遂宁基地。出发的前一晚，顾虑到林承晖要收拾行李，两人随便找了一家小饭铺吃饭。吴伯驹几两酒下肚，回到宿舍就睡下了。

待林承晖将所有的东西都收拾好已经接近半夜。在吴伯驹震天响的呼噜声中，他将抽屉里的信纸拿出来，开始写信。他现在已经习惯不用古体的表达了，古体写信，辞令颇多，读起来也有些拗口，少了亲密。

珈灵：

又是好几天没给你写信了，你这段时间还好吗？

我想告诉你一个消息——我要回四川来了，明天就动身。不过不来重庆，是去遂宁。我走后，伯驹就是一个人在学校了。

你肯定想问我为什么突然会回来对不对？——我是背着处分回来的。前几天我跟一个在街上撒糖的美国士兵打架，学校为了顾及他们的感受，不得不取消我的学籍。尽管我为自己的行为付出了代价，但我绝不后悔。

珈灵，中国还是太穷了，又穷又病。当那些孩子去抢掉在地上的糖时，我可怜他们；当父母因为孩子打架的时候，是可叹；当路过的人聚看这出戏的时候，是可悲；当我看到赠予者轻蔑的嘲笑时，是可恨。我恨，恨一把糖就暴露了我们的卑贱。

我不知道美国的援助会持续多久，战争会持续多久。

民国三十一年五月二日

林承晖

回到四川后，林承晖又开始了军营生活。

一次完成作战任务后，林承晖赶着三天的假期从遂宁开车到重庆找宋珈灵。这么长时间来，虽人在四川境内，却没有时间再来这里找宋珈灵，两个人还是靠写信交流。即使他路过重庆，也只能从飞机上往下看一眼。

一路询问，林承晖找到了二楼的护士站。宋珈灵工作的这家医院在三年前几乎被全部炸塌，新建的医院大楼尽管不如以前的规模，但各项设施都已经在逐步完善中了。

见到自己的妻子，林承晖发觉她还是和自己心中的模样相差不大，只是她的头发更短了。她在他的怀里，依旧笑靥如花。

民国三十四年（公元1945年）8月15日正午，日本裕仁天皇向全日本广播，宣布投降。中国持续十四年的抗日战争结束。

"阿晖，快打开无线电！"吴伯驹大步跑进林承晖的休息室，把放在柜子上的无线电左右扭着。两个月前，吴伯驹也从军校毕业，向学校申请到遂宁基地继续参军。

"哎，有了有了……"说罢，无线电中传来一段用日语说的话："……朕深鉴于世界大势及帝国之现状，欲采取非常之措施，收拾时局。兹告尔等臣民，朕已饬令帝国政府通告美、英、中、苏四国，愿接受其联合公告……"

"阿晖，日本宣布投降了！"吴伯驹自己也没听懂无线电里说的是什么，但他已经从别人那里听到消息，日本天皇已经宣布接受波茨坦公告，无条件投降。

林承晖看他一脸兴奋，将信将疑地问："你从哪里听说的?"不过，自从反法西斯同盟对中国实行援助后，日本在中国已更加不得势了，这是迟早的事儿。虽不知这个消息是真是假，林承晖的内心还是起了波澜——他感觉到自己渴望的新生活就要来了。

"他们都在说，你应该也会马上收到通知的。"

果然，就在吴伯驹辩解的时候，林承晖的警卫员送来了两份通知，他打开其中一份，上面的确写着日本宣布投降的消息。林承晖默默地读着上面的字，久久站在桌子旁。

吴伯驹以为自己的消息有误，问："真的假的？真是的，快说啊！要是假的——"

"没有，是真的，你看。"林承晖笑着把纸递给吴伯驹，在椅子上坐下，骨节分明的十根手指紧紧地交叉在一起。这下，他终于可以和他的妻子在一起，他可以和宋珈灵一起去找他的哥哥和母亲！"伯驹，晚上的时候，我们把这份通知烧给家陆、少博还有礼安吧！"沈家陆生前如此渴望着这一天的到来，但最终还是没能亲眼见到。

"好！"吴伯驹发现还有一份文件没有拆开，"阿晖，这里还有一份文件，你不拆开看看吗?"

"哦，我刚刚忘记了。"林承晖把另一份文件袋拆开，开头的几个字让他感到意外。

吴伯驹看着他的表情，心里不禁奇怪，战争已经结束，难道还有什么要紧的事情等着他们去做吗？"阿晖，你怎么了？"

"我们要被调到南京去。"南京这么远的地方，他不知道宋珈灵会不会跟他一同去，还有他的哥哥和母亲，他还没来得及找他们，自己就要被调到一个新的地方了。

吴伯驹知道他在担心什么，拍拍他的肩安慰道："你是军官，按照政策是可以带家属去的，只要嫂子同意。"

林承晖就是怕宋珈灵不同意。

当天下午，林承晖一个人在屋里走来走去，心里想了无数遍说服宋珈灵的场景，理由也找了不下十个，但他还是很担心。

拿过桌子上的军帽，林承晖叫上自己的驾驶员就出门去了。

第二日凌晨5点，天还未亮，一辆军用汽车停在医院大门外，林承晖揉揉自己隐隐作痛的太阳穴，开门下了车。他纠结了一晚，得出的结论还是必须要把自己的妻子一起带到南京去，他们虽然认识了八年，但中间却有五年都没有在一起，即使不打仗，人的一生又有多少个五年可以等？

林承晖踏着军靴找到护士站，从输液室里出来的宋珈灵见到他吓了一跳。

"你怎么这么早就来了，昨晚又一晚没睡吧？"她伸手摸着他布着一层细汗的脸，眼睛眨也不眨地盯着自己的丈夫，喜悦的情绪溢满她的眉间。她已经知道日本投降了，她的丈夫可以不用再去打仗了。

林承晖紧紧握着妻子贴在自己脸上的手，道："珈灵，我要调到南京去了。"

"怎么……"宋珈灵眼里的光彩瞬间黯淡下来。为什么战争结束了，他们还是要分离？

"你、你听我说，我是军官，调离的时候可以带一名自己的家属过去，你愿意和我一起离开吗？"

宋珈灵别过眼睛，没有回答。

她的神情让林承晖顿时慌起来，他知道如果去南京，宋珈灵又将从一个新的地方重新开始，而且到现在为止，她和家里的人还没有见过一面。但是，如果她不去，以后两人见面就更难了。

"你什么时候从这里走？"宋珈灵问。

"明天——珈灵，你先别急，你再好好想想。我明天在这等你。"林承晖劝道，纵使之前他在心里列了一串要她一同去的理由，临到头却说不上一条。即使最终的结果是拒绝，他也不想那么快就知道。

和外族的战争是结束了，国内的势力却依然暗潮汹涌，去南京，对每一个人又是一场新的挑战。

第二天清晨，林承晖已经来到医院楼下。医院大门还没开，护士站的电灯正好被人按灭。透过玻璃窗，林承晖能看到戴着白帽的护士匆匆走过的身影。

不一会儿，一个人从侧面的小门出来。林承晖一看，抬脚走过去。

"你站在这儿等我多久了？"宋珈灵嗔怪地问。要不是有人告诉她大门外站着个穿军服的男人，她还不知道他这么早就过来了。

"没多久——你想好了吗？"看她眼睑下有几分青色，林承晖觉得她昨晚大概也是和自己一样无眠。

宋珈灵点点头："我想好了，我跟你一起去。"南京离重庆那么远，她可受不了明明战争结束两个人还是只能一年见一次面。至于父母那边，如果他们还在厦门，那么去了南京也比从重庆到厦门近一些。"结婚时候的话我可没忘。"

林承晖听到宋珈灵的话，胸膛中的那口气才彻底吐出来。他紧紧地把自己的妻子抱进怀里。他倒是忘记了，宋珈灵对他的爱一点也不比自己对她的少。

抗日战争胜利的消息不久也传到龙岩，李佩瑶听着林承曝从小镇上带回来的消息，眼泪止不住地流，战争结束了，是不是林承晖就能回家了？

"妈，阿晖现在指不定在哪里呢。要不我们回厦门的家里去等他？他记得路就会回来。"林承曝提议道。只是他不知道厦门的老房子还在不在，要是房子被破坏了，他们回去必定又是一番奔波。

如果他真的回去了，这个学堂又怎么办呢?

"嗯，听你的。"李佩瑶抹抹自己的眼泪。他们回去等，总有一日林承晖就能找着回来。

林承曔把这个想法也告诉了妻子，钟婉莹想了想，还是一口答应了丈夫。厦门离家远是远了点，但既然是一家人，她跟着过去是肯定的。转眼间，院里的孩子也大了许多，有的还能在做活时时不时搭把手，她即使走了，其他的人应该也能照顾好这些孩子。

"阿曔哥，我们明天也去问问蕙兰跟不跟我们一起去?"钟婉莹道。李蕙兰在这里无亲无故，愿意跟他们一起去自然是好的。但转念一想，万一相处久了，有朝一日她的身份被林承曔知道了该怎么办。

"也好。"林承曔点点头。他要重返厦门是板上钉钉的事情，只是自己教的这群孩子实在让他犯了难。这些年来，虽然有的大孩子已经能认识许多字，也能读一定的文章了，但和城里的同龄孩子比起来，他们还是差着一截。李蕙兰如果答应跟他们一起去厦门，这些孩子的学业恐怕又要荒废了。

隔天上完课后，夫妻俩把李蕙兰叫来家里吃饭，林承曔谈起自己一家要回厦门的事。

"林先生，嫂子，谢谢你们愿意邀请我和你们一起回去。我决定还是留在这里，守着这群孩子。"这里的条件不如城市里的好，但这里是她除了家以外生活得最幸福的地方。她现在也不愿意到更大的地方去，人多眼杂，对她并没有好处。而且，她在这里继续做着她喜欢的职业，看着自己教着的一群孩子长大，蕙兰觉得，即使城市的生活比这里繁华，却不一定是适合她生活的地方。土楼里的一切，都让她感到满足。

"好吧，那你之后就得自己照顾自己了，还有那些孩子。"林承曔听到她的想法，心里也松了口气。不过本来也是，李蕙兰热爱和这一群孩子待在一起，要是去了厦门，再想去做老师恐怕没那么容易。

"我和阿曔哥走了以后，可就是你一个人去学堂教那些孩子了。"钟婉莹道。

"没事，这不是还有秀兰姨陪我嘛。我以后顶替了林先生的位置，天天和孩子们见面，高兴还来不及呢！"蕙兰开玩笑道。夫妻俩被她逗笑了，钟婉莹见她真的愿意留下，也不再追究。

婉莹带着李蕙兰去跟其他人道别。钟秀兰知道他们离开的消息心里倒是一阵阵难过，之前打的小算盘，终究没有成真。但倘若离开这里，钟婉莹能过上新生活，见见大世面，也算值当。

第 二 十 章

再次踏上厦门这片土地，林承曔突然感觉这一切都像是一场梦。从离开厦门的那一天起，他就一直在这场梦里沉沦、挣扎，最后屈服。梦醒时分，周围的一切和记忆中的景象相互交错，似是而非。他站在原地往前一看，被摧毁了一半的月台上依然人来人往，水泥台的侧面，子弹坑为孩子们的攀爬竞赛提供了支撑点，脚尖踩进坑里用力一撑，登上月台的孩子瞬间就成了伙伴们羡慕的对象。

不远处的巷道被炸成了平地，几只灰色的瓦雀蹲在砖红的断墙上，正收着脖子假寐。

在战争里遗存下来的生命，适应新环境的能力是麻木而强大的。

林承曔带着一家老小回到了厦门，李佩瑶跟在儿子后面，心里忍不住激动。在她这个年纪，经历了战争，还能这样完好地站在这里，儿孙绕膝，除了回家待着等小儿子，还有什么事能做？倒是身旁的林佑安，他第一次来人这么多的地方，一直紧张地揪着她的衣角。李佩瑶一心软，弯下腰想要将他抱起来，不承想，刚弯下腰去，就闪到了。

李佩瑶"啊"地叫了一声，林承暻听到声音回头看去，只见母亲手扶着腰站在原地不动，这个天气，本来就热得冒汗，再加上疼痛，额头上的汗珠越滚越大了。

钟婉莹知道她是闪到腰了，急匆匆地走到她身边，扶着她到路边坐下。李佩瑶看着孙子的脸，忍不住伸手捏了捏，一会儿，想到什么似的，不停地叹着气："唉，真是老了，越来越没用咯。"

"妈，你这说的什么糊涂话，你还年轻着呢。咱俩走出去，别人还定以为我们是姐妹呢，不信你问阿暻哥。"钟婉莹一面说，一面给她揉腰。

李佩瑶知道她在安慰自己，忍不住乐了："就数你会说话。"钟婉莹"嘿嘿"笑了两声，接着给她按摩去了。好一会儿，李佩瑶才说自己没事了，催促着林承暻继续往前走。

林承暻环视了一下周围，发现还有几个黄包车师傅在太阳底下等客。他看了看，选定了那个长相看起来比较老实的。没想到竟是人不可貌相，他也不愿意低价拉他们。那人拿起围在脖子上的有些发黄的毛巾擦了擦脸和脖子上的汗，斜过眼睛，一副爱坐不坐的样子。旁边稍年轻的小伙子一看他的脸色，也转过身去，背对着林承暻。

钟婉莹一看丈夫要走，连忙向前一步，道："师傅，你就行行好，你看你在这里等那么久都没人来，拉拉我们好歹还能多两个钱不是？"

黄包车师傅看了她一眼，没说话。

"本来做生意就是这样的嘛。你身强力壮的，在这干歇着岂不是浪费时间？你价格稍微低一点，来的人就多，随便拉个两趟，就比他们多出钱来了哩！"钟婉莹继续道。

黄包车师傅迟疑了一会儿，终于扬扬手："行行行，你们上车吧。"

"谢谢师傅！"说罢，钟婉莹让李佩瑶和孩子先上了车，她和林承暻又用剩下的钱叫了小伙子的车。

林承曔坐在黄包车上，不住地看着两旁的街景。卖吃食的摊贩挑着铝皮桶细细长长地在马路两旁排开，正午的太阳像越逼越近的火球，光线灼人。公路被烈日烤得发烫，仿佛脚踏下去一步一生烟。挑贩们流汗的红脸紧绷着，逐渐成了酱紫色，但也没有阻挡他们做生意的热情，吆喝声还是一阵接一阵地响起。

　　林承曔想起好几年前，他和弟弟入学的时候，也是这样的天气。那时候，林承晖问他毕业之后要做些什么，当时的他没得选择，现如今，他已然有了自己的家庭，更没有选择。

　　这么多年过去了，陆晓浓应该也重新找到人家了吧？

　　车夫呼哧呼哧地喘着粗气，忍不住搭讪："小哥，你们这是从哪来？"

　　林承曔收起思绪，答道："龙岩。"

　　"龙岩好啊，地方好，日本鬼子也不敢打到那里去，否则，定是有去无回。不像厦门，早些年鬼子就来了，现在虽然撤了，但不知打坏了多少人的家！"说到激动处，车夫忍不住咒骂起来，"鬼子真他娘的畜生！"

　　林承曔转头看了他一眼，破旧的笠帽皱皱的，显然已经用了很长一段时间了，头发被遮挡住了，从露出来的小块儿的地方不难看出已经花白了，额头上刻着几道深深的皱纹，眼睛稍稍往里凹，显得倒像饱经风霜似的。

　　"大哥，你呢？是哪里人？怎么想起来做车夫？现在，这个钱不好挣吧？"钟婉莹忍不住问。

　　"妹子，你看你这一会儿问了这么多问题，不知道的还以为你是机关枪呢！叫我先回答哪一个？"车夫从脸上挤出了个笑容，倒叫人有些不适应，"我是厦门本地人，从小也没读过什么书，我爸介绍我到车行来当车夫，这一做便是好多年了。前些时日打仗，我也逃了一段时间，这不，现在太平了，我就接着做我的老本行了。"

　　林承曔听说他是本地人，和他寒暄了一阵，也算了解了这些年来发生的事情了。他走后不久，厦门就沦陷了，日本人不分青红皂白地大肆屠杀、残害中国人，活下来的也大多是衣不蔽体食不果腹，甚至过得不如日本人养的一条狗！

　　林承暻听说这些，悲愤之余又有些庆幸，如果当初没有带着母亲逃出去，现在他们还是否活在这世间？

　　正当他发着怔的时候，拉车的师傅却停了下来。

　　"师傅，怎么停车了呀？"钟婉莹看着周围大片大片的废墟，奇怪地问。

　　"你们说的地方不就是在这吗？——我师父不会记错路的。"他指指前面，果然李佩瑶和林佑安已经下车了，林承暻不得不掏出钱来。

　　接了钱，两人拉着车就跑开了。

　　"阿暻，怎么……怎么成了这样了呢？"李佩瑶在一旁牵着孩子，浑浊的眼睛里透出一股绝望。眼前这一片堆满废墟长满杂草的地方怎么可能是林家？"一定是他们弄错了……你、你就不应该先给他们钱，我们被骗了……"她嘴里咕哝着，眼睛一眨，眼眶里的泪就流了下来。搭了葡萄架的过道、有大片爬山虎的房、院子前后的两棵槐树、花坛旁边的秋千和水井……没有这些东西的地方，就不是林家。

　　"妈……家没了……"林承暻嗓子嘶哑，像被人掐住了喉咙。他捡起路边一块被锈蚀得不成形的绿斑铁皮，脑袋发胀——他记得这附近以前有一只邮筒，现在邮筒已不见踪影。

　　林家已经没了，那么他们回来还有什么意义呢？林承晖就是回来，他们也不能再像以前一样住在家里。一颗炮弹，让他曾经所珍惜的一切都毁于一旦。

　　"哎，我们可怎么办哟……"李佩瑶抱着孙子坐在路边，忍不住哭了。她在这个家住了半辈子，刚嫁过来为人妻到帮着丈夫管理生意，哪怕是丈夫死后别人对林家落井下石的狼狈日子，她都把这个家护着熬过来了。林宅是她一生的心血、她的归宿，现在去哪里找来？又向谁去讨要？她恍惚想起之前和儿子一起逃难坐船的时候，林承暻跌进水里，地契全部浸湿的事——是不是那个时候，就已经预示着今天的局面？

钟婉莹将林承暻的手放在自己的手心，柔柔地问："阿暻哥，我们现在去哪里？"林承暻转头看了她一眼，又看了看在路边哭泣的李佩瑶，心里一片灰凉。她们都问他要怎么做，他也没有答案，但他又能去问谁？林承暻叹了口气，拍拍钟婉莹的手，说："先找个地方住下吧。"

来到旅店，已经是半天后了。林承暻安顿好家人，和妻子说了自己的想法便出门了。旅店住一晚的钱也不便宜，与其留在这里，不如趁现在手头还有些钱的时候去找房子。

林承暻在附近转悠了一圈，得知有一户人家要移居别处，急着出售房子，二话不说就赶去了。就采光、布局来说，房子是不错的，唯一让林承暻感到为难的是价格还是偏高了，在龙岩的日子安稳，不愁吃不愁喝，却也没攒下多少钱，加上其他七七八八的事情，也用得差不多了。现在手头剩下的，还是秀兰姨这么些年攒下来的，他也不好意思随处花。横竖也不差这一两天。这么一想，林承暻便拒绝了那户人家。

刚走到路口，那户人家便追了上来，问了几句林承暻的情况，思考了片刻，便答应了更低价卖给他。原来，那户人家也姓林，女儿孝顺，嫁给国军军官后，也没忘了二老，这次要卖房子，也是因为女儿说要接他们同住。他们在这住了大半辈子，原是不舍得卖的，但想到搬走以后也没人打理，还不如卖了算了。挂着牌子也有大半个月了，却没人上门问起，今天才等到林承暻，索性便卖了。

林承暻见状，爽快地答应了下来。

住进这房子已经快一个月了，这天晚上，林承暻一家人坐在一起吃晚饭。钟婉莹给佑安夹了两块肉，说："妈，阿暻哥，我有件事情要和你们商量。"林承暻仔细听着，也不说话。"佑安也这么大了，也是时候上学堂了。"

林承暻想了下，的确，佑安已经到上学的年纪了，就算自己平日里可以教他一些，但总归比不上学校里面好。但现如今，置办了房子以后，家里也没多少积蓄了，上学的事情肯定还得再往后拖一拖，越想越糟心，终于还是做出了决定："婉莹，再等等吧。等我找到工作，安定下来挣了些钱吧。"看着妻子失望的神情，又说："明年，明年我一定送他去学校，好吗？"

钟婉莹也知道他的难处，也不想过多地为难他，便不说话了。

李佩瑶突然感到一阵悲伤，放下手中的碗筷，问："阿暻，现在也太平了，你说，阿晖什么时候回来啊？都这么久了，会不会……"话还没说完，眼泪倒先流下来了。

一波未平一波又起，让林承暻有些招架不住，他伸手揉了揉隐隐作痛的太阳穴，走到李佩瑶身边，安慰道："妈，我这两天事情处理完了就去找阿晖，你别担心，他一定没事的！"

"可是……可……"李佩瑶根本不敢继续讲下去。

钟婉莹也坐到她旁边去，伸手替她擦干了眼泪："哎呀，妈，没事的，阿暻哥都这么说了，肯定没事的。你身体不好，不要总哭，把身子哭坏了，阿晖回来定会找我们算账的，到时候让我这个做大嫂的怎么办？"

一旁的林佑安不懂大人们的世界，只是看到奶奶哭了有些不明所以，也跟着走上前去，挽着李佩瑶的手，安慰她不要哭。

李佩瑶看着身边的孩子们，终于停下了眼泪。

月亮高高挂在天上，耳畔传来钟婉莹的歌声：

月光光秀才郎

骑白马过莲塘

莲塘背种韭菜

韭菜花结亲家

亲家门口一张塘

跳来鲤母（麻）八尺长

鲤母（麻）肥拿来吃

鲤母（麻）瘦拿来尝

放心下来娶新娘

……

宋珈灵跟着林承晖搬到了南京一所由国民政府管辖的院子里。这座院子就两层，中间是露天天井，房子环绕在四周，住得拥挤，环境并不十分好，讲话声音稍微大一点，隔壁也能听它个十之八九，没几天，邻里便混熟了。

林承晖对这并没有多少好感，宋珈灵倒是想得开，说她没去过北京，就当这里是北京的四合院吧，而且住对门的余瑶一家看起来都很不错，她也不愁林承晖出去工作的时候自己会无聊。林承晖听了这话，只觉得有些愧疚，自己让宋珈灵等了那么久，如今等来的却是这样的生活，这和林承晖心里所想的差太多了。

不过，幸运的是，现在抗日战争已经结束了，这意味着他也不用到战场上去。林承晖思来想去，决定向上级申请转为文职。

当晚，林承晖将自己的想法告诉了妻子。宋珈灵听后，知道他不想去打仗，也不多说什么。如果他不做这个决定，依着现在的情形，谁知道后面还会不会发生什么事情来，两党之间万一真起了什么冲突，林承晖作为军官，肯定还是要到前线去的。

隔天上午，林承晖把写好的申请交了上去。

林承晖的长官——周正，早就听说是个欺软怕硬的人物，先前林承晖并没有和他有过什么直接的接触，但现下看到他那一肚子的油水估计传闻并非空穴来风。周正坐在办公桌后眉头紧蹙端详着申请书，这样的表情放在他发胖的脸上并不好看。

"你为什么要去做文职？"

"长官，"林承晖给周正行了个礼，"现在，战争已经结束了，不需要再上战场了；现在党国的重心已经放到国家建设上来了，承晖不才，读过几年书，认得几个字，才请求去做文职的。希望长官能答应。"

林承晖的话乍一听是合情合理，但只要稍微一想就知道，即使现在和日本的战争结束了，国家内部的对峙却还在继续，其中还有很多国共的地下势力在暗处延伸。林承晖本是一个身经百战的军人，虽军衔不大，但发展前途是光明的。正值壮年的他在这个时间要求从前线上退下来，难免不让人在意。

"你放着好好的飞行员不做，非要像老头子一样喝茶看报。我要是同意了，那就成了党国的罪人了。"周正把申请书放在桌上，抿了口茶水，"这人呐，什么人该干什么事，什么时间该做什么事都是老天安排好的——你真的要放弃你现在的位置，去当一个小小的文职？"

林承晖身侧的手捏了捏，道："长官，即使转到了文职，我也——"

周正挥挥手："行了行了，哎，既然你态度这么坚定，那我也不能掐着你不放是不是？"放下茶杯，周正拿起钢笔在申请书上写了几个字。据他掌握的这些履历来看，林承晖也并不是一个怕死的人，即使结婚了，也能上战场冲杀在一线。如果不是家庭和生死的原因，哪还有什么原因会让一个年轻人突然从前线撤下，来做后面的工作——既然明面上不松口，那就观察着看。

一个礼拜后，林承晖正式调到文职岗位。文职的工作并不算忙，每天只在办公室坐着，整理一下办公文件，一天也就差不多过去了。林承晖虽觉得有些无趣，但也总算闲下来，得空去陪宋珈灵了，且不说，上班的时候还可以偷偷看看时下流行的小说书报。

宋珈灵在家里待了一段时间，每天买菜做饭的生活让她感到有些发闷，和林承晖商量着想去附近的医院找份工作，也好解解乏。在这件事上，林承晖并没有多大意见，他虽不喜欢宋珈灵有时候和病人接触时过分亲密的样子，但她穿上护士服时自信的样子让他着迷，他不希望宋珈灵嫁给了自己就改变了原来的生活方式，他也想守护这份自信。

林承晖找同事帮自己了解军区医院，没几天医院那边就安排好了职务。

周正怀疑宋珈灵的身份，这关头总是听说哪里发现了共产党的间谍，他也很谨慎。叫人查了个底朝天，发现她在重庆医院待了八年，也没什么可疑的地方。林承晖除了这件事情，也再无动作。宋珈灵在医院虽然没有被安排成护士长，但工作也很忙，除了寻常的上下班，很少外出。

这天，宋珈灵和往常一样下班买菜回来，刚进院子，听到动静的余瑶从屋内走出来，一副八卦的样子看着她："小宋啊，你老公对你可真好！"

"嫂子，你说什么呢？"宋珈灵听了这话还是忍不住红了脸。

"嫂子也是过来人，我都懂的，快去吧。"余瑶推了一把宋珈灵，宋珈灵回头看着她也没想出个所以然，摇了摇头，回家去了。

钥匙刚插进孔里，门就从里面打开来了，宋珈灵看着林承晖的脸，不知怎么莫名就红了脸。林承晖将她拉进房间，让她将眼睛闭上。宋珈灵疑惑地看了他一眼，乖巧地闭上了双眼。

林承晖捂着宋珈灵的双眼，牵着她走到里间，才把手放下来，让她睁开眼睛。宋珈灵张开眼睛，衣帽架上挂着一条酒红色的纱裙，腰间软软地系着一个丝质蝴蝶结。

林承晖看她怔怔的样子，问："不喜欢吗？"

宋珈灵回过神来，眼眶湿润，问："怎么突然想起来给我买裙子？"嘴上这么说，但她心里的喜悦早就从眼睛里蹦出来了，和林承晖在一起这么久，很少有收到礼物，上一次，还是求婚时的那枚戒指和花束。

林承晖将她揽入怀中，下巴抵在她的头上，温柔地说："珈灵，我想补偿你。和我在一起的日子里，我几乎没让你过过一天好日子，但现在不同了，你嫁给了我，是我的妻子，我想要给你，也愿意给你我的一切。"

怀中的宋珈灵忍不住抽泣，林承晖替她把泪水擦掉，又说："来，珈灵，穿上试试？"

宋珈灵换上裙子，稍微打扮了一番，竟将林承晖看傻了："珈灵，你真好看。"

宋珈灵羞红了脸，轻声问："你怎么，给我买这个颜色的裙子？"

"也没什么，我就是看到它时候就想起了你，所以买回来送你。"

"我以前竟不知你这样能说会道。"宋珈灵娇嗔道，林承晖也不管，从后面抱住了她，又想起来什么，催促她赶紧穿鞋，要来不及了。宋珈灵也不知道什么来不及，只听他怎么说便怎么做了。

林承晖开车带着宋珈灵到了一处街道，温暖的阳光照在熙熙攘攘的人群身上，竟令这座不久前经历过灾难的城市，有了一些生气。眼看车已经开不进去了，林承晖拉着宋珈灵的手往巷子深处跑去。好一会儿，才到达目的地——火锅店！

宋珈灵怔怔地看着他，有些说不出话来。林承晖笑了，说："你还记得吗？我还欠你一顿火锅，南京比不得重庆那么爱吃火锅，但这一家的老板是从重庆迁过来的，而且也有些年头了，味道比其他的好一些。"

"你竟还记得？"宋珈灵又感到有些想哭，林承晖伸手抱住了她，笑了笑："我怎么会不记得？你说的每一句话我都记得，以后，我一定会待你更好的。"

宋珈灵点了点头，又有些懊悔地叫道："带我来吃火锅你怎么不早说？早说我就不穿这件衣服了，弄脏了多难洗。"

"没事，吃完火锅我还要带你去看电影呢。再说了，我就觉得你该这样漂漂亮亮的。"林承晖给她弄好了调料摆在眼前，又给她涮肉吃，近来她太瘦了，吃多点才好，否则看了叫他心疼，"对了，前些天我遇到伯驹了，住得不远，要不过些天我们请他过来吃饭？"

"好。"

"够辣吗？"

"嗯。"

"好吃吗？"

"嗯。"其实，宋珈灵不是没吃过比这更辣更好吃的，但那些始终都没法和这一顿比。

最近这段时间，李佩瑶总是喜欢坐在门口发呆，经常一坐就是一整天，甚至有些时候叫她吃饭，她都听不见。钟婉莹将这一切看在心里，但也没有办法。

"阿曔哥，妈一直这样下去身子会吃不消的，你能不能想想办法？"

"唉，她的心结，我又有什么办法呢？"说着，林承曔上前去想要扶李佩瑶回房，李佩瑶却怎么也不依，甩开林承曔，就是要坐在门口等林承晖。

林承曔耐心地安抚母亲的情绪："妈，阿晖会回来的。他那么聪明，战场上有危险他也肯定会有办法逃掉的，你不用担心他。你每天这样，我也不放心出去打听阿晖的下落啊。"

李佩瑶站起来紧紧地抓着林承曔的手，问："你说什么？"

"妈，我想了想，现在我们的居所也定下来了，我趁着这段时间有空，出去找找阿晖。"林承曔也握住她的手。

"地方这么大，你又不知道他在哪，怎么找啊？"

"没事的，一天找不到，我就找一礼拜；一个礼拜不行，我们就找一个月——总有一天会找到的。倒是你，一定要注意身体，别给病了，婉莹一个人在家照顾你们俩，我也会不放心的。"

"嗯。"李佩瑶听后也不闹了，现在，大儿子要去找小儿子，心里总算有了些安慰。

是夜，林承曔侧躺着在床上抱着钟婉莹睡觉，温热的鼻息扰乱了钟婉莹的心，自从和林承曔在一起后，两个人几乎没有分开过。明天，他却要走了，去寻找他下落不明的弟弟，也不知道什么时候会回来。她不是害怕，是舍不得。念及此，竟忍不住落泪了。

感受到钟婉莹的抽泣，林承曔怎么会不清楚她在想什么呢？遂抱紧了她："婉莹，没事的，我很快就回来了。"

"嗯。"

钟婉莹轻轻应了一声，让林承晖快睡。两个人躺在一张床上，谁都没有睡着，谁也都没有说话。

这天，宋珈灵下班回家，看着时间还早，索性收拾起东西来。她看着床底下有一个箱子，箱子里杂乱地放着几件林承晖以前的衣服，宋珈灵看了忍不住笑了笑，将衣服一件一件地拿出来叠好。竟在箱子最底下，看到一沓厚厚的信，宋珈灵拿起来一看，封皮的题头写着"厦门市"，知道是林承晖寄给他母亲的，一时之间，也想起自己的父母来。

很幸运，宋珈灵生在一个很开明的家庭，无论做什么事情，父亲都会支持她。家里世代行医，年少时，父亲把医馆开到厦门，来找他看病的人很多，并没有多少时间管束她，还让她上了新式学堂。就在她被厦大录取的第二天，父亲竟说要陪着她去厦大。虽然她在学校里住，得空也会到父亲的医馆去住，但父亲总感觉很忙似的。宋珈灵怎么也想不透，一个老中医，能忙到哪里去？当初要来重庆时，父亲的脸色虽然有些异样，但竟也没多少阻拦。起初，每个月也是按时通信的，但后来，通信中断后，便没了联系，也不知道他们怎么样了。

想着这些，宋珈灵有些愣了神，眼泪什么时候流下的也不知。林承晖回来刚好看见这一幕，以为她在医院受气了，大步上前去，问："珈灵，你怎么了？"

宋珈灵被林承晖惊醒，发现自己哭了，有些不好意思地笑了起来，抬手擦掉："我没事，就是有些想家了。"

"对不起，珈灵。"林承晖知道自己做得也不好，在一起这么久了，竟也没意识到要给宋珈灵的父母去个信，"我们结婚这么重要的事情也没和你父母商量，现在，我们也算在这里定居有个家了，我看，不如写封信给你父母，接他们过来同住吧？"

"好。我明天就给他们写信。"宋珈灵在林承晖怀里想了一会儿，又问：

"阿晖，那你妈和你哥哥呢？"

林承晖明亮的眼眸黯淡了下来，恹恹地说："唉，我也不知道。我打算等我忙完这一阵，就请假，去一趟厦门，看看有没有线索。"

宋珈灵看着他的神情，有些心疼："一定会找到的，别担心，阿晖。"

隔天一早，林承晖就被叫去开会。宋珈灵起来一看，大院门口竟然比平日多了不少士兵把守，却又不知道是什么事，隐隐有些担心。

会议刚开完，林承晖便往家里赶，快到家时，遇到了出来办事的吴伯驹，相见不如偶遇，林承晖约着吴伯驹到家里吃饭。

林承晖带着吴伯驹走进大院，看到院门口站得笔挺的士兵，不由得眉头紧蹙，板着脸走进去了。院子里宋珈灵和余瑶在洗菜，听闻吴伯驹过来吃饭，宋珈灵索性叫着余瑶他们一起吃了。余瑶也不是扭捏的人，大大方方就答应了，转头回房间去叫上吕彦翔，吕彦翔随便披了件外套，就过来和他们一起喝茶。

林承晖给吕彦翔倒了杯茶，两个人分别给介绍了彼此。吴伯驹笑嘻嘻地说："原来是吕长官，经常听阿晖提起你，今日见了确实不一般。"

"哪里的话。"吕彦翔本就是个稳重的人，对余瑶话也不多，更何况是吴伯驹。林承晖虽然平时和吕彦翔接触不是很多，但心里明白他也是能信得过的人，看到这情形有些无奈："行了，都是自己人，不用这么客套。"

两人听了这话，忍不住笑了，本来隔音效果就不是很好的院子，此时此刻透出来男人爽朗的笑声。余瑶听见忍不住说："珈灵啊，你看，这男人们的友谊来得真是快。"

"这有什么？都是自己人嘛。"宋珈灵不以为然，林承晖和吴伯驹交好已经不是一天两天了，住在这院子里，和吕彦翔也是抬头不见低头见的，彼此都相互了解，成为朋友也是迟早的事情。

吕彦翔抿了一口茶，味道有些涩，慢慢地，又感到一种豁然开朗的甘甜。他放下茶杯，突然想起来些什么事情，问："你们有没有收到上级说要去打仗的命令?"

"早上开会的时候有提到过一点,但具体是怎样还没有通知。"林承晖听到这消息心里不大高兴,刚安定下来的日子,又要遭受战争。

"打仗?怎么又要打仗?"吴伯驹还对此一无所知。

"也不晓得,只是今天开会时提起。"吕彦翔顿了顿,又说,"现在好不容易太平了,不好好珍惜,搞这些做什么?"

"谁知道呢?我前些日子听说,有位将军因为整天流连在风月场所,被革了职。你们说,打了那么多场仗,好不容易才坐上这么个位置,怎么人说变就变了?"吴伯驹连连感叹,如果当初有机会让他发挥的话,说不定他现在也有个不错的军衔了。

林承晖突然想起之前交申请书时周正问他的问题,借这件事一看,自己当时的举动倒真有几分贪图享乐的意味。这段时间以来,他除了正常上班就是回家,即使周正还在怀疑他当初的动机,自己也并无什么把柄能被他抓住。

"谁知道呢?我只希望,就这样平平静静地过一辈子就好了。"吕彦翔说罢,又抿了一口茶。

林承晖坐在那里一言不发,不知在想些什么。远处传来了轰隆隆的雷声,宋珈灵抬头看了一眼,叹气道:"要变天了。"

林承暻已经出来两个月有余了。这两个月,他走了很多地方,却还是没有得到什么有价值的线索。眼看着兜里的钱越来越少,家里的积蓄本来就不是很多,再这样下去,也不是办法。他想了想,还是回家去了。

林承暻回到家的时候,李佩瑶坐在门口痴痴地看着远方,眼睛里那一汪水稍不注意便溢出来似的,叫人看了心疼。

李佩瑶看到归来的林承暻,猛地坐起来,她最后的希望全在大儿子身上了,看到只有大儿子一个的时候,一下子失去了支撑的希望,砰的一声倒了下去。

林承暻快步冲上前去抱住她往房里走去，待安顿好她之后，才抽出点空闲时间来陪钟婉莹。

钟婉莹看着林承暻晒得黝黑的脸，一阵心疼，强忍住眼泪，伸手去摸了摸他的脸，说："阿暻哥，你受苦了。"

林承暻笑了："我没事，倒是你，真的辛苦了。"

"你快给我讲讲，这一路上发生了什么？"

"开始的时候，我也不知道去哪里找阿晖。在路上，我听说厦大已经迁回来了，想去那里碰碰运气。结果啊，还真的让我找到了当时的班主任，那老师说，阿晖当年参军以后再也没有消息了。他跟我说，去长汀看看吧，当时在长汀，阿晖认识了一个什么店的老板，和他关系挺好的。

我就去了一趟长汀，幸好，那老板还没搬走，还在学校斜对面做生意。我就去问了他，老板说，阿晖当年跟着部队好像是去了重庆还是哪里，时间太久了，他也有些记不得了。

我本来想着去重庆找他，但是重庆人生地不熟的，也不知道从哪里找起。再说了，我要是真的去了，还不知道得多久才回来，你一个人照顾佑安和妈，我也不放心。"林承暻说得云淡风轻，也不打算将路上的困难说给钟婉莹知道，她知道了又能怎样呢？只是徒增她的伤悲罢了。

钟婉莹听了也不说话，只默默牵着林承暻的手。她从来没有一个人出这么远的门去寻找一个人，但她能理解这种心情。当时阿宝走的时候，她就是如此，但又有些不一样，她知道阿宝是会回来的，而林承晖却不一样，他的旅途，九死一生，不见归期。

李佩瑶在房间听到林承暻的话，觉得有些对不住他。从小时候起，林继泽就将他当成接手人来培养，和林承晖相比已经失去了很多表达自己的机会，在他身上，自由从来都是有限度的。那时，写字看书的他也会偶尔表达出一种期待，期待自己长大之后能在家里做主。然而林继泽走得太匆忙，紧接着林承晖又参军，陆家也去了上海。他是终于接手了，可家族的没落竟没有一日能让他享受到曾经憧憬的自由。

李佩瑶不禁想,如果当时去参军的是林承曔,他会不会在部队上能更活得自在一些?依林承晖的性子,当时他说不定已经问过哥哥要不要一起去吧?

想着想着,不觉之间李佩瑶已满脸泪水。她喊了一声儿子,伸手示意林承曔坐到床边来,林承曔坐了过去。李佩瑶握住他的手,仔细一摸,发觉手上的茧仿佛又厚了几层,哪像是读书人的手啊?"阿曔,这个家委屈你了……妈知道你一直很委屈……"

林承曔擦去她脸上的泪水,鼻子也有些发酸,但他始终没有哭出来。他真的委屈吗?其实自己也不太清楚——他从来都是这样逆来顺受,心里有许多的想法,却很少勇敢地去尝试——包括娶了婉莹,那也是箭在弦上的选择。人就是这样子过一辈子的。

"曔儿,是妈对不住你。你还有自己的家庭要管,怎么能丢下活人的生活不顾,独独为了我去寻找生死未卜的人呢!糊涂啊糊涂啊……"李佩瑶越说眼泪越止不住。在教林佑安识字的钟婉莹听见哭声,也走了过来。

"妈,你这又是做什么?"

"妈,这不怪你,阿晖也是我的弟弟,找他,本来就是我应该做的事情。别哭了,再哭又该不舒服了。阿晖知道得多心疼啊!"林承曔拍了拍李佩瑶的手背,又耐心地安慰她睡去了。

是夜,林承曔躺在床上翻来覆去怎么也睡不着。钟婉莹被他吵醒了,转过身来看着他,月光打在她的脸上,恍惚间又回到了少女时期的模样:"阿曔哥,你怎么了?这么晚还不睡。"

"婉莹,我心里有事觉得对不住你。"林承曔的手在钟婉莹的眉毛上游走,一遍又一遍。第一眼见到她时,就觉得她的眉眼生得好看,现在,看着这双眸子,倒叫自己有些心虚了。

钟婉莹被他逗笑了,问:"阿曔哥,你说,是什么事?"

"前些日子我出去找阿晖,把积蓄花了个七八分,看着你天天为了家省吃俭用，心里有些不舒服。"

"我还当什么事呢，钱没了，我们挣回来便是了。我现在手头上还有一些，加上你的那些，应该也够花一阵子了。"

林承暻是很佩服妻子的乐观的，这是他怎么也做不到的。"但是，这样下去也不是办法，我们得做点什么事才行。"

"依我看，不如开个饭馆吧？阿暻哥你这么聪明，肯定能经营起来的。我呢，也会炒几个特色菜，你不是总说我做饭好吃吗？我给你做个小厨娘，怎么样？"钟婉莹依偎在林承暻的怀里，将自己的想法全盘托出。

林承暻抱紧了她："倒不是不行，只是我怕你到时候忙不过来。"认识钟婉莹以来，她给的帮助太多了，再让她做这些，林承暻心里还是会有些过意不去的。

"哎呀，多大事，在家里也是做饭嘛，现在出去做饭还能挣钱呢！多好呀！"钟婉莹歪着头想了想，又问："阿暻哥，你说，我们饭馆的名字叫什么呢？"

"客家小炒？"林承暻想了想，说。既然是做客家的特色菜，这个名字也算是贴切。钟婉莹却不十分满意，努了努嘴，说："阿暻哥，你这名字有些随意了吧？"

林承暻有些无奈："那你想叫什么呢？"

"我前些日子上街看，都是什么'李记''陈记'的，不如我们就叫'林记'吧？"

林承暻想了想，这名字似乎也没什么特色，还不如"客家小炒"呢。但看见钟婉莹认真的脸，他决定，就这样吧。

"珈灵，晚上部队有事我就不回来吃饭了，不用给我做了。"话音刚落，宋珈灵追出去，却只看见林承晖的背影了。在院子里站岗的士兵一直没有动过，让宋珈灵有些不舒服。她试图去找余瑶了解点消息，余瑶却表示自己也不清楚。

余瑶听到声音出来看了一眼,看到宋珈灵落寞的身影,问:"珈灵,怎么了?又不回来吃饭了?"

"是啊。"

"唉,我家男人也是。最近也不知道怎么了,已经很久没有回来吃饭了。"余瑶的眼里也闪过一丝异样,宋珈灵看不得这些,问:"嫂子,要不咱俩一起吃吧?"

余瑶听后,乐呵呵地答应了。

深夜,林承晖从部队回来,看到宋珈灵已经睡下了,悄悄地爬上了床,刚想伸手去揽着她,却看到她因抽泣而抖动的肩膀,一时之间慌了神,问:"珈灵,怎么了?"

宋珈灵将心事告诉他,他轻声叹了口气,说:"珈灵,别乱想了,我不告诉你是不想你担心。"

"你什么都不告诉我,我不是更担心吗?你要是像从前一样,我有什么好担心你的?"宋珈灵擦去眼角的泪水。

"对不起,珈灵,是我不好,没有考虑到你的想法。那我现在就将事情告诉你吧,但你答应我,下次心里有事不要憋在心里,偷偷地哭。"宋珈灵点了点头,他又继续说,"你注意到院子外站着的人了吧?现在,还是不太平。"林承晖指指外面,摇摇头。

宋珈灵的心"咯噔"了一下,他话里的意思她已然明白,担心地问:"那你怎么办?"

林承晖艰难地挤出一个笑脸,说:"别担心,我之前不是已经转到文职了吗?应该是不会安排到我的。"

宋珈灵点了点头,却还是担心,这些天,她看着院子门口的哨兵换了一茬又一茬,人数却始终没有减少。

林承晖从后面抱紧了她,说:"珈灵,我现在觉得我好幸福,可以跟你在一起，安安静静地过日子。你知道吗？这些天我在路上，看到了好多人，大概是逃难来的吧？穿得破破烂烂的，脸上、手上的骨骼都清晰可见，你说，我们打了那么多场仗，好不容易胜利了，为什么，还要继续打呢？"

"唉……"宋珈灵也回答不上来，小时候父亲告诉她，要做个好人。可现在看，做个好人又有什么用？还不是一样无可奈何？

林承晖一大早又去了部队。宋珈灵收拾了一下正要出去上班，看到自己家的邮筒里明晃晃地挂着一封信，迫不及待上前去，信封上的落款是宋文谦几个字。宋珈灵心头一紧，猛地将信拆开，信上写着他们已经得知她结婚的事情，这两日便来南京找她。宋珈灵细细看下去，竟读不出来父亲对她结婚这件事情持什么样的态度，看着那写信的日期，料想他们的到来也就是这一两天的事情了，不由得心里有些紧张。

晚上，宋珈灵将事情说给了林承晖听，林承晖的笑颜收了起来，也跟着紧张，看到他这个样子，宋珈灵倒不觉得有什么了，只安慰他："没事的，我父母不是那种古板的人，他们很好相处的。"

林承晖点了点头，却失眠了一晚上。

翌日，林承晖向领导请了两天假，拉着宋珈灵一起彻底把家里重新打理了一番，他还去街上为空房间买了些家具摆上。两人从早忙到晚，总算是将家里变了个样子。

这日一直忙到天黑，精疲力尽的夫妻俩早早地就睡下了。刚躺下不久，宋珈灵就被外面的吵闹声惊醒，迷迷糊糊中听到一个很熟悉的声音，却也没多想，翻个身继续睡去了。

"请问这里是不是住着一个姓林的长官？"宋文谦腋下夹着个包裹，越过门口的卫兵，往里面看了看。刘茹跟在后面，朝卫兵笑了笑。

那士兵没见过这个人，伸手拦住宋文谦："老头，你谁呀？"

"我们是宋珈灵的父母。她和林长官一起住在里面的吧？"刘茹道。

士兵又端着枪上下打量了他们一阵，道："你们天亮再过来。"

"小兄弟别这样啊，我和她爸一下火车就过来了，这大晚上的，我俩人生地不熟，旅馆也难找是不是……麻烦你通报一声，我女儿的信还在这呢。"刘茹说着，从兜里掏出一封信件。

那士兵一看寄出人："哎哟，还真是……那您二位在这等一下，我马上进去通报！"话刚落，他就已经进了院子。

一番折腾，宋文谦和妻子终于进了院子。林承晖见到老两口时，十分庆幸今天已经把家里重新收拾了一番，否则两人来了还得赶着收拾打扫房间。刘茹一进门和林承晖点头打了个招呼，就拉着女儿的手问这问那，不一会儿，母女俩眼圈都红起来。

"爸，妈，我要给你们正式介绍一下，这就是阿晖。"

林承晖牵住宋珈灵的手，正式向两位老人介绍自己的身份。一番话说下来，他的手心竟有些汗湿。

宋文谦一直看着林承晖的脸，时不时提出一两个问题。从宋珈灵的状态看起来，他也相信眼前的这个小伙子是真的爱自己的女儿的，除去他国军军官的身份，仿佛也没有多少可以挑剔的地方。

"爸，妈，我和阿晖办婚宴的事能不能再缓一缓……"宋珈灵想起之前父亲在信中提到的事，有些为难。虽说林承晖现在时间也还算充裕，但和办公室里的其他人之间还不是很了解，一办宴席，消息传出去了，请与不请又是一件麻烦的事。

"不办就不办了吧，以后日子还长。"宋文谦道。

宋珈灵听了这话，上前去抱住了宋文谦，笑嘻嘻地说："爸，我就知道你对我最好了。"林承晖看着，心里绷着的弦终于放下了。

一晃又过了好些日子，宋珈灵的父母和林承晖相处得还算融洽，但他心里总觉得和两位老人有种疏离感，总想不透是哪里来的，他将感受告诉宋珈灵，宋珈灵也想不通，便让他不要想了。

这天，宋文谦早早就起来了，坐在厅里喝茶，林承晖起来看到有些被吓到，打了声招呼就赶着去上班了。林承晖前脚刚走，后脚宋珈灵也跟着出来，看到宋文谦坐那，问："爸，你起这么早干什么呢？"

宋文谦呷了一口茶："老了，睡不了那么长时间。"

"瞎说！"

宋文谦"呵呵"乐了，一会儿又说："珈灵啊，我来南京也这么长时间了，一直在这院子里待着，闷得慌。横竖你和承晖也要上班，我就想着和你妈出去逛逛。"

"行啊，可是你在这也不认识什么人，不如我叫余瑶陪你们一起吧？她倒是挺闲的。"宋珈灵想也没想就答应了。

宋文谦有些勉强地笑了，很快又恢复了过来，说："我和你妈都这把年纪了，你叫一个小丫头跟着我们，这像什么话。"

宋珈灵"嘿嘿"笑了，说："好像也是，那你们别走太远啊，丢了我可不知道去哪里找你们。"

"知道啦知道啦。"宋文谦笑道，又催促她赶紧去上班，宋珈灵笑嘻嘻地走了。

第 二 十 一 章

"听说国军在辽沈鏖战了六个晚上，还是打不过共产党啊！"林承晖在位置上做着自己的事，耳边却传来同事的声音，那语气，听着像是在说一件和自己无关紧要的事情似的，让人感受不到温度。林承晖听了心中有些不大舒服，索性不说话了。

那人见他丝毫没有要和自己八卦的样子，识趣地闭上嘴做自己的事情去了，剩林承晖在那里发呆。战场上的生活，他已经很久没有感受过了，不知是不是平静的生活过得太久了，他甚至有些忘记那样的日子到底是什么样的了。

正想着，吴伯驹过来找他："阿晖，发什么呆呢？"

林承晖回过神来，讪讪地笑了，也不说话。

吴伯驹看着他的神情，也猜了个十之八九："阿晖，都过去了。"林承晖只点了点头，接着做他的事情去了。吴伯驹也不在意："阿晖，我要去前线了。"

林承晖有些惊讶，抬头看他，问："怎么这么突然？"

"也不算突然，之前就有这想法了，只是领导说暂时还需要不到我。这次，军队在辽沈那边失了利，士气有些低落。我想着，这时候去前线，也算是为党国做些什么了。好歹我也是新鲜力量啊！"吴伯驹有些不好意思地摸了摸自己的头。

"这倒也是。"林承晖站起来拍了拍他的肩膀，"什么时候走？"

"还没决定，应该也就这几天了。"

林承晖沉默了一会儿，说："那你到了战场上小心一点，不要一股脑儿地往前冲，危险的时候避着点，别正面刚上去。"

"知道啦，你以为我是你吗？扛着把大刀头也不回地就往前冲。"吴伯驹想起来第一次上战场时的情景，忍不住发笑，却看到林承晖板着脸，猛地收住了笑声，"阿晖，我不是那个意思，你别往心里去啊。"

"没事，这有什么说不得的？都过去了，不是吗？"林承晖笑着，心里重复了一句"都过去了"。

这么久以来，对于林承晖内心深处的想法，吴伯驹也还是看得不太清，现在，他到底是放下了还是怎样呢？关于这个问题，吴伯驹始终没有得到答案。但碍于之前的事情，吴伯驹始终无法将这句话问出口。

两个人又聊了一会儿，才分开。

林承晖看了一眼外面，夕阳已经躲进了山后面，只有淡淡的金光发散出来，竟也到了下班的时间了。林承晖收拾了一下，拿上东西就出门了。

路上，林承晖遇到了一个从远处来的女人，干枯的脸没有一丝血色，嘴唇裂开了好几条缝，背上背着一个病怏怏的小孩，缠裹的畸形的脚一步一步艰难地往前挪。

林承晖瞥了一眼她背上的小孩，瘦得不成人形，明亮的眼眸周围看着像是充满脓水的窟窿，营养不足使他的头发枯黄分叉，嘴里发着呜呜的哀啼声。

林承晖向那女人走近了一步，又有一群穿着破衣烂衫拿着碗的叫花子冲了上来，他们一个横排站在一起，堵住了去路。一辆急着路过的黑色轿车上跳下来个大汉，伸手就抓住了一个梳着两条脏兮兮的羊角辫的小女孩，那小女孩被大汉一只手扯着头发拼命挣扎着，嘴里哭声凄厉，一个蓬头垢面的女人扑过来，被大汉一抬脚就踹到地上，其他人见了这幅情景，逐渐朝大汉围过来。

大汉不但没有松开手，反而加重了力气抓着小女孩，吼叫："我看你们谁敢上来！你们这些不知好歹的东西，让你们进南京城都是对你们的恩赐，还抢了大爷我的道？"

众人愣在原地不敢上去，哭着大喊求放了女孩。大汉并不领情，对着他们骂骂咧咧的。

林承晖朝车内看去，竟然是周正！原本只是听说这个人欺软怕硬，没想到竟这样明目张胆。且不说，他还是一个军官，连他这样的大领导，对老百姓都是这样的态度，哪里能有一片净土让百姓安心地生活呢？

林承晖上前去将那躺在地上的女人扶起，大汉提着那个小女孩打量了一回林承晖。

"先生，请把那个孩子还给她的母亲吧！"

"这些叫花子挡了我的路。"大汉的下巴都是青色的胡茬，脸上的肉堆到嘴边，随着他开口说话轻轻地颤着。他手里的孩子已经止了哭声，眼睛里流出的泪水硬生生在她的脸上洗出两条肉色的线，她正望着林承晖。

林承晖继续和大汉商量："先生，你看，他们本来就那么多人堵在这里，现在你打了这个孩子，他们会闹得更厉害，不如大家好好商量一下，各自让一步这事儿也就解决了。"

"哼，那可不行，是他们先挡了爷的路的！"大汉并不打算和他讲道理，"怎么？看不惯？有本事，你从我手里抢过去啊！"

林承晖道一句"得罪了"，一个箭步就跨上去。大汉一惊，抬脚就去踹他的下盘，然而刚出脚，便有两手抱住他的脚踝提起来一扭。

"哎哎哎，别扭别扭！"大汉连忙阻止道，脸上出了一层油汗。他放开小女孩，孩子便哭着回到女人的怀里。肮脏的女人用力地抱着她的孩子，像要把她镶进骨头里似的。

围观的人们一个劲地拍手叫好，大汉的脸色变得铁青，正要开口，却被周正喝住："还嫌不够丢人吗？赶紧走！"

林承晖盯着周正的脸，悠悠地说："周长官，管好你的人！"

周正脸气得铁青，他暗中观察林承晖这么久，一点把柄也没抓到，反倒是自己今天栽了一跤。他倒是听说，林承晖上头有人，可是在一起这么久，也没见上头的人有过什么打点。眼下这多人看着，他一句重话也讲不得，只得回了句："多谢提醒。"便将大汉叫上车，一溜烟儿地跑了。

大汉走后，女人抱着小女孩走到林承晖面前猛地跪下，泣不成声地谢他。林承晖有些被吓到，忙扶她起来，将身上的一点点钱偷偷塞给了她，让她带着孩子先去吃点东西。

女人推辞了一番，又将在周围的人引了上来，林承晖有些不敢面对他们的脸，将钱塞进了小女孩的手里，头也不回地跑了。

林承晖回到家已经很晚了，宋珈灵陪着宋文谦在客厅里闲聊。看见林承晖回来，宋珈灵忙着起身，娇嗔道："今天怎么这么晚？"

"没，路上遇到了些事情，耽误了点时间。"林承晖将外套脱下来，挂在衣帽架上，对着宋文谦问："爸，妈，你们吃饭了没有？"

"吃过了，你应该没吃吧？珈灵给你留了饭，快去吃吧。"宋文谦看了一眼衣帽架，发现那件外套的袖口上有一点灰土。

"好。"林承晖卷起手袖，去厨房洗手。

宋珈灵一边抱怨他这些天总是晚回家，一边给他盛饭。宋文谦道："回来晚一点怕什么，如今这世道，平平安安就好。"

林承晖接过妻子手里的饭碗："爸说得对。"南京城里难民这么多，以后冲突肯定不会少。

"阿晖，你是不是遇到什么事了？"

林承晖将今天碰到周正的事情告诉了她，宋珈灵皱着眉头不说话。

"他既是你上司，以后还是小心点好。这些当官的，一个个都是眼睛长在头顶上。"宋文谦摇摇头。听他这么一说，宋珈灵倒是笑起来。

"爸您这话说的，倒是把阿晖一起骂进去了。"

几个人又随意聊了几句，便各自睡下了。

隔天，林承晖来到办公室，领导便给了他一个新的工作，前线上的通讯员正在给办公室发在战场上牺牲的人员名单，名单太多，工程量太大，让林承晖帮着通讯员将名单罗列出来。

林承晖看了一下位置上坐着的男人，应该是哭过吧，眼睛显得有些发红。林承晖拿了笔和本子，到他旁边坐下，一句话也没说。男人脸上并没有任何表情，眼睛直勾勾盯着桌子上的电报密码本，却没有翻开过一页。

不一会儿，男人的口中一字一句地蹦出来士兵的名字，一个又一个。林承晖认真地记录着，两人始终没有交流。林承晖现在对身边的人有些警惕，前几天在街头打抱不平得罪了周正，相隔不久就接到一个陌生电话，提醒他做事要谨慎，别被小人忌恨。林承晖问是谁，他也不说，只说是奉命行事打个电话。林承晖又问是什么事，他也支支吾吾语焉不详，但是听过去应该是被人举报了，说是跟共党分子有瓜葛。再问是奉了谁的命，他无论如何不肯说，就挂了电话。林承晖抓破头皮，认为只有周正能干出这样的事，他与其他同僚并无龃龉。位居闲职，也不致招人怨恨。

忙完这一批，已经是傍晚时分了，林承晖感觉到精疲力尽。这种劳累，不是体力上的，而是精神上的，他软着身子趴在桌子上，却听得男人吸了一下鼻子，说："休息一下吧，一会儿还有一批。"

还有……一批吗？林承晖有些不敢想，紧绷着神经不敢放松，他又看了一眼本子上的名单，想起来昨天同事跟自己说的国军鏖战六个日夜节节败退的事情，想起来那批涌入南京的难民，想起来吴伯驹说要上战场的事情。现在看来，战火是不会消退的，如果他还在这里什么都不做，战火有一天会再次烧到他的身边。沈家陆和卢少博已经在战争中牺牲，他们本渴望着作战结束后，人们能过上和平的生活。如今看来，要实现这一步，还需要时间。

林承晖紧紧地攥住手中的纸，将其揉成一团。男人见状，掰开他的手抢过那张纸，问："这可是名单！你想干什么？！"

林承晖猛地站起来，抓起名单便往周正的办公室跑去。周正见了他，瞥见他手上的纸张，吓了一跳，以为让人打的小报告露了馅。听林承晖说准备申请上前线，顿时又放下心来。他也接到了电话，说调查了林承晖的背景，清白得很，对日作战时颇有战功，是个好士兵。然后话锋一转，说当下正是用人之际，别因为小事坏了团结云云。

周正听完，答复全是公事公办的口吻，听不出来有什么异样。他觉得林承晖上面应该有人，要不然这当口，被怀疑通共，那可是宁可信其有，不可信其无的事儿，不可能就这样随便一个电话了事；事后再想，又觉得林承晖上面应该没有人，要是有人撑腰，总不至于现在还是干个破文职，他有军功，还有文化，这在军内可是不得多见的人才，提拔是理所应当。谁当官不是为了升官发财呢？除非他脑子坏了。

周正放下心来。

晚上，林承晖回到家里，将自己重新申请上前线的事告诉了妻子。

"珈灵，我不能让家陆和少博他们这些人的牺牲变得毫无意义。如果之前的抗战，是我们的无奈之举，那么这一次，就应该守护我们来之不易的和平。"他握住宋珈灵的手，道："我今天看到那些名字就去申请了。抱歉，现在才告诉你。"

"你想通了就好。你去了，我也一样在家里等你回来。"

在一边坐着的宋文谦咳了两声，林承晖放开妻子的手朝他走了两步，道："爸，妈，我不在的时候，还希望你们能好好照顾珈灵。"

宋文谦点了点头，轻叹了口气，问："你调遣令什么时候下来？打仗去哪里打？"

"调遣令估计还得等两天，到时候就看分配到哪里了。"林承晖答道。今天他去申请的时候，除了他还有几个人。周正见到他的申请书，脸上虽有一丝戏谑，倒也没有像之前一样盘问，直接和其他人一起通过了。

上战场的日子转眼就到了，林承晖跟着一批人坐在大卡车上，等待着出发的号角声。宋珈灵穿着护士服从街角处跑来，大叫着林承晖的名字。

车上的人听到，纷纷打趣说林承晖娶了个温柔的女娇娥。林承晖装作听不见，跳下了车，大步跑向宋珈灵，问："珈灵，你怎么来了？"

"我就想来看看你……"

宋珈灵低下了头，用力地吸了吸鼻子，忍住不让眼泪掉下来。林承晖自然是知道她心里怎么想的，一把将她搂进怀里不说话。

半响，出发的号角声响起，从办公厅走出来了几个人，卡车上的士兵们纷纷跳下来列好了队。

林承晖擦掉宋珈灵的眼泪，温柔地说："等我回来。"宋珈灵点点头，又跟林承晖讲了几句话才离去。直到见不到她的背影，林承晖才重新归了队。

待他站定，带领他们的军官才来到面前。林承晖眼睛一扫，对周正的出现有些惊奇。

周正背着手，站在一干人前面道："虽然你们每个人申请的理由都不一样，但我希望既然去到了前线，就当为党国尽自己的一份力，表达对党国的忠诚！如果被我发现有叛逃者，就地正法！"

"是！"

周正抬眼看了一眼对面的林承晖，大吼："出发！"

大卡车浩浩荡荡地在路上行驶，车上的人却似乎没有意识到自己正要去做什么事情，一路上有说有笑的。林承晖找个角落靠着，闭上眼睛休息，回想刚刚周正的那句话，总觉得他是在怀疑自己的动机。这时，一个人穿过了好几个人坐到了林承晖的身边，问："我叫冯添，你呢？"

"林承晖。"

"诶，你知道我们要去哪里吗？"冯添又问。

"我也不晓得，到了就知道了。"

"刚才那个来送你的是你女朋友吗？"

"结婚了。"

"原来是嫂子啊，长得还挺漂亮的。那……"冯添又想问些什么，抬头对上林承晖恶狠狠的眼神，不敢再说什么。林承晖不再搭理他，转个身背过去了。冯添见状，骂骂咧咧地："妈的，你以为你有什么了不起？要不是周长官早上说你有几个军功，你以为老子很想搭理你？"

林承晖还是不说话，冯添觉着没趣又转过身去和旁边的人说笑起来。

"给我下来！"

林承晖睁开眼睛，恍惚间，一种莫名的熟悉感冲进他的脑海，好像很多年前，他第一次上战场时也是这个模样，坐在大卡车里，等待着长官的命令。只是，那种热血不会再有了，他现在，只想早点结束战争，早点回家。

"给你们十分钟，收拾好你们的行李，回到这里来待命！"周正下完命令就走了，忽而又转过身来叫了两个人过去给他支帐篷。冯添见状，自告奋勇地跟着去了。

两人刚走不远，士兵们便开始议论：

"切，搞得好像自己多厉害似的，还不是托关系上来的？也不知道党国怎么想的，让这样的人指挥我们作战！"

"就是！也只有冯添这样的人才会想要舔他的大屁股了！"

一句话惹得士兵们发笑，又有人出来制止："行了，赶紧收拾吧，一会儿被他发现可就惨了！"

林承晖找了个角落支自己的帐篷，并不参与他们的话题。这时，一个长相俊朗的人走了上来，问："我可以跟你一起吗？"

林承晖看了他一眼，点了点头。那人开心地跑上前和林承晖支帐篷，笑说："我叫苏亦辉，你呢？"

"林承晖。"

"这么巧，那以后我们叫对方的时候不就是在叫自己了？"苏亦辉咧着他的大白牙对着林承晖笑。林承晖忍不住也跟着笑，两人便埋下头去干活。

没多久，周正便叫了集合："我听到了一些话，知道你们不服我，但我告诉你们，无论你们是自愿的还是被逼的，现在，你们到了我的部队，就得听我的！"说罢，顿了一会儿，又说，"好好珍惜今天，明天一大早，给我赶去前面给党国增援！解散！"

周正背过身去，又转了过来，说："林承晖是吧？留下！"

苏亦辉看了林承晖一眼，林承晖摇了摇头，坦然地走了上去。

"明天增援你不用去了。"

林承晖震惊："凭什么？！"

"不让你去是为了你好，你说战场上多危险呐？"周正假装好意地劝他，脸上的笑容怎么看怎么虚伪。

"我是军人，来到这里，却不上战场，是什么个道理？"林承晖感到有些

291

生气。

"我说不让你去就不让你去！之前不是挺神气的吗？怎么？忍不住了？"周正将脸扬起来，鼻孔撑得大大的看着林承晖，一副"有本事你打我"的表情。

林承晖克制住了自己的怒火，头也不回地走了。刚走没几步，就看到冯添一脸坏笑地看着他。林承晖也明白了是怎么回事，愤愤地回到了帐篷里。

苏亦辉看到他后坐了起来，问："阿晖，怎么了？"

"没什么，周正说明天不让我上战场了。"林承晖往下一趟，闭上了眼睛。

"为什么？"苏亦辉见林承晖没说话，又问，"那周正是和你有仇吧？这么针对你。"

"谁知道呢？睡觉吧！"林承晖不比从前，心里多了城府，并不愿跟太多人深交，尤其是初识。

"我还不困呢，你先睡吧。"苏亦辉躺下来，来来回回翻了好几个身，又问，"阿晖，你想打仗吗？"

"不想。"

"为什么？打仗不是可以升官吗？你看我，还一个军衔也没有呢！"

"那都是用人命换来的……"

苏亦辉听了这话，心里对他有了新的想法，翻过身去看他，虽只有一个背影，却像能看透他的心思似的。

本以为故意作对只就一次不让林承晖上战场，没想到接连一个月都没有指派到他。这也就算了，现在竟连和林承晖关系要好的苏亦辉都不让到战场上去了。

不上战场，两个人也还算自在。前些日子给宋珈灵寄的信前天终于有了消息，信上说，她知道林承晖是为了她好，她和父母商量过了，也愿意往南方避一避，等他回来。至于去哪里，思来想去还是觉得老家最安全，如果他回来后，可以按着地址去找她。信的末尾，还附上了地址。

苏亦辉已经看着他对着这封信发呆了好久了，又不知那上面写着些什么内容，便也说不上什么。

这天，冯添以肚子疼为由，向周正申请留在营地，周正不辨真假，竟也同意了。任人唯亲算是坐实了。

从周正帐篷出来后，冯添将捂在肚子上的手放了下来，朝着地上"呸"了一下，径直向林承晖的帐篷走去："哟，两位，这么闲呢。刀磨得再好又怎样？还不是没有用武之地？去，周长官说要两壶热水！"

"没空，自己烧去！"苏亦辉啐了他一脸。

"你等着，我告诉周长官去！看你怎么死！"冯添怒目而视。

"去啊，被罚了我也还是条好汉。不像你，周正的狗！"

冯添气急败坏地跑去找周正评理。周正的官职确实是买来的，但他想做些事情也是真的，现在国民党的仗越打越没希望，跟着自己出来的四五卡车的人现在也只剩下一两车了，心里本来就闷得慌，加上冯添这人怎么样他心里也是一清二楚的，之前尽信了他去，不让林承晖上场，损失了这么多人，现在看来，纯粹是因为自己嫉妒，也就不想管冯添了。

冯添见周正没有要搭理他的心，从帐篷出来，便到四周散步去了。现在，整个营地里只稀稀拉拉剩下十几号人，除了伤员，也就是周正和林承晖他们了，实在是闷得慌。

冯添爬上了个小山坡，躺了一会儿就睡着了。醒来时，迷迷糊糊听到旁边有人在聊天，说着什么"国民党""路线""八路军""转移"一类的话，回过神来看到人已经没了，跑着回去向周正汇报。

"难怪这些天，派出去的人无论走哪条路都能被发现，原来是出了内贼！给我把人都叫来，今晚一定要把这个人抓起来！"周正脑子里全是之前调查林承晖的信息，之前林承晖突然又申请要来前线的时候他就觉得奇怪，现在果然出了事！

冯添得了令，挨个帐篷过去将人叫出来。人齐后，周正在一群人身边转来转去，两只眼睛尽盯着林承晖。林承晖发现他在看自己，也仍面不改色，规规矩矩地站在原地。

周正冷哼一声，叫来冯添，挨个去搜帐篷，看有没有发现什么东西。

"我收到消息，我们的部队里有一颗老鼠屎！"明明剩下的人也没有很多，但周正偏偏就要吼着。士兵们听了这话，纷纷开始小声议论起来，只有林承晖和苏亦辉没有动静。周正的目光在两人之间来回打量着，心里不停地盘算。林承晖要是共党分子，他也必须要找到证据才能逮捕林承晖，否则上面不好交代。那么苏亦辉呢？周正脑子里搜索了一圈，竟发现苏亦辉是怎么来这个部队的，他到现在都不是很清楚，只知道是当时有人举荐过来的，战事连连失利，没来得及多想便招他进来。这么分析来看，这个苏亦辉也有嫌疑。

等冯添搜完所有人的帐篷，已经过去了很久，大家开始聚在一起闲聊起来。正讨论得越来越激烈时，冯添手里拿着一样东西，走到了周正身边，给他看了一眼。周正脸色大变，问："哪里搜来的？"冯添靠在他的耳边说了些什么，周正两眼一瞪，叫道："苏亦辉！"

士兵们顿时朝苏亦辉站的位置看过去，然而人却不见了踪影。林承晖心里一惊——睡在他身边的苏亦辉竟是共产党人！

周正见不着人，勃然大怒："给我追！"

话音刚落，冯添便带着一群人往山上跑去，也不知是不是找到了人，只听见稀稀落落响起来几声枪声。林承晖跟在后面，看不清前面的情况，一个箭步冲了上去。又是两声枪响！这次，却是从对面打来的，伴随着枪声的还有支支吾吾的痛哭的呜咽声。林承晖望去，看见两个士兵倒在地上，捂着腿挣扎。

冯添又叫了一行人随他追上去，看着个影子，便开枪，也不管到底是不是苏亦辉！苏亦辉的枪稀稀拉拉才传来一两声，看情形，肯定是撑不下去的！

林承晖看了看四周的环境，竟发现一条小道，便绕着小道追了上去。苏亦辉跑到一个山崖边上，听到脚步声，猛地回头将枪指着林承晖，林承晖也警惕地扣住了扳机。

"阿晖，跟我走吧。"

"不可能的。"

"那别怪我。"苏亦辉扣动了扳机，却发现没有反应，又试了几次，得到的还是让自己死心的结果，他笑了起来："阿晖，你杀了我吧，死在你手里，我才能瞑目！"

林承晖将枪对准他的眉心，脸上的青筋凸起。苏亦辉闭上眼睛，等待着死亡的到来——砰！砰！砰！

林承晖连开了三枪："你走吧，中国人不杀中国人！"

苏亦辉看着他，眼泪突然就流下来了，只道了句谢，便朝着小路逃了。

冯添循着声音追了上来，只看见林承晖一个人举着把枪在那里，气喘吁吁地问："人呢？"

"死了。"

"尸体呢？"冯添又提高了几分音量。

"山崖下，你去找？"林承晖丢下了个问题，头也不回地走了。

冯添看着他的背影，不知道为什么，他总觉得林承晖不会打死苏亦辉。他叫其他人再搜一遍山，忙活了一两个时辰，却还是什么都没看见，只得悻悻而归了。

回到营地，冯添径直走向周正的帐篷向他汇报这件事，并将自己的怀疑告诉了他。周正睡在被窝里正迷迷糊糊地想着林承晖的身份问题，被他吵醒了，索性就坐起来，问："你亲眼看到他放走苏亦辉了吗？"

"没有……"

"你去山崖下面找苏亦辉的尸体，发现他不在了吗？"

"没有……"

"什么都没有，你让我怎么抓他？！——没用的东西！"周正啐了一口，重

295

新钻进被窝。搜帐篷的时候原本以为能发现点什么，结果冯添也什么都没找着。仅凭一面之词就想让他抓一个不大不小的官，是嫌他头上的乌纱帽戴得太久了吗?!

"我……"冯添刚想证明什么，便被周正赶出去了。站在帐篷外，冯添心底的火气突然就冒起来了，他跑去林承晖那里，说："你别以为我不知道你做了什么，我告诉你，早晚有一天，我一定会找到证据的!"

林承晖没有理他，周围的人看到忍不住笑他，说："冯添，你怎么像窜天猴啊，一点就炸。"

冯添气得脸上青一阵紫一阵，索性回帐篷去睡觉了。

林承晖找块地方坐了下来，看着红日在远处山巅冉冉升起，他似乎已经很久没有静下心来感受这样的氛围了，如果不是打仗，便每天都可看到这样的景色吧?

刚坐了一会儿，周正便叫了他去。

"我听冯添说，你放走了苏亦辉?"周正坐在位置上，试探道。

"我朝着他打了三枪，他已经掉落山崖，估计也活不了了。"林承晖站得笔挺盯着他。

周正也直勾勾地看着他，两个人就这么盯着彼此，谁也不打算妥协。

半晌，周正将脸上的肉挤在一起，堆出了一个笑脸，说："哎呀，你看，我这不是问问嘛，没有怀疑你的意思，死了就好，死了就好。我回头给你向上头说明情况，给你个嘉奖。"

林承晖知道这是在试探自己，也不说话，周正突然板起脸来，说："林承晖，我知道你以前带过兵打日本人。现在，我想让你带着剩下的人继续和共产党人打，你愿意吗?"

纵然心里不情愿，但此刻已经没有退路了!林承晖敬了个礼，说："保证完成任务。"

周正突然满意地笑了，也不知道心里在打什么如意算盘。也是，如果自己打了胜仗，他回去便可以向上头邀功；哪怕是自己打了败仗，他也大可以叫上几个人护送着他一路回去。何乐不为？

林承晖接了任务之后，带着部队的士兵们和共产党人在这附近打消耗战。现阶段，国军已经处在下风，如果不是林承晖在硬扛，或许这支部队早就溃不成军了。

这些时间以来，林承晖几乎没睡过一个好觉，每天都是后半夜入睡，稍微有点风吹草动就醒了。可这一天，他实在是累得不行了。林承晖辗转反侧，听着其他人的鼾声，挨到半夜才睡过去。

山坡上的野风使劲地刮，帐篷外的树林里传来哗啦哗啦的响声，谁也不希望这样的夜过得太快，只要天一亮，等待他们的又是一天的杀戮。

"突突、突突突——"

林承晖迷迷糊糊地睡着，总感觉耳边的声音那么熟悉，但是他此时一点儿也不想醒来，他累极了，这应该是在梦中听到的打枪的声音？这连续几天都在作战，他朦胧中觉得自己做梦听到这种声音也算正常。

"突突、突突……"

林承晖还躺在床上，他似乎听见一个人叫了一声，还未说完话声音就断了。

不对！林承晖噌地从床上坐起来，强迫自己的脑袋清醒，他真的听到了枪声，这不是在梦中，而是——就在跟前！

"快起床！快起床！——"林承晖扯开嗓子大吼。顿时，整个帐篷乱作一团，士兵们从睡梦中惊醒，骂骂咧咧地赶快捡了军服套上。

"搞什么鬼！他们不睡觉的吗?!"

"简直就是疯子!"

林承晖一句话也不说，拿好自己的枪第一个出了帐篷，果然，前面几个帐篷已经被袭击，只是他们隔得远，所以暂时还没有人打到他们这里。他相信，只要再过一瞬，他们一帐篷的人，都会在睡觉的时候直接去见阎罗王。

林承晖站在夜色里迅速环视了一周，这次共产党的人趁他们休整的时候来偷袭，实在打了他们这些人一个措手不及。他发现，对方明显比之前的多出了一倍，这难道是半夜才到达的援兵？他来不及多想，见不远处周正的帐篷还未被搜查，他决定先带着周正逃跑。这场战争，他们肯定会输。

林承晖转身朝帐篷里喊："你们别打了，快撤！"说罢，便弓着身子跑到周正的帐篷前，拉开一看，里面竟然连个人影都没有。

"林承晖！是你吗？我在这！"

林承晖循着声音看过去，周正抬着把手枪，躲在帐篷后面的灌木丛里，他伸出个头叫林承晖过去。

原来，周正早就察觉到共产党来袭击他们了，但当他发现的时候为时已晚，就算他下达命令也不可能让所有人起床应战。他们在这块地方和共产党打了这么长时间的消耗战，大家都是极度疲惫的，加上之前交战本来损失的人就已经很多，现在就算他们奋起反抗，也只能是保命而已。

意识到这点的周正，马上起了床带上自己的枪躲到了帐篷后面。

林承晖看清周正的脸，道："长官，你应该马上往后面跑。"

"废话！还用你说吗？！要是我从这里跑出去，后面也躲着共产党怎么办？让我直接去送死吗？"周正喉头发紧地低吼。他头发乱蓬蓬的，身上只穿着一件单衣，衣服上所有的标志都被扯掉了。擒贼先擒王，要是他的身份被发现，一定会被共产党抓起来折磨致死的，他想。

周正趴在帐篷上，两只脚不停地在地上摩挲着，借着月光，林承晖能看到他太阳穴处两条反光的汗。

"你在这杵着干吗？！还不快点想想办法！"周正回头一吼，不小心碰到了帐篷。他马上回过身，死死地揪住那层正在晃动的帐篷布。

林承晖看了一眼后面的灌木丛，他能大概听到后面有流水的声音。"长官，我们往后面走。"

"你确定后面没有共党？"周正狐疑道。

"再不走就来不及了。"

周正只好跟着林承晖钻进灌木丛里，顺着林承晖开的路往前，朝后面的河岸靠近。待他从林承晖身后出来看到面前的一条河时，周正开始紧张起来。

难不成他们要过河逃出去？

"林承晖，你是共产党派来耍我的吧？"

"长官，'饭可以乱吃，话不可以乱说'。如果我是共产党，第一个杀你的人就是我。"回忆之前的事，林承晖不禁冷笑。周正怕是从他入职那天就一直在怀疑了吧。

周正仿佛失去支撑似的在原地坐下来，巨大的绝望和无力感袭上他的心头，他捡了条命从帐篷里出来，现在却面临着要被淹死的事实。"林承晖，我不会游泳。今天注定要死在这了。"按照林承晖的说法，倒是自己一直错怪他了。周正觉得，林承晖能把自己带到这里，已经是仁至义尽。剩下的，他也不期望林承晖能给他想出什么好办法过河，毕竟附近连条船都没有。

林承晖在河岸边寻找了一圈，发现不远处的灌木丛里貌似有十来根胳膊粗细的木头。"你等我一下。"林承晖踏着靴子走过去，从灌木丛里割下一堆的藤蔓，把那些木头平放着，捆成竹排的模样。

林承晖叫来周正，把木排放在水面上，扭头对周正道："长官，你躺上去，我可以推着木排游水过河。"

周正毫不信任地望着他："林承晖，你跟我开玩笑呢吧，你让我在这上面躺着，我不翻进水里淹死才是怪事！我知道我之前为难过你，但你采取这种手段来算计我，也太卑鄙了！"与其在水里淹死，还不如给他一枪让他死得痛快！

"如果我要杀你，在帐篷里就能下手。或者，把你留给共产党，还不需要自己动手。"

周正身体颤如筛糠，抖着上了排，木排吃了重，水从缝里渗上来，更添了他的恐惧。周正一屁股坐下去，屁股湿了也顾不上了，嘴上一直嚷着："我要死啦，要死啦！……"然后两眼发黑，就要往水里栽。林承晖眼见不是办法，抽下两人的皮带，让周正仰面躺着，锁住了他的手脚——左手和右脚固定了，周正轻易翻不了身。

林承晖又好气又好笑，说："有我在，死不了！"事不宜迟，自己潜到冰凉的水里，推着木排顺着水流的方向朝河对岸游去。

周正全身僵硬地躺在木排上，他紧闭着眼睛，唯有一张嘴念念有词，林承晖到水面上换气，他发现周正竟哭了起来。周正是旱鸭子，从小怕水。三岁时家中老人给算了命，说他命中有水劫，他生怕自己活不过今晚了。

游了约摸一个小时，周正渐渐适应了水上漂流的状况。他觉得水泡着他的后脑勺难受，就让林承晖解了手臂上的皮带，坐起来，想着不安全，又把另外一条大腿绑上。就这样坐着，一声也不敢吭，恍恍惚惚地听着水声。

过了河，大概就是脱离了共产党的势力范围了，现在部队剩下没几个人了，还不知道他们有没有逃出来，林承晖看了一眼躺在地上的周正，忍不住叹了口气。

"林承晖，我们回南京去，带我回南京去！"一会儿，周正大概是意识到了自己的态度不够好，又说，"承晖老弟，从今天起，你就是我的亲弟弟。只要你带我回去，我什么都听你的。"

林承晖裹紧了身上的衣服，说："走吧。"

一路上，周正不吵也不闹，林承晖说什么便是什么。原本以为，他只是为了回到南京才逢场作戏。等回到南京后，周正竟是真的把林承晖看作弟弟般对待。如果自己的大哥也在身边的话，应该也会像他一样对自己吧？

回到南京将周正安顿好，林承晖已经按捺不住要去找宋珈灵了。这天一大早，他就收拾好行李，坐在办公室门口等着周正来上班，向他请个假就直接追过去了。

正想着，林承晖看到吴伯驹扶着冯添几个人走来，忙跑着上前问："伯驹？你怎么和他一起？"

"长江没守住。这仗怕是没法打了。听说要撤离,这才赶回来了。"吴伯驹道,"怎么?你认识他?"

"先前我也去了战场,一个部队的!"

吴伯驹有些不敢相信地看着他,一会儿,又说:"见到你真好!"

两个人进了办公室叙旧了一会儿,周正才急匆匆地从办公室走来,看到冯添和其他人,有些惊讶,又感慨道:"回来就好,回来就好!"

"承晖,今天找我什么事?"周正坐在椅子上,温和地看着林承晖。冯添见状,下意识地白了林承晖一眼,却也没有人在意他。

"长官,我想请几天假,去找我的妻子。"林承晖道。

周正听后,眉头皱成一团,为难地说:"承晖,不是我不想让你去,只是,党国的命令下来了,说是要撤离。"

"到哪儿去?"吴伯驹在战场上也听说要撤离的消息,但具体是怎么样,他却不知晓。

"上面的说法,大概是到台湾去吧。"周正又问,"你和伯驹先前不是在飞行学校学习吗?我看这次,就你们俩带着我们撤离吧?"

周正嘴里的话还一直说着,林承晖却听得脑袋嗡嗡响。眼下这副情形,让他想起了最后一天去找张书雅的时候,他满以为她会支持他,跟他一起去实现他的理想,但最终还是他一个人离开。两地分离,只一年的时间,再见时她早已另嫁他人——他不怪张书雅的变心,他只恨自己当初做的决定。他与宋珈灵虽已成婚,但终究一路下来总是聚少离多,他们撤退的事情如此突然……台湾,这个彻底和大陆隔了一道海的地方,让林承晖更加恐慌。

他不能把她留在大陆,决不能!

吴伯驹微微侧头看着林承晖越来越僵硬的脸,心下有了一个计划。

撤离计划执行得非常快,吴伯驹翻来覆去想了半夜,临到进飞机时,他才向一旁也即将要进驾驶舱的林承晖开口:"阿晖,去吧。"吴伯驹戴好飞行帽，艰难地挤出来一个笑脸："反正他们又不会开飞机，上去了不还是得听你的吗？"

林承晖黯淡的眼神里闪过一丝光，随后一抹笑意出现在他的嘴角。

原来吴伯驹和他想的一样。

利落地将飞行帽戴好，林承晖坐进驾驶舱，将仪器打开，握着操纵杆，冲上了云层……

第 二 十 二 章

做完位置汇报之后，林承晖握着操纵杆一侧，向前行驶的飞机突然往右一转后直直向前飞去。

如果这是他最后的机会，他不介意搏一搏。

临近中午，林承晖看了一眼表盘，现在燃料还比较充足。之前为了防止在长汀找不到合适的机场降落，他临行时还多带了几桶备用燃料。想到那张写着地址的字条，林承晖心里有些兴奋起来。

总之，先把宋珈灵接上飞机，其他的以后再说吧。

"林承晖，这是到哪里了？怎么飞那么久？"冯添坐在位置上看了一眼窗外。从起飞到现在，已经过去了两个多小时，但他还是没有发现地面上有任何海域的画面。经冯添一说，其他人也往外看了一眼，疑惑地交流起来。周正坐在位置上，脸上也有些紧张，尽管林承晖救过他一命，但这当口林承晖又想干什么，他难以猜测。

坐在驾驶位上的林承晖不回答，继续驾驶着飞机往前飞。

冯添站起来走向驾驶舱，一把摘下林承晖头上的耳机，道："问你话呢，这是往哪里飞啊？我们这么久都没有看见海！"

"长汀。"林承晖头也不回地盯着前面，平静道。

冯添一惊："你把我们带到那里想干什么?！我、我告诉你，我们这几个都是上面安排好要准点到达台湾的!"他就想着这小子开了这么久都不到肯定有鬼！周正想起自己手里正捏着林承晖的通信耳机，直起腰马上抬手对着话筒喊道："我要接空军指挥部！林承晖私自劫持飞机往——喂？喂？"还未报明地点，冯添发现无线电的嘶嘶声瞬间消失。

低头一看，林承晖已经切断了无线电。

"你小子搞什么鬼？快把无线电打开!"冯添指着林承晖大吼，声音里有一丝颤抖。他不知道林承晖转变行驶方向有什么目的。

座位上的其他人听见周正的声音，纷纷侧头透过后面的玻璃板朝两个人看过来，本来想直接过来一探究竟，但又怕走动会造成飞机失衡，只好老老实实地坐着。林承晖没有按冯添的话把无线电打开，他侧头看冯添一眼，眼里有一丝不耐烦："长官，如果你要离开，穿好降落伞打开舱门跳下去就行。我必须接我的妻子去台湾!"

冯添听了这话，气不打一处来，两颊的肉憋得通红，为了接个人，飞在这深山老林，前不着村后不着店的，让他一个人怎么跳伞?！他把耳机狠狠往地上一摔，大步回到自己座位上一屁股坐下。其他人见了这幅情景，知道现在反抗也无济于事，只好坐在原位，即使知道去的方向不是台湾，也不再问林承晖去哪里。

又飞了半个小时，飞机已经到达长汀上空，林承晖在视野中寻找着，果然看见一个飞机场，上面还停有一些民用飞机。

林承晖使飞机降落后，带着飞机上的几个人按之前宋文谦留下的地址找到了一处房子的大门，这房子外围之大，是林承晖从来没见过的，即使是自家以前住的院子，也比不得这里的一半。

林承晖试着敲敲门，出来开门的是个穿蓝布小衫的孩子。

"阿叔，请问你找谁呀？"那孩子打开一半门，黑漆漆的眼睛好奇地看着门外的一干人。

林承晖心下疑惑，难道宋珈灵还有个弟弟？怎么从来没听她说起过？他半蹲着，脸上挂着一丝笑意："你好，我想问一下，你姐姐在家吗？"

"阿恬有好几个姐姐都在家，阿叔你问哪个？"

"宋珈灵。宋珈灵在吗？"

"哦！是珈灵姐姐，她在的，"阿恬回头一看，正好看见提着水桶从院里过身的宋珈灵，大声喊道，"珈灵姐，有人来找你啦！"喊完人，阿恬便一溜烟儿跑进院子，告诉自己的爸妈去了。

宋珈灵放下水桶跑过来一看，门口正是自己的丈夫。当下也不管其他人，只与林承晖紧紧抱了一阵，之后招呼着一干人进了院子。宋文谦和刘茹在房内听见大门处有动静，也忙跑出来看，当宋文谦见到林承晖时，脸上闪过一丝不悦。过了三个多月，他没想到林承晖真的找到这里来，而且还带着这么多人。刘茹见了丈夫的脸色，又看看挽着林承晖手臂的女儿，低下眼睛微微地叹了口气。至此，周正知道林承晖为什么要来长汀了。

院子里来了这么多人，大家纷纷出了家门聚到跟前来看。经过一番介绍，林承晖才得知这一个院子里的都姓宋，住在里面的是一个家族，从最老的一辈开始，直至成年分了家的年轻人，在这里可以分到自己的一间房。宋文谦一家就住在靠左的那边。

这天下午，除了林承晖作为宋家的女婿，其他人均被奉为上客入席吃饭。吃过宴席后，院子里的人又安排了住处让一干人住下，周正临走前拍拍林承晖的肩膀，让他注意时间，他们明天必须到台湾去。

宋文谦和刘茹把林承晖请到自家房内，宋珈灵泡了茶，挨着丈夫一起坐下来。

林承晖喝了一口茶，望着老两口目光灼灼。想到这次时间紧急，林承晖开门见山道："爸，妈，不知你们听说没有，我们现在要撤到台湾去了……实不相瞒，我这次来是想请你们同意我，让我接着珈灵去台湾。你们放心，到了台湾那里我就不会再去打仗了，只在家里照顾珈灵就好！"

宋珈灵听罢惊讶地看着他，当时从南京过来的时候，她一路上就见到许多难民，但宋珈灵没想到国民党竟败落得这么快，一逃便逃到台湾去。她伸手握紧丈夫被汗微微润湿的手，笃定道："爸、妈，我想跟阿晖去台湾。"

宋文谦抿了一口茶水，问："珈灵，你知道台湾在哪里吗？"

"知道啊，和福建隔着一道水嘛。"宋珈灵无所谓道，"以后我也许还能坐船回来看你们呢！"

宋文谦听了女儿的话，只笑着摇摇头："你以为过去是能随便回来的？珈灵，台湾比不得重庆和南京，我和你妈把医馆一歇来找你就是。现在你过去，就是要让我和你妈两个人老死在这啊！承晖，你不必多说了，我和她妈不会同意珈灵跟着你去的，你明天带着你的人走吧！"

林承晖没预料到宋文谦竟一张口便拒绝了，按捺住心下的紧张和失落，又道："爸，我和珈灵结婚这么几年，总是聚少离多，这也是你知道的。现在党国要撤离到台湾，我……我没有办法……"林承晖咽了口唾沫，反握紧妻子的手，"我知道把珈灵带走，对你们二位来说实是为难，但是，我爱珈灵……我们已经结婚了，我想和她在一起！"

"爸，你就——"

宋文谦突然把茶碗往桌上一摆："别说了！林承晖，你要是爱我女儿，那就马上退出国民党留在这里，要么你就自己一个人去台湾！我女儿不可能跟你去的，你死了这条心吧！"

"是啊，珈灵，你怎么能去那边呢，你去了，很可能就这辈子都不能回来了！你叫我和你爸在这怎么办？两个人等着你到死吗？"刘茹也开口劝道，她和宋文谦在林承晖找来这里前就知道国民党要撤离到台湾的事了，三个多月以来林承晖没有任何消息，他们以为他已经去台湾了。

"阿晖，你先回房休息一下，我和爸妈说。"宋珈灵把林承晖带到自己的卧房门前，"放心，我一定会说服我爸妈的。你这次来这里和部队里打过招呼了吗？你来的时候怎么也不联系一下我，这样好歹我有点准备。"林承晖握着她的手不说话，他这次确实有些冒险，但要是能接她走，就算他去了台湾上军事法庭，他也愿意。

宋珈灵把林承晖安顿好后，来到老两口的房间里。宋文谦和刘茹见女儿似乎真是铁了心要去台湾，气愤之余又一阵悲痛。他们夫妻俩在一起大半辈子，做什么事情都是谨慎又谨慎，哪知道算来算去，最后竟算漏了宋珈灵会在外面和一个国民党军官结了婚，这下居然还要跟着他彻底离开他们去台湾。是不是从一开始让她去学外文就错了？然后她一路去读大学，去重庆，再去南京，离他们越来越远……

宋文谦有苦说不出，当初刘茹劝他不要因为两个人工作的原因让孩子受到影响，她应该有自己的生活，只要她好好地活着，离他们远一点也不要紧，总归他们能去找她。宋珈灵在重庆那边医院工作时，他们当初也打点过了，要是有什么不测立刻会有人联系他们，所以即便后来因为战争没办法听到宋珈灵的声音，也没办法接到她的信，通过地下党的同僚，他们也能不定时地获得很多信息。只是后来随着抗日战争结束，重庆那边国民党越发强势，他们与好几位同志都失去了联系，宋珈灵的消息也就此中断，直到后来他们收到了宋珈灵从重庆寄来的一封信，上面说她一切安好，并且已经和林承晖结婚，他们马上要随国民党政府转至南京。

宋文谦读到这封信时又气又急，但这已经是板上钉钉的事情，他们远在厦门，实在是有些鞭长莫及，于是等局势稍微稳定一些，他和刘茹便计划起去南京找女儿的事宜。当时把女儿带回来的时候，他是很欣慰的，幸而他适时出手，不然总有一天宋珈灵会彻底离开他们的视线。

这一次，无论如何，都不能让她去台湾。

刘茹拉着女儿在一旁劝说着，动之以情晓之以理，希望女儿能留下，理解自己的痛苦。不到万不得已，他们实在不想让宋珈灵知道自己的身份。现在国民党在大陆大势已去，要去往台湾另谋生路，台湾那个地方他们夫妻俩虽然没有去过，但宋珈灵在那里生活的艰难和受到的束缚，她和宋文谦都能猜测到。按照现在两个党派之间的斗争局面，国民党政府到台湾后，多半就会彻底切断和大陆和平相处的可能，以他们夫妻俩的推测，这种冲突将会持续很久，即使两岸只隔着一道海峡，短期之内也不会再有往来。今后，他们要宋珈灵回来就太难了，很可能连信都寄不出去。

这种会被战争持续影响的地方，怎么能让宋珈灵去呢？就在不久之前，他们俩就已经听一些同僚猜测说共产党可能要渡过长江，最后直逼南京，把南京国民政府废除。现在中国大陆即将迎来久违的和平，让宋珈灵留在大陆陪着他们，是刘茹觉得非常正确的决定。

"妈，你不要劝我了，你让阿晖自己一个人去那里孤独终老吗?! ……他这次是劫了飞机过来接我啊！你知道他万一被人发现这件事，后果会怎样吗?! 阿晖没有跟我说这件事，但你们看看跟他一起来的那几个人的脸色啊，要是真像阿晖说的只是顺路过来这里，他们怎会一脸敌意地看着阿晖?!"宋珈灵说到后面，声音开始哽咽起来。她虽不清楚林承晖因为这件事会受到多大的惩罚，但她好歹是个军人的妻子，国民党军事法庭对违反命令的人会以什么方式惩罚她还是知道的！

"所以我和你妈更不能让你和他一起去！"宋文谦朝女儿大吼，"我们就你这一个女儿，你想让我们老两口怎么样?! 让你跟着林承晖去台湾蹲监狱吗？——还是跟着他一起去死?!"

"爸！我就问你一句，如果妈有一天也像阿晖一样，冒着被枪毙的危险也要和你在一起，你会抛弃她吗？……你摸着良心问，你会吗？阿晖为我牺牲了这么多，我怎么能这么自私……我们在一起这么些年，阿晖经历过什么我全都清楚。他因为参军，失去了和家里所有人的联系，到现在他母亲和哥哥还生死未卜。爸，阿晖不想打仗的，他曾经战功赫赫，是一个优秀的飞行员，以他的资质，他的军衔绝对不会是尉级。"宋珈灵吸吸鼻子，继续道，"我现在是他唯一的妻子，也是他能依靠的唯一的家人，我们结婚的时候我曾许诺他会永远陪着他，即使他有一天离我而去……我绝不食言！"

"混账！你们在一起才几年？我和你妈这大半辈子怎么过来的你知道吗，你以为我们容易？你妈为了让你——"

"文谦！"刘茹偏头一喊，"都过去的事了，再说也没多大意思！珈灵，听一句爸爸妈妈的劝，现在中国还不稳定，你以为跟着承晖去台湾，你们就能过安稳日子吗？你动动脑子想想，去了那边，国民党就能老老实实待在那不想回来吗？说到底都是中国人呐，孩子，不到非不得已，谁想离开这块土地？……我和你爸，是不想让你卷到这场斗争里边去啊！你一个人到那里，我和你爸鞭长莫及，万一出个什么事，承晖他自身都难保，怎么能保护你？"

宋珈灵擦掉脸上的眼泪摇摇头，心里划过一丝失望。"我以为，婚姻不是为了要和那个人去过更安逸的生活，而是和他一起共患难……妈，我没想到都这个年代了，你们还是想要插足我的婚姻，你说，这样和以前的包办有什么不同？"宋珈灵突然顿悟一般，失控地大叫，"你们就应该在我小时候直接把我关起来，找个地主把我嫁出去省事！"

宋文谦抬手扇了宋珈灵一巴掌。

刘茹大哭着过来看宋珈灵的脸，宋文谦这一巴掌极用力，扇得宋珈灵耳朵嗡嗡响，鼻子一热，一股血流下来。刘茹替宋珈灵擦了鼻血把她抱在怀里，仰头朝宋文谦喊："你下的狠手！孩子流鼻血了，你——！……珈灵，你怎么嫁了他呀，你让妈怎么办……"

宋文谦别过头去不看这对母女，他又怎么忍心打她呢？但如果宋珈灵去了台湾，除了她的安全问题，以后也别想着她回来家里了。宋文谦总觉得这次如果不狠下心把女儿留下，自己很有可能就要和刘茹两个人过到老，光看着别人家子孙满堂。说起来，他发现宋珈灵自结婚到现在，肚子里也没动静。

宋珈灵的左脸又麻又疼，嘴里也一股血腥味，她想嘴里大概也破了吧。

一家子一闹就闹到了半夜，宋珈灵坚持要回房和林承晖一起睡，宋文谦拗不过，只得答应。

宋珈灵轻手轻脚地来到房里把门合上，一转身便落入了一个温暖的怀抱里。她原本哭得干涩的眼睛再一次流下泪来。

"阿晖，我明天跟你去，你相信我……"宋珈灵被打肿的脸不小心碰到了林承晖肩上硬质的肩章，疼得她"嘶嘶"抽气。

林承晖岂能不知道她在老两口那里受了委屈？他回来之后一直没睡，光站在窗户前吹凉风，耳里隐隐约约地听着那一家三口的争执。他不是没想过冲出去保护她，但直觉告诉林承晖，要是他冲过去，这场争执将会变得更厉害。说到底，他觉得就如宋文谦和刘茹说的，就是因为自己的身份才造成了如今的局面，让宋珈灵受了这么多苦。"珈灵，对不起，都是因为我参——"

林承晖说不下去了。当年一腔热血参加国民革命部队，只为了打日本鬼子，没想到今天同室操戈。他只觉得造化弄人，他从没有想过，自己会向自己的同胞开枪，却身不由己地陷入这样的对抗。他再一次感受到自己的渺小。

"不，不全是因为你。我一直以为爸爸和妈妈是开明的，他们送我去厦大，让我去重庆，甚至私自和你结婚，他们当初也没说什么。现在我才知道，他们从一开始就没有想让我彻底独立，跟着丈夫过自己的生活。我的安全，现在看来大概只是一个借口。他们怕我离开家，不管他们……"正是因为看清了这点，宋珈灵觉得心里一阵悲凉。她不能放弃她的自由，她的婚姻。宋珈灵紧紧抱着林承晖，像是抱着最后一株稻草。

"好。"林承晖为妻子擦掉泪水，心中凄凉。四周万籁俱静，他们紧紧相拥，恨不得这是人世间的最后一夜。

第二天一早，林承晖和宋珈灵早早地起了床收拾好一包衣服，两个人开门一看，宋文谦和刘茹就在院门前坐着，似乎等了他们很久。宋珈灵挽紧丈夫的手臂，朝他们走来。

"爸，妈，你们让开，我和阿晖要出去。"宋珈灵本来白皙的左脸现在一片青紫，语气强硬。

宋文谦从椅子上起身："行，你还是要跟着他去是吧？我和你妈苦口婆心跟你说了一晚上还抵不得他一句。你现在能耐大了，不需要我和你妈了——我现在干脆死了，给你个清净怎么样?!"说着他推开两人，几步跨到房里，登上椅子，把头伸到结好的麻绳里，一脚蹬了椅子。

"文谦——!"刘茹冲进来抱着丈夫的腿尖叫，两个年轻人心里一惊，也跟着跑进来。

宋文谦被麻绳勒着脖子，说话也艰难起来："你、你让开!……我俩一起死了……干净!"脚下一挣，踢开了妻子。

"你究竟要怎样!你是打定主意要死是不是!把我也杀了吧，把我也杀了吧!"宋珈灵跪在地上抱头痛哭，林承晖蹲下来紧紧抱着她，眼里一阵酸涩，"珈灵，珈灵，你留在这里吧，是我拖累了你，我现在没有本事撒手……你等我，你等我回来找你……"

"不，不要——"宋珈灵扯着林承晖的衣服，然而林承晖却将她的手掰开，站起身把紧闭着眼睛的宋文谦救了下来。"爸，妈，你们既然要把珈灵留下照顾，那就希望二位一直照顾她，不要让她受委屈。我一定会回来的。求求你们!"说罢，林承晖跪下朝宋文谦和刘茹重重磕了三个头。"珈灵，记住，我永远爱你。我一定会回来的!"在妻子的脸颊上亲了一下，林承晖果断站起来离开。

宋珈灵作势要追出去，被刘茹拦下："别去了，去了更伤心。"

上午7时，林承晖在长汀驾驶飞机准时起飞，目标地——台湾。

林承晖离开以后，刘茹把宋文谦扶到床上让他休息，把之前未说出来的话全部告诉了女儿。原来，刘茹和宋文谦早在共产党成立初期就自愿加入了中国共产党，抗日战争爆发之前，他们就已经开始为组织提供情报。宋文谦本来是中医世家，所以在厦门开了一间医馆作为他们的联络点，之后正式成为地下党组织的一员。夫妻俩用心经营着医馆，抗日时期厦门到处是日本人，他们利用和几个日本军官的太太"交好"的关系，得以在厦门过着相对安稳的日子。至于宋珈灵，夫妻俩原不想让她去重庆那么远的地方，但后来想了想，即使是宋珈灵在身边留着，也不见得会更安全，倒是当时的重庆作为国民党势力盘踞的重镇，让她在那里工作会更安全些。她走后，他们夫妻俩也得以把更多的精力投入到情报工作中来。

但是，夫妻俩万万没有想到的是，在消息中断的这些日子里，宋珈灵会和国民党军官搅在一起了，甚至结了婚一路跟着他去了南京。不管于家庭还是信仰，他们都不可能让宋珈灵和林承晖在一起。

"妈，我问你，如果阿晖是共产党，你们会让我和他在一起吗？"

"一定会！不过，这世上没有那么多如果。"刘茹冷静道。

是啊，要是林承晖不是国民党军官，那么院长就不会特意安排宋珈灵照顾他，他们也许永远都不会遇见。宋珈灵脸上浮现出一抹悲凉的笑，她的父母，在家里做了多年的情报工作，她却一无所知。现在突然告诉她，也是因为拿定林承晖不会再回来找她吧。

"珈灵，希望你不要怪我们。我和你爸爸好不容易等到现在，我们一家马上就可以好好地生活下去了。新中国成立之后，一定会比台湾更适合你。"

宋珈灵不搭话。

几个小时后，林承晖所驾驶的飞机在台湾平安降落。

林承晖跟在周正后面最后出来。一到地面，几个穿着军服的士兵就拥上来，挡住了两人的去路。冯添见后面有情况，停下来看着他们。

周正一皱眉，果然，林承晖违背军令劫持飞机的事情传到台湾的指挥部了。他得救林承晖一次，还了上次的人情。

"林承晖上尉，因你私自劫持飞机严重违抗军令，我等在此奉命将你逮捕，即刻送往军事法庭接受审判。"领头的人说着，身后两名士兵就要上前来制服林承晖。

周正拦在前面一吼："干什么！什么违抗军令劫持飞机？林承晖是奉了我的命令才耽误了。我半路上身体不舒服，需要降落休息，他好不容易在长汀找了个地降落。现在你们不问青红皂白就把他带走，我不同意，我要和你们长官说话，把他叫来！"

冯添刚想张口反驳，被周正一记狠眼杀得住了口。

在周正的庇护下，林承晖暂时得以安然地到达宿舍休息。临近下午的时候，他去找了一趟吴伯驹，吴伯驹作为经验丰富的飞行员之一，晚上必须再飞一趟大陆，尽快把计划中的最后一批人带到台湾。

林承晖决定抓住这个机会，再去一趟大陆。

"你疯了吗?！你会出事的，阿晖！"吴伯驹压低声音惊叫起来。林承晖居然要吴伯驹带他去厦门，找他的哥哥和母亲。

"我没办法把珈灵接来，但是我妈我哥一定会跟我来这里……伯驹，我不想一个人在这边生活。要是能把他们带来，就算我去坐牢，只要出了监狱我就能看见他们。"

当晚，林承晖神不知鬼不觉地爬上了吴伯驹的飞机，吴伯驹的计划航线正好要路过厦门。吴伯驹以天气情况不佳必须降落为由，在厦门把林承晖放下。吴伯驹把自己身上的钱全部拿给林承晖，让他之后在厦门想办法坐船去台湾。"那边我会帮你盯着，哎……你好自为之吧。"吴伯驹嘱咐了他一番，又驾着飞机起飞了。

林承晖换了便装在厦门街头走着，他发现厦门这几年和之前没什么不同，但是又觉得有很大的变化——新起的房子不多，基本上保留了原来的样子；街上很混乱，感觉人都闹哄哄的，有些人仿佛大限将至，急匆匆地收拾，打包，准备离开；也有些人，四平八稳，等待着新生活的到来。路上有许多人称自己为"同志"，一个陌生又很容易让人觉得亲切的称呼，感觉人精神了许多，像是有新的活力。他在做文职的时候来过一趟厦门，起初凭着记忆找了一天也没找到老房子。不过幸好遇到一个卖酸梅汤的老头，询问过后，林承晖这才知道自己家原来住的那块地方已经改成了商业街，周围都是店铺，难怪他觉得站在那条街上似曾相识。

他找到一间杂货铺，跟掌柜的说自己是来寻人的，他留下一封信，请掌柜的帮忙注意一下。

龚世亥是前几年从北方过来做生意的人，他把信收起来，道："林先生，您是外地人吧？这几年都在打仗，一家人跑散了的多的是，像您这样的怕是难找啦……不过最近码头听说有船要开去台湾，他们说不定会去码头等船，回来这里问问也是有可能的。"

打点好掌柜的，林承晖当晚找了个小酒店随便住下了。他这次来这里，时间很紧迫。国民党内大部分人都已经撤到台湾，即使是最后一批人也不会停留太久，他必须赶在船开之前找到母亲和哥哥。

在厦门市区内漫无目的地找了两天后，林承晖来到了留下信的那家店前。

"龚老板，请问还是没有人来吗？"

龚世亥和店伙计一起把柜台上剩余的东西全部装到一个棉布口袋里，道："是的，从您离开以后还没有人来问过……您听说了吗，去台湾的船这两天就要开了，现在大家都在抢船票逃难呢！"他今天早上带着妻儿好不容易才去码头抢来三张船票，但令他担心的是，码头那里集中了大批士兵，万一人太多，那他们这些做生意的……不过想想自己有票捏在手里，怎么着也是合法的乘客。

听了老板的话，林承晖带着自己的军官证赶到港口，按照军人优先原则让那个票务员撕了三张票。他手里握着那盖了紫色印章的船票，第一次感到自己当上军官的荣耀。厦门的大街上已经有明显的骚动，有些店铺里的伙计都在门口挂上了歇业的牌子。林承晖坐人力车路过一处难民集中地，那些人被当地警察围在中间，一名老妇人揪着警察的袖子，张开掉光牙齿的嘴喊着："我要船票！"

这些人，十有八九是要被困在这里的。

又回到龚老板的店铺，林承晖要来纸和信封坐在桌边重新写起来。

妈、大哥：

  我是阿晖，现已买到去台湾的船票两张，你们拿到船票后请务必在二十二日下午四时赶到一号码头，届时我将在码头等你们。勿挂念！

                林承晖

            民国三十八年四月十七日

  把两张船票和信全部塞到信封里封好交给龚世亥，林承晖又开始在厦门市里焦急地找起来。

  二十日清晨，厦门码头出现了一艘轮船，它的出现挑动了所有人的神经。龚世亥收拾了两天的房子，七七八八装了一大堆，他妻子最后把包袱集中到客厅里一数，点出来六个包，包包都是极重极满的。夫妻俩拎起来掂掂，发觉自己根本拿不了，孩子那么小，不可能帮他们拿。

  龚世亥沮丧地坐在一堆包袱旁，看着眼前的大宅子，雕花的屋檐，烫金的窗，还有花纹精致的紫檀大衣橱，叹："好东西太多，往死里搬也搬不走，不如干脆毁了它去。"以前从北方来的时候，夫妻俩好歹有两辆驴车，家里值钱的物什通通装上，又请两个伙计过来照应着，一路打点着也就来了。现在要过水路去台湾，驴车不能拉，伙计也走不了，剩下这么多东西着实让夫妻俩为了难。

  纠结一阵，龚世亥把家里剩下的仆人伙计全部叫过来，把大部分东西分了他们。

  二十二日下午，找了几天人的林承晖疲累至极，他来到码头已经等了一个小时，再过两个小时，船就要开了。

  手里的船票已经被他手心的汗晕湿，他穿着军服，其间轮船上的伙计见他不是普通的士兵几次来招呼他上船，但他都拒绝了。

  靠岸的两艘轮船此时已经被士兵和军官填得差不多了，一个人站在船侧的甲板上高声喊:"士兵优先——!士兵优先——!"然而,那些拿着票的普通百姓仿佛没有听到似的背着箩筐拼命往登船板上挤,那人见势不好,把登船板上的小铁门一关,一群人就被隔在了外面。

"嘿!这个人怎么回事,我们都买票了不让我们上船!"一个中年妇女指着那个关门的骂道。

"快把门打开!"

"大家安静一下,还有一些伤员没有安顿好。你们背的东西都太多了,这样下去船会沉的!"关门的伙计道。

"这么大一艘船还会沉?!骗谁呐你!"

"就知道赚我们老百姓的钱,不得好死!"

"妈的!卖的什么烂票!"

一伙人站在码头上指着伙计痛骂,那人索性背过身去。码头上的人犹如一团躁动的蚂蚁,趁伙计不注意,一些个子高的年轻人挎着自己的包袱,找到其他离甲板近的地方企图跨上去。成功者被发现后,在码头上的人纷纷效仿,越过铁链子够着甲板上的安全栏往上爬,一些儿童也被父母举起来使他们抓到铁栏,然而他们的手劲太小,不出几分钟,已有数名儿童跌进海水里,年轻的父母在孩子跌落的地方崩溃地哭喊着。尽管如此,还是有很多人陆陆续续地尝试着。

一直睁大眼睛到处搜索,但到现在林承晖还是没有看到他熟悉的面孔。他抬起手表,指针指向四点半。

林承晖焦躁起来。

"长官,还有一个小时我们就要开船了,您还是登船吧,在船上等也可以啊!"伙计已经顾不得那些爬船的人,见林承晖还站在原地一动不动,他又招呼了一声。

林承晖回头,确实船比码头高出许多,站在船上能看到的范围更大。思量之下,林承晖答应了伙计,挤进人群里登上了船。

放眼一看，母亲和哥哥还是没来。

他们果真没有逃过战争吗？

但林承晖心中又有一种强烈的感觉，他的母亲和哥哥一定还活在世上，只是没出现而已。他决定再等等。

时间一分一秒过去，当船上响起即将开船的铃声时，林承晖一个人站在拥挤的甲板上几近绝望。

所见之处到处都是人，但没有一个是他等待的。

船慢慢开离，林承晖面对天边火红的云霞，两道滚烫的泪夺眶而出，他扑在铁栏上朝码头的方向失声痛哭，身后那些过路的人停了停，又走开了。

所有人都感到了前途未卜的凄凉。

民国三十八年四月二十二日下午五时三十分，轮船离开厦门码头，前往台湾。

林承晖一个人站在船头，看着熟悉的厦门离自己越来越远，越来越远。

海上漆黑一片，天空被乌云笼罩，只有一颗启明星在飘逝的云层中明明灭灭。他面如死灰，心里想着："我是一个无依无靠的人了。"不知道过了多久，他感觉眼睛一黑，喉头一阵腥味涌上来，重重地倒在甲板上……